海棠微雨共归途 V

肉包不吃肉 著

广东旅游出版社
GUANGDONG TRAVEL & TOURISM PRESS
好书 · 悦悦刊 · 悦读

中国 · 广州

他们要审墨燃，他们要剖他的心，碎他的灵核——

十恶不赦，罪当万死。

不是的。

风声那么大，足以遮掩一切凡人的喜怒伤悲。

天高云阔，楚晚宁终于在这朔风之中失声痛哭，这两世……

踏仙君也好，墨宗师也罢……

原都不当如此。

他在人生的长河旁，抱着他小小的、湿漉漉的篮子，蹲下来，篮子是空的。他呆呆望着江潮奔涌，逝者如斯。

其实从一开始，他就只有这一个小破篮，拿着它——

网一场注定会碎的梦。

目录

墨燃……墨燃……

从前是师父没有保护好你。

如今，我来救你。

我度你。

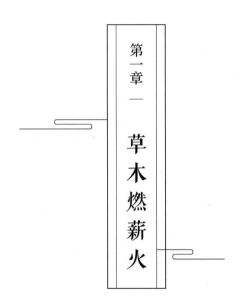

第一章 一 草木燃薪火

龙血山圆寂

从蛟山出来后，墨燃犹如泥塑木雕，眼神微微发直，一个人沉默着往前走。站在一个岔路口前，他怔忡地出神。

大战已经过去，旭日在此时东升，朝霞洗尽了黑夜的铅华，唯有林木间尚存露珠与青草的气息，犹如涨腻的脂粉，浮沉在晨曦之中。

他回头，望了望巍峨高耸的峰峦。然后又看着前方的路。笔直走就是霖铃屿了，薛蒙和伯父都在那里等着他，等一个解释，一个答案。可是他不能过去了，他要去龙血山。

墨燃心里隐约明白，怀罪大师知道的东西其实远比他想象的要多，不然不会在看到踏仙君的时候依旧那样镇定。或许正因如此，他便越发无所适从，不知道前方等着自己的究竟是什么。

他其实此刻头脑已一片混乱，并没有更多心情来思考，到最后只麻木地清楚——

他一定要去，因为师尊在那里。

龙血山盘踞在无悲寺附近，早些年偶有僧人上山打坐、修禅、参悟，但这座山上常起迷障，许多人都说在山上头遇到过鬼打墙的事情，进去了就出不来，所以渐渐地，它也就成了一座荒山。

墨燃御剑兼程，赶了一天的路，终于在日落时分来到了龙血山的山脚下。他一整天没有吃饭，没有喝水，已经十分倦怠，所以当看到一泓清泉从柏木间流淌出来，他就走过去，掬了一捧清水，洗了把脸。

洗下来的先是泥，然后是溶开的血，最后才露出他的面庞，倒映在潋滟水面上。

那并不是一张丑恶的面庞，可是墨燃盯着看了一会儿，只觉得说不出地嫌恶，他猛地击破水面，打碎倒影，紧接着合上眸子，几乎是有些痛苦地把脸埋进掌心里揉搓。

这世上有没有什么万全法，可以将一个人的过去与现在彻底割裂？有没有什么利器，可以将腐臭的记忆从脑海里剜除？

有没有谁可以救救他，可以跟他说，你不是踏仙君，你只是墨燃，你只是墨微雨而已。

可是睁开眼时，水波复平静，水面上倒映的那个男人还是这样怨憎又绝望地盯着他。

他知道自己无路可退。

起身，上山。

行到半山腰的时候，突然起雾，毫无征兆可言的浓雾，伸手不见五指。

墨燃一开始以为是鬼祟，可是感知之下，又没有半点邪气。

这时候也不早了，林木间偶尔传来杜鹃啼血之声，周围渐冷，阳光在一点点地消失，四野暗了下来。

"大师？"

他嗓音微哑，一边摩挲着，一边向前走去。

"怀罪大师？"

没有人应他。

但奇怪的是，他一路攀行，几乎是盲走，却并没有受到任何阻拦，这条路顺得令人毛骨悚然，好像早有人在大雾深处布好了局，等着他自投罗网。

"有人吗？"

雾渐渐消散了。

眼前的景致变得越来越清晰，浓霭伏落，山石藤木都浮现在他面前。

他发现自己不知不觉间已来到了一处平坦开阔的地方，回过头，来时的路依旧被雾气遮盖，倒是只有这一片地方是草木疏朗、月明星稀的。

他踏着凝满水露的衰草，一路向前，而后看到一个人的背影。

墨燃愣了一下，随即惶然奔前，急唤道："师尊？！"

楚晚宁背对着他，正跪在一个被紫藤萝所遮掩的山洞旁，在他面前，怀罪大师盘坐垂眸，神情愀然，缄默不语。

"师尊！你——"

墨燃蓦地失语，因为他看到楚晚宁回过头来，竟是睫毛湿润，脸庞有泪痕。

墨燃愕然："你怎么了？"

楚晚宁没有说话，他一直在压抑自己，从很久以前起，他就是高高在上、威严凛然的。好像一出生，他就是一个长者、一个仙尊，没有年幼与软弱的时候。

"墨燃……"

但这次，他耗尽全部力气，却只开口说了两个字，哽咽就再也压抑不住，溢出唇间。

墨燃喃喃着上前，走到楚晚宁身边，俯身跪地："怎么了？怎么就哭了？"

他一边说着，一边低头，抚摸楚晚宁的头发。

他每一时每一刻的安稳都是偷来的，与楚晚宁讲过的每一句话，都成了上天错误的施舍，能多得到一点，他都视若珍宝，不敢轻负。

"好了、好了。"明明自己都那么无助了，他却还宽慰着楚晚宁，"没事的，有我呢，我来了，我在这里。"

这一刻，墨燃忽然发现跪在自己身边克制着，却依旧颤抖落泪、手指紧攥着衣襟的楚晚宁，像极了桃花源里那个再也不会出现的小师弟。

没有谁生来就是强者，楚晚宁应当也有过年少模样。

墨燃心中一凛，隐约明白了什么，他一边安慰着轻微颤抖的楚晚宁，抚摸着他的头发，一边看向怀罪大师。

那个老僧坐在一块冰冷巨大的岩石上，眉心皱起，睫毛低垂，半合半闭着眼睛，眸中毫无神采，手中捏着一枝海棠，微向前倾着，似乎要赠予谁。但那个人想必拒绝了他的好意，花已颓败了，只有零星几朵还未从枝头枯落。

怀罪圆寂了。

这个身上藏着许多神话、许多谜团的人，到最后一刻，脸上并未有任何释然。

他的神情是痛苦的。

更令人难受的是，他死后，面目不再保有三十余岁的年轻模样，彻彻底底成了个棘皮老僧，而且不知是什么原因，他的脸庞正在以肉眼可见的速度被一只金色的小虫蚕食侵吞。

"这个虫子……"

"是义虫。"楚晚宁终于开口，嗓音却沙哑得可怕，"厌弃自己样貌的人，有的就会与这种虫子订下血契。义虫可改宿主容颜，作为回报，到宿主离世那一天，义虫就会吞噬宿主全身。"

听他竭力维持着语调的平稳，缓缓说着，墨燃更心疼楚晚宁。楚晚宁许是在这里已经跪了很久很久，手脚都是冰凉的。

从前世到今生，一直都是楚晚宁在做他的灯塔、他的火焰，在驱散他的黑夜给他力所能及的暖意。

但墨燃此刻让他靠着，只觉得楚晚宁整个人是用冰做的。

真冷。

他锥心地疼。

"我在这里、我在这里。"

"他早就让我来龙血山。"楚晚宁显得疲惫至极，好像有人抽空了他全部的温热血液，往里面灌注了无边无际的痛苦与煎熬。

"他知道我不愿当面与他说话，不愿听他解释，所以曾给我留过一封书信，信中极尽恳切言辞，但我还是刚愎自用，我不肯信他……我猜忌他。"

墨燃从来没有见过这样的楚晚宁。

——加上前世都没有。

这不禁令他心下惶然，他问："到底发生了什么？"

可楚晚宁只是空荡荡地答："是我猜忌他……"

这个一直冷静、一直理智的人，终于支离破碎。

他犹如一张角弓，弦绷到极致蓦地断裂。他不住地发抖，那么绝望、那么可怜。

楚晚宁佝偻着、蜷缩着，绷了半辈子的人一旦崩溃，那种蓄积的悲恸就足以决堤："我早该来这里的……如果听了他的话，很多事情就不会发生，南宫不会死、师昧不会盲，原本都是来得及的……都是来得及的。"

"师尊。"

"如果我听了那封信里的话，就不会这样……"

墨燃花了很长时间，才略微将他安抚，良久之后，楚晚宁终于不再哭了，可是他的眼神是失焦的，墨燃捏着他的指尖，却发现怎么也捂不热，正如那细微的颤抖，怎么也停不下来。

"我为什么不愿再信他一次……"

墨燃默默地听着。其实这一路过来，出于踏仙君的原因，墨燃预想了无数种和楚晚宁再次见面的场景，想了很多的解释与央求。

可他发现都用不上了。

他没有料到再见到他时竟会是这般局面。

"他……还留下了一个回忆卷轴……"最后，楚晚宁终于慢慢静了下来，"他走之前，一直希望你能来，亲手给你。"

听到与自己有关，墨燃的指尖一僵。

回忆卷轴？

那里会写着什么？怀罪大师又都知道些什么？

墨燃觉得自己的手也开始冷了，汗毛倒竖，他冷得彻骨。

楚晚宁声音沙哑道："但是他等不到了，他的寿数尽了。"他说完，似乎被触及了某个极其疼痛的疮疤，眉心蹙着，不再多言。

他大抵是怕再多说一句，就又会崩溃。

楚晚宁以胳膊遮着眼睛，平复着情绪，慢慢收拾着自己一地狼藉的镇定、平和、清冷、可靠。他把这些碎片捡拾回来，缓缓地穿戴于自己身上。

他终究不习惯做一个弱者。

最后，楚晚宁抬起湿润的凤目，把那个卷轴从怀中取出，递给了墨燃。

"这里面有他知道的所有秘密。"

墨燃的嗓音有微不可察的轻颤："他给你也看过了吗？"

"看过了。"

墨燃心下栗然。

他望着楚晚宁的眼睛，那一瞬间有一个极其可怕的念头。

——接过青玉为轴的画卷。

他却忽然那么不安，于是蓦地握住楚晚宁的手指，摩挲着。

"晚宁……"

"……"

"如果在蛟山，那个人……跟你说的都是真的，你会恨我吗？"

楚晚宁脸色原本就很苍白，这时候更是血色全无，连嘴唇都微微泛着青。

"你会恨我吗？"

墨燃握着他的手，力气是那么大，固执甚至野蛮。可与那力道截然不同的是，他柔软睫毛之下的苦苦哀求。

"会吗？"

楚晚宁摇了摇头，没有回答，他闭上了眼睑："看卷轴吧。"

怀罪大师留下的卷轴阴气很重，和凡间的法咒并不相似，倒更接近桃花源羽民的造梦幻境。

墨燃又深深望了一眼楚晚宁，而后打开卷轴，将散发着莹玉光辉的画抵在眉心。

龙血山的景象消失了，随之而来的先是一片深不见底的黑暗，黑暗中，怀罪的声音响起，带着几分嗟叹，回荡在墨燃耳边。

"楚宗师、墨施主，老僧自知时日无多，但见如今天下生变，大灾将至，若不竭尽所能，将所知一二告知二位，以助回寰，老僧于炼狱之中，也会愧悔难当。"

那声音顿了顿，接着缓缓道来。

"这卷轴中，所涉往事，俱是匪夷所思，更有老僧从前过错，无可掩藏。我自知半生倥偬，前尘罪孽深重，加之愚钝浅薄，心胸狭隘，算来这两百多年的偷生，清醒的时日，竟是屈指可数，所做的善事，亦是少得可怜。我一生怀罪，无可赎偿，死后也将堕入无间地狱，永世不得超生。只是，我仍心有奢望，希望二位看后，莫要对老僧心生厌弃，觉得老僧……禽兽不如。"

墨燃眼前渐有微光亮起，他眨了眨眼睑，目之所及，是断壁残垣、老树昏鸦，到处有啄食着眼珠、掏吃肚肠的鸟群。

他微怔，莫名觉得这个场景非常熟悉，但又一下子想不起来。

——直到城门口尘土飞扬，驰来一群人，勒着额环，背着羽箭，骑着瘦马，其中一个年轻人猛地勒住缰绳，从马背上滚下，朝着城门口一具尸体扑过去，口中不住嚷着："爹！阿爹！"

　　墨燃这才猛吃一惊，觉得背后阵阵发凉。

　　这是……

　　桃花源羽民幻境？

　　这是战火之中的古临州？！

龙血山神木

和桃花源时不同，这一次他不再身涉其中，只是一个旁观者，回忆里的任何一个人都瞧不见他，他走到那些骑兵旁，低着头，看着那个抚尸痛哭的少年。

颅内一根青筋在不停地抽搐、跳动。

他感到彻骨的寒意，鸡皮疙瘩起了一身。

再次看到这个场景，他很清楚这个少年最后在临州惊变中扮演了怎样的角色——出卖太守公子楚洵，为了让养父死而复生，不惜捐出了整座城里人的性命。

"小满，人死不能复生，你别太难过了，这里不能久留，我们还是快回去吧。"

"不……不……我哪里也不去，我要阿爹……他、他是替我去找吃的，所以才会丧命，是我对不起他，爹！爹爹！"

墨燃盯着那个少年。

这个人是谁？

是怀罪的父亲？还是……

他目光落在小满的左手上，左手虎口处，有一颗米粒大小的黑痣。

他猛地想到了怀罪大师的手，也是这个位置，一模一样的地方，也有那么一颗痣，分毫不差。

墨燃惊愕了。

这时候，那邈远的声音又缓缓响起。

"我自幼生于临州，没有父母，被太守府的一个马夫收养。十四岁那年，鬼界天裂，临州受难，家中无米无粮，我腹饿难当，养父便冒险替我出城觅食，到了傍晚还没回来。"

心惊肉跳——

怀罪，真的是两百年前的小满？！

怀罪轻声道："待我出了城，寻到他时，他已被邪祟所杀。那个场景，我这辈子都忘不掉。"

墨燃耳中嗡嗡地响，他跟随着小满进城，当年临州天裂血雨腥风，鬼王要挟众人交出楚洵。这些事他都已看过一遍，再次观来，却仍觉得凄惨悲凉，人心险恶。

他看到事发那一晚，小满百般央求，求众人不要将他的养父肢解除患，求管家让他等到楚洵归来，看能不能留父亲一个全尸。

"求求你们，再等一等，再等一会儿公子就回来了，我一定看着他的尸体，如果起尸了，我一定会拦着，求求你们……"

"起尸了你根本拦不住，孰轻孰重你要分清楚！"

"不！不要撕碎他，求你们不要撕碎他……"

暴雨滂沱，小满不住地跪地磕头，磕得满头满脸都是血，却依旧阻拦不住父亲的尸身被粗暴地从他怀里扯出去，被太守府的管事拖到了府衙外，他们围住了那具随时可能异变的尸体。

小满的视线被挡住了，过了一会儿，他看到血水从众人的脚下流出来，顷刻被大雨冲刷成淡淡的粉色。

"我那时自私，只觉得心灰意冷，对所有人都充满了怨恨，所以叛离临州，自荐为鬼王手下，想报复他们。"

随着他的自述，墨燃又一次看到了那个曾经令他震撼的画面。

城民背叛了他们的英雄。

楚洵跪在城隍庙前的石阶上，佝偻到泥泞之中，泣不成声。

他看到暴民将楚洵押解至庙堂，犹如兀鹫食腐，乌泱泱地围作一团，为了自己能苟延残喘地活着，不惜献出楚洵的性命。

他看到楚洵将自己的心脏与灵核一同掏出，交到为他哀哭的零星百姓手中，让他们尽快离开这里，不要再逗留……

这一切，小满也都瞧在眼里。

"后来，我去了鬼界。多少次独处的时候，我都会想到楚公子当时的惨状，想到他献出的心，想到他从前……待我们的好。每次想到这些，我都惴惴难安，我越来越逃脱不了内心的谴责。"

怀罪顿了顿。

他的声音变得极为痛苦。

"我是个叛徒。"

墨燃心里说不出是什么滋味。

善恶有时只在一念之间，有的人刀子捅落的瞬间，其实便已后悔了，但那又怎样呢？

早已无路可退。

"不久之后，我听闻楚洵的灵魂投入地府，他是个善人，修为虽未至巅峰，不可尸解成仙，但也足够立入轮回，来世富贵荣华，终享一生清宁。可是他没有走。他的孩子与夫人，因为当年那场大劫，魂灵混淆，四分五裂，他便去鬼界央求，愿意用自己三世福禄，换取妻儿解脱。但最终的结果，却并非那么顺利。"

墨燃看见了怀罪在鬼界四下奔走着，他因为羞愧难当，无颜面对楚洵，便一直小心翼翼躲着楚洵，但他想尽办法拉着那些鬼兵鬼卒询问："那对妻儿呢？最后阎罗说了什么？能想办法拼凑出他们的魂魄，让他们重入轮回吗？"

"能想想办法吗？求你了。

"求你们帮楚洵公子想想办法吧，要付出怎样的代价都可以商量……"

有个鬼卒嘲笑他道："早就听说你的光辉事迹了，当初不是你帮着九王，害死了楚洵一家？怎的到了鬼界，忽然转了性子，你怕楚洵做了鬼，来和你清算呀？"

墨燃跟在怀罪后面，看他求了很多人，跪了很多人。或许不该叫人，应该叫鬼。但很多时候，人和鬼的本性其实都是一样的。

就像楚晚宁说过的，灵魂或许会改变性格，改变爱好，改变脾性，但本质却绝不会因为生死轮回而变更分毫。

怀罪四下打听楚洵妻儿轮回一事，很快被九王知道了。

九王当时与楚洵交手，被毁去一只眼，早已对楚洵生恨，听闻手下的小满，竟又满怀愧疚帮着旧主偷偷问起了轮回之法，不由得大怒。

他收回了怀罪自由往返鬼界的令牌，将他叱回人间，并夺走了怀罪作为鬼卒永恒的寿命。

"滚回人界去，当你身上所有的鬼界之气消散，你就会死去。死后永堕无间地狱，灵魂万劫不复，不能超生。"九王用唯一尚能使用的那只眼睛，森森盯着怀罪，"这就是你替旧主谋事的代价。"

鬼界的黑暗消失了。

墨燃听到淅淅沥沥的雨声，是春天，细雨如酥，润泽着碧绿的新芽。

他看到怀罪落发为僧，在春雨里走着。

"我回到了人界，这时候，人界已过去了百年。九王虽拿走了我的令牌，但我身上残存的阴气，能让我在子时阴气最盛的时候重返鬼界，但是停留久了，损耗极大。我其实……还是很怕死，便不敢常在鬼界久驻，只有实在需要一些线索、一些帮衬的时候，才会偷偷返回鬼界。"

墨燃听着他低沉的自述，看着面前点着盲杖、在竹林中踽踽独行的怀罪，冬梅卧雪，夏荷听雨，他一个人走着，从万木春生，到霜林染透。

麻鞋走破了一双又一双。

怀罪到处寻找着、探问着，希望能得到一星半点的记载，可以给那对被他毁去灵魂的母子转世复生的机会。

怀罪说："那也是我赎还一点罪孽的机会。"

他人或许并无所感，只觉得怀罪何其可笑，可墨燃听到这里，眼眶却蓦地湿润了。

赎罪。

每个犯下过错，想要悔改的人，都如鱼渴水般，渴望着赎罪。

他是这样，怀罪也是这样。

他们都不是善人，手上都有淋漓的血，脚下都是支离破碎的头颅。

怎么赎罪？

用曾经杀过人的手，往功德池里放归生命，罪孽就能一笔勾销了吗？但愿人世间的是非善恶、福报因果，都能这样简单。

可他知道不是这样的。

"我在人世间，又走了近百年。"怀罪缓声叹道，"这一百年，遇难必援，见苦必救，我知道这么做没有用，不管再积多少善德，我死后依旧会下炼狱，受尽煎熬苦楚。可我只想让自己心里好受一些，我只是想，若是公子尚在人间，他一定……也会忧人之忧，难人之难吧？"

百年间多少往事流淌而过。

他看到怀罪背着盲眼的孤儿在山林间行走，看到他在田间地头帮着劳作；他看到怀罪在一盏孤灯之下缝补旧衣，却捐尽银两只为修葺被邪祟毁灭的村落。

"楚公子一直没有轮回。我后来摘了一枝人间开到灿烂的海棠，想到这是他与夫人最喜欢的花，我便头脑昏沉，鼓起勇气去鬼界见了他一次，结果自是不用说，他将我拒之门外，令我今后不得再来。"

画面是怀罪立在鬼界巷陌之间，清癯的背影。

这个时候，他的背脊已隐隐佝偻了。

"我不敢惹他烦心，就再也没有出现在他面前，但那枝海棠，他没有丢弃。我想他或许还是喜欢这人间事物的，他在鬼界见不到，我就采来托人送给他。我希望他对我的恨能因此少一些，哪怕少一点点也好。

"再后来，我听说楚夫人灵魂可以恢复，只是需要时日，但小公子的三魂七魄已粉碎，恐是上穷碧落下黄泉，往后天上地下，都不再有他。得知此讯后，我更是愧疚难当，悔恨不已——直到有一天，我得到一样东西。"

月夜春山，烟波江上。

怀罪坐在船舱里，星星点点的渔火倒映于江流之上，也映着他手里捧着的物件。

墨燃走过去看，他在怀罪旁边坐下，离得近了，发现是一段木头。那木头长得奇怪，别的树木枝干都有粗糙的树皮、细密的纹路，但它没有。

它只有一只手掌那么大，树皮光滑细腻，散发着淡淡的光泽，即使是在幻境当中，墨燃好像都能感觉到这块木头似乎飘溢着一股清香。

"炎帝神木。"

墨燃蓦地睁大了眼睛，难以置信地看着那段光华流转的断枝。

这是……炎帝神木？！

传说中在东海之极，无人抵达的地方，生长着的那种千万年的圣树？墨燃活了两世，行走江湖多年，又怎会不知道炎帝神木的传说。

可以活死人、肉白骨。

可以淬炼成比神武更强悍的神兵利器。

甚至可以襄助凡人飞升，直接脱离轮回之苦，永立仙班。

怀罪显然也是知道这些传闻的，他轻声道："神木有灵，炼入灵核，可不日飞升，成为仙人……我就再也不用受炼狱诅咒，从此，可解脱了。"

墨燃猛地想起了关于怀罪的传言。

坊间传闻他拒绝了天界的邀约，从此长留人间。

难道真相其实是他炼化炎帝神木未果，失败了吗？

"我是真的……真的很想将这段神木据为己用。有段日子，我甚至觉得这是天意，是上苍怜悯我，原谅了我，不想让我堕入地狱受苦，所以才会让这段神木因为机缘巧合，来到我的身边。"

船舱里，怀罪摩挲着那段神木，眼中闪着渴望与迷茫，他的神情是那样矛盾，一如墨燃耳边回荡着的声音。

"但是，我曾在一卷古籍上读到过，炎帝神木和女娲遗土是一样的，凭着这段神木，可以创造出一个活生生的人。"

龙血山无魂

"什么？！"

墨燃大吃一惊，后退半步，若非他在这回忆画卷中不过是个虚渺的人，恐怕此刻已碰翻了旁边的鱼篓网绳——

炎帝神木可以再造活人？

"炎帝木、女娲土、伏羲琴，这三样原是三皇创世的神器，灵力极纯，相传天地间的第一批无量上仙都是由这些神器创生的。我得了一段炎帝木，即便没有神农通天彻地的法力，想要塑人亦非难事。就如同通天太师死后，其母以莲藕重塑其身，我最终下定决心，决意拿这段神木，绘刻成楚小公子的模样。"

墨燃只觉得天旋地转，眼前阵阵发晕。

雕刻成……楚小公子……楚澜的模样？

怀罪说："我想还恩公一个儿子。"

墨燃喉间干涩至极，仿佛被什么堵住了，半天才喃喃道："不可能……"

画卷中，无悲寺晚钟响起，暮色四合。

倦鸟也归巢了，僧侣们衣袂飘飘，宽袍大袖自廊庑下飘过。

怀罪大师坐在禅房里，门窗紧闭，伴着青灯古佛，细心地一点一点雕琢着，他不敢妄自下刀，在拿炎帝神木重塑活人之前，已经刻过了成百上千的人偶，直到惟妙惟肖，和记忆中的楚澜一模一样。

这天晚上，他终于小心翼翼地捧出了炎帝神木，在端详了许久之后，慎重而仔细地落下了第一刀。

木屑纷纷扬扬，落在地上就散作了金粉。

他每一笔刻落，都尽了最大的努力，每一笔刻落，眼前都是那两位故人的身影。百年的时光就在刻刀之下跌宕起伏，老僧把头颅埋得很低，脖颈仿佛早已被罪孽压断。

"我就此闭关，在寺庙之中，花了整整五年时光，才终于将'楚澜'刻完。"

墨燃木僵地朝怀罪走去，看着僧人缓缓放下刻刀，已是最后一笔了，星星点点的余灰被怀罪拂落。

怀罪颤抖着摩挲过那木雕公子的脸庞、衣冠，他哭了，跪在地上，不住地向那一尊木像叩首。

墨燃呆呆地看着几案之上，摆放着的那一尊小像。

神木为身，愧疚为刃。

小小的身躯，却是楚晚宁孩提时的模样。

此时正值傍晚，钟声叩响，天地之间只剩下最后一点残阳血色，透过窗棂洒进来，照在几案上。

日暮钟声遍传寺庙，院外有僧侣在焚烧柏木与松叶，馥郁的香味里还沾染着一些苦涩与清冷。

夜晚将至，禅院安宁。

"就叫你，楚晚宁吧。"

最后一击洪钟落了，怀罪对着那尊木像轻声自语道。

他咬破指尖，滴落饱含着金属性灵力的一滴血，刹那间，屋内一片璀璨华光。

墨燃在这片华光中颤抖着睫毛，合上了双眸，他的眼皮不住在颤抖，试图去看清光芒中的一切，却因泪眼蒙眬，光亮刺目，什么都瞧不清，什么也看不见。

在被刺到完全闭目的时候，墨燃想的是——

楚晚宁也已知道这一切了，他的心，该有多痛呢？

不是活人。

无父无母。

只不过一截枯木，一滴鲜血。

在天地之间茫然不知地活了三十余年。

"神木有灵，滴血为人后，就真的如我所愿，变成楚澜小公子的模样。我将他放在寺院里养大，收他作徒，慢慢地，他长大了，开始问我自己的身世，问我自己是从哪里来的。"

墨燃看到小时候的楚晚宁坐在怀罪大师身边，一边吃着糖葫芦，一边问："师尊，你一直说我是被你从雪地里抱回来的，那你到底是在哪里把我抱回来的呢？"

怀罪的目光投向了远山寒黛处，他出了一会儿神，而后叹息似的道出了两个字。

"临州。"

"所以我是临州人吗？"

"嗯。"

"可我从来都没有出过寺院，临州是什么样的，我都不知道。"楚晚宁显得有些沮丧，"师尊，我想下山去看看外面。我……想去看看临州。"

幻象渐渐淡去，无悲寺邈远了，随之而来的是艳阳灿烂的江南夏景。

正是六月，荷塘里藕花娇艳端正，芳菲扑鼻，比夏司逆还要小一圈的楚晚宁踢踢踏踏地走在青石板路上，怀罪跟在他后面。

"晚宁，你慢一点走，当心摔着。"

楚晚宁笑着回过头来。

那是墨燃从来没有见过的稚嫩青涩、无忧无虑的笑脸。

"好啊，我等师尊。"

那时候的楚晚宁，穿着一身青灰色的小僧袍，没有落发，扎了个小髻，头上顶着一张荷叶，那荷叶上还沾着些晶莹剔透的露水，衬得楚晚宁的脸庞越发纯澈、明朗。

怀罪走到他身边，牵起他的手："好了，看过西子湖了，接下来你想去哪里？"

"去吃些东西好吗？"

"那就……"怀罪顿了顿，"去城里吧。"

他们相携进城，墨燃就走在他们身边，他看着楚晚宁顶着荷叶，连自己的膝盖都不到，心中又是怜爱，又是难过。

他伸出手，明知道无法触碰幻境里的人，却还是伸过去，摸了摸楚晚宁的头。

"嗯？"

岂料这一摸之下，楚晚宁忽然停下了脚步。

怀罪和蔼地问："怎么了？"

楚晚宁抬起头来，仰着脸，那双眼睛在阳光下，清如两泓甘泉，不偏不倚地，竟落在了墨燃身上。

墨燃几乎是愕然的，只听得心跳怦怦，血流湍急。

他觉得匪夷所思，但又隐秘地期待着……

"那是什么？"

楚晚宁松开怀罪的手，朝着墨燃走去。

墨燃越看越觉得难受，他从来没有见过这样没有顾虑、神情疏朗的楚晚宁，忍不住俯下身来，情不自禁地张开双臂，想要抱住他。

可是楚晚宁径直从他的虚影里穿了过去。

墨燃愣了片刻，回过头，看到那孩子走到了自己身后的一家点心铺子前，正仰头看着摊主掀开竹笼，烟雾袅袅升腾，里头露出了淡粉色的花糕。

墨燃心下微松，随即竟有一丝怅然。

果然只是个巧合而已。

他跟着怀罪一起走过去，楚晚宁见怀罪来了，笑道："师尊，这个糕点，看上去好吃。"

"你想尝尝吗？"

"可以吗？"

怀罪的神情似有些恍惚："你们果然都喜欢……"

楚晚宁听到了，微微睁大了眼睛，天真无邪地问道："谁都喜欢？"

怀罪抿了抿唇，说："没什么。师父想到了一个故人。"

他掏钱买了三个糯米花糕，若有所思地看着楚晚宁咬了一口，蒸气上腾，模糊了稚子的脸。

往事如川，滚滚而过。

怀罪轻轻叹息，合上了眼眸。

忽然袖子被人轻拽，他低下头，看到的是掰作两半的糕点，里头红豆沙细腻柔软，散发着热气与甜点的清香。

"师尊一半，我一半。大的给师尊。"

"为什么大的给我？"

"个子高，吃得就多啊。"

墨燃看着怀罪接过糕点，和楚晚宁两个人就站在摊边吃着点心，说着话。他静了片刻，站在临州灿烂的阳光之下，微微笑了。

很痛。

但又觉得心坎里有汩汩春水流淌，他觉得对着这样的楚晚宁，没有人会不心软，会不喜爱。

那是世上最乖最好的孩子。

眼前的繁盛阳光又淡去了。

这次新的画卷没有立刻浮现，墨燃站在一片漆黑之间，耳边是怀罪空落落犹如幽魂的声音。

"我终日与他相处，教他认字、读书，与他讲经、明理。但我最关心的，是他的法术。

"我依然没有忘记，自己造出这样的一个孩子，是为了最终将他归还给我的恩公。我从一开始就打算好，当楚晚宁发身长大，灵力与身体能够承受的时候，就将带他前往鬼界。"

怀罪顿了顿，声音越发低沉了一些。

"带过去，将楚澜小公子仅剩的残破魂灵，熔炼到他的体内。"

墨燃愕然。

怀罪声音沙哑道："我那时候觉得这么做并没有错。楚晚宁是什么？他不是一个真正的活人，只不过是一段木头、一座木雕，是我给了他性命，教会了他为人处世的道理，终归，他身上流着的不是真正的血，肌骨上覆盖的也不是真正的肉。"

墨燃原本就已耿耿于怀，听怀罪这样说，再也忍不住，喊道："不是的！"

可是有什么用呢？

怀罪听不到他愤懑的反驳，那僧人的声音依旧犹如旋涡，将墨燃卷进更深更痛楚的深渊里。

"楚晚宁是多余的，他没有生命，没有灵魂。"

"不是的！为什么神木就没有灵魂？他有生命，他有魂魄！他不是任何人！他也不像任何人！"墨燃在幻境里犹如困兽嘶噪着，"怀罪，是你养大他的，你每天看着他……他不是活人吗？他和你，和我，又有什么不同？"

但怀罪还在呢喃自语，犹如佛前诵经般麻木，千锤百炼的字句从唇齿间锻造而出，不知是真的一心礼佛，还是只想麻痹心中那太过剧烈的痛楚。

"他是我为楚澜雕刻的一具肉身，只有楚澜的灵魂住进去，楚晚宁才算一个完完整整的人。"

墨燃几乎是毛骨悚然的，他不知道后面发生了什么，但觉得自己快要疯了，几近癫狂，他在黑暗里奔走，可是哪里都是深渊，哪里都没有出处，他口中不住地喃喃，喃喃又变成嘶吼："不是的！你不能毁了他，怀罪，他身体里有灵魂，他是个活生生的人啊……"

他跪下来。

他忽然那么害怕，甚至比前世真相的暴露还要害怕。

他忽然怕接下来会看到怀罪把楚晚宁带去鬼界，剖开胸膛，将灵核与楚澜的魂魄融为一体。

那原本的楚晚宁呢？

楚晚宁的神木之灵就会离开，六道轮回，他一截碎木，能去哪里？

天上，地下，云间，黄泉？

哪里都不会要他。

"不……怀罪……你不能……"墨燃觳觫，嘴唇青白，"你不能……"

怎会没有灵魂？

怎么不是活人？

那个顶着碧嫩荷叶笑嘻嘻在路上跑跳着的孩子。

那个小心翼翼掰开花糕，把大的给师尊、小的给自己吃的孩子。

他还那么小，却比许多人都有情有义，有声有色。

他不比任何血肉凝成的生命逊色。

怎会，不是活人……

但墨燃极尽绝望的央求与嘶喊，是唤不醒怀罪的。

怀罪百年心结便在此处，他觉得自己亏欠了楚洄一家，历经千辛万苦，才塑出这样一具义身，怎会错放。

"日子一天天过着，楚晚宁慢慢长大，他是楚澜复生的躯壳，我担心他的性命安康远胜过担心自己。所以这么多年来，我只在他五六岁时，带他去临州小住了数月，后来，就再也没有出过无悲寺地界半步。"

怀罪叹了口气，接着道："有时候我会想，给他看过的人间风月，是不是少得可怜，他活到十四岁，除了临州，哪里都没有去过，他有的自始至终都只是无悲寺禅院的那一方天地，尺寸春秋。"

眼前终于又亮了起来。

是个月夜，墨燃首先看到怀罪站在禅房门口，向院外望去。

他也忙走过去，如霜的月色下，他看到十四岁的楚晚宁正在舞剑，海棠飘飞，那个白衣少年在花瓣与寒月的映照下恍若谪仙。

怀罪的声音依旧未散，和凌厉的剑破长空之声一起萦绕在耳边。

"但我又觉得，见得少一些，未尝不是件好事。人间的苦难太多了，如果这段神木之灵注定只有短暂十余年的性命，而后就要被楚澜取代，那么活得轻松、率真、坦荡，不知红尘疾苦，会不会更仁慈一些？"

舞剑毕。

残花落。

楚晚宁将长剑收于臂后，另一手双指竖起，凝神静气。

他平复略显急促的呼吸，抬起头，瞧见怀罪在看自己，于是笑了。

晚风吹拂着他的额发，有些痒，他轻轻吹了一下，试图把不停挠着他脸颊的碎发给吹开，但这显然是无用的，所以他最后只好拿手掠拨，墨黑凤目微笑地回望着怀罪。

那也是墨燃站着的方向。

"师尊。"

"嗯。不错。"怀罪点了点头，"你过来，我测测你的灵核如今修炼得怎样了。"

楚晚宁毫不疑他地走了过来，将开雪白的衣袖，将手递给怀罪。

一测之下，怀罪道："很雄厚了，只是还有些不稳，再多练练吧，冬天前，你应当能有大成。"

楚晚宁便笑道："多谢师尊。"

他说这句话的时候，不知是不是错觉，墨燃看到怀罪的肩膀，似乎微微颤抖了一下。

但怀罪终究还是什么都没有说，什么都没有表示，也没有改变。

他转身进了屋里。

墨燃立在原处，他不再去看屋里的怀罪了，他极尽渴望、极尽迫切、极尽贪婪地看着眼前不知什么时候就会消失的少年楚晚宁。

依旧干净、纯澈，甚至温柔。

这样的人，怎会是没有魂灵的？

他的目光下落，无意瞥见楚晚宁洁白衣襟下起伏的胸膛。

墨燃陡然想起了什么，忽觉五雷轰顶，胸臆间仿佛落下了一块巨石，激荡起千层骇浪。

"不……不……"

他后退一步。

可是又能怎样呢？

记忆已经伸出了狰狞指爪，攫住他的五脏六腑。

他想起来了，楚晚宁的胸口有一个疤。

他被开过心腔！他……他……

墨燃颤抖着，眼前的楚晚宁在月下舞着剑，踏着飞花。

那么俊美。

可他觉得胃里仿佛落了一桶寒冰，不寒而栗。

他被……剖开过胸膛……

所以怀罪最后真的做了吗？

他真的把楚晚宁带去了鬼界，把楚澜的灵魂碎片融到了楚晚宁的心里，所以最初的楚晚宁早已不在了，所以——

他抱住头，蜷坐于地。

他发着抖，不敢再想下去。

疼。

心好疼。

宁愿被挖出心脏的人是自己，宁愿被褫夺最初魂灵的人是自己。

楚晚宁。

他那么好。

为什么要受如此苦楚，最后竟落得一个"并非活人"的判词，被缔生者当作一具毫无性命的躯壳，去承载另一条性命？

那他拜的师尊，究竟是谁？

是楚澜，还是楚晚宁？

墨燃只觉得自己要疯了，头一阵阵痛，甚至感到眩晕和恶心，他不知自己在原处坐了多久。

后来天色暗了，禅房与花树都消失。

楚晚宁也淡去了。

怀罪的声音在黑暗中慢慢流淌着。

他说："楚晚宁十四岁那年，时机已渐成熟，我打算再过一年，将带他前往鬼界，与楚澜融魂。"

龙血山有心

墨燃空洞而木僵地听着。

他已经不喊了，他坐在原处，眼神直兀兀地，盯着前方。

"原本一切都很顺遂，但那一阵子，下修界天裂严重，流民四起，野有饿殍。"

眼前重新亮起来，是初冬，铅灰色的天空中落着细雪，一条山路缓缓出现在了墨燃面前，路上结着一层白霜，覆着新雪，还有交错纵横的车马印子。

"我没有料到，有一天，在我和他去山脚采取灵石回来的路上，会遇到一个快要饿死的孩童。"

墨燃依旧麻木地看着。

楚晚宁和怀罪出现在了山道上，楚晚宁背后有一个篓筐，里头装着灵力原石，他披着一件棉布御寒斗篷，走在怀罪旁边。

"师尊。"忽然间，楚晚宁停下了脚步，扭头看向乱草坡里，"那里好像有人？"

"去看看吧。"

两人一道走了过去，楚晚宁细长白净的手指拨开乱草，他吃了一惊，微张凤目："是个小孩子……"

他立刻回头，对怀罪道："师尊，你快来，你快瞧瞧他，他这是怎么了？"

怎么了？

怀罪也好，墨燃也好，都可以一眼看出来。

那孩子又脏又臭，衣着褴褛单薄，那身衣服脱下来肯定就再穿不上了，丝丝缕缕都是破洞。说难听一点，寺庙里的狗吃着残羹冷饭，活得都要比这个小孩光彩一些。

若不是孩子还在呻吟，还有呼吸，跟一坨烂肉已没有任何区别。

怎么了？还能怎么了。

每次大灾面前，人力都是如此微薄渺小，别说死一个孩子了，易子而食也不是什么稀罕事。

也只有从小在寺庙里长大的楚晚宁，才能怔忡地问出这么蠢的话来。

怀罪皱了皱眉，说："你别管了，先回去吧。我来看看他。"

楚晚宁信任师尊，所以立刻听话地起身了，可是他还没来得及走，斗篷的衣摆却被一只脏兮兮的小手拽住了。

那只手是如此无力，以至于拽的力道那么小，犹如小奶狗在轻轻地挠。

楚晚宁低下头，对上一张辨不清五官的小脏脸。

那孩子的声音轻若蚊呐，仿佛天空中再落一片雪花就能把他压死了，压碎了。

"饭……"

楚晚宁愣了一下，没有反应过来："什么？"

"饭……"那孩子呜咽着，脸上都是黑的，只眼睛里有两处余白，他颤抖地做了一个扒饭的手势，哀哀地说，"吃……"

画卷外，墨燃眨了一下眼睛，回了一半的神。

但他的头脑依旧麻木，没有办法很快地反应过来，只是心中影影绰绰觉得这一幕情形似乎很熟悉，像是在哪里瞧见过。

他直勾勾地看着。

而画卷内，楚晚宁已经愣住了。

他骇然睁圆了眼眸，总算明白过意思，先是茫然无措、难以置信，而后便是手忙脚乱、心急如焚。

他只知人间风月好，却从来没有见过瘦得只剩下皮的孩子，像快要饿死的小猫小狗，大雪天在草地里瑟缩着，身上唯一能御寒的只有一件夏天穿都嫌凉快的破布。拽住他，嘴里说的只有两个字。

"饭"和"吃"。

怀罪严厉道："你先回去。"

但这次楚晚宁没有再听了，他看着那个小脏狗似的孩子，心疼得不得了，忙把自己身上的斗篷脱了，裹在那个孩子身上。

他心急如焚，似乎受难的不是这个孩子，而是他自己，他说："饿吗？你等等，我这里有米粥，我有米粥。"

他去问怀罪拿，但是怀罪却皱起了眉头。

"我让你回去，这不是你该管的事情。"

"为什么不该管？"楚晚宁茫然，"他……他那么可怜，师尊，你看到了吗？他只是想讨点吃的，再这样他会饿死冻死的。"

他说到这里，自己都有些匪夷所思了，喃喃着："这是怎么回事？不是说世道清平吗？为什么会……"

"回去。"

楚晚宁错愕了，他不知道为何怀罪会忽然如此，最后咬了咬嘴唇，还是说：“我想喂他些米汤……”

“我拗不过，还是应允了。”怀罪空幽的嗓音带着些叹息，和茫茫风吹雪一同，飘散在墨燃耳畔，“我给了他装着米汤的壶囊，允许他亲自去救治那个不期而来的孩子。我当时不知道，这会让楚晚宁感受到什么，又会让他做出怎样的抉择。我那个时候，什么都不知道。”

墨燃呆呆望着楚晚宁把壶囊打开，凑到那个孩子嘴边。

孩子如饥似渴地凑过去，却吮不动。

他已经濒临饿死了，没有丝毫多余的力气。

墨燃喉结攒动。

他忽然觉得颅内有一颗种子抽芽，拱出泥层。

他忽然觉得眼前这一切是那么熟悉……

他看着。

他在回神。

而后，就在某个节点，蛟龙破浪，云水翻滚。

他倏地立了起来，指捏成拳——

他想起来了！

“是你？”他匆匆地朝画卷中的楚晚宁奔去，瞳孔急剧收缩，“你是他？是他？你竟然……你竟然……”

他说不下去了，他蓦地以臂遮住了眼。

喉间尽是凄苦。

他怎么也没有想到。

竟然是楚晚宁。

——那个草垛间快要冻死的孩子，是当年埋葬了母亲后，从乱葬岗一路爬下来，无处可归、四处乞讨的自己啊！！

幻境与记忆重合，墨燃从来都没有忘记那个雪天，脱下斗篷裹在自己身上的少年。

楚晚宁忧心忡忡地问：“怎么了？喝不动吗？”

小墨燃说不出更多的话来，只从喉咙里发出一声微弱的呜咽，眯起漆黑的眼眸，有气无力地瞧着他。

“那我倒出来给你，不要介意。”

壶嘴拧开，米粥掬在少年掌心里，他谨慎地捧过去，神情有些犹豫，大概是觉得这样有些脏，或许这孩子不会愿意喝。

可是他到底想多了。

脏？

从沂州到无悲寺，一路上墨燃喝过河水、雨水、洼潭里的浑浆，吃过野果、剩饭，最无助的时候，他甚至吞过蚯蚓、舔过蚂蚁、吃过泥土。

他匍匐在地上，凑过去饮着米汤，那时候只觉得喉咙里淌过的是甘露，捧给他汤喝的人是九天谪仙。

"慢点、慢点，不够还有。"楚晚宁又是吃惊又是难过，望着那个污脏的小脑袋埋在自己手掌间，凄惨又狼狈、贪婪又可怜地舔着米粥，舌头一卷一卷的，像是小动物喝水时的模样。

"你是从哪里来的啊……"他不由得这样问。

但墨燃呜咽一声没有回答，米浆喝完了，只有手掌缝里还存留一点，他不肯放过，不住地舔着这个小哥哥的手心，舔得楚晚宁又痒又疼。

痒的是手，疼的是心。

"没事，还有的，我再给你倒一点。"

楚晚宁就又掬了满满一捧，过程中墨燃一直眼巴巴地瞅着，等手一伸过来，他就凑上去，迫不及待地继续吧唧吧唧地舔着喝。

那满满一壶米浆，楚晚宁就这样一捧一捧蹲着喂他喝完。

墨燃从没有忘。

其实他在后来跌宕起伏的人生中，曾无数次想过——如果当时没有遇到这个人，自己会怎么样。

他推演过很多可能，有过很多种设想，但最后都逃不掉一个字——

"死"。

饿死、冻死，被野狼、野狗叼走，开膛破腹吃掉心肝脾胃。

如果没有遇到这个哥哥，自己早该去黄泉之下与母亲相会了。

所以后来，墨燃当上踏仙君，他曾特意回无悲寺寻找过旧时恩人，但因为时间过去太久了，他并不记得那个恩人的脸，对着满院锃亮光头只觉得说不出地烦躁，最后摆摆手走了。

当时方丈心惊胆战，不知无悲寺是哪里得罪了踏仙君，一直惴惴不安地等候着发落。可第二日，踏仙君命人抬了成百上千的匣子过来，一打开，璀璨夺目，竟是满匣子的黄金。

"陛下不知故人为谁，遂一视同仁，赏无悲寺僧侣每人万金，以报活命之恩。"

原来，他兜兜转转却怎么也找不到的恩人，那时就受困于死生之巅，终日被他软禁，被他欺凌吗？

昔年陌路，那个小哥哥除落温暖的斗篷，裹在他瘦小的身上。

命运捉弄，他却每夜粗暴地对待恩人，在他身上宣泄所有恨欲，用尽一切酷刑。

他一面满天下地去找恩人；一面毫无所知地强迫恩人跪在自己身前，百般受辱，俯首折腰。

墨燃瞧着眼前的情景，血丝一点点布满了眼眶。

"怎么……怎么会是你？"

这辈子，这两世。缘深遇君，缘浅误君。

竟都是命。

眼前的一切又黑了下去，唯有风雪之声不绝于耳，还有怀罪空寂的声音，在悠远回荡着。

"我当时问那孩子，是否愿意在无悲寺小住，但那孩子说，他要替母亲还个恩情，所以不管怎样，都要先回到湘州去。我留他不得，便给了他干粮和些许银两。"怀罪道，"那孩子摇摇晃晃走下雪坡的时候，晚宁一直站在原处看着，直到孩子的背影完全被风雪吞没，消失在荒郊野岭，他才转身回寺。我去牵他的手，记得他那时候的手，冷得像冰。"

他静了一会儿，嗓音里的痛苦却依然没有压制住。

"那天之后，晚宁几次与我提起要下山扶道，我皆不允。我甚至责他道心不稳，一块顽石入水，就动了他的禅心。因此我罚他去龙血山面壁思过，困囿了他足足一百六十四天。"

"他最初还请我放他出来，但后来大约是失望极了，再也不愿吭声。一百六十四天，每一天，我都会去问他有何参悟，我每一天都希望能改变他的态度，可他给我的回答，始终是两个字。"怀罪长叹一声，如雪空寂。

"入世。"

人都云清修天地外，他却只因见了一次稚子苦，从此甘心落入患难间。

"后来，他将我与他的经书付之一炬，逆反更生。我忧心这样下去实在不是办法，便结束了对他的软禁，打算换些法子与他说教，等再熬过一年，他的灵核结稳，就可以带他去鬼界，这一切就都结束了。

"我没想到的是，在结束思过的当天晚上，楚晚宁不辞而别，我只在他禅房里找到了一封书信。信上说尽管去日已久，但他每每思及之前遇到的那个孩子，仍倍感煎熬，所以想下山游历十日，他怕我又锁他，是以星夜离开。我当时捧着那封书信，又是恼恨又是焦躁，但也没有办法。"

怀罪叹了口气："我根本不知道他去了哪里。"

新的场景又亮了起来。

这次还是在无悲寺，在院落间。

楚晚宁已经回来了，他满身污泥血渍，眼睛却在月色之下显得格外明亮，炯然有神。

他此刻便如一把久经锻造终于出鞘的不世神兵，谁都挡不住他的锋芒。

怀罪站在他面前，两人都没有说话。

不过墨燃耳中怀罪依然在缓缓讲述着："十天后，他果真按时赶回了。我心下一松，暗自庆幸没有生变，打算斥责他几句，就让他回房去好好歇息。可是我没有想到，我等来的是一把无鞘的尖刀。"

画面中的楚晚宁跪了下来，长跪于地。

怀罪微蹙眉心："这是做什么？"

"师尊或是避世久了，如今外头真的与师尊讲的大不一样。弟子恳求师尊，别再留于山中，下山看看吧，这人世是无涯苦海，早已不是师尊所说的桃源了。"

怀罪蓦地动怒："荒唐！你知道自己在讲些什么？"

楚晚宁原本以为把自己亲眼见到的真相说出来，就一定可以改变师尊闭耳塞听的态度。他根本没有料到怀罪会是这个反应，愣了一下才道："师尊从来告诫弟子，要忧他人之忧，难他人之难……这十天，弟子走了上下修界共二十三个村落，所见情景触目惊心，师尊若是下山瞧见了，也会……"

他的话还未说完，就被怀罪怒而打断了："谁让你擅自离山的？！"

"这山中本无日月，你当早日修成正果，立地飞升，何以在自身尚未参破天机之前就贸然离山，去管红尘中事？！

"人间疾苦代代不绝，又岂是你一个小修管得过来的？你缘何如此高看自己！"

怀罪越说越怒，楚晚宁的眼睛也越睁越大。

他看着自己的师尊在月色下踱步、拂袖，点着他的鼻尖厉声呵斥，海棠树投下浓重的阴影，将怀罪裁得支离破碎、四分五裂。墨燃看着楚晚宁的脸上先是茫然，再是无措，而后变成惊愕，变成失望，最后定格为痛苦。

楚晚宁闭上了眼睛。

怀罪怒道："你可知错了？！"

"……"

"你说话啊！"

"弟子。"楚晚宁顿了顿，声硬如铁，"不知。"

怀罪一掌掴下："你放肆！"

楚晚宁的脸颊立刻浮起了红印，但他却把脸转回来，眼中闪着不解而愤懑的光影："师尊，这些年你一直教我要端正行事、忧人忧世，为何真的遇上了大灾劫，却要我袖手旁观、置之不理？"

"这根本不是一回事。"怀罪咬牙道，"你……此刻下山，能做什么？你确实禀赋卓绝，但天下险恶根本不是你所能想象的，你出去，为了什么？为了辜负为师十四年的养育之恩，为了意气用事捐身赴难？"

他顿了顿，字句铿锵，金石落地。

"楚晚宁，你尚不能度己，又拿什么来度人？！"

而楚晚宁，便在此时，又是愤怒又是悲凉地望着自己的师尊。

他微微仰起下巴，凤目里逐渐有水汽迷蒙。

怀罪大约是从来没见过楚晚宁含泪的模样，他眼底的水光多少淬灭了他心头的恶火。怀罪怔了一下，犹豫道："你……唉，罢了，方才可是打疼你了？"

但旁观的墨燃却清楚地知道，不是的。

楚晚宁哪里是疼方才那一巴掌，他是疼自幼敬重的师尊，竟会说出与自己心中高大形象不相符的一番论调。

楚晚宁缓缓闭上眼睛，过了片刻，墨燃听到了那句再熟悉不过的话。

他说："不知度人，何以度己。"

怀罪僵住了，身形犹如佛龛里饱受供奉而一动不动的泥塑木雕。

楚晚宁声音微有嘶哑："凡世疾苦就在眼前，恕弟子愚钝，不知师尊何以终日高坐，闭目升天。"

他说完，缓慢起身。

月光下，他去时的衣冠早已不再洁白，有污泥也有血渍。

却那样挺拔庄重，气华神流。

"这仙，不修也罢。"

怀罪惊怒滔天，头脑昏沉，他厉声道："逆徒，你知道自己在说些什么？！"

"我只想按你从小教我的去做。"楚晚宁亦是剑拔弩张，但张弛之间，他微微颤抖着，眼里满是悲凉，"是你教我的，难道你的道义只在纸上？难道百万灾民无家可归，日夜都有孤儿死去，我该做的不是出山扶道，而是伴着青灯古佛，修禅宗吗？！"

怀罪喝吼，目眦尽裂："你得道飞升之后，自可行诸多善事！"

楚晚宁瞪着他，像是从来都没有见过这个人似的瞪着他。

他胸膛起伏着，掌捏成拳，眼中江流潮涌，墨燃原以为他下一刻就要掠地而起如蛟龙破水掀起狂澜巨浪扼住怀罪的咽喉让其知愚知罪。

可是楚晚宁颤抖了一会儿，终是什么都没有做。

他最后眼尾薄红，声音沙哑地说："师尊，我修行，不是为了逍遥自在、超脱红尘。难道修行就只能为了成仙吗？如果是这样，我宁愿不要。我宁愿半途而废，我宁愿一无所成，我宁愿留在人间。

"倾我所有，力竭而死。"

"……"

"师尊飞升吧，等我度完所有我能度的人，就来追随你。"

"楚晚宁！！"

纵使身处幻境，墨燃都能感受到怀罪当时滔天的怒意，心中隐秘的栗然，还有刻骨的失望。

这一尊木雕泥塑，缘何敢对赐命之人横眉冷对，"它"，又算得了什么？！

怀罪双目赤红，眼底里隐透血光。

他不甘，他恼羞成怒，他心中苦恨与秘密该与谁说？

他无处发泄。

最后他喊住即将迈出院门的楚晚宁，声音冰寒到极致："逆徒，你给我站住。"

五

龙血山为人

这一声"站住"，犹如末日晚钟。

墨燃几乎已知接下来会看到什么，他浑身汗毛倒竖，骨血激涌，一面想抽离幻境，夺路而逃，一面又想扑进昨日，将楚晚宁死死护住。

"不……怀罪……你不能……"

但他什么都阻止不了，这一切，都是早已发生的。

他只能头皮发麻地看着眼前的情形，看着楚晚宁拧着漆黑的剑眉，神情刚毅不屈，坦然迎向怀罪的目光。

墨燃不能自制地朝他吼着："跑啊！跑啊！"

少年楚晚宁从来信任怀罪，信任这个将他当作祭品养大的师尊，信任他的养父兼恩人。所以哪怕失望至极，他也没有从怀罪那赤裸的眼神中，看出夺命的杀机来。墨燃挡在他面前——明知那是无用的，可是他还是做不到袖手旁观。

"求求你，快跑……"

楚晚宁没有走，他身如松柏，一步步朝着怀罪走去，最终站定，高马尾在他身后被风吹得纷乱，染血染泥的衣袍也被风吹得纷乱。

怀罪嘴唇启合，碾碎字句："你要出寺下山，可以。"

"师尊？"楚晚宁的凤目微微睁大，他不谙人心险恶，只把刽子手举起的刀，当作窗边的一轮皎皎明月，有一瞬，他甚至是感激而欣喜的。

他以为怀罪终于明白了他。

但是屠刀幽寒，杀心已表，怀罪道："你今晚走出这个院门，就再不是无悲寺之人。你我十四年师徒情谊，就此，一刀两断。"

"……"那凤目仍是睁大的，只不过里面的内容从欣喜慢慢换作了错愕与悲寒。

楚晚宁大概不曾料想怀罪会坚决至此，木僵地在原地站了好久才动了动嘴唇。墨燃在旁边急得不行，不停地喃喃着："求你了，快走吧，离开这里，不要再说了，离开这里。"

嘴唇动了，却讲不出完整的话语来。

怀罪盯着他，这是他押下的最重赌注，晚宁重情，这十四年来只有他们二人为伴，若是断了这师徒情谊，便是拿刀割了他的心，他应当也不会——

楚晚宁跪了下来。

怀罪愣怔了。

他依旧麻木地想着，不会的，他怎会决绝如此，一意孤行。

楚晚宁跪而长磕。

一叩、二叩，直至九叩。

他再抬起脸，眼中清明，没有水汽，但脸颊却是湿润的。

"弟子楚晚宁，拜谢师尊养教之恩。从此……"他喉结攒动，从此怎样？他不知道，他说不下去了。

或许是风急天冷，怀罪的身子在风里微微摆动，他的裛裟被吹得翻飞，狂风灌满了衣袖，脸色越来越沉，越来越冷，嘴唇亦没了血色，他盯着跪在自己跟前的人。

那段……

木头！木头！！

他雕琢绘刻，歃血予生，他悉心教诲，殚精竭虑。

他做了那么多，等了十四年为的是将这段木头送去鬼界，成为承载楚澜魂灵的躯壳，不是为了今日看它在这里侃侃而谈忧国忧民，它算什么？

——一段废料！

劈柴！

胸中的火直腾腾地烧进眼里，毁天灭地，冲动至极。

这样的怀罪太危险了，墨燃俯身试图护住楚晚宁，但他捉不住他，碰不到他，楚晚宁还是那样固执，那样倔强和顺地跪在原处，倔强是因为心中有道，和顺是因为心中有愧。

楚晚宁眼中映着怀罪越发狰狞的脸，胸中揣着他一腔难平的热血。

他浑身上下都是为别人而生的，这个劈柴，木头，没有灵魂的东西。

他跪在地上，唯独没有想过的，是他自己。

"晚宁……"墨燃蓦地哽咽了，他抬起手，去抚摸他并不能触及的脸庞，"求你了……走吧……走吧……"

"当啷"一声响，是金属落地的声音。

墨燃缓缓回头，青砖地面上躺着一柄弯刀，那是怀罪的配刃。

月色之下，屠夫眼里有着汩汩不尽的血光，他又踢了一脚刀子，把那弯刀径直踢到了楚晚宁膝边。

"不不不，不要、不要。"

墨燃已浑然慌了神，他去抢那柄刀，刀尖却从手指中虚渺穿过，他抓不住，他怎么尝试都抓不住。

最后一只细长匀称的手伸过来，握住了那把墨燃怎样都无法握住的刀。

楚晚宁这个时候眼神竟是平静的，最初的惊愕已经消失了，莫大的痛楚竟也在怀罪向他抛落这柄弯刀的时候，逐渐平息。

他显得释然。

"师尊若要我性命，我还就是了。"楚晚宁道，"活十四年，和活一百四十年，如果都只坐于这一方天地中，实则并无区别。"

怀罪的眼神忽然变得一点都不像那个超然世外的高僧，有那么一瞬间，墨燃清晰地在他脸上瞧见了小满的影子。

那个临州雨夜，叛变前夕的少年。

"楚晚宁。"怀罪森森道，"你要与我就此了断，我不挽留。这十四年来吃穿用度，皆不计较。但你要把你所习的东西，归还于我。"

"……"

怀罪眯起了眼睛："我要拿走你的灵核。"

灵核是修行之人最精粹的凝晶，换作神木，也是一样的，只要有了灵核，重塑一个楚晚宁或许也可以。

这一次定然不能再教他道义苍生，不能再令他学仁心善道。

他要楚晚宁的灵核。

活人的心。

楚晚宁看了他一会儿，禅院里的光影掠动，大雄宝殿有做晚课的僧人，诵经之声悠远传来，犹如檀香佛烟。

怀罪的声音忽又在墨燃耳边响起，但这一次，他只说了两句话，这两句话，仿佛耗尽了他毕生的勇气与力气。

他的嗓音似在瞬间，苍老了百岁。

"他跪在地上，看着我，我忽然觉得，佛陀在饶恕伤及他的凡人时，是否，就是那样的眼神。

"他在怜悯他的刽子手，刀下的生灵，在怜悯沾血的屠夫。"

"不要！！"墨燃嘶声喊道。

可刀光闪过，他蓦地闭上眼睛，一声清晰可闻的刺响，墨燃蜷在了地上。

"不要……"

热血喷涌，骨肉离分。

墨燃哀号着爬过去，爬到楚晚宁身边，他不住地摇着头，涕泗横流，狼狈不堪。他手忙脚乱地去堵楚晚宁的伤口，试图灌注灵力止血。

什么用都没有。

什么用都没有。

他眼睁睁地看着楚晚宁强忍痛楚，以术法不让自己在瞬间痛得昏迷；他眼睁睁地看着楚晚宁把刀子，一寸一寸地戳进胸腔，血。

滚烫的、奔流的、炽热的。

怎会不是活人。

肉，撕开的是肉。

鲜红的、腥甜的、破碎的。

怎么会不是活人？怎么会！！！

怀罪木僵地站在原处，他的神色依旧定格在最后那一刻，显得面目狰狞而残忍，可是他眼睛的光却闪烁着、颤抖着、战栗着、茫然着……

他所希望的，真的是这样吗？

那一刻，画卷忽然变得动荡而模糊，墨燃眼前的情形因为怀罪制作这个卷轴时的情绪而变得扭曲杂乱。

他看到多少旧事在鲜血里涌现，每一件都是柔软的，都是真实的。

墨燃看到十一二岁的楚晚宁在金成池唤来了天问后，正准备离去，湖水中却又浮出一把尾呈海棠木状的古琴。它浮出水面的瞬间，楚晚宁身上亦发出熠熠光芒，似与之交相辉映。他诧异而不解地摸着那古琴之弦："这是什么？怎么回事？"

怀罪立刻猜到这把古琴恐怕也是由炎帝神木的一段所斫，它和楚晚宁本出一脉，自然会互有感知。他的神情显得很激动，有些意外，也有些欣喜："这应当是你的命定神武。"

"命定神武？"

怀罪惊喜之余，眼神又有些闪躲："不错，有人天生根骨清奇，生来自与神武有冥冥关联。"

楚晚宁就笑了："我根骨清奇？"

怀罪避而不答，只摩挲着九歌的木制琴身，叹道："这把古琴与你有缘，恐怕它不需灵核就可召唤……它与你血脉相连。"

画面一转，墨燃又看到临州城外两个行走的人，怀罪跟在小晚宁的身后，不住地唤他走慢一点。

他看到热气腾腾的花糕，楚晚宁隔着蒸气心无城府的笑脸。

他看到客栈里，楚晚宁举着小蒲扇，鼓着一口劲儿，努力帮正在打坐的怀罪扇凉。

他看到楚晚宁第一次吃桂花糖藕，甜蜜的汁水糊了满嘴，咧开嘴朝着怀罪哈哈大笑。

最后，幻象定格在某一年夏天的荷塘边，接天莲叶无穷碧，满池藕花开得灿烂至极，红蜻蜓高低娉婷，袅娜停落，是再好不过的一个傍晚。

五六岁的楚晚宁笑嘻嘻地学着怀罪盘腿打坐，一双漆黑温润的眼望着他的师尊：“师尊师尊，再玩一次吧，再玩一次。”

怀罪道：“不玩了，师父要去斋堂念经，为故人超度。”

“玩一次再去嘛，最后一次，真的最后一次了。”

而后不等大和尚说话，小家伙就已经把青灰色的小僧袍衣袖高卷，荷花摇曳，他伸出小手，兴致勃勃地去碰怀罪并不想搭理他的手，童音清甜脆嫩，犹如鲜菱甜藕。

“你对一，我对一，什么开花在水里？荷花开花在水里。

“你对二，我对二，什么开花一串串？榆树开花一串串。”

怀罪没办法，看着他的笑脸，最后也只得摇头，笑着和他击掌拍手，玩着幼稚的游戏。

“你对九，我对九，什么开花随风走？蒲公英开花随风走。

“你对十，我对十，什么开花无叶子？腊梅开花无叶子。”

血染衣襟，红莲湿透。

禅院里，怀罪闭上眼睛。

是……一截断木。

昔日朗朗欢笑尚在耳畔。

是，无魂之人。

“什么开花在水里？哈哈哈，师尊好笨，荷花开花在水里呀。”

是一具空壳，是他要献祭给楚洵的肉身，是他倾尽百年得来的赎罪之木！不是活人！没有灵魂！！

“师尊，花糕分你一半，你吃大的，我吃小的。”

怀罪的眼泪淌了下来。

他颤抖着，剧烈颤抖着，他觳觫，他朝那个已经将刀刃扎进了心脏，灵核开始破裂，要被挖出的孩子奔去。

他跪下来，他痛苦号啕，他声嘶力竭，他与此刻抱着楚晚宁，却只能与楚晚宁错身而过的墨燃一样，他喉间的哭声犹如泣血，犹如刀子戳的不是楚晚宁的心，而是他的嗓，他的魂。

怎么会没有魂灵呢……

是他闭目不看，塞耳不听。

他一直都知道的，他心里一直都能意识到。

从楚晚宁的笑容里，从楚晚宁的认真里，从楚晚宁的宽容与温和里，从楚晚宁的倔强与坚持里，他一直都看得到那个人的灵魂。

可他为了一己私利，为了所谓的赎罪，装聋作哑，麻痹自己。

楚晚宁，从来不是一座木塑、一具空壳。

他是个有血有肉、会哭会笑的人啊……

"我从他孩提时，一天一天地看着他长大，他小时候像楚澜，大一些了，又像楚洵，可是我从来都没有把他和他们任何一个人弄混过。"

怀罪声如破锣，沙哑至极。

"是他分我一半糕点，拉着我叫我师尊，是他偷偷拿着蒲扇给我扇凉，还以为我不察觉，是他在无悲寺陪伴在我身边十四年，跟我笑，信任我，说我是世上最仁善的师尊。"

如咽苦胆。

怀罪喃喃道："最仁善的师尊……"

画卷中，怀罪制住了楚晚宁的手，夺去他的灵力，楚晚宁几乎是在法咒失效的瞬间就痛得昏了过去。

怀罪抱着那具鲜活的、汩汩淌着热血的身躯。犹如捧着两百年前，在临州天裂时，挖心照亮众人逃生归途的楚洵。

但是不一样的。

楚晚宁狠倔、骄傲，楚晚宁有这样或那样属于自己的小癖好，比如不盖被子睡觉；又如吃饭吃累了的时候会情不自禁地咬着筷子发呆；再如从来不爱洗衣服，只会把它们一股脑地浸在一起。

那都是他自己的习惯，自己的喜爱。

和谁都不一样。

画面又黑了下去。

黑了也好，这样的情形，墨燃若是再看，只怕是会疯魔的。

黑暗中，是怀罪幽幽地叹息。

"其实在他横眉冷对，告诉我，他要下山扶道，不愿坐地飞升的时候，我就清楚，他是一个活生生的人。

"是我软弱自私，几乎亲手毁了我养大的孩子。

"他不是楚澜，他不是我赎罪的祭品。

"他是楚晚宁，因为我唤醒他的时候，正是一个宁静平和的傍晚，禅寺的钟声响了，他在宝相庄严的诸天神佛注视下诞生，我给了他名字。

"但我给他的，其实也只是一个名字而已。我一直以创生了他而自居，并因此认定他该归我所用，为我所有，让我献祭。可是直到我看着他和楚公子一样，为了自己的道义，不惜剖心以自证……"

怀罪哽咽到竟是难以再言，良久，才声音喑哑道："我终于明白，我从来没有给过他灵魂，给过他人生。那都是他自己的，因为……因为像我这样肮脏软弱的罪人，永远不可能缔造出他这样清正刚毅的生命。

"永无可能。"

龙血山真相

画卷再次亮起，是个淅淅沥沥落着雨的清晨，怀罪坐在禅房里，手捻星月菩提珠，口中喃喃诵着佛经。忽然门口有光影闪动，他没回头，只是落下了一声木鱼，叹息道："醒了？"

墨燃回过头，看到楚晚宁站在门外，清俊的身影仿佛要融进稀薄天光里。

"师尊为何还要救我？"

"无悲寺，见不得血。"

"……"

"你既已剖心自证，我也明白了你的意思，你自行下山去吧，从今往后，莫要再回来了。"

楚晚宁没有去拿任何的行李，他看着香烛佛音里那个熟悉的背影，半晌说："师尊。"

师尊。

然后说什么？就此别过？多谢大恩？

胸口的纱布仍洇着血，刀子拔走了，心脏却仍是抽疼的。

近十五载的信任，最后换来的是怀罪一句"我要你的灵核"。这也就罢了，十五年来他一直以为怀罪是至仁至善的，会忧草木，怜蝼蚁。他一直以为普天之下都和临州城、和上修界一样太平安稳。

可那都是假的，是怀罪骗他的。

这是比灵核碎裂更疼上千万倍的劫。

楚晚宁闭上眼睛，最终，他对怀罪说："就此别过了……大师。"

他把他的温柔、信赖、天真，都留在了这庄严的寺院之中，那是怀罪曾经给予他的东西，后来都随着破碎的灵核、奔涌的鲜血，被夺去了。

他转身行远。

"我知道他会恨我，哪怕我就此跟着他下山行道，他心里的这个坎儿也是一直过不去的。"怀罪轻声道，"我让他走了，从此在他印象里落下一个不仁不义、自私薄情的形象，他没有再认我，我也无颜再以他师尊的身份自居。

"那时候，他的生辰刚过不久，十五岁了。十五年浮萍之缘，春夏秋冬，喜怒哀乐，从那一日起，都不再回头。"

怀罪扫着院落里的台阶，树叶由青绿变得枯黄，最后枝丫上再也没有一丝生机，又是一年暮冬雪落。

和尚裹着厚厚的僧袍，站在屋檐下，眯着眼睛望着一地积雪。

他的脸尚年轻，可是目光却透着一股龙钟老态，他和所有垂垂老矣的普通人一样，喜爱发呆，只要枯坐一会儿，就会不自觉地陷入浅寐。

"我已经很老了，两百岁了，少时的事情已经在脑子里慢慢淡去，可越来越清楚地记起晚宁在我身边的那些岁月。我有时候会想，长辈对于子嗣的牵挂，是否就是这种感受……可我又算得了什么长辈呢？我只是一个没有勇气的屠夫。"

怀罪说："我身上的阴气越来越稀薄，赎罪，大概这辈子也没有指望了。我哪里也不想再去，终日在无悲寺闭关不出，只在海棠花开的时候，折上一枝最好看的，带去鬼界，如往常一样托人交与楚洵。

"我从来不是个胸襟宽阔的人，所以能做的事情，最终也只有那么一点点，多了就办不好，遇到选择就不知对错。我打算就这样了此残生了。直到有一天——我的院子里，忽然来了一个人。"

是深夜，屋门被匆匆忙忙叩响。

怀罪起身开门，蓦地愣住。

"是你？！"

墨燃跟在后面，立刻看清了那个人的脸。

是楚晚宁。

楚晚宁显得非常焦急，脸色也很差，最奇怪的是，明明是寒冬腊月，他却只穿着一件薄薄的夏衫。

墨燃第一反应是他又把外套给了哪个快要冻死的流民，但随即发觉不是的，楚晚宁衣冠端正，他在怀罪的允准下进了卧室，像是被逼到绝处的困兽，二话不说，便交给了怀罪一只法咒熏炉。

怀罪万般话语堵在喉头，最后才问出一句："你……怎么了？"

"我法力支持不了太久，不能和大师详细解释。"楚晚宁的语速很急，"这只熏炉至关重要，我实在不知道该交给谁，这个红尘的未知太多了，我不知道接下来'他'会变成什么样，也不知道谁能幸免于难，能保护好这个秘密，所以只能来叨扰你。"

"你在说什么？你可是病了？"

怀罪没有反应过来，但站在旁边的墨燃却脑袋"嗡"的一声，眼前陡然一黑！他猛地意识到了"楚晚宁"有哪里不对劲了。

耳洞！！

这个楚晚宁的左耳上有一个耳洞，戴着一枚细小猩红的耳饰，犹如细小朱砂。

只是一个再微小不过的细节，却让墨燃如遭雷击，再也说不出话来。

这根本不是楚晚宁……或者说，这根本不是这个红尘的楚晚宁！

他……他来自前世，来自踏仙君那个时代，否则他绝不可能拥有这枚印记。墨燃清楚地记得这枚耳饰，是用自己灵血凝淬而成的。

绝不会错！！

这个认知让墨燃心惊肉跳，他头皮发麻，双目昏花，只觉得连气都透不过来，麻僵地看着眼前这一切，这究竟是怎么回事？

他努力想要集中精神，倾听楚晚宁和怀罪的对话，可是这个刺激实在太大了，他根本没有办法立刻回神，只隐约知道楚晚宁跟怀罪说了什么，耳中时不时地飘进"时空生死门""毁灭禁术""无法阻止"这些破碎的辞藻。

他看到怀罪蓦地瘫软坐在了椅子上，脸色蜡黄，眼仁紧缩。

"你如何证明你说的是真的？"

"证明不了。"最终，墨燃听到楚晚宁这样讲道，"我只能请大师信我。"

"这太荒唐了。你说你是从另一个红尘通过生死门过来的，在那个尘世，有一个叫作踏……踏……"

"踏仙君。"

"有个踏仙君，在毁天灭地，几乎颠覆了整个修真界，你发现了他的秘密，所以才想尽办法打开生死门，来到这个世上？为了把一切都改写？"

"不是改写，是阻止。如果再这样下去，他们迟早会掌握生死门的法咒，到时候终结的不只是我们那个红尘。"楚晚宁顿了顿，他的眼睛映着朦胧烛火，"哪个都逃不掉。"

"太荒谬了。"怀罪喃喃道，"怎么可能……这简直是……胡说八道……"

楚晚宁时不时地看怀罪门前的水漏，他在掐着时辰，眼里渐渐聚起焦灼："即使大师此刻不信，以后也会明白的。在这之前，只请把这个熏炉封存在龙血山的山洞内，我在熏炉里设下了最关键的法咒，让它在里面慢慢挥发，大师不用管它。唯一要做的是……"

怀罪抬起头，近乎是看一个疯子，他用一种幻梦般的神情，看着楚晚宁。

"唯一要做的是，不要让任何人接近龙血山洞穴。直到大师相信我说的话之后，想办法，把这个世界的'我'和那个叫墨燃的人，一起带到龙血山——后面的事情，香炉里的法咒都已布置好，无须担忧。"

怀罪虚弱地动了动嘴皮，似乎想要说些什么，可是这时窗外忽然传来了一声凄厉的哨响。

这种哨响，和踏仙君消失时发出的响动简直一模一样。

楚晚宁听到这动静，脸色越发苍白，他几乎是焦躁地紧盯着怀罪的眼睛：
"求你，除了你，这世上谁都帮不了我，再没有其他可以托付的人了。"

听到"托付"两个字，怀罪一下子愣住了。

他的瞳仁里，似乎一下子有了老朽之人的混浊与沧桑。

最后他接过那只香炉，轻微地点了点头。

哨声更尖锐了。楚晚宁回头看了眼窗外的夜色，而后对怀罪说："请大师一
定要守好龙血山洞窟，还有，如果世上出现了踏仙君，或者……如我所言，出
现了鬼界大天裂，事态势必有变——那个时候大师应当确信我今日所言，绝非
虚假。"

哨声凄厉，几乎撕破耳膜。

楚晚宁转身奔入夜色，最后只来得及深深望怀罪一眼。他原本是想行师徒
礼的，可手抬到一半就顿住了，他闭目合实，长作揖，将别离。

那一瞬间，怀罪也不知哪里来的勇气，蓦地站了起来，朝楚晚宁喊道：
"你……你知道我做过什么吗？那个尘世的我难道没有对你做出同样的事情
吗？……你不会再信我了！"

楚晚宁却只是摇了摇头，面目在夜色里都是模糊的。

"大师……"他的身影越来越远了，"我没有时间了……求你，想想办法……

"无论用什么法子都可以，这件事太重要，请你一定要劝动我听你的话，让
我和他一起来龙血山。"

他终于不见了。

夜幕昏沉，繁星透水。

怀罪追出院子，只看到极远处一道比黑夜更沉重的晃闪而过，楚晚宁已不
知所终，唯有手中那只香炉仍在，满载灵力，被他牢牢地握在了掌心里，证实
这一切竟不是自己做的一场梦。

墨燃眼前场景剧烈晃动，之前所看的一桩桩、一幕幕犹如雪崩尽数散落，
残砖断瓦，林林总总。

"他说无论用什么法子都可以，但是，能有什么办法？"怀罪叹息道，"他
早已不再信任我，对我避之而不及。何况我心中终究有所保留，不确定这一切
是不是个阴谋。

"直到彩蝶天裂，晚宁离世，我才在复活他之后下了决心，修书与他。

"那封信，我几经斟酌，因不知幕后之人有多神通广大，所以不敢在信中明
言真相。我也实在没有别的借口可以找他。何况他法力强大，更兼死生之巅玉
衡长老要职。我根本不可能强带他离去，最后我想，他这些年灵核未曾完全修

复，大概很不方便。我便以此为由，请他来龙血山一见。

"但我骗了他十四年。所以无论我言辞如何恳切，他终究还是不愿信我……"

一声幽幽长叹，声音近乎惘然。

"我一直在等。就像二十年前，我将他囚禁在山上时，每天来找他，期待着他能改变。后来我也每天都到龙血山寻他，希望他能够回来。

"要是他能再给我一次机会，那该多好。"

老僧苍老的声音犹如断线纸鸢，飘飘荡荡远："我的时日着实不多了，我知道我已等不了太久。所以最后，我做了这个卷轴。其中，我百般思量，几经更改，放入了一点又一点曾经并不想放入的回忆。但我终究是个懦夫，这个卷轴，我其实并不希望他在我活着的时候瞧见……我受不了他难过的眼神。他十四岁那年，那种眼神，我就看够了。"

"所以，晚宁啊……"他轻轻地叹了口气，似是重负落下，"等你瞧到这里的时候，我……应该已经圆寂了。

"我这个人还是很自私，为了不看见你恨我，只有在临走前，才敢把全部的真相告知你，告知你所说的那个叫墨燃的孩子。对不起，那一年，是师父错了。你是个活生生的人，从来都是。"

怀罪停顿半晌，蓦地声音沙哑了，他道出了留在世间的最后一句话。

"楚公子，你能不能宽恕我？"

一声"楚公子"，不知是道与百年后的楚晚宁，还是道与百年前的楚洄。

音毕，倏忽起风了，无数的记忆碎片像是皓雪，犹如飘絮，纷纷扬扬拂面而过。那些两百年的罪与罚，十四年的喜与悲，都在此刻交会——

稚子在笑："你对一，我对一，什么开花在水里？荷花开花在水里。"

少年在争："不知度人，何以度己。这仙，不修也罢。"

到最后，凤目合落："就此别过了……大师。"

这一切榛榛莽莽、重重叠叠地交替，如走马灯闪过，在光芒最亮的时候，墨燃眼前又浮现了怀罪佝偻的背影，伏在几案之前，为神木刻下最后一刀。

晚钟响起。

"就叫你，楚晚宁吧。"

音毕，洪波翻涌，墨燃在这狂流般的回忆中浮沉，紧接着猛地被推出了回忆卷轴，跌落在龙血山洞穴前的砂石地上。

卷轴内外时光流逝不一，此刻人间又值黄昏，天地间一片红霞壮阔，落日安详。墨燃躺着，好像回到了多年前的那个晚上，怀罪滴血于木，人间从此有了一个叫楚晚宁的孩子。

他躺在地上，眼神失焦。

"师尊……晚宁……"

他终于知道为什么楚晚宁如此坚强之人，当时为何会失声痛哭，他终于知道了。

只是知道的代价太大，犹如万剐千刀。

都是他的错吗？

是前世踏仙君的错，楚晚宁两世都在极力阻止他为乱天下。

楚晚宁的灵核被挖过。

无悲寺前救他一命的恩公哥哥。

不是人……是神木之灵……

每一击都像砖石砸落，只一件真相便能让人筋骨破碎，血肉模糊，何况是那么多件堆积一处。

墨燃竟有那么一瞬，觉得自己躺在地上，浑身的骨骼都仿佛碎裂了，不能再做任何事情。

都乱了。

他目光流转，看到坐在一边闭目不语的楚晚宁，忽又有悔恨聚成骨，怜爱聚成肉，痛苦成了血。想要护住这个人的欲望，让他从极度的困顿与茫然中挣扎，从泥淖中脱身。

他慢慢地站起来，走到了楚晚宁跟前。

楚晚宁睁开了双眼，看着他。

两个人，谁都没有先说话。

最后是墨燃先开口："师尊，神木也好，人也好，只要你还愿意要我……"他隐忍着，却还是哽咽了，"我一直都……"

都怎么样？

站在他身边？

他不配。

所以他最后自卑而痛楚地说："我一直都会，站在你前面。"

我陪不了你，配不上你，我那么卑贱肮脏，毁天灭地，但你是洁白的。

我不能站在你身边了，晚宁。

让我站在你前面吧，替你挡住鲜血与尖刀。

直到死亡那一天。

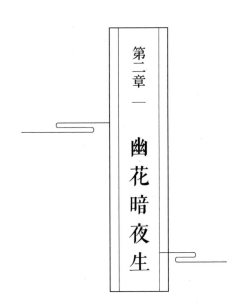

第二章 一 幽花暗夜生

龙血山一生之囚

楚晚宁没有再确认踏仙君的事情，也没有多说话。

其实墨燃脸上不安的表情，就是最好的答案了，别的什么都不需要过问。更何况他此刻已感到极度疲乏，人在接二连三受到打击之后，头脑是麻木的。

过了很久，他才缓缓起身。他没有正眼看墨燃，闭了闭眼睛，然后开口，声音却有着令人胆寒的平静。他说："我想去山洞里。"

"……"

"既然另一个我费心设下了这个局，我想去看看。"

"你知道真相，会恨我吗？"近乎幼稚不堪的问题，但墨燃还是问了，问完之后自己又喃喃着答，"你会恨我的。"

楚晚宁眼仁微动，终于转过身来，望着他："踏仙君……到底做过什么？"

他没有问"你"，他用的是"踏仙君"。

墨燃因着这个称谓而感到一线生机，但这一线生机太渺茫了，他一方面想要竭力攥住，一方面又胆战心惊。

楚晚宁嘴唇轻动，眸子微微眯起。

"杀人？"

墨燃不答。

"屠城？"

墨燃闭上眼睛，依旧不语。

楚晚宁想到之前自己做过的那些梦，想到龙魂殿那个男人对自己的言谈举止，他隐隐明白过来其中原委，但话到嘴边，又问不出口，最后只道："我呢？我在他身边究竟算什么？"

喉结滚动，想答话，却答不上来。

墨燃奔跑逃亡了那么久，如今天网不漏，他觉得自己是站在刑台上待死的罪人，他跪在地上，能看到刽子手举刀的影子。

什么时候人头落地？什么时候人头落地……

他忽然不想再等了，也不想再逃，等待刀落的过程太漫长，他宁愿自己触壁而亡、血浆四溅。

墨燃睁开眼，说："进山洞去吧。"

他指尖动了动，似乎想要去牵楚晚宁的手，但最后仍是垂下来，只蹭了蹭自己的衣角，走在了前面。

在踏进那个洞府之前，他犹豫了一下，而后转头，朝楚晚宁咧嘴笑了。

"师尊。"

楚晚宁望着他，他忽然笑得如此灿烂，如此热烈，好像要把所有的希望与快乐，都在这一刻挥霍殆尽。

余生再也用不到了。

楚晚宁忽然被这笑容刺痛刺醒，他走过去，却也不知道该说什么，心乱如麻，于是抬起冰冷的手，摸了摸对方同样冰冷的脸。

"……"墨燃愣了一下，慢慢睁大眼睛。

楚晚宁合目叹息，拉住了墨燃再也不敢主动握住他的手，像是对墨燃说，又像是对自己说："我……是看着你长成了今天这副模样的。所以你，不是他。

"你与踏仙君并不一样。"

墨燃依旧弯着眼眸，僵了好一会儿，才笑着，喉头哽咽："嗯。"

眼睛却润湿了。

怎么会不一样呢。

他是世上最恶的人，是前世逃来的"鬼"。

但能在一切终了前，得到一句这样的认同，墨燃想，上苍当真待他不薄了。无论楚晚宁恢复记忆之后会怎样，他都再无怨怼。

他闭上眼睛，深吸一口气，与楚晚宁一起，走向龙血山石洞。

踏进去之后，外面的一切场景就都看不到了。

两人环顾洞内，发现这里非常狭小，和死生之巅的弟子卧房差不多大。在这四壁空空的洞府里头，只有一张小案，上头供着一只锈迹斑驳的熏炉，正是怀罪画卷里出现过的那一只。熏炉袅袅挥散着烟霭，墨燃不喜欢闻熏香，但这个炉子里的味道却不刺鼻，只隐约有些西府海棠的味道。

"这是什么法咒？"

楚晚宁摇了摇头，声音低缓："我不知道。这个'我'，不是如今的我，他因缘际会习得的一些法术，我未必清楚。就像你，踏仙君未必就会使用柳藤当武器。"

他目光转向那只飘散着烟霭的熏炉："或许要触碰才可验明来者？"他说完，抬手用指尖轻点了一下炉身，但不见动静。

墨燃自进山洞起，就一直在温存而悲伤地注视着楚晚宁，虽然他并不希望楚晚宁恢复记忆，但还是道："既然是'师尊'留给我们两个人的幻境，也许一个人碰是没有用的。得告诉它，我们两个都已经来了。"

"嗯。试试看。"

两人一左一右，将手指触在了熏炉精细的缠枝花纹上，洞内的花香竟霎时馥郁，流烟犹如浪潮一般涌出，瞬间充斥了整个山洞，伸手不见五指。墨燃没有想到异变生得如此迅速，正准备去扣住楚晚宁的手，但滚滚云霭立即将他吞没。

墨燃吃了一惊："师尊！"

为时已晚，这云霭中有一股灵力，与寻常的灵核之力并不相同，异常纯澈强大，他仿佛身浮九霄，紧接着四肢百骸都好像被冻住了，不再受自己的掌控。在连声音都脱离自己所属之前，他竭尽全力唤了一声："师尊，你怎么样？"

出口的却只是模糊的语句，然后他就再也动不了了。

楚晚宁这边的状况和他的其实也差不了多少。楚晚宁在迷雾里唤着墨燃的名字，最初还听得到一些回应，但是很快就成了一片死寂。

"墨燃？"

楚晚宁在烟霭中摩挲，试图摸到边缘，可是熏炉内似乎设下了某种法咒，令这里的空间变得无穷大，竟摸不到尽头。

"墨……"

忽然间喉头一窒，楚晚宁也和墨燃一样，惊觉自己居然无法再发出声音，而且很快他就发现自己被限制的不只是说话的声音，还有动作——他甚至没有办法左右自己的身体。这种感觉就像之前做梦，梦里他还是他，但是行动言谈都不再自由，只能眼睁睁地看着眼前的一切，做不了任何改变。

他原本就乱作一团的头脑不禁越发茫然，如果有事要讲，设下一个回忆画轴不就行了？为什么要做到这个地步？

过了很久，烟雾才逐渐散了去。

他睁开眼，发现原本的场景已经不见了，映入眸中的是摇曳红烛，滴滴烛泪。他坐在一张熟悉的黄檀木桌前，桌子收拾得很干净，没有摆太多东西，而桌面上有一道深痕——那是他曾经制作夜游神的时候，不慎用锯刀划破的。

山洞居然变成红莲水榭的模样。

楚晚宁僵坐着，他的身体依然不受控制。看样子这很像桃花源的虚实道幻境，唯一的区别是他不能掌控事情的发展，只能置身其中，重演某些已经发生过的事。

为什么要设下这种法咒？前世的自己，想要让他看什么，又想让他重演些什么呢？

外头天色已晚，有两个他从来没有见过的仆从站在他身后，在帮他梳理着头发。

他受到幻境的操控，抬起手，止住了他们的动作，说道："别梳了，我自己来。"

话音方落，只听"咣当"一声，门忽然被粗暴地推开，楚晚宁能感觉到自己似乎非常不愿意见到这个推门的人，所以只背脊笔挺地坐在桌前，头也不回，甚至还闭上了眼睛。

"都出去吧。"

身后传来一个熟悉的声音。

两个仆人立刻放下手上的梳子、水盆，面露恭敬之色，低头作揖。

"是，陛下。"

那两个随侍出去了，楚晚宁依旧没有回头，也没有睁眼，但他当然知道来的人是谁，那个声音，他怎会听错。

楚晚宁有着野兽般的警敏，他感到那个人在走近自己，一步、两步……忽然呼吸就在耳鬓，带着浓重的酒气，滚烫炽热。

"你怎么还没睡？"墨燃在他身后声音低哑地问。

楚晚宁听到自己冷淡地答："正准备睡。"

"嗯……看出来了。"墨燃轻笑着，"外袍都脱了，发冠也除了，就这么不喜欢这套装束？这都是本座命人用最上乘的金丝缝制的，嵌了极品玉华石，本座给你的东西你怎么就看不上？"

"……"

"也罢。"不等楚晚宁说话，墨燃就自顾自道，"反正我给你的每样东西，你都不喜爱，你从心底里就瞧不上我。"他说到这里，嗤笑了起来。

墨燃说着，突然伸出手，狠狠将楚晚宁往前一推，楚晚宁的身躯大抵承受不住这样的刺激与愤怒，终于睁开了眸子，因此他总算可以继续看清眼前的一切——

他面前就是一面铜镜，铜镜里映着墨燃和他的身影。

楚晚宁微微颤抖，因怒也因别的。

"你别妄动。"

"呵，不要妄动好说，那师尊想要我怎么动呢？"

威胁无用，反被调侃，楚晚宁只得咬牙凶狠道："孽畜！"

墨燃轻笑，他英俊的面庞上有着半醒半醉的性感，口中喃喃道："孽畜又怎样，你看你现在，还不是彻彻底底……都归我驱使吗……"

也不知哪里来的杀机，楚晚宁感到自己的躯体从几案前抄起了一个什么东西，反身朝着墨燃的手背猛扎过去。

墨燃吃痛，闷哼一声。

他便趁此机会挣脱，极怒地瞪着灯火中的那个男人。

"滚出去！"

躯壳底下的楚晚宁看清了，自己方才拿来扎他的原是一根金色的发簪。

"啧……"墨燃抬手，望着自己汩汩冒血的伤口，先是冷笑，而后伸出舌头，犹如毒蛇吐芯，舔过那纵横的鲜血，卷进唇齿之间。

"想不到你灵核都废了，还能伤到本座。"墨燃嘴唇染着鲜血，呵呵笑出声来，"楚晚宁，你指爪尖锐，本座真是小瞧了你。"

"滚！"

"滚来滚去的，你是不是只会说这一句话啊？"墨燃垂落手背，倒也不急着包扎，他好像很享受这种疼痛，神情竟是有些变态的舒坦。

"……"

"本座是封住了你的行动，却没有封住你的声音，你大可以怒喝一句，让本座不要碰你。"墨燃再次朝他走了过来，在一尺远的地方站定，一把攥住楚晚宁握着发簪的手腕，力道大得惊人。

他咧嘴，贝齿之间尚有血丝。

"但你所做的，也就是在双手禁缚咒解开的时候，拿盥沐之水泼湿了本座半幅袍袖。"

墨燃顿了顿，笑出声来："师尊，你既然如此生气，那时候，为什么不叫啊？"

"你……无耻！"

"本座是无耻，但谁是君子呢？薛蒙？今天大宴我倒是给他发了请柬，但他自己不愿意来。要是他来了，你想怎么样？"墨燃轻声笑道，"你是不是就会出声相求，让他带走你了？"

虽然陷入这个复原场景里的楚晚宁尚听得云里雾里，但自己这具躯体显然懂了墨燃的话，已是恨得银牙咬碎，不愿吭声。

墨燃看着他怒极，忽然伸出染着血的舌尖，侧过脸，带着血腥味的唇齿贴近他耳畔。

"楚晚宁，你知不知道自己什么时候最欠收拾？就是用这种含怨带怒的眼神，瞪着我的时候。"

"滚出去！"

"这句话，你已经说三遍了。"墨燃见他如此，眼中恶意更深，"今日好歹是本座大喜的日子……本座晾着皇后来陪你。你怎么还是那么凶？"

他顿了顿，浸着昭彰恶意，缓缓道："屈居人下，对你而言，确实是难以忍受的。可是你越不愿，本座就越渴望这样去做。你越不欢喜，本座便越是高兴。你越恨，越是挣扎得厉害，本座就越是想看你屈辱不堪的样子——去她那里洞房花烛，又哪有我在你这里这般满足？

"你放心吧，楚晚宁，我哪里也不会去，从今往后，每一天、每一夜，我都要到这里来，独自欣赏着你在我手心里无路可退、苦苦挣扎、生不如死的模样，到老、到死，到我们生命的最后一天，我要你做这巫山殿的枯骨，做本座的一生之囚——哈哈哈哈哈，本座喜欢得紧！喜欢得很！"

楚晚宁盛怒之下，竟是一句话也说不出来，眼前阵阵发黑。

这愤怒与恶心岂是这具身躯的？

被控制的身体和自由的魂灵都在强烈地反感着，楚晚宁几乎恶心欲呕，亦是悚然不敢相信。

踏仙君……

前世的墨燃。

到底都做了些什么啊？！

疯子！疯子！！！

墨燃笑够了，忽地掐住楚晚宁的下巴，眼神凶狠疯癫，满嘴血腥味，他是那么粗暴，楚晚宁的脸颊都被他的指甲掐破了，血痕顺着面庞缓缓淌落。墨燃俯身，凑近——

楚晚宁闭上眼睛，颤抖着。

那炽热强健的男性躯体犹如山石压下来，似黑云笼罩的未来。

"楚晚宁。认命吧。"墨燃道，"有人曾跟我说，命中三尺，你难求一丈，这就是你的命。

"你只能在我这里，只能被我囚禁一生。你听好了——是一生、一辈子。每一天、每一夜。"

他眼瞳里的光犹如从坟地里游荡出来的鬼火，亮，但是没有一丝属于活人的光芒。

那双眼睛像是要把它所盯着的东西也带进无尽深渊里。

墨燃用颤抖而滚烫的指甲摸过楚晚宁脸颊上新鲜的血痕，而后慢慢地、幽幽地吐出最后几个轻若游魂的字："再也逃不掉。"

黑暗降临，他坠入这双眼——再无明日。

过了很久，楚晚宁的神识才慢慢回归。

不知出于什么原因，与之回归的，不仅仅有知觉，还有如江流奔涌的前世记忆，都纷至沓来。

他想起了天裂时，师昧死去，墨燃跪在雪地里伤心欲绝。

他想起儒风门血流成河，天地变色，墨燃纵情长笑着，将叶忘昔的琵琶骨生生击穿。

他想起自己被做成血滴漏，想起红莲水榭里墨燃将他救醒，却把他软禁深宫，再也不能有所作为。

一件件地，都想起来了。

楚晚宁没有动，没有说话也没有生气。

他的头很痛，近乎劈裂般地痛，他感到有某种瞧不见的东西，从墨燃体内，转移到了他的体内。

正是那个东西让他恢复了前世的记忆。

可那究竟是什么？

一时要接收的回忆太多了，楚晚宁颅内疼得厉害、涨得厉害，他觉得自己一定知道那是什么东西，但他一时厘不清。

"师尊。"墨燃的声音在他耳畔响起，是那样小心翼翼，像是初春时枝头的嫩蕊，哪里还有方才暴虐的模样，"对不起……"

他没有回头，却能从声音里想象出墨燃此刻湿红的眼眸，心疼而歉疚的神情。

"对不起，我错了……"

刚刚在熏炉的掌控下，墨燃也和楚晚宁一样，虽然意识清醒，但一举一动却根本由不得自己。

他根本不愿意这样……可是嘴上的言辞是那么刻薄，手上的动作也是那样凶狠。

他心中痛极。可是又能如何呢？他根本掌控不了自己。

楚晚宁伏在冰凉的石面上，头疼欲裂，连动一下手指的力气都没有。他听着墨燃的道歉，却只觉得耳中嗡嗡，眼前阵阵眩晕，随时都可能再次失去意识。

他开口，声音嘶哑得厉害："你先……你先出去……"

墨燃抿了抿唇，没有吭声。

他比楚晚宁早一些恢复意识，其实在能控制身躯的时候，他就已经出来了，可是楚晚宁被折磨得那么凄惨，墨燃心中更是难受。

在踏进山洞之前，他原以为会看到和回忆卷轴类似的法咒，却不曾料到自己竟然回到了当年的死生之巅。

墨燃当然知道自己做过什么，却不曾想过竟会以这种方式，再现当时的情形。

他不想再做伤害楚晚宁的事情，不想成为踏仙君——但他身不由己。

他忽然分辨不清自己是谁，是踏仙君还是墨宗师，是善是恶是忠是奸。

他甚至想起了楚晚宁死去之后，他一心想给他立个碑，他在通天塔前亲手掘了一个墓。

踏仙君坐在碑前，托着腮想了很久，他很想写：先师楚晚宁之墓。

但觉得这样写，自己仿佛就一败涂地了，像个一无所有、悔不当初的怨妇，那场面着实是可笑的。

他提着不归磨蹭了半天，最后眼前一亮，想到个恶毒的做法，于是呵呵地痴笑起来，以刀为笔，一笔一画写下了：楚姬之墓。

写了这四个字，他觉得胸中一口横冲直撞的气似乎出了，可仍觉得不够，想到楚晚宁那张清冷孤高，总是不爱正眼看自己的脸，心中恼恨不已——以后再也瞧不见这样的神情了，他狠毒地想——

楚晚宁弃他而去。

留他独活。

楚晚宁好狠的心，竟以死来报复他。

过分。

他怨怼地瞪着熬到血红的双眼。

对，真过分。

所以他要折辱楚晚宁，欺负楚晚宁，要让楚晚宁在九泉之下也死不瞑目，等自己百年之后下了地狱，还能纵情大笑着去嘲讽那家伙两句，跟那个白衣胜雪、一生清白的人说——

你没有赢，是我赢了。

你看，你死了，我还是能凌辱你。

踏仙君抱着刀，在坟前想了很久，想到夕阳西沉，暮色四合，又想到黑夜降临，银钩漫照。

在如水如霜如白衣的月色里，墨燃终于拿起不归，一笔一画地，在墓碑上加了四个字：卿贞贵妃。

石灰簌簌，刻完了。他托着腮"嘿嘿"地笑出声来，心想，这真是个再好不过的谥号，完美极了。如果楚晚宁能被自己气活过来，那就更好了。

他怀着这样的期待，竟两眼发亮，乐呵呵地跑去了红莲水榭。

楚晚宁的脾气最大了。

这样的屈辱，怎么会愿意受呢？

所以快醒来吧，醒来再与他一决高下、一论高低，这次看在他重伤未愈的情况下，自己也可以让他一招。

实在不行的话，十招也不是不可以商量。

醒来吧。

他站在荷花池前，望着里面那具肌骨未损的尸身。

本座都让你十招了，你要识趣。你看本座给你立的碑，难道不生气吗？不想拽住我的衣襟朝我怒吼低喝吗？你甘心一生清名，最后变成荒唐的、任本座作弄的八个字——"卿贞贵妃，楚姬之墓"？

醒来。

醒来。

他从面无表情到神色狰狞。

但楚晚宁躺着，不说话，也不动。

很久之后，墨燃才终于明白，他到底是得偿所愿，赢得了他一直以来期望得到的驯顺。

他的师尊，他的仇敌，终于听话了。

寂静冰冷的龙血山石窟内，墨燃看着伤痕累累的楚晚宁，一时谁都没有说话。

两人都疲惫至极，在这令人怖惧的死寂中，墨燃胸腔里渐渐生出一种极为特殊的感受，似乎心脏里有某个洁白的东西在剧烈震颤，而后地裂天崩，犹如百年巨木被连根拔起，带着簌簌泥沙破土而出。

那个纯洁的东西，似乎包裹着他心脏里某种肮脏而可怖的东西，疯狂地向外挣扎，一黑一白两样东西极速从他体内挣脱而出。

他不知道从自己心脏里窜逃出来的这两个东西究竟是什么，没有闲暇去多想，因为楚晚宁说："你先出去。"

墨燃没有说话，也不知道该说什么。

他也不敢去看楚晚宁的脸。

那双眼睛里此刻会有什么？

失望，愤恨，空洞……

他不愿再想下去。

墨燃很乖很乖地、一声不吭地依着楚晚宁的意思，慢慢地收拾着狼狈，站起来。这个时候他的头已经很疼了，浑身都沁着冷汗。

他不知道这种疼痛究竟缘何而来，大抵是跟刚才心脏里缺失的那两样东西有关。他忍着疼，握住楚晚宁冰凉的手。

实在没有勇气去看楚晚宁的脸，所以他就那样盯着那只手，踟蹰许久，轻声问："师尊都想起来了？"

"嗯。"

墨燃便愣了一会儿。

他脸上带着一种茫然，那种茫然像极了无家可归的弃犬，他就这样怔怔地出了一会儿神，而后闭上眼睛。

曾经无数次畏惧这件事情的发生，可当审判真的来临时，他却惊讶地发现，自己居然是这样平静和安宁。

好像一个惴惴不安的逃犯，终于被押解进了牢狱。

他站在那一方凄清的囚室里，环顾四周，从前所害怕、所逃避的噩梦终于既成现实，心底里竟好像一块石头落了地。

逃亡时永无宁夜。

而坠入网中后，却终于一夜好眠。

再也不用逃了。

没有了希望，也没有了忐忑。

竟成释然。

"我现在很乱，很多东西……都还不清楚。"或许是因为往事袭来的疲惫，楚晚宁声音沙哑，面色比墨燃更难看，"太乱了。"

墨燃鼓起勇气，抬手摩挲着他苍白的脸颊。

尽管他自己的手也抖得厉害。

"墨燃……"他几乎是有些空洞地喃喃，"踏仙君……"

"……"

蓦地合眼，睫毛颤抖，眉心成"川"。

"那就先别想了，睡一会儿吧。"墨燃红着眼眶，"我陪着你。"

楚晚宁似乎轻轻颤抖了一下。

墨燃只觉得心痛如绞。

"师尊，别怕。是我，不是踏仙君……我再也不会伤害你了，再也不会了。"

楚晚宁微抬睫羽浓荫，那漆黑的睫毛下面有湿润的光泽在闪动，墨燃有那么一瞬间，觉得他似乎想要和自己说些什么。

可是话最终还是没有出口。

楚晚宁合上了眼睛，在最后一刻把脸转过去了，身子下意识地蜷缩起。

"师尊……"

"我有一句话，想要问你。"

"……"

"如果……你早点知道当初在无悲寺外给你一壶米浆的人是我。"楚晚宁的声音极为疲惫，"巫山殿的那些年，你会不会放过我？"

这一问犹如利刃尖刀，直刺听者肺腑。

他知道……楚晚宁竟已知道……

其实也是，前世他执念颇深，成日介地去找他的恩公哥哥，楚晚宁就在宫里，不可能不清楚。

这些前世的楚晚宁都看在眼里，但他不说……曾经那么多年朝夕相处，楚晚宁都没有把真相说出口，直到今日，痛苦终于用摧枯拉朽之力压垮了他。

墨燃整个人都颤抖了起来，他哽咽了，不知如何答话，只是伸出手，想拥住眼前的人，可是手才触上就感到楚晚宁的肩膀在微微颤抖着。

他在哭。

但墨燃知道，他再也不想要自己瞧见。

过了一会儿，墨燃实在支持不住了，他虽然不知道前世的楚晚宁到底为什么要设下这样的一个迷阵，但心口的异样感却是越来越鲜明。

这时候他忽然发现，自己胸腔处似乎飘着一缕薄烟，径直飘到楚晚宁的胸背之间，那薄烟太淡了，以至于方才都没有觉察。

仔细一看，才发现那烟雾一会儿泛着黑气，一会儿又洁白如玉，川流不息地从自己的心脏处，流到楚晚宁的心脏里。

这是些什么？

他注意到黑色的东西被楚晚宁的身体不断阻绝于外，渐渐汇聚成一团墨色，被吸纳到旁边的熏炉中。

到底是什么？

他想要提醒楚晚宁，可是却发现楚晚宁不知何时又昏迷了过去。庞大的前世记忆令人不堪重负，更何况这些记忆还是凌乱的，要在楚晚宁的脑内重新盘绕、重组。

"师尊。"

疼……怎么会这么疼？好像心脏里有两股势力在拉锯。黑的和白的，纯澈的和污脏的。

墨燃黑眉紧蹙，挣扎着站起来，走到那个熏炉旁，颤抖地揭开炉盖。

失去意识前，他最后一眼看到的，是那些涌出来的黑气——在熏炉里，逐渐凝聚成了一朵黑色重瓣花的模样。

二

龙血山蛇蜕

孤月夜。

从蛟山逃生的修士们都在药宗门徒的处理之下拔了钻心虫，包扎好了伤口。但颓丧的气息却再难收拾，空气中到处弥漫着死气沉沉的味道。

薛蒙坐在霖铃屿的海滩，把龙城弯刀架在腿上，怔忡地看着潮汐涨落。

身后忽然传来脚步声，他蓦地回头，眼睛睁得圆圆的，饱含着殷切希望，可看清来人之后，又立刻失望了，重新将目光投向茫茫大海。

梅含雪在他身边坐下。

"你爹接到了传信，有事先回死生之巅去了。他走得急，让我过来跟你说一声。"

"……"

"你爹和你，似乎心情都不太好。"

"知道就滚。"

梅含雪没有滚，丢给他一个羊皮壶囊："喝酒吗？"

薛蒙怒而回首，犹如尖针竖起的刺猬："喝个头！我没那么堕落！"

梅含雪微笑着，金色的细软发丝在海风里显得格外温柔，他一双眼睛犹如浅色碧玉，又似两池幽潭绿水，落着残花。

"喝酒而已，怎么就堕落了。"梅含雪抬起手，捋了捋鬓边碎发，手腕处系着银铃璁珑，"听说过死生之巅不让人买春，但买醉总可以吧。"

"……"

"昔闻楚仙君爱极了梨花白，你是他徒弟，怎么学不会他一半海量。"

薛蒙狠狠瞪了他一眼，张口似乎想骂些什么，但最后什么都没有说，抓起酒囊解开，喝了一大口。

"好豪气。这是踏雪宫的烧酒，滋味最是——"

"噗！"好豪气的薛少主一下喷了大半口，青着脸，"喀喀喀喀喀喀！！"

梅含雪抿了抿唇，似乎有些惊讶："你是不是不能喝酒？"

薛蒙颜面上过不去，推开他试图拿回酒囊的手，又仰头猛灌了一口，这次更厉害，咽下去之后直接扭头"哇"的一声全吐了出来。

梅含雪竟难得地有些手足无措了："我不知道你……算了，快别喝了。"

"滚开！"

"把酒壶给我。"

"滚！"薛蒙心焦之下，谁惹咬谁，他怒气冲冲地瞪着梅含雪，"你叫我喝我就喝，你叫我停我就停，我面子呢？我要不要脸？"

说着他还用力拍了拍自己的脸颊，竟已经有了些醉意。

死生之巅曾传言：千杯不醉楚宗师，一杯就倒薛少主。

梅含雪不是死生之巅的人，自然不知道这句话，知道了也不会拿烈酒来灌他。

薛蒙吐完之后抱着酒囊又喝，这次咕嘟咕嘟喝了四五口才猛喘一口气，紧接着脸色就变得更难看了。

梅含雪立刻拿回了酒囊，蹙眉道："别喝了，回去歇息吧，你已经一个人吹了很久的海风了。"

但薛蒙执拗道："我要等人回来。"

"……"

"我……我……"薛蒙眼神发直地瞪着他，瞪了一会儿，忽然大哭起来，"你不懂、你不懂，我等我哥，我等我师尊，我等师昧……你知道吗？四个人，少一个都不对的，少一个都不是原来的样子了……"

梅含雪很懂怎么安慰女人。

无非揽过来说几句体己话，花前月下许之海誓山盟，对症下药，药到病除。

但他从来没有安慰过男人。

薛蒙也并不需要安慰，他只是憋久了，酒劲儿上来，就终于决堤。他只是想发泄。

"四个人，只剩我一个，现在只剩我一个——我心里头难受。你懂不懂？！"

梅含雪叹了口气，道："我懂。"

"你就是个骗子，你懂就有鬼了。"薛蒙哭着，忽然埋头号啕，他紧紧抱着龙城刀，像抱着最后一根枯木、一根浮草。

骗子不知该怎么劝，于是又道："那好，我不懂。"

"没心肝的狗东西，你为什么不懂？"跟醉鬼是没有什么道理可讲的，薛蒙又猛地抬脸凶狠无比地瞪着他，泪眼婆娑却恶气横生，"有什么不懂的？不是很好懂吗？"

他伸出手指："四个！！"

去掉一根，再去掉一根，当去掉第三根的时候，他就崩溃了，好像那第三根手指是他的泪腺，薛蒙说："还剩一个了，还剩我一个。你懂了吗？"

梅含雪："……"

他不想当骗子，也不想当没心肝的狗东西，所以懂和不懂都不能回答，就干脆不说话。

薛蒙瞪着他看了好一会儿，而后又扭头："哕——！"

最是风流梅公子，以往别人都是盯着他的脸犯花痴，这是第一个，盯着他看了片刻，居然给看吐了的。

梅含雪有些轻微的头疼："你这个人怎么回事？小时候我给你吃鱼腥草，你吐。长大了给你喝昆仑酒，你又吐。真的是比姑娘还难伺候。"

他望着那个俯身吐得天昏地暗连气都喘不过来的人，浅碧色眼眸里满是无奈："好了，骂完了，吐完了，就回去歇着吧。你哥也好，你师尊也好，你朋友也好，都不会喜欢看到你这样的。"

他说着，起身去搀扶薛蒙。

薛蒙一吐之下大概是有些发虚了，脚步都是飘的，也再没有去试图挣开别人搀着他的臂膀。

梅含雪带他走过漫长的海岸，从孤月夜的后门进去，准备将他送进屋里休息。

但还没进花厅门，梅含雪霎时就感到空气中弥散着的一股浓重的杀意。

他蓦地勒住薛蒙，两个人立刻隐匿在转廊后面，薛蒙猝不及防，"嗯"了一声，却被梅含雪紧紧捂住了嘴。

"别吭声。"

"手……手拿开……我……想吐……"勉强能听出哼哼。

梅含雪道："咽下去。"

薛蒙："……"

怕这醉鬼惹出什么乱子，梅含雪抬手在薛蒙唇上一点，施了噤声咒，而后他侧过脸，瞳眸转动，往花厅内看去。

眼前的一幕却让他瞬间惊到了。

——墨燃？！

这时候大多数的掌门和长老都已经返程回各自门派去了，蛟山惊变，他们亟须加固各自领地的结界。

但孤月夜还是留有不少受了伤的修士，此刻都聚在花厅里，满面惊恐地盯着花厅中心站着的那个男人。

"啧啧。"墨燃披着黑金色的及地斗篷，眯着眼瞳，环顾周围，"瞧这一张张熟悉的脸，想不到时隔多年，竟然又能见到你们生龙活虎地立在这里。"

有人鼓起勇气朝他喝道："墨、墨微雨！你忽然间发什么疯！！你被魔住了吗？！"

"发疯？"墨燃薄唇轻启，冷笑，"跟本座这样说话，发疯的人是你自己。"

言毕众人只见得一道黑光闪过，那人呆立原地，噗地一股鲜血从胸腔涌溅而出……

"杀、杀人了！"

"墨燃你做什么了？！"

更有人撕心裂肺地喊："快、快去找姜掌门来！快去找姜掌门来！"

"哦？"墨燃慢条斯理地抬起眼帘，"姜掌门，姜曦啊？"

"……"

"这人水平是不错，在本座杀过的人里头，排个前十，总是没有问题的。"

"你到底在胡说八道些什么？！"

梅含雪也觉得不对劲，这根本不是他所见过的墨宗师，这个男子怨戾冲天，浑身上下都透着一股煞气。

可无论怎么看，都和墨燃长得一模一样，声音也分毫不差——谁能在这么短的时间内，完全复刻出另一个人的相貌与音色？

花厅里有孤月夜的长老道："墨宗师，恐怕你是受了蛟山的魔龙诅咒，你先坐下，待老夫给你诊个脉……"

话未说完就被打断。

"什么意思？"墨燃眯起眼睛，"老匹夫，拐弯抹角地，骂本座有病吗？"

长老："……"

"既然这么想治病，本座帮你啊。天下无病人，饿死当大夫的嘛，这个道理本座懂。"他说着，黑影掠夺，刹那间花厅惨叫连连。

待墨燃一拂黑袍，从容立回大厅中心，站在暗红色的杜若纹地毯上时，整个厅内已是缺胳膊的缺胳膊，断腿的断腿，还有些人更凄惨，暴毙而亡。

墨燃看向那个已经颓然倒在地上的长老，说道："怎么样，送了这么多病人给你救治，开心吗？"

"墨……墨微雨……"

"开业大吉，恭喜发财。"墨燃展颜笑了起来，而后在那群或是满地打滚，或是死不瞑目的人中走了出去，"哦，对了。"

在厅门前时，他侧过脸，朝那些人说："差点忘记说，上修界混吃等死已经好几百年了，记得跟你们掌门知会一声——本座迟早要将上修界所有门派夷为平地。"

有性硬的人声音嘶哑道："墨燃，你没种！你只敢到救治重伤修士的花厅里来，你根本就是怕和其他掌门照面！"

"怕他们？"墨燃眯起眼睛，"哪怕你们再一次联起手来，大军压境，只要本座自己不想死，谁又能伤得到本座？"

"墨燃，你疯了吗！你和华碧楠难道是一伙儿的？你、你到底想做什么？！"

墨燃酒窝深深，眸透幽光，过了一会儿才慢条斯理地说："你问本座想要什么？"

他英俊的脸上似是闪过一丝奇异的光彩，而后闭了闭眸子。

"本座想要的东西，便是连自己都不清楚。总之这世上没人能给，也没人再能哄得本座开心。"他淡淡地说，"本座行尸走肉这么多年，早已无欲无求。不过，你若非要问一个的话——"

他倏地露出了笑。

抬起眼帘，黑瞳里似乎闪着猩红的光泽。

"看你们死啊。"

满座愕然。墨燃眼光扫过那一张张煞白的脸，再也忍不住，垂睫笑出声来："好久没见过这样有趣的景象了，挺热闹。"

"墨燃……你真的是疯了……"

"这话你已经说了第二遍。"墨燃忽地笑容拧紧，只听得一声爆响。眨眼间，墨燃已闪电般掠至那人身后，一只手猛拍将下去。

"啊——！"

惊叫声中，墨燃幽幽地抬起了那张溅着血渍的俊脸，露出一双极其诡谲、极其兽性的眼，在犹如雀散的人群中划掠而过。

"本座若不疯一疯，恐怕拂了阁下一番美意。"

那个被他称作阁下的人天灵盖都被震碎，血淌了满头满脸，墨燃却连瞧都懒得瞧上一眼，仿佛吃了一顿再寻常不过的饭菜一般，平静而冷酷地环顾着众人。

"好了，今天杀的傻子已经够了。"他的嘴角又慢慢掠起微笑，随even将那尸体一推，踢到一边，"人嘛，一次杀完了总是乏味。死得多了到时候本座又寂寞。留你们苟活数日。"

顿了顿，他继续道："什么时候手痒了，什么时候再来玩玩。"

在斑斑血迹里，他慢悠悠地踱出了大殿，临到门口，复侧眸："在那之前，记得留好你们的脑袋吧。"

他说罢纵声大笑，斗篷一裹，倏忽掠地上檐，身影很快就消失在了斗拱后面。

三日后。

龙血山石室里，墨燃和楚晚宁仍因法咒影响，各自昏迷。而那盏熏炉却忽然咯咯作响，里头涌出黑烟和鲜血，紧接着一声凄厉刺耳的尖叫从里头传了出来，回荡在洞府中。

墨燃猛地睁开眼，惊醒。

心口已经不疼了，也没有任何伤，之前联系在他和楚晚宁之间的神秘薄烟已经散尽。

"师尊！"

他立刻起身，却忽然见到石洞中不知何时已进来了第三个人。

那个人背对着他立在石桌前，正细细打量着散发出焦臭味的熏炉，身影修长俊美，说不出地好看。他揭开炉盖，一只纤长白腻的手从里头夹出朵千瓣奇花，托在掌心端详。

"毁得还真彻底。"他轻声道，而后双指用力，便把那黑色的花朵捻为粉末。

灰烬中立刻有一缕莹白色的光华腾起，那人负手望着那道白光，有些庆幸："嗯，幸好当初炼制这朵花的时候，里头还熔了一缕我自己的魂魄。若不是那缕魂魄给我指路，这茫茫天地，要找到这个山洞还真不容易。"

那白光像是听得懂他的话，缓缓绕着那个人，但越来越淡，最后彻底消失不见了。

墨燃声音沙哑道："你是……"

听到动静，那个人放下熏炉，叹息一声："醒了？"

"你是谁？"

那人淡淡地说："你觉得我还能是谁？"

他的声音听上去很是熟悉，但墨燃刚刚苏醒，意识尚有些昏沉，犹如做了一场千秋大梦，竟一时半会儿没有反应过来。

这个人能是谁？

听他方才说话，似乎与那朵神秘的黑色花朵有关，炼化花草蛊虫是孤月夜最擅长的事情……是……华碧楠？

想到华碧楠，就立时想到师昧，墨燃陡生一股恨意，但还未说话，那人就回过了身来。

石洞内光影昏暗，但随着那人转脸，却刹那间满室生辉，他生得当真是极美的。

这个人惯于放落的长发，此刻高高束起，绣着精细纹饰的一字巾端端正正地配在额前，整个人精神面貌很不一样，竟是半点柔弱气质都不再有，一双桃花眼含情流波、明朗清澈。

就是这样一个美人，墨燃却惊如雷霆轰顶，两个字悚然而出，犹如利箭划破死寂：

"师昧？！"

来者正是师昧……来者竟是师昧！！

这风华绝代的美男子捋了捋鬓边碎发，淡淡道："阿燃，瞧见我，这么惊讶吗？"

血流冲撞骨膜，颅内嗡嗡作响，墨燃的脑子根本转不过来，无法猜透为什么师昧会忽然出现在这里，又为什么是这样陌生的神态表情。

他整个人都是僵凝的，诸般话语哽于喉间，到最后，犹豫道出的却先是一句："你的眼睛……"

"没有受伤。"师昧微笑着，朝墨燃走过来，"我来，是要见对我而言最重要之人，要是瞎了盲了，可如何是好？"

"……"

墨燃从他戏谑的神态举止中慢慢回神，竟是一时半会儿再也说不出话来，惊愕就如黑云压城，脑中霎时一片空白。

"你……怎么会是你……寒鳞圣手呢？！"

心中愤怒忽然洪波涌起。

这一刻墨燃终于明白了前世薛蒙的感受，没什么比被朝夕相处的故人背叛算计更为痛楚的事了。

"寒鳞圣手呢！！"

"哦，他呀。"师昧笑了，"来日方长，不急着解释。"

他说着，一步一步往前，直到紧贴在墨燃身边。

师昧笑道："比起谈论寒鳞圣手，经历了这么一场大波折，我还是更想先与那对我而言最重要的人谈谈心。"

墨燃又是极怒又是心寒，脸色越发铁青："你我之间，还有什么可谈的？"

那俊美斯文的男人轻笑一声："嗯？"他眼尾柔腻，犹如烟霞，盯着墨燃的脸，"你我脾性相斥，确实无甚可聊。"

他说着，袍缘委地，从墨燃身边走过，一直走到了楚晚宁面前。墨燃还没反应过来，师昧就已不无温柔地伸出一只细腻匀长的手，低头摸了摸楚晚宁的脸颊。

"……"墨燃脑中一片茫然，仍未理解此举何意。

师昧则凝视着楚晚宁，旁若无人地柔声道："师尊，那个莽夫弄疼你了吧？真可怜……不过话说回来，你是不是要恢复记忆了？"

水葱般的指尖点着沉睡之人的下唇，师昧眯起眼睛，美貌依旧，却如鸩酒。

"恢复了记忆也好。当初你动的那些手脚，有些我至今还想不出个所以来，你醒了，我们还能互相讨教讨教手段。"

他顿了顿，微笑道："上一世你机关算尽，瞒天过海，把弟子欺负得好惨。

如果换成别人，这样折腾我，死上一百次都不够啦，但你跟我对着干，我依旧不生气。"

他垂眸叹息道："谁让你是我的好师尊，是成千上万条凡人贱命都比不上的珍宝，是我最重要的人呢。我可不会怨你，只希望，你眼里，座下永永远远都只有我一个徒弟。"

说到这里，他看了墨燃一眼，目光是墨燃从未见过的森然："再没其他糟粕垃圾。"

三

龙血山敌意

"……"

犹如五雷轰顶，墨燃僵于原处。

难以置信……难以置信……师昧在说什么？这、这究竟是怎么回事？

墨燃一时咽不下这场惊变，以手覆额，太阳穴突突直跳，脑海中闪过的是师昧少年时那温暖笑意，师昧柔声唤道："阿燃。"

可眼前这个人……他居然……居然……

简直汗毛倒竖。

师昧直起身子，乜斜过眸，盈盈望着墨燃，轻笑出声："这里好像有个人被我吓到了？"

"你……简直……荒唐……"

"荒唐？"师昧好整以暇，"我的小师弟，到底是谁荒唐呀？把师尊欺负得那么惨的人，难道是我吗？"

墨燃的脸蓦地红了，眼中又是愤怒又是茫然。

换作其他任何人出现在这里，他都能杀气腾腾地反斥回去，可是戳在这里的不是别人，而是那个他最敬爱的师兄——师明净。

他竟一时噎得说不出话来。

师昧倒是有脸皮多了，淡淡道："不过，要说我做过的荒唐事，也不是没有。比如装作看得起你，待你好那么多年，甚至在见鬼的审讯之下，硬生生顶过疼痛，骗你说……我很在乎你。"

顿了顿，他的眼神中浮出一丝嘲弄："别闹啦，如果我会在乎你这种除了脸之外一无是处的人，倒真可以自戳双目而亡了。"

墨燃："……"

"怎么不说话，不服气？"师昧倾城容姿，即便是冷笑，也是极其美貌的，他乜斜了墨燃一眼，又去捏楚晚宁的下巴。

墨燃见他再次对楚晚宁造次，简直怒火中烧，便要召唤见鬼。

然而掌心之中只是猩红一闪，灵流便立刻消失了。

师昧眼皮也懒得抬，说道："别白费力了，前世晚宁布下这个局，用他的一半地魂，终于替你拔出了蛊花，你如今再也不会受到控制了，但身子却需要十来天才能恢复灵力。此刻要再和我斗，那就是以卵击石。"

"你叫谁晚宁！！"

"你这人好不讲道理，难道只允许你欺师灭祖，却不允许我喊个名字吗？"

"你——！"

"真是只许州官放火，不许百姓点灯。"师昧轻笑，"你是什么孽都造过了，现在却来管我？"

墨燃狂怒至极，没有神武，亦是近身相搏。

"唉……所以我说，我最讨厌的，就是你们这种打打杀杀不知斯文的东西。"师昧倏地放开了楚晚宁，与墨燃在这一方石室内斗了起来。

石洞幽昏，两个高大男人拆招的身影倒映在壁上，犹如双龙腾云厮杀交缠，焰电汹涌。

师昧不擅攻击，贴身近战无论如何不会是墨燃的对手，眼见不妙，他振袖一挥，里头竟涌出了滚滚灵蛇，锁向墨燃。而自己则趁机掠到一旁，将楚晚宁一把抱起，朝着石洞外飞掠而去。

"师尊——！"

墨燃勉强甩开那些冰冷黏腻的滑蛇，紧追其后，但见师昧立于树梢之上，一轮明月正映照于他身后。

师昧笑道："别追了，你刚刚恢复，哪怕豁出性命，也是追不上我的。"

"师明净你为何……你为何如此？！"

"阿燃。"师昧微笑道，"师哥我有没有告诉过你，我很讨厌师昧、师明净这两个称呼？"

"……"

"所以如果你不介意，从今往后，可以叫我的本名。"

"什么？"

"在下姓华，无字，名碧楠。"

华碧楠？！

看到墨燃的眼睛倏地睁大了，师昧越发粲然地笑弯了眉眼："对了，看在你我师兄弟一场的分上，透露给你一个十分重要的消息——别去孤月夜啦，你现在去孤月夜，会被姜曦撕成碎片的。也别试图跟着我了，乖一点，早些回死生之巅吧。"

墨燃愣了一下，随即脸色煞白："你想对死生之巅做什么？！"

"这一世你倒也不笨。"师昧笑了笑，"师哥给了你一个小惊喜，去了就知道。"

墨燃喉中腥甜，眼眸焚着炽焰，他此刻甚至不知自己是悲伤更多还是愤怒更甚，厉声喝道："师昧，你到底想做什么？你到底在谋什么？不是你跟我说，死生之巅是你的家吗？不是你告诉我……流亡中是伯父救回了你……不是你告诉我，对你而言最重要的人就是我们吗？！"

他的声音到最后都在颤抖了，指捏成拳，紧陷于掌。

"难道这些都是你在骗我？难道这么多年，两辈子——"墨燃说到这里，蓦地顿住了。

刺骨的寒意——

"难道两辈子……都是你在算计？！"

师昧没有作声，宽袍大袖，飘然立在树梢，微笑望着他。桃花眼弯起来，下颌尖尖的，在这迷雾重重的山间，犹如子夜狐。

"你……"每字每句都在齿间战栗。

墨燃的脑中纷乱一片，他的目光都是疯狂的。

"师昧，你说话啊……"

从那一年烛台旁温柔相劝，到后来同行相伴，形影不离。

"你说话啊！"

从曾经纤细如玉的翩翩少年，到后来无间天裂，大雪中躺在自己怀里，跟自己说，不要记恨，不要去责怪师尊。

墨燃几乎要破碎了："你明明死了……是我亲眼看见的……是我带着你的尸体回到死生之巅……你不可能是师昧……你……怎么可能……"

"因为你蠢。"

清雅的声音响起，师昧终于开了口，却不无嘲讽。

"你们这些莽夫，永远只知道修炼灵核，瞧不上药宗。你也好，尊主也好……甚至我们英明的师尊——"他说到这里，笑了一下，"前言有错，师尊倒不是莽夫。不过你们这种人，都是对药蛊一道看不上眼的。"

墨燃喃喃："药蛊……"

"要让一个死人活命很难。"师昧慢条斯理，"但要让一个活人假死，我办法多的是。"

如果此时墨燃头脑清醒，就该听出师昧这句话里的缺漏来。

就算用药可以让一个活人假死，但是，前世他守在霜天殿内七日，后来又亲眼看着师昧落葬，当时棺椁三层，层层封着长生钉，封土更是高厚。不惊动守陵人的情况下，哪个活人能自己从这样的墓穴里钻出来？

于是只有两种可能：第一，师昧在说谎；第二，前世，有个人潜入了死生之巅的墓区，从外面打开了封土和棺材，将里头诈尸复生的师昧放了出来……

但墨燃此时整个人都是乱的，似乎有一只无形的手将他五脏六腑都倒错了位置，他根本无心细想，听到师昧这样说，眼前立时浮现出记忆里那张失去血色的苍白脸——

大雪纷飞中，师明净死了，墨燃恨透了无能为力的自己、恨透了袖手旁观的楚晚宁，从此踏入深渊，自堕黑暗……

可谁知——

假的……竟是假的！！

他竟为一个假死之人，疯狂了半辈子，痴迷了半辈子，杀尽天下，最后害死了这世上最好最好的师尊。

荒唐。

荒唐！！！

愤怒与苦痛刺得他头皮发麻，瞳孔紧缩，他几乎是暴虐地说："你……竟能心安！"

"我心安得很。"师昧微笑着，"倒是你，踏仙君。"

"……"

三字一出，如掐七寸。

"无论你握起屠刀的理由是什么。因为怨憎也好，因为不甘也罢，你的手上都已染满了鲜血。

"满手血腥的踏仙君，该怎么和白璧无瑕的北斗仙尊站在一起？"

墨燃脸上最后一点血色褪去。

师昧却很清楚他的软肋，于是挥舞着蝎螯，将毒汁源源不断地刺入对方体内。他眯起眼睛，步步紧逼。

"你配吗？

"你不觉得自己很脏吗？

"你在偷。"

起风了，雾散去，一轮明月皎然，自云后探出。

师昧笑吟吟的，却一字一句胜过尖刀，刀刀见血："踏仙君，你如今所有的日子，都是偷来的，你自己是个怎样的货色，你自己最清楚，用不着我多提。"

墨燃嘴唇都是青白的，愤怒悲伤恐惧后悔自责肝肠寸断，没谁能接受那么多情绪，会疯魔的。

"我……"

"别'我'啦。"师昧悠悠地叹了口气，"'我'什么呀？你难道以为，你当了半辈子墨宗师，救了那么几条人命，就足以将你的罪孽一笔勾销了？"

他望着墨燃的脸，轻笑："你想得好美。"

墨燃竟失言。

"如今，师尊已经有了前世的记忆，你做的那些荒唐事，杀的人、屠的城、欺的师、灭的祖——你伤他的心，他统统都会记得。全部都会想起来。"他顿了顿，似乎在饶有兴致地打量墨燃脸上的神情，而后满意地笑道，"墨宗师，该低头了，你认罪吧。"

低头吧。

认罪吧……

一生荒谬，穷极凶煞，都是错的。

墨燃喉头滚了一滚，赤红着双目，紧紧盯着树梢上的那个人，但目光触到他怀里的楚晚宁，便不能自制地痛楚起来，视线犹如蒲草枯萎蜷缩。

他猛地别过了头。

"你想想看，等他醒了，知你骗了他那么久，该有多生气。"师昧温柔地说着恶毒的话语，"师尊的性子烈，这你是知道的——你觉得他会原谅你吗？"

说者刺入要害，听者如坠冰窟。

原谅……

他从来就没有奢求过的，可是他一直不希望审判的到来，他一直不敢想象这一天到来。

墨燃倏地合上了眼睛，睫毛轻轻颤抖。

师昧的嗓音在迷雾空山中显得那么缥缈清幽，竟似规劝人苦海回头的神佛："别追了，回死生之巅去吧。等你去到那里，就自然知道我所说的惊喜是什么了。"

余音袅袅回荡。

"好好接受那份惊喜，不要多作反抗。"顿了顿，他似乎想到了什么，眼珠一转，桃花眸子凝望着树下的人。

"另外，阿燃，我俩说到底是完全不一样的人，你是参不透我所欲所求的。"他温声道，仿佛昔日弟子房里询问他抄手是否好吃，辣油是否添够，"我没你那么丧心病狂，轻易不会想要陷害身边好友亲朋。但是——"

他话锋一转，却不多言。

墨燃猛地回头："你想怎样？！"

师昧见他的目光自楚晚宁身上扫过，不由得笑了笑："你不必担心，师尊在我这里，我只会对他好，不会伤他。他这般洁白如玉之人，我自是比你懂得怜惜……"

每一个字都在唇齿间浸得柔腻，才轻吐出来。

墨燃激得浑身都在颤抖，如果他此刻灵力尚在，恐怕师昧早已被他撕成了碎片，扯成了残渣。

但他没有灵力，师昧也正是算准了他此刻没有灵力，才会这样为所欲为。

师昧轻笑："但是死生之巅的那些同门师兄弟，甚至伯父伯母……还有少主。"他眼波流转，不紧不慢地把话说完，"你若是没把那个惊喜处理好，是会害死他们第二次的。你看看，要是师尊醒过来，知道你又一次害苦了所有人，知道你自私自利、苟且偷生——他还会不会看你，哪怕最后一眼？"

四

龙血山绑缚

墨燃几乎是银牙咬碎，目眦尽裂："师明净！！"

师昧袍袖一拂，月影之下，衣袂飘飞。

他在树梢之上立着，侧过脸，俊俏的面庞上华光流淌："走啦，再不走师尊该醒了。如果他醒来看到我们站在这里吵架，怕是要不高兴的。"

顿了顿，他又微笑着补上了一句："对了阿燃。下次见面，记得叫我华碧楠，如果，还有下次的话。"

这回他说完，腾空而起，足尖轻盈，霎时就消失在龙血山的茂密林木之中，再也瞧不见身影。唯剩那动听却森寒的笑声，犹如蛛网落下，泛着泠泠幽光，弥久不散。

"师昧！——师明净！！"

枝梢山雾间，师昧再也不回头去看墨燃，而是抱着怀里的人，疾速掠过高低起伏的岩崖，斗篷翻飞，衣袍猎猎。

他心里说不出地畅快，眼中泛着光亮，犹如满载而归的猎手，等着回去饱餐胜利的硕果。可就在低飞掠地间，却忽然听到怀里的人因前世梦魇，声音沙哑地唤了一声："墨燃……"

师昧那种欣喜的神情略微僵凝，随即眯起眼，目光三分寒凉，七分渴热。

"他有什么好的，值得你为他做到这一步。"

但楚晚宁听不到，他发着高热，一张清俊英气的脸此刻白如冰湖，甚至能叫人瞧清下面一些淡青色的血管。

楚晚宁轻声说："墨燃……"

师昧倏地停下脚步，似乎因为隐忍太久而有些急不可耐和郁躁，但他踌躇片刻，还是克制住了自己。

他在昏迷的楚晚宁面前，并没有在墨燃面前那样从容不迫、游刃有余，盯着楚晚宁的脸庞看了一会儿，他说道："别惦记了，很快就再也没有墨燃了。以后你就跟着我吧。"

说完这句话，他再一次掠地而起，半空中召出佩剑，径直朝蛟山英雄冢方向飞去。

夜很深了，儒风门的埋骨之地静悄悄的，月光洒在一座又一座坟茔上。那些先前被徐霜林做成珍珑棋子的人因为失去了灵力流转，再也不会动弹，只僵愣愣地戳在自己的位置上，一动也不动。

师昧以贮藏的南宫氏族鲜血打开了蛟山之门，他转过眼珠，看到南宫柳呆立在山麓上。

南宫柳不能算完的棋子，只是个半成品，多少还保留着一丝元气。但这个人如今已完全失了神志，头脑不过就是个五岁小儿，师昧并没有这个闲心去杀他，何况他多少能派上些用场。

"挚友哥哥，你回来啦。"南宫柳一瞧见他，就展颜笑了，微胖的脸上有些真心实意的开怀。

徐霜林曾将师明净认作自己的挚友，所以南宫柳也跟着管他叫"挚友哥哥"。这个称呼让师昧微微一顿，随即眯起眼睛："不要乱叫。"

"啊……"南宫柳有些茫然地瞅着他，"你不喜欢我这么称呼你吗？"

"不喜欢，叫我华碧楠就好。"师昧阴沉着脸，"去，往前走，给我开路。"

"挚友哥哥要去哪里？"

跟这个脑子只有五岁的人也没什么好计较的了，师昧不耐烦道："带我去徐霜林原来住的那间密室。"

南宫柳就带他走。

其实那间密室对师昧而言并不是秘密，只是一路上需要洒下南宫家鲜血的地方实在太多，他虽有贮存，但怀里抱着个楚晚宁，腾出手来实在麻烦，还不如南宫柳好用。

一前一后走了一段路，南宫柳忽然回头，憋不住好奇一般，问他："挚友哥哥今天是带朋友回来过夜吗？"

"过夜？"师昧眉宇微微放松，微笑道，"差不多，就是过夜，不过以后他要在这里过很多很多的夜，应该说是常住了。"

南宫柳便越发好奇："他是谁呀？"

师昧思忖片刻，忽然笑了笑："你真想知道？小孩子听起来恐怕不合适。"

南宫柳便把眼睛睁圆，这样一张中年男子的脸上露出孩童般的神情，着实让人觉得有些恶心又有些滑稽。

他们一路走到密室门前，大门开了，里头燃着长明灯。室内清幽简洁，只收拾出一张床榻，铺着厚厚的剑齿虎兽皮，放着雪绡纱帐。床榻边还有一张小桌、一把筌篌，除此之外四壁空空，再无其他。

师昧将楚晚宁安顿在床上，自己则拂袖坐于榻侧，垂眸凝视着楚晚宁的脸庞。烛火很明亮，照亮了这张熟悉的面容。

清醒时，剑眉入鬓，凤目生威。

而此刻面庞憔悴，一笔线条勒至下颔处便如残烟终了……

师昧对此并不在意，只觉得蹚过两世，楚晚宁和墨燃终于都败在了他的手里。此时此刻，楚晚宁躺在他身边，墨燃灵力暂失，很快也会乖乖走进他布的局里，他的谋划终于要实现。

正看得出神，忽听得南宫柳凑过来说："咦？这个人好眼熟啊。"

师昧睨过眸子瞧他："你想得起来他是谁吗？"

"想不起来。"

师昧提点道："以前这个哥哥训斥过你，给过你难堪。"

"欸？在哪里？"

"就在儒风门大殿上。"

南宫柳茫然道："啊，真的吗？……可我怎么一点都不记得了？"

师昧沉默一会儿，温柔地笑了笑："不记得才好呢。"

南宫柳不知他其中深意，歪着头又瞧了楚晚宁一会儿，才忽然道："不过他长得真好看。闭着眼睛不笑的样子都好看。"

师昧眉眼里的笑意便越发浓深："现在，你去帮我采一些橘子来，再烧些热水……他脾气那么差，要是醒了之后没些好吃的伺候着，怕是会更加生气。"

南宫柳便准备去了。

可是走到门边，又有些踌躇。师昧见状，便问他："怎么了？"

"橘子……"南宫柳犹豫地咬着手指道，"挚友哥哥知道陛下什么时候回来吗？"

他口中的"陛下"，指的就是徐霜林。

师昧自然不会跟南宫柳说徐霜林已经死了，他微笑道："你乖乖听话，好好做事，陛下过不了多久就会回来的。"

南宫柳眼睛亮了亮，立刻背起密室门旁摆着的小竹篓，出门采摘橘子去了。

师昧望着他离去的地方，半晌才笑道："有意思。有神志的时候兄弟阋墙，没了神志，反倒兄友弟恭了起来……果然这世上的很多东西，只有在小时候才最干净，一旦长大了，卷入权谋纷争，就脏了。"

他说着，回过头，眼睛一眨不眨地看着楚晚宁的脸。

"你看，修真界大多数都是他这样的人，不值得你护的。"师昧叹息道，"你又何苦为了这些人，殚精竭虑、切断魂魄、撕裂时空、忍辱负重……和我斗了两世？"

沉眠中的楚晚宁自然是不会回答他的。

前世重重的苦痛与梦魇煎熬着他，令他脸颊烫热，眉心紧蹙。师昧托腮瞧了一会儿，从乾坤囊里取出了一个银瓶，里面装着貘香露。

"这个给你喝一点吧。"师昧打开了香露，"我知道你一定会梦见前世的事情。当初在轩辕阁也是知道你会来，所以才特地让他们拿了貘香露去卖……我想让你好受些，但也不愿叫人起疑心。所以你看，跟着我比跟着墨燃好吧？这种不值钱的小玩意儿，只要你让我高兴，我天天都能给你尝鲜。但他能给你什么，他只会打架。"

芬芳馥郁的貘香露斟入一只白瓷小盏里，凑到楚晚宁唇边。

喂了药，对着自己得之不易的战果发了会儿呆，师昧忽然想到了什么，眼前一亮。他在乾坤袋里翻找着，最后找到了一根漆黑的帛带。他把这帛带覆在了楚晚宁的眼上，施了个定凝咒，将对方的双眼完全蒙住。

做完这一切，他慢悠悠地起身，捏起楚晚宁的下巴左右打量一番，很是满意。

"嗯，确实好看。也难怪上一世墨燃喜欢这么绑着你。偶尔学一学他也不错。"

师昧的笑容一直很温柔，和曾经的无异。他的目光慢慢拂过楚晚宁的下巴、嘴唇、鼻梁，最后落在了蒙着眼睛的黑帛带上。

他用那种令人不寒而栗的温声软语说道："师尊，快些醒来吧。我啊……方才想到个很有意思的把戏，等你醒了，不如一块儿玩玩，好吗？"

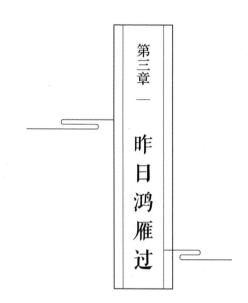

第三章 一 昨日鸿雁过

龙血山鸿雁

楚晚宁躺在床榻上，头脑昏昏沉沉的，意识时而清醒，时而又很模糊。

他恍惚间好像听到两个人的争吵，似乎是师昧和墨燃，后来争吵的声音消失了，耳边只有呼呼的风声。

再后来，他好像躺在了温暖的被褥里，有人在和自己说话，破碎的声音犹如隔着汪洋传来，他听不清，只偶尔飘进两三句话，什么前世、什么师尊——他隐约觉得这似乎是师昧的声音，但他没有太多的力气消化，这些语句很快就如清晨的雾般散去了。

他的回忆在一点一点变得完整，一点一点变得清晰，前世的记忆就像雨水汇入江河，最终奔向大海。

他首先梦到的是幽深的回廊，那回廊建在死生之巅的红莲水榭，廊上覆压着满枝藤花，风一吹香雪飘落，满纸都是芳华。

他坐在廊下，正在一张石桌前写信。

信是送不出去的，踏仙君不允许他与外人接触，亦不许他豢养鸽子或是任何动物，就连红莲水榭外头都被重重叠叠下了无数道啸叫禁咒。

但楚晚宁还是写。

太孤独了，一个人，一方天地，大概就要这样过一辈子。

要说不烦闷，那是假的。

信写给薛蒙，也没什么多的东西，无非就是询问近日状况、是否安好，询问外头日月如何、故人怎样。

不过，其实也没什么故人。

所以一封信慢慢地写了一个下午，也没有太多内容。写到最后，他有些出神，恍惚想起当年三个小徒弟都在身边安好的日子，自己曾教过他们提笔写诗作画。

薛蒙和师昧学得都很快，唯有墨燃，一个字写个三四遍都是错的，总要手把手教他才行。

当时写过什么呢？

楚晚宁恍神，笔墨在宣纸上缓缓铺展开。

他先写"身是菩提树，心如明镜台"，后写"人生无根蒂，飘如陌上尘"，一笔一画，工工整整。

撰书也好，写信也罢，他的字从来都是清晰端正的，怕读书的人看不懂，也怕弟子跟着自己学歪。

字如其人，脊梁极傲。

他写"故人何在"，写"海阔山遥"。

后来，风吹着紫藤花落，歇在浣花纸笺上，他舍不得拂，看着那淡淡的、瑰丽的紫，笔锋渐转，又写"暮春凋零海棠色，犹记微雨旧温柔"。

平平仄仄。

愿我如星君如月，夜夜流光相皎洁。

写着写着，目光都不由得柔和下来，仿佛回到了当初的静好岁月。

起风了，吹得纸张哗哗翻飞，有镇纸不曾压好的，被吹得飘起来，在午后斑驳清香的阳光中，乱了满地。

楚晚宁搁落毛笔，叹了口气，去拾那一地的书信与诗词。

一张又一张，落在草地上、石阶边，落在残花处、枯叶间。他正要去拾一张飘在落英芬芳里的纸——

忽然一只纤长匀称、骨节分明的手出现在视野里，在他之前，就将那页纸捡起。

"你在写什么？"

楚晚宁一愣，直起身子，眼前站着一个挺拔英俊的男人，正是不知何时来到水榭里的踏仙君——墨微雨。

楚晚宁道："没什么。"

墨燃一袭黑金华袍，戴着九旒冠冕，修狭苍白的手指上还戴着龙鳞扳指，显然刚从朝堂上回来。他先是冷淡地瞥了楚晚宁一眼，而后抖平了手中的浣花纸，读了两段，眼睛就眯了起来："见信如晤，展信舒颜……"

沉默一会儿，他抬起眼来："这什么意思？"

"没什么意思。"

楚晚宁说着，想把信拿回来，却被墨燃干脆地抬手挡住了。

"别啊。"他道，"你紧张什么？"说完这句话，他又仔细往下面看，视线一掠数行，不动声色地道，"哦。写给薛蒙的？"

"随手写的。"楚晚宁不愿连累旁人，说道，"没打算寄出去。"

墨燃冷笑："你也没这通天的本事寄出去。"

楚晚宁与他无话可讲，转身回桌台前收拾那一桌子的笔墨纸砚。岂料踏仙君跟着走过去，黑金色袍袖一展，摁住他正想收起的那张信纸。

凤目抬起，对上踏仙君那张促狭的脸。

"……"

罢了，他要就给他。

于是收了手，去拿另一张，结果又被墨燃摁住。

就这样，他拿一张，墨燃拦一张，到了最后，楚晚宁终于有些不耐烦了，不知这人阴阳怪气地又发什么疯，抬起眼帘，阴沉道："你想怎么样？"

"'见信如晤，展信舒颜'，是什么意思？"墨燃眸色幽深地望着他，薄唇轻启，"说啊。"

花枝和藤叶簌然拂动，光影斑驳间，楚晚宁不由得想到了当年刚刚拜入自己门下的墨燃，笑容和言语都很温软，恭谨地笑着问他："师尊，'身是菩提树，心如明镜台'，这是什么意思呀？师尊能教教我吗？"

两厢对比，此刻踏仙君这种咄咄逼人的态度让楚晚宁心中隐痛，他蓦地低头，不再说话，合了眼眸。

他不吭声，墨燃脸色渐渐阴郁，在这片沉默中，墨燃拿起桌上的信纸，一张一张阅遍，越往后看，眼睛就眯得越发危险。墨燃若有所思地喃喃着，一个不学无术的人，在石桌旁寻章摘句，绞尽脑汁。

到最后，面目阴鸷，墨燃蓦地将那一沓信纸拂于地面，冷然抬起眼来。

"楚晚宁，你想他。"

"没有。"

他不想与墨燃纠缠，说着转身就要走，可是没走两步，袍袖就被拽住了，紧接着被暴躁而凶悍的力道扼住下巴。

墨燃的手劲是那么大，那么狠，转眼就在他脸颊上掐出青紫红痕。

阳光透过藤花洒下来，照在楚晚宁的眼睛里，那眼睛里映着踏仙君几乎有些疯魔扭曲的脸。

英俊的，苍白的。

炽热的。

楚晚宁几乎是恼羞成怒地低喝道："墨微雨——！"

饱含着怒意和失望的语气并没有熄灭墨燃的怒火，反而如热油倒落，溅起烈焰熊熊。

楚晚宁又骂道："孽畜……"

墨燃的眼眸里蒙着一层血气，对"孽畜"二字倒是不作评判，而是阴恻恻地说："你不解释也罢。确实不应当再问你。你如今根本不能再算是本座的师尊了。"

"晚宁如今算什么呢？"他几乎是咬牙切齿地说，"不过是个阶下囚，供我驱使，任我羞辱。"

满桌的纸墨都被打得纷乱，毛笔也落在地上。楚晚宁被他一番言语羞辱，心里是无休无止的痛苦，眼前是无边无际的苍茫。

他看着那一字一句，看着那一笔一画。

身是菩提树，心如明镜台……

故人何在？

海阔……山遥。

字字诛心。

眼前尚有少年时的墨燃在朝他微笑，漆黑的睫羽温柔地颤动着，像是栖落黑色的蝶花。

耳鬓却是踏仙君低沉的声音，在折辱他，在欺践他，在沙哑地说："楚晚宁……呵，本座的师尊心里头竟还会惦记着别人？"

"什么愿我如星君如月，夜夜流光相皎洁。"嗓音里竟有杀意，"你以为我真的一点都不懂吗？"

楚晚宁咬着牙，脸颊被掐得都是斑驳青痕，凤目却是倔的："你不懂。"

明知道出言顶撞会换来更凶狠的对待，他却还是执迷不悟地说，你不懂。

你不懂故人是谁，你也不知道海阔山遥究竟是为什么。

你不会知道君是谁，月又指谁。

你……不会明白。

好一番羞辱之后，墨燃终于放过了他。

楚晚宁鬓发凌乱，躺在紫藤花里，躺在诗词笔墨之中，他的眼尾有红痕，像是胭脂花被掐落时染在指端的艳色。

他的脸颊上犹有掐痕，嘴唇都已咬破了，都是血。

他麻木地睁着双眼，眼中已然无神……被软禁了那么久，从最初的钻心剜骨，到如今的哀莫大于心死。

而墨燃呢？见他终于乖了，不再有任何反应，甚至一声也不再吭，终于也就放过了他，兀自坐在石桌边，拿着他写过的书信，又一张一张地看。

看到"暮春凋零海棠色，犹记微雨旧温柔"那一张时，他的手似乎微微凝顿，但很快他就将那张纸翻了过去，而后带着讥嘲地说："骨头都软了，字倒是依旧挺秀。"

他把这一沓书信收进袍襟里，而后站起来。

风吹过他的衣摆，玄色衣冠上的金线黻黼流淌着华彩。

"走了。"

楚晚宁没说话。

墨燃睨过眼眸，紫藤花影将他的黑眼睛衬得越发幽深："不送送本座？"

树影婆娑，楚晚宁声音低哑，慢慢道了一句："我曾教过你的。"

墨燃一愣："什么？"

"见信如晤，展信舒颜。"他说完这句话，终于抬起睫毛，看了那位登人极的男子一眼，"我教你写过，是你忘了。"

"你教我写过？"墨燃皱起眉头，这倒不是在刻意捉弄楚晚宁，看他的样子，是真的一点印象都没有。

欲走的人又停了脚步。

墨燃问："什么时候的事情？"

楚晚宁望着他，说："很久之前。"

他说完这句话，就缓缓地起了身，转过了头，往红莲水榭的屋子里走去。

墨燃戳在原处，一时没有离开，也没有进来。后来楚晚宁从窗口瞥见他回到了石桌前，拿着压在镇纸下剩下的那一沓书信翻阅着。

楚晚宁把窗也关上了。

当天晚上，他就因为受了折磨，又不知道该怎么好好照顾自己，感染了风寒。

原不是什么大事，他觉得墨燃也不会知晓。但那天不知出于什么原因，听刘公说，似乎是宋秋桐煮了一碗抄手，不知为何就惹得踏仙君勃然大怒，非但没有留宿皇后居处，便连晚膳都没吃，就拂袖而去。

夜深了，开始下暴雨。这时候，红莲水榭里来了人。

"陛下有谕，请楚宗师移步巫山殿。"

楚晚宁身体难受得厉害，脸色显得很苍白，人也很阴沉，他说："不去。"

"陛下有——"

"有什么都不去。"

"……"

从前他身体格外不适时，墨燃也基本不会再强求。

可是没过多久，那个被打发了的宫人就又回来了，他进了红莲水榭，在咳嗽咳得厉害的楚晚宁面前行了一礼，而后神情淡漠地说："陛下有谕，小病无恙，请宗师前往巫山殿。"

龙血山遗忘

楚晚宁自知别无选择，终于还是披上厚厚的狐裘斗篷，撑起油纸伞，去了巫山殿。

殿内连枝错银铜灯燃着熠熠光辉，九十九盏灯火明明灭灭恰如星河，将整个巫山殿映得辉煌灿烂。两旁随侍的亲随见他进来，皆垂眸行礼。楚晚宁面无表情地穿过偏门游廊，往后殿休憩处行去——到雕漆朱门前了，他伸出手，推开门扉。

屋内很暖，与外头的寒雨连江不同，更有扑鼻而来的一股馥郁酒香。墨燃慵懒地斜卧于榻上，白玉般的手指捏着红泥小壶，正在饮酒。

"你来了。"

"……"

"坐。"

楚晚宁走到离他最远的那张竹席，坐下，合目。

墨燃倒也没有强求他靠近，他已经喝得有些醉了，苍白的脸上透着些薄红。他亿斜眼眸，黑到发紫的眼瞳里流着些细碎光辉。又闷一口，墨燃仰头望着雕龙绘凤的顶梁，手指在膝头轻轻敲击着。

他忽然问："还会做抄手吗？"

楚晚宁的睫毛微微一动，但他最后仍说："不会了。"

墨燃有些不依不饶："你做过的。就是那一年……他走的那一年。"

"我做不好。"楚晚宁脸上没有太多的神情，"你说得不错，那是东施效颦。"

墨燃眯起眼睛："你这是在记本座的仇？"

"没有。"

"那如果本座现在命你做一份呢？"

楚晚宁没有说话，墨燃目光炽烈地逼视着他："问你话。如果要你现在做一份，你还愿不愿意？"

"就算我做了，"楚晚宁终于睁开眼，冷淡地望着他，"你会吃吗？"

没有想到会被反将一军，墨燃颊上霎时浮了一层血色，似乎是酒气上涌，又似乎是怒气。总之他眼里的情绪忽然变得很茫然，出了会儿神，这才反应过来。他于是咬牙切齿，暴躁地"哗啦"一声将酒盏拂落案前，上佳的梨花白酒了满地。

墨燃阴鸷地站起，身影犹如山岳。他迈过碎陶，大步走到楚晚宁面前，一把揪住了对方衣襟。

"你也好，宋秋桐也好。"踏仙君咬牙切齿地说，"你们，统统都要给本座找不痛快。"

他松开楚晚宁，犹如兀鹰般在原地盘桓，来来回回地走着——

忽然，脚步停落。

他转头瞪着楚晚宁，问："你什么时候教过我'见信如晤'这句话的？"

踏仙君此刻已喝得半醉，讲话半点理性都没有，想到哪里讲到哪里。

"我怎么一点都不记得了。"

手腕被一只冰冷的大手抓住，墨燃生拽着他，将他拽到书案前。铺纸研磨，"哗啦"摊开一堆书卷。墨燃道："写给我看。再教教我。"

楚晚宁本就发着低烧，被他这般逼迫着，急怒之下越发窒闷，涨红着脸呛咳了起来。

墨燃把笔塞到他手里，阴沉而躁郁地说："写。"

他不耐烦地催促："快些。"

楚晚宁的灵核在之前的师徒对决中已经破碎，身体一直都不好，这样咳着咳着，喉间便有血沫呛出——

墨燃这才愣住，盯着那星星点点的血迹看，而后慢慢松了手。

"也不过就是书信寒暄罢了，又能有什么意思。"终于，楚晚宁止住咳，他长叹了口气，拿帕子拭去唇边的血。

他抬起眼，缓了口气，望着墨燃："从前每一封信，你都会写这个开头。但你恐怕是太久不曾动笔，所以忘了。"

"我……写信？"墨燃黑漆漆的眸子瞪着他，"写给谁？"他几乎是愠怒地说，"我给谁写信？在这世上我还能给谁写信？胡编乱造……胡编乱造……一派胡言！"

墨燃说这番话的时候困顿又懊丧，眼中闪烁着迷迷蒙蒙的光泽。

楚晚宁便是在那个时候，隐约觉得有哪里不对劲。但他那时候没有多想，只当墨燃是喝醉了，记性不好。于是也只皱了皱眉头，并没有答话。

巫山殿的书房中，是有书信匣的，死生之巅所有信件都会锁在一个乾坤匣里归档。墨燃如笼中困兽逡巡几圈，忽地想起来书信匣的存在，便将那尘封的匣子取出来，把一封又一封久远的信函拆开。

那些信，大抵都是派中弟子写的，按照师从的长老分门别类。写信的人大多都已经死在了墨燃叛门的那一年。其中玉衡长老的弟子最少，只有三人，找起来便格外方便。墨燃很快就翻到了一沓厚厚的书信。

他颤抖着拆开来。

是他的字迹不错，稚嫩歪斜，却写得极为认真。一封封看过去，每一封信上都写着"见信如晤，展信舒颜"。

每一封都有。

墨燃的手指在颤抖，眼中闪着光怪陆离的色泽。

…………

"阿娘，见信如晤，展信舒颜。"

"荀姐姐，见信如晤，展信舒颜。"

那些久远的称呼令人战栗，令他戢觫。他的眼睛眯得狭长细小，阴云在他英挺的脸庞覆压聚积。

楚晚宁立在旁边，初时依旧不在意，但越到后来，墨燃的神情就越让他感到异样……他忍不住将目光锁在了书桌前，那个哗哗翻动着陈旧书信，举止近趋疯狂的男人。

一种细小的恐怖伸出尖喙，笃笃叩击着楚晚宁的心房。

有哪里不对。

他慢慢走过去，看着墨燃在信笺里怔忡茫然而又疯狂的样子。

——哪里不对？

"我阿娘已经死了……"忽然，墨燃喃喃着开口，抬眼望向楚晚宁，"我为什么会给她写信？"

楚晚宁在旁边看着他的一举一动，那种恐怖在心里啄凿着，好像有什么腥风血雨的黑暗即将破壳而出。

阴云降世。

忘了"见信如晤"这种写了多遍的寒暄词，已属奇怪，但也并非绝无可能。

可是忘了自己写过的那么多封信，一点印象都没有，这实在太过蹊跷。

墨燃还在一张张看着："展信舒颜……展信舒颜……"那双黑到发紫的眸瞳里闪着的光泽是那么痛苦、那么矛盾。

确实好像缺失了某段重要记忆。

耳边仿佛听到了硬壳即将裂开的声响。

楚晚宁凝住呼吸，脊柱几乎是有些发麻的。书房里除了他俩，没有其他任何人，在这一片死寂中，楚晚宁动了动嘴唇，而后轻声道："你不记得了吗？你当初说过，虽然你母亲收不到信了，但你还是想写给她。"

墨燃倏地抬头。

楚晚宁只觉得自己的血液在一点一点凉透，呵气成冰。

"你第一个学会写的，不是自己的名字。"

墨燃怔忡地、低声地说："那是什么？"

"你让我教你写的第一个称呼，是'阿娘'。"

外头电闪雷鸣，狂风凄厉地呼啸着，犹如无数鬼爪拍击在窗上，震得窗纸木榠哗哗地响。

一道闪电劈落，照得人间一片苍茫。

踏仙君喃喃着："是你教我的？……为什么一点印象都没有……一点都没有。"

风吹得林木萧瑟倒伏，影子晃动，满山满院的厉鬼冤魂。

楚晚宁脸色煞白，他紧紧盯着墨燃，目如鹰隼："你，都不记得了？"

心如擂鼓。

几许沉默，回答他的，是墨燃几乎迷茫地反问："记得什么？"

鼓停。

那细小的喙终于将外壳啄破，铺天盖地的怖意狂涌奔踏，朝着屋内唯一清醒的人席卷而来，惊涛拍岸！

楚晚宁的头皮都麻了——他不记得？怎么可能不记得？！

当初墨燃说要给母亲写信，写了三百余封，说是要凑足一千封，而后在盂兰盆节的时候付诸一炬，烧与地府的娘亲……

三百余封信，怎么可能轻易忘记！

他嘴唇微微发抖，忽然有了一种极其可怖的猜想。楚晚宁哑声道："你……记不记得第一次瞧见天问时，自己说过什么？"

"我说过什么？"墨燃道，"都多久的事了，我怎么可能还记得清。"

"你说你也想要这样的神武。"楚晚宁说，"你也想有一把天问……"

这个喝醉了的人就问他，眼神里透露一丝嘲讽："我要天问做什么？是杀人，还是审讯？"

楚晚宁低声道："蚯蚓。"

当年红莲水榭外，少年稚嫩青葱，笑吟吟地撑着一把油纸伞对他说："可以救蚯蚓啊。"

但此时此刻，踏仙君眯着虎狼般的眸子，却是丝毫不解地说："什么蚯蚓？"

外头天雷破空，紫电贯夜。

轰隆隆的巨响。

楚晚宁蓦地抿了唇，褐色眼瞳微微颤动缩拢。

彻骨的寒意。

那天晚上，墨燃其实没有再对楚晚宁做什么。他真的是喝得有点多了，后来就捧着那些书信发呆。

再后来，墨燃伏在案前睡着了，睡着的时候仍在喃喃着："什么蚯蚓？……没有蚯蚓……"

忽地有劲风吹开窗，"砰"的一声响，山风夹杂着大雨灌入，蓦地灭了窗边的几盏灯火。

屋内骤暗。

楚晚宁立在墨燃身边，唇齿发凉，低头看着这个沉睡的男人。脑中那种不确定的念头越来越清晰鲜明——墨燃为什么会不记得这些零散的往事？为什么会选择性地忘记掉一些纯澈的过去？

是因为喝醉了，因为巧合，还是……有谁刻意抹掉了他心中的善念呢？

伏在桌上沉睡的踏仙君轻声咕哝了一声："冷……"

楚晚宁的血都凉透了，他整个人都是麻木的，听到墨燃说冷，本能地慢慢走到窗前。

抬起手，将窗扉合拢，挡去了外头的风风雨雨。

做完这些，楚晚宁却没有走，他怔忡地将额头抵在镂着蝙鹿花纹的轩窗上，指节泛着白玉色。

过了好一会儿，他慢慢从衣襟内取出一张皱巴巴的灵符。

升龙符。

他已经没有灵核了，墨燃觉得他完全不能再动用任何法术，所以那些楚晚宁曾经的符纸，也懒得收走。

事实上墨燃这么做也没错，楚晚宁咬破手指尖，滴了十余滴鲜血，几乎都洇透了升龙符纸，那上头的小龙才无精打采地浮了出来。

它浑身都散发着虚弱的光，有气无力地仰起头："啊……楚晚宁……好久不见……"

小龙立都有些立不稳，龙爪子在纸上迈了几步，就又"啪嗒"一声摊回纸面。它有些委屈又有些茫然："你为什么那么久不找本座呢？为什么又只给本座那么一点点灵气……嗯，真的是灵气……连灵力都算不上……你怎么了？"

"说来话长，还是不说了。"楚晚宁轻轻把它捉起来，放到手掌上，"请你，帮我一个忙。"

"有事钟无艳，无事夏迎春啊。"小龙叹息着，但它的力量与楚晚宁息息相关，所以它连抱怨的力气都没有太多，蔫头耷脑地说，"你说吧，这次想让本座替你做什么？"

楚晚宁带着它，把它放在了熟睡的墨燃耳边。

指捏成拳，没入掌心。楚晚宁原本就很难看的脸色显得越发苍白："去尽力试一试，看看他身上有没有什么不该有的法咒。"

没承想，初时那个灿烂驯顺，连蚯蚓都舍不得害死的少年，最终竟成魔头。

他作为师尊，怎会没有丝毫猜疑？

眼睁睁看着徒弟杀死了薛正雍、王夫人，杀死了姜曦、叶忘昔。

屠尽了儒风门。

踏尽了枯骨。

他看着墨燃杀戮，看着墨燃满手血腥，脸上、身上都溅满热血，站在死人堆里朝自己回眸狞笑。

他痛心之余，又何曾不觉得怪异？

墨燃原本不是这样的人。

可当小纸龙竭尽全力，替楚晚宁在纸笺上奋力涂抹开一个符咒形状的时候，尽管有所准备，楚晚宁还是惊呆了。

钟情诀。

墨燃身上竟然有钟情诀？！

小龙画完符咒之后，就失去了最后的力气，化作一缕青烟，消失在了升龙符里。楚晚宁则执着那张薄薄的纸，颅内仿佛有山石崩裂、摧枯拉朽。

可是勉强冷静下来，反反复复看了多次之后，楚晚宁却发觉这个钟情诀的图像不对——

它竟然是左右反转的。

龙血山本真

第二日墨燃醒来，对于酒醉后发生的事情，记得就不那么清楚了。

但他不记得，楚晚宁却不会忘。

那天之后，他旁敲侧击，确认了墨燃确实是真的对许多往事失去了记忆，因此越发不安。他花了很长时间，后来总算从死生之巅藏书阁的一本药宗经书里找到了关于这种阵法的记载。

光线自窗外洒进："八苦长恨……"

指尖摩挲过书卷上描绘的那暗黑色纹路，楚晚宁又取出小龙画的咒符，两厢比对，却是一模一样。

那是颗黑色的心脏，乍看很容易辨认成钟情诀，但钟情诀是心脏靠左会有一颗芝麻大小的余白，这个则倒过来，是在右边。

小龙显示的符咒痕迹与法术效果是相应的。如此看来，这或许是一种与钟情诀相似，但效力相反的花蛊？

空幽无人的经阁内，那古籍混杂着上古魔文，并不是那么好理解。虽然楚晚宁对魔文多少有些涉猎，但看起来依旧十分艰深晦涩。

他逐字逐句读得很慢，不过，每当他读懂一句话，心中的骇然就更甚一分。

"八苦长恨花，魔种。"水色薄唇轻启，楚晚宁低声道，"相传千万年前，由勾陈上宫自魔域带入人间。"

书上绘着一粒品相诡谲的种子，旁边画着一滴血水、一缕薄烟。

"此种栽培甚难，需以魔血滴灌十年，再融以一缕饲主魂魄，方能萌芽开花。"

楚晚宁喃喃道："需要魔血和饲主魂魄才能长出来？可这世间……哪里还有纯魔。"

不过文献所述未必全对，也不必细究。

他接着往下看，只见绢本上也对应着画了一颗心，心的右处有一朵重瓣鲜花灿然怒放。在这释图旁边，又写着一段复杂魔文："此魔花，土育不活，水培不活，见天不活，见地不活，唯有人心可以养载之。"

楚晚宁吃了一惊，这竟是只能开在心脏里的花种？

再往下看，更是触目惊心。

绢本上所写的，大致说的就是，一旦某个人心中被种下了八苦长恨花，就会经历三个阶段。

第一个阶段，宿主还与往日没有太大不同，只是会渐渐情绪躁郁，容易以恶意揣测他人，并且开始逐渐淡忘一些美好的回忆。在这个阶段，八苦长恨花虽然难以拔除，但只要及时发现，效力还是能慢慢被抑制住的，如果情况好的话，最后长恨花就会陷入休眠，很难再奏效。

但如果这个时候没有被发现，那么根据宿主自身，慢则十年八年，快则只需要某件大事的情绪激化，八苦长恨花就会生长到第二个阶段。

这个阶段，宿主会开始迅速遗忘所有与"纯澈""温柔""希望"有关的纯澈记忆，而会反复回忆起生命中经历过的坎坷与挫折、恶意与欺凌。

人生八苦，生、老、病、死、求不得、怨憎会、爱别离、五阴炽盛，都会被宿主所铭记。

深入骨髓。

楚晚宁读到这里，脸庞已经白得和霜雪一般。

墨燃……不正是如此吗？

他忘记了自己少年时的心愿，忘记了一笔一画写过的书信，甚至对自己的母亲都不再那样印象分明。

他继续往下看，到了第三个阶段，宿主就会变得嗜血凶暴，寡有理性……

会把从前遭受的苦难千倍、万倍地报复回来。

楚晚宁眼前仿佛晃过墨燃在儒风门血海中狞笑的模样，一只手注满灵力，猛地刺入修士体内。

满指鲜血。

多少人哀哭告饶，遍地是尸首残躯，可墨燃只是纵声长笑，眼中闪着激越而疯狂的光泽，口中不断念着一句话："命中三尺，你难求一丈……你难求一丈！"

狠戾的、疯魔的、邪性的、狰狞的。

为什么墨燃会变成这样？

自己当时并不是没有过丝毫怀疑，可是八苦长恨花的效用是层层递进、逐渐加深的，并且最关键的一点就是——绢本上也写了——这种魔花并不会平白无故地滋生暴虐，而是会扩大宿主本身的仇恨与欲望。

也就是说，这些仇恨与欲望，确确实实就是属于墨燃的没错，谁都没有冤枉他。

墨燃确实想过要把儒风门屠尽，确实想过要独步天下，也确实恨过、怨过楚晚宁，但这种情绪或许只是一瞬间，或许只是深埋心底、连自己都已经快遗忘掉的一段狂想。

只是八苦长恨花，会把他心里所有犄角旮旯的恨意都挖出来，付诸实践。

这样一来，在外人眼里，中了八苦长恨花的宿主虽然癫狂疯魔，却恨得有理有据，而不是忽然性情大变，成了另一个截然不同的人。人们就会觉得"他是因为仇恨而慢慢变成这样的"，而不会去想"他是因为蛊咒而慢慢变成这样的"。

正因如此，几乎不会有人能够轻易发觉墨燃体内的八苦长恨花，而等别人发现的时候，往往也是在第二、第三个阶段，想拔除或者想遏制，都是绝无可能了。

楚晚宁读完了这一段记载，竟是久久不能回神。

心中是一种怎样的感受？

惊讶？后悔？愤怒？恐惧？或者是痛惜……

他不知道。

他坐在藏书阁因年久失修而略显破败的地板上，此时正是午后，阳光尚算温暖，但洒在他身上，却唤不回一星半点的热气。

楚晚宁在书籍卷宗中枯坐了很长一段时间，觉得身后似乎站着一个看不见也摸不着的人，那个人幽幽地笑着，厉鬼亡灵一般盘踞着，从幕后窥伺他们的一举一动、一言一语。

他又低头，去看绢上写着的那一句话——

"第一个阶段，若及时发觉，八苦长恨花虽难拔除，却可遏制，宿主终不至失其本心。"

这一句话，楚晚宁来来回回、反反复复地念了无数遍。

到最后，他愣怔地发现有水珠滴落，在绢本上缓缓晕染开。他伸出冰冷的手，试图去擦拭那水渍。

但手还未触及绢面，便本能地转至脸庞，遮住了湿润的睫毛，遮住了颤抖的眼睑。

是他不好，是他之失。是他从来矜傲，将自己的颜面看得比什么都重要，是他有什么话都不愿意开诚布公地说。

若及时发觉……

不至，失其本心。

可这么多年了，他却什么都没有发觉，所谓晚夜玉衡、北斗仙尊，却连徒弟成了魔花的宿主都不曾觉察，是他的孤僻与不善言辞，终致墨燃独自上路，走向茫茫长夜，涉入血海深仇。

他怎有颜面忝居尊位，怎有颜面受墨燃称他一声"师尊"？

若及时发觉——

一句话犹如梦魇、犹如诅咒盘桓耳边，他如芒在背、他如鲠在喉、他惊极愕极——他，枉为人师。

这个时候回头去看，墨燃的异状已有多久了？不是一年两年，朝夕相伴的那么多岁月，墨燃从最初那个有些腼腆又有些灿烂的少年，一点一点地被黑暗吞没，一点一点地被血雨腥风浸透。

而自己作为他的师父，竟直到今日——直到一切都无可挽回，再难回首，直到这个时候，才后知后觉地知道……他五内混荡、他身若飘舟、他痛极恨极——他枉为人师！！

那一天，楚晚宁不知自己是怎样将情绪拾掇好，怎样缓缓地步出了藏书阁，走在死生之巅空寂的竹林间。

也不知道自己是怎样回到红莲水榭、紫藤花架下，一切都是乱的。他独自坐在那里，从阳光灿烂，到日暮黄昏。

后来，他的视野里走进了一个人。

那个人宽肩窄腰，仪表堂堂。他踩着满地晚霞，手里提着一舫浮光，慢慢悠悠地朝水榭行来。

楚晚宁因出神，一时反应不过来那人是谁，今夕何年。那个高大英俊的男人，便在他眼里与记忆中那个少年重叠——

他记得，那是拜师满一个月的时候，墨燃提着一个竹藤缠绕的小泥壶，兴冲冲地跑来红莲水榭找自己。

少年跑得太快了，脸颊微红，喘着气，眼睛亮得惊人。

"师尊，我在山下尝到了一种特别好喝的酒，打了一点，我请你喝。"

楚晚宁问："你还没有接过委派，哪里来的钱？"

墨燃露齿而笑："问伯父借的。"

"何必破费。"

"因为师尊喜欢我。"墨燃笑道，双手捧着酒壶，递到楚晚宁面前，"我也喜欢师尊呀。"

楚晚宁还记得自己那时候的尴尬与赧然。

少年的示好太炽烈了，他觉得像烫手的山芋，握不住。

他拂袖斥道："胡言乱语，什么喜欢不喜欢的。今后不得再说。"

"嗯……那好吧。"少年挠了挠头，"不过我吃到好的、喝到好的，肯定会想到师尊呀，我想和师尊一起尝尝。"

"我没喝过酒。"

墨燃就笑了："那总要试一下吧？没准是海量呢。"

楚晚宁抿了抿唇，接过酒壶，打开来，试探着闻了一下，微微睁大眼睛。

"香吗？"

"嗯。"

"哈哈，快喝点看看。"

楚晚宁就喝了一口，虽烈，但滋味醇厚，唇齿之间浸满馥郁芬芳，又忍不住喝了一口："是不错，叫什么酒？"

墨燃咧嘴粲然："这个叫梨花白。"

这是他生平第一次喝到的酒，他喃喃着重复："梨花白……倒是个好名字。"

墨燃很高兴："师尊若是喜欢，等我以后能接委派了，赚了银两，就天天买给你喝。"

楚晚宁又喝了一口，斜过凤目瞧他，脸上神情依旧寡淡："那你的银钱怕是存不住了。"

墨燃就笑眯眯地说："不用存啦，我赚的都拿来给师尊，还有给伯父伯母买东西。"

楚晚宁不吭声，但心中隐隐觉得裂了道口子，有丝丝缕缕的甜意渗出来。他为了不让墨燃瞧出自己的欢欣，以免让人觉得"玉衡长老原来靠一杯酒就能买通"，便继续不动声色地握着酒壶，冷冷淡淡地喝着。

身旁是新收的小徒弟在絮絮叨叨，楚晚宁有时觉得很惊讶，自己的淡漠对于任何人而言都是一道墙垣。

唯有这家伙开开心心地翻过了墙来，还没事人一样地摸着后脑勺东张西望。

怕是个傻子。

这边，墨燃盘算着以后要买什么孝敬师父，便问："师尊喜欢吃桂花糕吗？"

"嗯。"

"荷花酥呢？"

"嗯。"

"桂花糖藕呢？"

"嗯。"

墨燃的酒窝就越发深甜，他笑道："师尊是真的很喜欢甜的东西。"

楚晚宁这次不"嗯"了，他大概终于后知后觉地明白甜食与自己一贯冰冷冷的模样不太相符。

他又喝了一口酒，因为懊恼，所以喝的这一口颇为豪迈。这酒虽然甜醇，但还是有点冲，他被呛到了。

无奈要脸，楚晚宁觉得喝酒被呛到这种事情很丢人，所以就硬生生地忍着不咳嗽，忍着忍着，喉间辛辣便愈烈，激得他眼尾、鼻尖都不禁有些发红。

身边的少年还在抒发宏图大志，说着他并不波澜壮阔的未来，很有些英雄气短的意思："那我就给师尊买回来，我以后搜集五湖四海的好吃的，编成册子，然后陪着师尊吃遍天南海北，再然后……"

他笑着回头，忽地吓了一跳。

"师尊，你、你怎么了？"

楚晚宁："……"

身为人师，若是被徒弟送来的酒水呛到，岂非天大的笑话？

坚持住，不能咳。

于是眼尾越发红，眸里甚至都起了一层迷蒙水汽。

墨燃便有些手足无措了："是我说错话了吗？师尊，你怎么哭了？"

"……"

楚晚宁瞪着他，长睫毛微微颤动着，有些怒意。

墨燃没有觉察他的恼怒，愣了一会儿，才似乎有些明白过来，语气刹那变得很温柔："是之前都没有人买给师尊吃吗？"

楚晚宁的怒意便更甚了。

墨燃自顾自地说："其实我有一阵子，也总吃不到东西，都快饿死了。后来路上遇到一个小哥哥，给我喝了一壶甜甜的米粥……我也喜欢甜的呀，但之前也没人能买给我吃。"

这个少年颇有推己及人的天赋，最后笃定楚晚宁是因为感动而红了眼眶。

他拉住了楚晚宁的手。

这真是始料未及的了，楚晚宁长那么大，除去手把手教别人法术这种情况，也就只有怀罪牵过他的手。就这样冷不防被一个新收的弟子冒冒失失、不守规矩地拉住，他觉得很意外。

他正欲发怒，抬眼却见他的这个小意外，正仰着一张英俊而稚气尚存的脸庞，认认真真地说："师尊，等我出息了，我给你买糖吃呀。"

少年眉梢眼角尽是柔和。

"我给你们买最好的糖果，管够。我阿娘教过我，要报恩的呢。"

没好好上过学，乐馆子里混久了，讲话总是那么怪腔怪调的，有些词不达意的可笑。

但是，楚晚宁知道自己那个时候是被烫到了，他盯着墨燃看了须臾，忽地垂落眼帘，不再吭声。

过了好久，酒劲终于缓下去了，楚晚宁才有些不自在地轻咳了一嗓子，淡淡地说："以后不要再讲糊涂话。还有……"也是忽地好奇心起，他问，"有件事，我想问你。"

"师尊尽管说。"

楚晚宁踌躇着，最终还是有些尴尬地问："那时候，通天塔前那么多人，为什么拜我？"

少年墨燃开口说话——

但就在此时，回忆蓦地被打断了。

踏仙君提着酒壶，立在了一直发愣的楚晚宁面前，抬起一根手指，杵了杵他的额头。

"怎么了？"

楚晚宁的眸子这时才慢慢有了焦点，他看着眼前的墨燃。

面色苍白，神情阴鸷，虽依旧英俊，却难掩骨中暴虐。野兽般的一双鹰眼。

再也不是当初那个炽热的少年了。

都过去了。

他忽然觉得很疲惫，非常非常地疲惫。是被软禁了那么久以来，从来没有过的极度茫然与痛楚。

他矛盾极了，甚至根本不知道该如何面对眼前这个男人。

楚晚宁转过了脸。

一只微凉的大手掐住了他的下巴，将他的脸庞扳过来。凤目中光影流动，映着天边最后一丝红霞，也映着浓浓昏暗里踏仙君那张略显阴沉的脸："你还在生气？"

楚晚宁闭了眼，良久，喉中沙哑："没有。"

"烧退了？"未及楚晚宁答话，墨燃就径自松开他的下巴，探了他的额头，然后自顾自地说，"嗯，退了。"

他坐下来，一边拍开酒罐子的封泥，一边说道："既然病好了，气也消了。今日就好好陪本座喝个酒吧。"

"……"

明知道踏仙君背后还有一只看不见的幕后黑手，明知道此刻看似平静的死生之巅实则危机四伏，明知不该打草惊蛇、不该有所异样。

但当酒倾倒而出，墨燃淡淡道"梨花白，你最喜欢的酒"时，他还是恍神了。

香气飘然而出，如隔尘世，似幻似真。

那也是他这辈子喝的第一种酒。

一生都不会忘。

楚晚宁抬起眼，看着倒酒的人，他知道墨燃一定已不记得这桩往事了。他忽然心头钝痛，喉间酸涩不已，于是端起酒盏，一饮而尽。

酒太烈了，这样豪饮，是会呛到的。

但这一次，楚晚宁再也无所顾忌，甚至犹如抓住了激流中的浮草一般，剧烈地咳了起来，眼眶红了，睫毛湿了，甚至终有泪水淌落——

墨燃微微愣了一下，眸中似有一瞬恍惚。

不过，他很快就眯起眼睛，不紧不慢地咧嘴笑了起来："师尊怎么了？怎么哭了？"

楚晚宁忍着，哪怕撕心裂肺、哪怕煎熬至极、哪怕真相已知，也什么都不能做。

或拔除八苦长恨花。

或找出幕后黑手。

或自己身死。

在这之前，他知道自己必须隐忍下去。

装作什么都还不知道，装作恨极、怒极，楚晚宁于是合了眸，极力绷着脊背，声音喑哑道："酒。"

墨燃慢悠悠地道："酒太冲了？"

楚晚宁不答，又满一杯，饮入肺腑，一路烧烫。

"为什么拜了我？"

他舒开氤氲的眼眸，遥遥眺望，暮霭之间，通天塔依旧庄严矗立。只是当年那个笑吟吟说着"因为我喜欢你，觉得你亲切"的少年，却再也回不来了。

人生有八苦。

生、老、病、死、爱别离、求不得、怨憎会、五阴炽盛。

是谓长恨。

曾有那么多次觉察真相的机会，但他都错过了，而他终于觉察出墨燃心性扭曲的真正原因时，却已成废人一个，什么都做不了。

夜里，楚晚宁看着墨燃在自己旁边熟睡，那张曾经纯澈的脸庞笼着一层阴冷，脸色白得像纸。

他恨过，怨过。

在墨燃与自己挥刀断义的时候，他也曾心寒，在墨燃逼迫自己的时候，他也曾心死。

可漫漫长夜里，凄清罗帷中。

他陪在踏仙君身边，终于知道真相的楚晚宁只觉得过往的恨也好、怨也好、心寒也好、心死也罢，都是那样荒谬。

墨燃早已中了蛊毒，这一切所作所为，竟根本不是他的初衷。

那个叱咤风云的踏仙君，早已被铁锁囚困、铁链绑缚。自己身为师尊，却什么也做不了。

因为不知道背后究竟有多少双眼睛看着，他不能与任何一个人言明真相。

他甚至，不能对墨燃表现出一星半点的怜悯与和缓。他只能恨着、怨着、心冷心死着。

只有当夜深人静，在这巫山殿里，夜幕深处，待墨燃睡熟了，楚晚宁才能抚上墨燃苍白的脸。

他才能轻轻地说一声："对不起，是师父没有保护好你。"

龙血山执念

是我没有保护好你。

让你成为别人的棋子。

成为万人唾骂的暴君。

世上谁都不知你的真容，不知你曾良善、你曾纯真，不知你曾为救不了雨天的蚯蚓而苦恼，不知你曾为了满池荷花开放而灿笑。

世上谁都怨你冷血无情，却不知你曾羞赧地挠着头说："我、我也没什么能耐，以后要是有些闲钱了，就多盖点屋舍，给跟我以前一样没地儿住的人落脚，这样就好啦。"

谁都恨你杀伐屠戮，却不知你曾告诉我："师尊，我想要一把像天问一样的神武。它可以辨黑白，还能救命呢。"

谁都在诅咒你，人人得而诛之。

我已知真相，却还不了你尊严。

大约墨燃这种人对于目光总是很敏感，即使睡着也不例外。他眼睑微动，未及楚晚宁反应，眸子便已睁开："你……"

端的是四目相对。

"你在看什么？"

楚晚宁此时的情绪已绷到极致："没什么。"

"是不是做噩梦了？"墨燃轻笑着，带着些初醒之人的悠闲，"闻到了一些害怕的味道。"

楚晚宁不答话，但他确实是在细细地发着抖。

不是因为怕，是因为难过与自责几乎要将他摧垮，他几乎耗竭了浑身的气力，只为保持这最后一点镇定。

他最终还是成功地从墨燃的眼皮子底下过关，墨燃没有觉察他的异样，打了个哈欠之后，人渐渐地清醒。

殿内一点未曾熄灭的烛火，透过重重叠叠的纱帐透进来，在这样昏暗的光线中，墨燃盯着那张近在咫尺的俊脸。

依旧是剑眉凌厉，凤目斜飞，鼻梁高挺，眉眼之间天生傲气。

但不知为什么，今夜总觉得有些不对劲。

"你怎么了？"他伸出手，触上楚晚宁的脸颊。指端传来战栗，而身下之人蓦地合了眼，万般情绪，隐忍不发。

但隐约有种不安，让墨燃又耐着性子问了他一遍："你到底怎么了？"

楚晚宁睁开眼，半合的眸子里闪动着细碎光泽。

他心里的苦痛与郁躁实在无处宣泄，终成一句声音喑哑的话："我们……是怎么走到今天这一步的？"

"……"

"如果早点阻止，会不会就不一样？"

墨燃没有回答，他觉得楚晚宁挺可笑的，都已经败于自己手下那么久了，一切都成定局，为何会在今夜胡思乱想，又有了这般念头。

轩窗外飘入的花香令墨燃觉得心情松畅，并不是很想对这个不识好歹的男人发火。

所以他饶有兴致地瞧着楚晚宁的隐忍与痛苦，瞧着瞧着，心头发痒，热热的像是有火苗又燃起。

于是他难得与之说笑，带着些懒意："晚宁如果早些发现本座称帝的苗头，又想怎么阻止本座？"

看着楚晚宁眸中瞬间笼上的一层说不清、道不明的复杂情绪，看了许久，墨燃的眼神渐渐变得湿润沉郁起来，又过了片刻，他低声咒骂："我真是恨极了你高高在上、神情冷漠的样子，无论我做什么，都讨不得你半句好。"

楚晚宁睫羽轻颤，几乎是刺痛的。

那人还在喃喃不休。明明被欺辱的是他，可得了便宜的那个男人思及往事却反而像个怨妇："无论我做得多好，多卖力，你都不肯看我一眼。"

不是的。

你我之间，也曾有过和缓，也曾有过花间的一壶酒，有过雨中同撑的一把伞。但你都忘了，而我如今也不能再提。

"所以，你看，只有把你手脚折断、筋骨抽离、爪牙拔尽，你才会乖乖听话。"墨燃语气疯狂又热烈，"我只有当上踏仙君，才能这样欺压你、折磨你、逼迫你、践踏你。"

也就是从这一天开始，墨燃开始有了这个习惯——哪怕知道楚晚宁会生病，知道有这样或那样的不好，他也不愿意罢手。

他心中有一捧燥热的火，唯有楚晚宁是他的水、是他的匣，是他想要撕裂撕碎、想要残肢的那个人。

而楚晚宁呢？他在最初的痛苦过后，终于开始慢慢沉下来，慢慢地开始独自梳理着所有已知的线索，思索着幕后之人给墨燃种下长恨花，究竟图谋什么，最终想要的又是什么。

另外，虽然书上写了八苦长恨花到了第三个阶段就绝无可能拔出，但楚晚宁依旧不愿放弃。

他从来都狠倔而不服输。

他不认命。

就这样，过了一天又一天。

缺失灵力之后，楚晚宁做什么都非常困苦，何况还不能让第二个人知道。

幕后黑手很难找出，拔除长恨花更是天方夜谭，但是那个人操控墨燃的目的却越来越明显——

因为墨燃开始修习时空生死门。

"复生之术，本座是练不来了。"

还记得墨燃那天负手立在窗前，看着外头啁啾的黄鹂，淡淡道："看了卷宗，说是要阴气重的人才可能学会。"说着，他回过头来，看了楚晚宁一眼，"我打算修第一禁术。"

"时空生死门？"

"不然还能是什么。"

"你不可能学会的。"

墨燃便微笑："总要尝试过了再低头。什么都没做，说什么可能不可能。"

楚晚宁摇头道："这第一大禁术逆天改命，撕裂两个不相干的红尘，从来为天道所不容——"

他还没有说完，话头就被打断。

墨燃的神情很慵懒："天道算什么，为何要它容我？本座这辈子，最不信的就是命。"

他于是开始付诸实践。第一禁术失传已久，墨燃贵为九五之尊，好不容易才收到一卷古早拓本，还缺失了最重要的章节。没有完整的秘籍，墨燃哪怕灵力再凶悍，都只能修成空间门，而根本做不到真正撕裂时空。

也就是从那时起，楚晚宁开始明白那个对墨燃种下花盅的人究竟是何居心——

肯定不是为了一统天下。他猜想，那个人最终的目的，就是为了开启时空生死门，而且不是开一个小裂口，恐怕是想彻彻底底将两个红尘融会贯通。

只有极少数人，比如墨燃这种天生灵力雄厚霸道的天纵之才，才有可能做到这点。

五

龙血山回归

"你想用第一禁术做什么？"

也不知道是他第几次这样问，墨燃这天心情好，才终于慢悠悠地回答道："回到过去。"

"然后呢？"

踏仙君眼皮一抬："救他回来。"

"他"是谁，自是不言而喻。

楚晚宁白衣如雪，立在墨燃面前："你若是仔细翻过第一禁术相关的典籍，就应该知道，没有哪个扭转时空的施术者能得善终。最后一位宗师试图将女儿从另一个时空带回自己身边，与那个时空中的自己自相残杀，那件事情的结局怎样，你不会不知道。"

墨燃皱了一下眉头，换了个坐姿，长腿交叠，支着脸颊看着他："本座还真不知道。"

"……"

"这种失败的例子，又有什么可看的。"

楚晚宁道："没有人成功过。"

墨燃道："那本座就当第一个成功的人。"

楚晚宁又道："时空一旦紊乱，你根本不知道会是什么后果。"

墨燃几乎是在嗤笑了："即便天下大乱，洪水滔天，与本座又有何干？"

楚晚宁仍不甘心："就算你真的把师明净从另一个时空里带回来，那另一个你呢，又当如何自宽？若是当年两个宗师强夺一人的事情再次发生，你想过该怎么办吗？"

墨燃笑吟吟地说："不过是另一个红尘的我而已。他若拦我，杀了就好。"

楚晚宁蓦地住了口，忽觉得毛骨悚然。

墨燃是真的已经疯魔了。

"那若是……"几乎是木僵地，楚晚宁慢慢道，"当年宗师抢女的覆辙重蹈？你与你自己强夺师明净的过程中，发生意外，那个红尘的师明净恐怕就会被绞碎在时空裂缝里，你……"

这回话未说完，就听得"哐当"一声响。

墨燃霍然起身，已把面前放果盘的几案踹翻。葡萄、柑橘、荔枝，此刻都如他杀过的人、砍过的头，骨碌碌滚了满地。

踏仙君大步踏过来，绣暗龙纹赤舄踩在地上，碎了一地果子，葡萄裂了像血，荔枝碎了像脑浆——他在这弥漫着清甜果香的"尸山血海"中，蓦地揪住了楚晚宁的衣襟，眼神如虎如狼。

"我知道你看不上他，希望他死。"墨燃阴沉道，"但你未免恶毒过甚。他怎么说也是你徒弟，曾经拜过你，信过你。楚晚宁，你就这样咒他？！"

"我没有咒他，与你所言，皆是事实。"

墨燃厉声道："谁要听你的事实？本座想要的人，撕裂时空扭转乾坤也要救回来！红尘拦着撕红尘，我自己拦着那就杀了我——你若再拦，那么……"

他喘了会儿气，眼睛在疯狂中却有些濡湿了。

那么又当如何？践踏？可他已把楚晚宁的脊梁踩断。凌辱？楚晚宁早已受尽他的恶毒花样。

那么，杀？

忽然心中闷痛，竟说不出口，竟不知下文。

墨燃怫然离去，留楚晚宁独自立在空寂大殿中，四野都是黑暗，他知道这黑暗是一个人布下的局，踏仙君也好，北斗仙尊也好，都已泥足深陷。

可他该怎么办？

第一禁术一旦施展，如果只是撕开一道裂口倒还不算大事，就像人的伤疤能够结痂，时空也能自愈。不过要是撕开的口子大了，变数多了，两个红尘交织错乱，到最后或许就会变成古籍上记载的那样。

崩裂。

"红尘有序，若序崩裂，天罚将至，皆归鸿蒙。"

——这句话楚晚宁不记得自己是在哪里读到过，但印象极其清晰，讲的就是时空生死门失控的后果。

所谓"天罚将至，皆归鸿蒙"，就是说，天神会给凡间惩罚，把两个错乱的时空都碾作齑粉，重归于零。

第一禁术失控，代价将会是两个时空的完全覆灭。所以无论如何都不能让这种事情发生，不能让墨燃再这样继续下去。

那天晚上，墨燃忙着处理昆仑动乱的卷宗，便没有找楚晚宁。于是楚晚宁又提着风灯，去了藏书阁。

这也是墨燃的一点仁心，他知道楚晚宁再难成气候，所以除了被惹怒的时候，平日里也不在死生之巅设阻。什么藏书阁、后山，哪怕神武库，他都并不介意楚晚宁前往。

道理就和养猫一样。

尖牙磨平，利爪剪掉，那就够了。如果做到把腿打折，让猫咪动弹不得，野性全无，那也实在太过无聊。

楚晚宁在藏书阁梳理了自己得到的全部脉络，结合目前的情况，最终断定两件事。

第一，幕后之人极其擅长用药，但灵力一定不强。这点很好理解，因为如果此人灵力本身就很雄厚，根本不需要假借他人之手来做这些事情。

第二，师昧的死一定是幕后之人所策划的，目的是催生墨燃心中仇恨。

这一点楚晚宁也在古籍上得到了佐证。

"八苦长恨可抹去人心中所有温良，但也可保留对某一人的温情回忆。"繁复的魔文被字句破译，"因此，施术者往往使得长恨花主保留对自己的正常回忆，使得长恨花主认同施术者，依赖施术者，愿为之出生入死。"

师昧早已去世，是他亲眼见到的，不会有假。所以师昧应当不是施术之人，但墨燃显然记得所有与师昧有关的美好回忆，而幕后之人正是利用了墨燃仅存的这一点纯澈温情，诱惑着他去触碰三大禁术。

从掌控天下的珍珑棋局，到让死人复活的复生之术，再到扭转乾坤的时空生死门。

墨燃也确实一一都去尝试过了，无论成功与否。

什么人会如此迫切地渴望同时掌控三门禁术？什么人会希望大幅撕裂时空，冒着两个红尘都被归零的风险，来满足自己的私欲？

楚晚宁想不到，这个问题的答案此刻也不是最重要的了，最重要的是他该怎么赶在墨燃练出生死门之前，阻止这件事情发生。

他几番思索后，终于看清楚了摆在自己面前的路只有一条——

必须杀掉踏仙君，然后回到过去，趁墨燃心中的八苦长恨花还未深种，将其遏制，设法拔除。

中过一次八苦长恨花的人不可能再中第二次。这样一来，哪怕在踏仙君死后，幕后黑手依旧设法开启了时空生死门，也再没有办法得到最强战力墨微雨。

杀掉踏仙君……

夜晚的藏书阁有飞蛾蹈火，扑进楚晚宁携来的风灯里，瞬间被火舌吞没，残躯都不剩下，唯有一片焦臭。

楚晚宁独自看着那烛火，看着那些蠢笨的蛾。

火很亮，而心极冷。

杀掉踏仙君……杀了踏仙君……

杀了墨燃。

杀了那个,被掌控、被利用、好日子少得可怜的人。

从前身为师尊,没有保护好他,如今还要亲手谋划,令他伏诛。

楚晚宁蓦地合了眼,微微将头颅后仰,枕在书架间。风灯闪闪烁烁,而他也将如飞蛾扑向烈火。

必须杀了墨微雨。

下雨了。

霏霏小雨,入骨缠绵。

楚晚宁从浅寐中醒来。

墨燃越来越依靠他,连睡了也不放他走,此时他就躺在他身边,已经熟眠,和之前的那么多个长夜并无太多不同。这段时间他越来越孤僻,但不讲理地要求楚晚宁陪着他的时间也越来越多,要楚晚宁去巫山殿陪他是常有的事情。

杀了他。

可是力量相差那么悬殊,楚晚宁不觉得自己会有胜算。

再等一等吧。

他这样跟自己说。

终归是要做两件事情:一件是杀人;另一件是自己抢在幕后黑手之前,先打开一次时空生死门,阻拦过去的墨燃进一步被八苦长恨花吞噬。既然第一件无法立刻完成,他就去做第二件。

——开启第一禁术,时空生死门。

关于这门禁术,他脑中不知为何总隐约有些印象。结合墨燃找到的那一卷拓本,在无数次失败后,他终于大致还原了咒诀原貌。但因为没有灵核,楚晚宁极难施展法术,好在他与九歌天生默契,哪怕没有灵核也能召唤。所以,虽然摸索起来很困难,经历的挫折自然也不必多说,但楚晚宁最后还是借九歌之力,撕开了一道极小的时空裂口。

那是真正可以通往过去的缝隙。

他靠近了,冥冥听到那缝隙中传来一声哨响——

时空生死门,开门哨响,闭门哨响。和传闻中一模一样。

他听到有个悠远空旷的声音在问他:“君往何处去?”

初时心如擂鼓,但真的船到桥头,竟忽地坦然。

“君往何处去?”

当那个声音再一次响起的时候,楚晚宁看了一眼歌舞已起的巫山殿——今日自己惹了墨燃大发雷霆,此刻墨燃已召了宋秋桐过去相陪,应当不会再寻自己。

他深吸了口气，凤目有光："我想回到墨燃刚刚中了八苦长恨花的那一年。"

他尝试着，把话说得更清晰。

"也就是长恨花还在第一个阶段，一切都可以挽回的那一年……你明白吗？"

裂缝里无人答应，但就在楚晚宁将要失望时，一道光辉忽然亮起，时空隧道缓缓打开。

一步踏进，天旋地转。待一切复归平静，他睁开眼睛，面前恰有几瓣桃花飘落。

他……他竟真的回到了多年以前！

这个时候，死生之巅月白风清，是晚春时节。

"……"

楚晚宁站了一会儿，尽力平复自己的心绪，然后拨开重重繁花，自裂缝中行出。

他发现自己来到了门派后山。扑鼻而来的是王夫人栽种的花草清香，远处亮着星星点点的灯火，那是数千名弟子房内透出的光亮，在夜色里汇聚成静谧的银河。

故地重游，恍若一梦。

楚晚宁立在原处，脸上虽无太多表情，但胸中却百感交集。他慢慢一路走下去，看着小弟子们嘻嘻哈哈地打闹而过，瞧见舞剑坪上璇玑长老正在和禄存长老比试切磋，过一个拐角，甚至瞧见王夫人养的那只名为"菜包"的胖猫，正蹲在墙垣上，伸一颗毛茸茸的脑袋，去细嗅着墙头盛开的月季花。

他错了，不是恍如一梦。这些年，哪怕是在最好的梦里，他都没有能够回到这样的死生之巅。

楚晚宁看着眼前的一步一景，独自往前走。

他知道自己没有在夜里离开红莲水榭的习惯，于是并不太担心会遇到这个时空的自己。

走着走着，忽然见到迎面行来两个少年，一个明艳若芙蕖，一个耀眼如雀屏。

他原本就很缓慢的脚步，终于忍不住停落了。

那是少年时代的薛蒙和师昧。

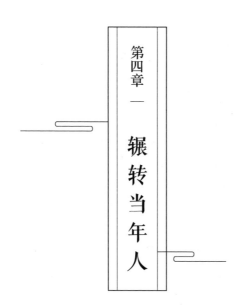

第四章 — 辗转当年人

龙血山裂魂

他俩正在聊着什么有趣的事情，彼此脸上都有轻松明快的笑意，薛蒙甚至抬手往师昧鬓发间放落一朵鹅黄白瓣的小花，被师昧哭笑不得地摘落，他就哈哈笑出声来。

"啊，师尊？"

要闪身已经来不及，薛蒙转头时余光瞥见了他，先是一愣，随后欣喜道："难得这么晚了还能见到师尊。"一面说着，一面迎上前。

师昧也笑着跟过来，温柔知礼道："问师尊安。"

楚晚宁一时什么话都说不出，他想从容答应，可是尚未开口，眼眶便红了，所幸夜很深，有足够的黑暗为他遮掩。

薛蒙有些猫儿一般的好奇："师尊要去哪里？"

"随……"话说出口，声音沙哑得不像话，他忙住了嘴，咳嗽一声，缓了片刻才道，"随便走走。"

过了一会儿，他又忍不住多问一句。

"你们呢？"

"我和师昧刚从无常镇回来。买了许多好吃的。"一提起这个，薛蒙就显得很高兴，"今儿有庙会呢，热闹得很。"

换作这个红尘里的楚晚宁，这对话就应当到此为止了。

楚晚宁不会有过多的兴趣去了解这些少年凑了什么热闹，买了什么吃食，为什么那么开心。

他那时候淡淡的，与谁都若即若离，不爱去看一眼别人的私事琐事。

但如今的楚晚宁，却觉得薛蒙也好，师昧也罢，他们的每一个字、每一个神情，甚至是眼神里的每一缕光影都弥足珍贵。

他想再多看几眼，多听几句。

这是他自己的红尘里，再也得不到的东西。

于是他问："买了什么？"

"师尊想看吗？"薛蒙兴高采烈地就去翻自己的乾坤袋，献宝一般，"果丹皮，松子酥，桂花糖……”

他絮絮叨叨地数着，忽捧一把桂花糖，全都奉到楚晚宁手里。

“买多了，这些都给师尊。”

师昧也在一旁翻遍了自己的袋子，但他似乎没买几样东西，翻来翻去，找不到什么拿得出手的，耳根便有些浮红。

“……”

楚晚宁道：“不用再给我了。”他拣了两三颗糖果，便把剩下的都还给了薛蒙。月色下，他的眼神几乎是湿润而温柔的。

“已经够了。”

他知时空生死门随时会闭合，他已经透支了九歌之力，再要打开并不容易。更何况那边也就只有一夜辰光，回去得迟了，怕被踏仙君察觉。

按捺住难平心绪，他问道：“墨燃呢？没和你们在一起？”

两人面面相觑，薛蒙道：“午饭后就没看到他了。”

师昧也道：“他这几天都没怎么跟我们在一起，大概是自己有些事要做吧。”

楚晚宁于是去了弟子房，但房内无人，又去庙会寻，亦不得见。眼看时辰空耗，不仅越发心焦。

蹙着眉左思右想半天，忽地，他回忆起了一件事。

他想到了。

墨燃该不会是去了……

想了一半就没再想下去，这个火苗般蹿上来的念头令他并不怎么舒服，他的脸色慢慢沉下来，指节也不由自主地捏起。

他记起了墨燃初误入歧途时常去的一个地方。

小半个时辰后，楚晚宁站在了一栋红紫相间的雕漆木楼外，楼悬朱匾，上书“仙桃会君”四个大字。

这便是附近小有名气的梨园仙桃楼了，此时夜已浓深，但花楼的璀璨华章方才开始。左右有客流涌进，大多是些样貌油腻的男子、涂脂抹粉的小生，而楚晚宁面目清冷，腰背挺直，站在人潮中显得格格不入。

“客官，里边儿请。”

“走一走看一看啊，今日有名角儿扮戏，湘州来的名旦，歌不输当年荀风弱，舞不逊昔日段衣寒。八十文一场，前排加十文——”

门口，小厮扯着嗓子在吆喝，身边有摇着文人扇的公子哥恰巧路过，嘲弄道：“真是大言不惭，什么名旦啊，也敢与当年的段、荀两位乐仙叫板。”

“就是，八十文一场还有脸和荀风弱齐名，荀风弱一场戏八百金都不够哦。”

"这破戏园子又骗钱啦！"有更夫路过，挠着腋窝嘎嘎笑了起来。

楚晚宁听不懂，听着也头疼。他干脆抬手撩帘，进了楼里。那里边儿正是绸灯高结，喧哗鼎沸。有人在听戏，有人在醉饮，有人在胭脂、油彩涂抹出的魅艳温柔中沉浮。

戏子金声玉振，歌女玉肌生春。

一楼戏台上，贵妃正醉了酒，花团锦簇。那戏子举手投足都是柔软哀戚，连带下头看客奉上无尽唏嘘感动。

"好——！好！"

"再来一段！！"

楚晚宁被刺鼻的脂粉香腻熏得剑眉紧皱，脸色阴沉。凤目扫过，逡巡一圈，不见那少年人影。

他想，莫不是又猜错了去处？

这时忙到脱不开身的鸨儿注意到了他，便如一只缤纷艳丽的彩蝶，翩然朝他行来，咧开一张抹着朱红丹霞的嘴，笑着招揽："这位公子，听戏请上座，寻欢里屋瞧。"

楚晚宁看了她一眼："寻人。"

"寻……"鸨儿一凝，笑容坠落，眼色就冷了三分，"寻人自便。"

楚晚宁叹了口气，将腰间环佩取落，那是踏仙君赠予他的美玉，触手生温。他将玉递给鸨儿，重复道："寻人。"

鸨儿接过了，左右一看，溢彩流光，映得她眼睛都亮。

她轻咳一声将玉收好，重新奉上笑容，比头前更是丰盛饱满："公子要找谁？"

"一个看上去十五六岁的年轻人。"楚晚宁道，"姓墨。"

三楼绯容阁华毯绚缦，雕饰雍容。也难怪许多人愿意终日买醉于此，只消将那银钱掷足，戏子佳人就编造一场罂粟花般的美梦，多少英雄化骨其中。若长夜可这样消磨，被温柔打发，谁又愿意面对人生的疮痍、现实之苦痛？

"就是这间了。"鸨儿抬起染着豆蔻的狭长手指，将门上雕着"容九"二字的木牌翻过来。

她抬起眼，玲珑心思，若有所思地打量着楚晚宁，斟酌道："公子先不忙，待奴家把九儿唤出来，再请公子去屋内与友相谈。"

"……"

连鸨娘都看得出他对墨燃的在意。

楚晚宁闭了闭眼："劳烦你。"

她便进去了，屋内似有人语，含混不清。

过了一会儿，她又出来，身后跟一美人，楚晚宁瞥了一眼，那名为容九的小美人脸颊仍带着酡红，侧脸瞧上去颇为眼熟，似乎像极了某个人。

容九与他低低行礼，便随着鸨儿离去了。

楚晚宁推扉而入，映入眼帘的是一片红红紫紫的颜色，看得人头皮发麻。屋里没有熏香，但有酒味。墨燃支着脸颊，侧卧于床榻上，细长的手指还在把玩着小泥壶上系着的红色穗子。

他走过去，霜雪一般，立在这片与自己格格不入的场景里。

"嗯……师尊来了？"

"……"

"坐下喝一杯酒吗？梨花白，好酒。保准没尝过。"

楚晚宁道："你醉了。"

墨燃笑嘻嘻的，见那白衣男子走到自己床前。他确实是醉了，忽地伸手，胆大包天，去拽楚晚宁的衣袖。

"醉了好嘛，醉了天不怕，地不怕，来来来，长夜漫漫，不如胡闹一场。"

楚晚宁没再吭声，只是将少年墨燃从浮红靡艳的床榻上提起来，手上青筋微凸。他是个有宗师风度的人，这种时候依然端重肃穆，唯指尖的颤抖出卖了他的内心。

他闭了闭眼睛，轻声道："墨燃。"

醺醺然的少年"嗯"了一声，依旧是不明所以，甚至带着些没心没肺的笑。

楚晚宁声音沙哑道："我来迟了。"

他把额头抵过去，指端轻动，刹那痛极——

在这种撕裂血肉的痛苦中，一把神武现世，海棠花木，尾梢卷起，七弦流光。好一把神木古琴。

楚晚宁咬着后槽牙，让神武将其雄厚的灵力暂度于他的身上，这种灵力对抗踏仙君简直是笑话，但足以供他施展许多法术了。

他将墨燃的额头与自己贴紧，闭上眼睛。

然后他感受到了……墨燃的身体里确实有八苦长恨花的气息，眼前仿佛浮现一朵黑色的重瓣花朵，正扎根心脏，根须沿着血管脉络深埋。

就是这朵八苦长恨花。

是一切罪恶的源泉。

楚晚宁深吸一口气，依照古籍记载默念咒诀，而后一字一顿，几乎是竭尽全力地喝道："魂断！"

楚晚宁蓦地睁开眼，瞳底忽地浮起寒光。

八苦长恨花只能以魂魄之力抑制，他便如书上所说的那般，将自己的一半地魂生生斩断，从两人相抵的额头间传去，传到墨燃体内。

周遭霎时狂风起，九歌竟作凤凰声。

灵气大炽。

墨燃……墨燃……

从前是师父没有保护好你。

如今，我来救你。

我度你。

撕碎的魂魄化作缕缕白色尘烟，不停地奔涌流淌。

墨燃是失神的，楚晚宁是极痛的。

额抵不断。

我度你……

最后一缕强光消失，两人蓦地脱力。楚晚宁松了手，墨燃重重跌回床褥间。

九歌也不见了，匿回楚晚宁的骨血之中。

骤失了一半地魂的他，极难维系神武的稳定。

楚晚宁坐于榻旁，缓缓合上眼，脸色苍白得厉害，连嘴唇都没有了血色。但他的内心是释然的，也是轻松的。

他终于做到了改变命运的第一步。

用灵魂之力，干扰还未深扎的八苦长恨花，不让墨燃再失本心。

时光回溯。他终于保护了他。

楚晚宁不能久留，他要做的第一件事是阻止墨燃被八苦长恨花吞噬，已经做到了，接下来他要做第二件事。

他不知道幕后之人的能耐究竟大到什么地步，虽然目前那个人还不能撕开时空裂缝，但谨慎些总是对的。

——他要确保一旦灾难又起，自己能够恢复前世的记忆，及时与之相抗。

所以这第二件事，便是找到当年的自己。

红莲水榭的所有叫嚣禁咒对他都没有用，他轻而易举地来到了里面。他立在半敞的轩窗前，看着屋内已经伏在桌上睡熟的那个白衣男人。

夜游神做了一半，还在上漆。

如果人间的苦恼只是应对这些小鬼小魔就好了。

楚晚宁把自己已经撕裂的那半缕地魂，度到了这个红尘的自己体内。

原本这魂魄就是他自己的，所以睡着的人也不会有半点的不适应，他看着那缕洁白透亮的光芒飘过去，在"自己"周围笼上一层温和的光辉。慢慢地，光辉熄灭了，有风吹过来，将"楚晚宁"手边搁着的图纸吹落于地。

"如果再有大灾，墨燃也应当不会与你为敌了。"他凭窗而立，轻声对里头的人说，"如今我已灵核碎裂，魂魄分离。我只能做到这一步，不能改变我们那个时代，但你还可以。"

屋内的人未醒。

"我把三魂中最薄弱的地魂分为两半，一半给了你，一半给了墨燃。若你们一生顺遂，这两半魂魄就不会对你们有太多影响。若八苦长恨花持续侵入，或者人间有乱，那么我就会设法让这缕魂魄重新糅合在一起。"

如果他没有预估错，魂魄重合的那一刻，墨燃体内的八苦长恨花就会彻底被摧毁拔除。而他也将在地魂合二为一后，恢复前世的记忆。

楚晚宁道："不要怨我将这些事情分给你。如果可以，我也希望你不用再想起，但是……"

他没有再说下去，只低声叹了口气。

然后他去做了第三件事情。

这件事情是最后的屏障——他找到了怀罪，交给了怀罪一个自己早就开始炼制的熏炉。

那个熏炉里，他施加了合魂之术。这种秘术会汲取他潜意识里最深刻的一段回忆，来刺激两半被撕裂的魂魄再次相融。

楚晚宁不是很清楚自己最深的回忆是什么。他觉得有太多了。或许是当年师徒决裂时的一场大战，或许是败于墨燃手下之后被做成血滴漏的那段经历，或许是第一次在墨燃手下受辱的苦痛。

太多了。

人有的时候连自己都未必看得清自己。

他叮嘱怀罪将熏炉封存于龙血山洞窟。若见红尘有异，就一定要将自己和墨燃一同带往此地。

做完这一切，楚晚宁的时间也到了。时空是有自愈之力的，若非破坏性的撕裂，缝隙是会合拢的。

他其实很想留在这里，留在这个干干净净，什么都还没有发生的太平人间。

但楚晚宁知道自己不属于这里，他不会为了一己私心，为了贪恋温暖而做出违背禁术道义的事情。

他离开了。

留江山好梦在身后远离，没有再回头。

"楚宗师。"

重返自己的时代，楚晚宁刚刚从后山裂缝中出来，掩去灵力痕迹，就看到青石小径有个朱衣男子行来。正是贴身服侍墨燃的那个老奴刘公。

"宗师去哪里了？叫陛下好找。"

楚晚宁问："他人呢？"

"在红莲水榭里。"

寻过去的时候，墨燃正闭目坐在紫藤花架下，见他推扉而入，就慢慢抬起了头，朝他略一招手。

"过来。"

楚晚宁抿了抿嘴唇，神色淡漠如常："曲子听得不如意？这么早就散了场。"

"也没什么如意不如意的。"墨燃道，"听来听去，也就那么几个调子。倦了。"

袍袖舒开，他抬手将楚晚宁拽近，墨燃也没有去过问他究竟去了哪里。毕竟楚晚宁向来不驯顺，若一直待在水榭里不走动反倒奇怪。

"本座方才做了个梦。"

"嗯？"

"梦里，是你在手把手教我写字。"

楚晚宁一愣，心跳骤然失速。但此刻踏仙君沉溺于自我回忆，端的是无法自拔，所以没有觉察到他的异样，只继续讲着，语气清淡，却带着些连他自己都未曾觉察的素淡忧伤。

"一个字，四五遍我都没有写好，你很生气，但也没有放弃我。"墨燃说，"后来你握着我的手，窗外有花飘进来，我看到……"

他太过沉溺于那一场大梦中，甚至没有再自称本座。

墨燃顿了顿，神情须臾间竟是青稚的。

"我看到纸上写着'见信如晤，展信舒颜'。"

他说到这里，忽地咧嘴笑了。那笑容说不上是快慰还是狰狞。

"这种事情也只有做梦才能见着了。"

他抬头，对上楚晚宁满载心事的那双眼。渐渐地，又恢复了属于踏仙君的那股子冷意："知道本座为什么忽然想见你吗？"

"……"

手伸上来，触及楚晚宁微凉的脸颊。

"在那个梦里，你的样子很好看。"踏仙君淡淡的，"好看到本座甚至都无法忘怀。所以本座想来看一看真正的你。"

楚晚宁垂下眼帘。

"我怕我不恨你，我要恨你的。"墨燃说，"不然我……"

忽然语塞，不然什么？

不然我会再也无法自宽，不然我会不知道该怎么往前走下去，不然我会不知道该怎么继续这一场残破的人生。

我必须恨你，我没有改变，也没有恨错。

"晚宁。"他最后合目喟叹，"这世上终究只剩下我和你了。"

一时间心如刀绞，楚晚宁待要说话，忽然觉得自万丈悬崖边一脚踩空，失足跌落，忽地梦醒！

楚晚宁蓦然睁眼，撞入瞳中的是一片漆黑，他可以听到自己擂鼓般的心跳，冷汗涔涔，踏仙君那张悒郁而森寒的脸庞仿佛还在眼前。

他浑身发抖，微微喘息着，涌入的前世记忆让他背后汗毛倒竖，让他栗然发颤，偏生这些回忆还不止息，还在继续疯狂地朝他扑杀而来。

喉结攒动，他……在哪里？

他在哪里……

为什么看不到？为什么眼前的一切都是黑的？

意识纷乱，过了好一会儿，楚晚宁才终于模糊想起了龙血山的事情。

他慢慢反应过来，喃喃着："墨燃……"

而就在此时，脸颊忽地被一只温凉柔腻的手掌触碰。

楚晚宁听到一个明显施加过换音术的声音，在轻轻对他笑着。

"等你好久，你总算是醒了。"

龙血山混账

寂静的屋子里，这个声音古怪而扭曲。如果楚晚宁能睁眼看到，就会发现师昧正坐于榻边，笑眯眯地凝视着他，像蜘蛛瞧着落入网里的生灵。

"怎么样，睡得舒坦吗？"

楚晚宁没有立刻回答，动弹了一下，发现自己此刻灵力只恢复了两成不到，而且还被捆仙绳缚住了双手，被黑绸带蒙住了眼。

"……"

此时惊慌并无用途，楚晚宁向来无畏，他很清楚自己要的是何种结果，所以也知道该怎样从容应对。他这两世，只在一人面前茫然过。

除了那个人，其他人都不会让他兵荒马乱。

于是楚晚宁沉默着，慢慢捋着破碎的记忆和昏迷前的情形。之前意识浮沉，他曾断续听到了一些周围的动静，现在他尽力将那些残言碎语拼凑在一起。

而就在此时，密室的大门轰隆洞开，南宫柳回来了。他捧着一堆新鲜水灵的橘子，一进门就嚷嚷："挚友哥哥，橘子摘来啦。我挑的都是底下有小圈儿的，这种吃起来格外甜……"话没说完，他看见床上的楚晚宁，"啊？这位哥哥醒了？"

师昧接过南宫柳递来的橘子，笑着在他的脑袋上摸了摸，说道："你做得不错。但我和这位哥哥正有话要说，你先出去吧，自己玩一会儿。"

"我不能留在这里玩儿吗？我可以帮你们剥橘子的。"

"你留着不好。"师昧道，"有些话大人可以听，小孩子听不得。"

南宫柳就懵懵懂懂地咕哝了一声，转身出去了。

屋内一时很安静，只能听到呼吸声，间或还有烛花噼啪的声响。

师昧挑了一只橘子，娴熟地去皮，剥去白丝。他做这些的时候，便如话家常般与楚晚宁闲聊着："听出刚刚那个人是谁了吗？"

"……"

"他的声音，你应该是不陌生的。"

他将橘子剥好，递到楚晚宁唇边："尝尝看，这蛟山上的橘子，是徐霜林亲手种的，他于此道甚是精通，应当很甜。"

楚晚宁把脸转过去。

师昧慢悠悠道："你看你，一醒来就发脾气。"

楚晚宁沉默一会儿，冰冷道："他人呢？"

"谁？"

"你知道我说谁。"

师昧微挑眉峰："你想问墨燃？"

"……"

见他沉默，师昧便温柔地笑了："你对他还真是上心。醒来第一句话就是找他，连我是谁都不先问一句。为了一个作践你半生的人，不值得吧？"

被蒙眼绑缚住的男人嘴唇抿了抿，下巴的线条就越发显得憔悴伶仃。

"送到嘴边的橘子你难道都不愿意吃吗？"师昧轻笑。

"拿开。"

"我觉得你还是吃下去比较好，这些天滴水未进，你嘴唇都开裂了。"

楚晚宁却只咬牙道："墨燃呢？"

师昧盯着他，慢慢地，不再笑了。

"无论是这一世还是上一世，无论是有记忆还是没记忆，你眼里都只有墨燃。师……""尊"字未出口，已知失语，他立即止住。

但他漏了楚晚宁的一丝颤抖。

师昧眯起眼睛："你跟我说说，墨燃他到底好在哪里？"

他俯视着楚晚宁，看到他唇上最后一点血色也在慢慢褪去。

"那个人，做事冲动，没有头脑，想法天真可笑，品性也并非上乘。你看重他什么？"

"……"

"脸？灵力？嘴甜？"

楚晚宁苍白的脸颊上浮起怒意，因愤怒而涨红："住口。"

师昧并没打算住口。好不容易得手，不玩个彻底，凭什么停下？他笑眯眯地说："你还不知道前世你死了之后，墨燃给了你什么称号吧？"

他饶有兴趣地捕捉着楚晚宁脸上任何一丝细微的表情，眉眼越弯越盛。

"听起来是有些好笑，不过倒也算贴切。说到底，这一世、上一世，你的确都干干净净的，只被他一个人羞辱过。不过这样一来，其实也没有什么比较。"师昧慢条斯理地说，"你不曾亲近过别人，自然只会觉得他最好。"

楚晚宁在细微地颤抖，腕上青筋暴突，想要挣脱捆仙索的绑缚，却终究动弹不得。

"别白费力气了。你想要松绑也好，想要知道墨燃的下落也好，我都可以满足你。"话锋一转，"不过呢，你好歹是我的战利品，总得先陪我玩上一局吧？"

"你想做什么。"

师昧笑了："我想让你的心思从那个人身上分一点点出来。别老想着他了，想想我，怎么样？"

"你便是前世那个下蛊之人。还有什么可想的。"

如果细听的话，可以听出楚晚宁声音里的沉窒和痛楚。

楚晚宁似乎在竭力压制着自己的某种情绪，但是压制不住，就快喷薄而出。

师昧笑道："不错，是我。但是你何不猜一猜我的真实身份，究竟是谁？"

"你想说就说，不说便罢。"

"唉，什么时候你才能不凶啊。"师昧叹了口气，说道，"这样吧，你曾言，大赌伤身，小赌怡情，但要来就来伤的。不如我们来赌一赌。"

"……"

见楚晚宁虽不吭声，但露出来的下半张脸庞线条却不由自主地绷紧，师昧的神情就更柔和了。

"那便给你五次机会，若是五次之内，你答对了，我就告诉你墨燃的下落。"顿了顿，他继续道，"不过，如果你答错了，可就要接受我的惩罚……"

他没有说下去，只是笑了笑。而后他就静静地坐着，等着楚晚宁的猜测。楚晚宁不说话，他也不急，好整以暇地继续等着。

此刻他很闲，有的是时间。

但是，随着一点又一点光阴过去，楚晚宁仍是不做任何回应。师昧的眉毛就扬了起来——他有的是时间，但未必就会有耐心。

"你倒是猜啊。"

楚晚宁终于道："滚。"

师昧的脸色便阴郁了下来："如今是你在我手里，什么能做，什么不能做，你应该清楚。"

"……"

"楚晚宁。你没有跟我谈条件的筹码。踏仙君脑子不好，或许会计较不过你，有时候就由着你去了，但我不一样。"

师昧冷冷道："你在我手里，还是乖一些会比较好。"

他又等了一会儿，见楚晚宁仍不吭声，语气便愈硬："你不要敬酒不吃吃罚酒。别以为你一直不说话，我就会拿你没办法。"

"听着，我数到三，要是你再不开口，后果就自己承担。"师昧说着，眼底掠过细细的光。

他其实并不清楚自己是希望楚晚宁猜到，还是不希望楚晚宁猜到。但猜不猜得到，都不再重要了。一切都无法回头，而他只想着该用一种怎样的方式揭开自己的真面目。

一定要足够刺激，足够血淋淋，毕竟眼前这个男人跟自己搏了两世，如今他赢了，他要仔细舔舐胜利的果实。

"一。"

眼前似有胜利的光浮起。

"二。"

楚晚宁会怎样？愤怒？悲恸？恐惧？

他拭目以待，朱唇轻启。

"三……"师昧半开玩笑半是认真，"既然你不猜，那么我们就来些粗暴的。你……"

"华碧楠。"

声嗓冰冷。

师昧的手指微微一顿，原本欲扣住楚晚宁下巴的动作便凝住了，而后他笑了笑："猜对了一半。继续？"

"……"

他透出一种狐狸似的狡黠，这种狡黠在别人身上或许会显得猥琐，但师昧是那样优雅，无论什么时候都如照水荷花。

他笃信楚晚宁不会猜到最后一层真相，他踌躇满志，他——

"我宁愿你是真的死了。"

师昧脸上的笑容凝住了。过了一会儿，他才问："你说什么？"

床榻上的那个人声音很冷，没有半点热气。

"上一世，那次天裂，那场大雪。我宁愿你是真的死了。"

师昧盯着他，备好的一腹唱词，忽然无处倾泻，竟成失语。

他已抬起一半的手就这样悬于空中，并不知道该往何处去，忽然无所适从。

"师明净。"一声轻轻的叹息，却如蜂刺蜇中了恍惚的人，"是不是你？"

"……"

虽然是疑问的句子，却没有一星半点上扬的语音。

师昧低垂睫帘，一时无人能瞧清他的神情。过了一会儿，他轻笑一声："我没死，让你失望了。"

他不想服输，但语气里已有了些意兴阑珊。

师昧道："我确实就是从上辈子来的师明净。来自你的前世，踏仙君的那个世界。与这辈子一直陪在你们身边的那位小朋友，并非同一人。"他顿了顿，"说话算话，给你松绑。"

他说着解开了捆仙绳，而后将手覆在楚晚宁遮目的帛带上，略一用力，摘了下来。

桃花眼对上凤眼，两相对望，古井无波。

"问师尊安。"

楚晚宁心中已有准备，此时不过是越发阴郁，他看着他："你还知道我是你师尊。"

听他这样说，师昧便温柔地笑了起来，只不过这时才方知他的温柔之下，藏着的是怎样一把锋利的匕首。

"嗯，当然知道。君为我撑伞，我未曾忘怀。"

楚晚宁看起来很虚弱，但这改变不了他眉目间天生的狠倔。他就这样盯了师昧半晌，唇齿启合，字句碾碎，极冷："你混账。"

师昧笑道："承让。"他顿了顿，复问，"不过师尊是从什么时候猜到我身份的？上一世？"

楚晚宁不答，只冰冷冷地望着他。

那眼睛里确有愤恨，但最茂盛的却是失望。

师昧思忖着："不对，不会是上一世。如果上一世你已知道我就是华碧楠，理当在撕开时空裂缝时告诉怀罪。"

他抬起睫羽："是这一世。或者说，就是不久前？……你在龙血山的时候，是不是多少听到了我和墨燃的对话？"

"……"

"算了，这不重要啦。"师昧笑了笑，"反正不管怎么样，现在你都在我掌心里了，再也逃不掉。"

楚晚宁越发沉默。

其实三个徒弟里面，他最看不透的就是师昧。他当时愿意收这个徒弟，是因为师昧恭顺、温柔，能急人之急，忧人之忧，能温和地善待他人。这些是令楚晚宁十分佩服的气度。他自己做不到，于是倍加欣赏，所以收了这个徒儿。

不过有些时候，他总觉得有哪里不对劲。比如，薛正雍说师昧是自己在战乱中捡来的孤儿，但师昧讲起自己身世的时候偶尔会有些前言不搭后语。那种姿态，很像是有人撒了谎，然后忘了细节。

还有些时候，师昧对事物表露出的态度会突然有些古怪——好像被驯化好了的猛犬，看似乖顺，但只要一闻到血腥味，就忍不住目露凶光。

不过观察了几年，从未见师昧有任何不义之举，楚晚宁就觉得是自己眼花，将花团锦簇看成了青面獠牙。

他这个人就像刺猬，浑身都很尖锐，唯有腹部是柔软的。

他把他的徒弟也好，把所有待他好的人也好，都藏匿到了柔软的肚子底下。

关于师昧，他曾在信任与不信任之间徘徊过，他也曾有所保留，有所试探，但后来还是选择了信任。于是刀子从刺猬的腹部扎入，流了一地的热血。

师昧盘问着："以前的事情，你想起来了多少？"

"……"

他又问："你当年袖手旁观不好吗？何苦阻我。"

"……"

前世的恼恨太多了，终于今生可以叩问，师昧竟是不愿停落，无休无止："你为什么最后不杀了踏仙君，还助他转世复生？"

听到最后一句，楚晚宁终于抬起眼眸："他跟你不一样。"

师昧微顿："有什么不一样。若说我心思歹毒，他又何尝不是满手鲜血？"

楚晚宁盯着他："你下的蛊，你自己清楚。"

"那又怎样？就算是我下的蛊，难道不是他杀的人？"师昧说，"前世你是亲眼见到的，半壁江山的性命，薛正雍、王初晴、姜曦、叶忘昔……这些人是死在谁手中的啊？"

他慢条斯理地抬起手，瞧着自己十指细长，指甲圆润。

好一双细腻干净的指掌，柔弱细致，纤尘不染。

师昧乜斜眼，笑道："难道是我吗？"

"……"楚晚宁怒火腾燃，竟一时无言。

"我可不想屠儒风门，也没想过要杀薛正雍。所以讨债索命也不该找我。"师昧道，"我干了什么？不过就是给他种了朵蛊花而已。我活这么大，还没亲手杀过人呢。"

师昧继续笑眯眯道："所以说到底，刀是他拿的，人是他捅的。跟我没多大关系，那八苦长恨花不会给他带来任何新的仇恨。他所有的欲念都属于他自己，蛊咒只不过能将其放大。若这账要算我身上，我好委屈。"

他每说一句话，楚晚宁心中的恶心就增添一分，最后听他竟觉得自己委屈，楚晚宁蓦地抬眼，目如寒冰："你有什么可委屈的？"

"是他动的手，师尊凭什么怨我？"

"他本身是什么人你不清楚吗！"

师昧道："他本身是什么人我当然清楚，不清楚的恐怕是师尊你。"

橘子有一缕白丝卡在了指缝里，师昧嫌脏，掏出洁白的帕绢细细擦拭着，然后一一枚举道："墨燃为何会去屠儒风门？因为他心里有恨。墨燃为什么能杀薛正雍？因为他心里有畏。墨燃为何会折辱你？因为他心里有欲。"

师昧说着，抬睫瞟了一眼楚晚宁："别人捅他一刀，他做不到宽恕。别人把好处给他，他做不到拒绝——这就是他的本性。"

楚晚宁咬牙道："师明净。你抹去他至纯的善念，将他心中的恨欲扩至万倍，然后说他所作所为都是他本身的欲念，你不觉得你很可笑吗？谁的恨意放大至极致后不会毁天灭地，你吗？"

"那谁又让他有仇恨？谁又让他骨子里有野心？谁又让他本身有欲念呢？"师昧笑道，"有本事他心如赤子，什么坏心眼都没有过，那么八苦长恨花也掀不起什么风浪啊。所以还是该怪他心思不干净。不过是个俗人而已。"

听到这里楚晚宁的脸色已非常难看，正欲开口再言，又听师昧补了一句。

"人要为自己的欲念负责，这没什么好争辩的。"

"……"

如果说先前楚晚宁还想与他说话，听到了这句，却忽然觉得什么都没必要说，也不值得说了。楚晚宁把脸转了过去。

师昧见他神情，摇了摇头："师尊，你太偏袒他了。"

"……"

"在你眼里，他做什么都有理由，都是可以理解的。"

"那你告诉我，我该理解谁。"楚晚宁冰冷至极，"你吗？"

"……"师昧静了片刻，笑着，"所以师尊还是原谅他了？"

楚晚宁的目光犹如冰湖映月。

"所以，前世今生，我与师尊博弈两世，哪怕赢了，依旧比不过他。"

楚晚宁冷淡地说："你拿什么与他比。"

师昧眯起眼睛："你对我当真只有这么几句评价吗？就没有别的了？"

楚晚宁没有立刻回复，看他神情，似乎是认真地思索了片刻，而后抬起睫帘，极冷极静。

"有。"

师昧笑了："是什么？"

楚晚宁面无表情道："你不用跟墨燃比，你甚至比不过徐霜林。他至少尚存情意，敢做敢认。他不像你，华碧楠。"

到最后，他甚至都没有再称他为师明净。

楚晚宁道："你就是个混账。"

龙血山想你

师昧蓦地住了口，雪白的脸颊微微抽搐，类似被掌掴的羞辱。但他还是抿了一下嘴唇："你还真是一点面子都不留给我。"

说着，手又想摸上楚晚宁的下颌，却被楚晚宁如避蛇蝎般躲开了。

师昧眯起眼睛，有一瞬间他脸上风雨欲来，但最后还是熄灭化作毫无波澜的湖海。

"不说这个了。"恢复了平静之后，师昧便还是一副温和面孔，"反正你也就是一个死脑筋。前世你本来是想杀了他的吧？不过临到头，又不忍心。你甚至在临死前把自己已经残破不堪的灵魂，全部打入了他的身体。"

师昧没有说错，那一年昆仑雪域的生死交战，楚晚宁最后一次以指尖轻触墨燃的额头，度进的其实是自己已经四分五裂的残魂。

他这一生，到头来灵魂溢散，一缕留在了过去的墨燃体内，一缕留给了过去的自己，剩下的所有，他都抱着渺茫的希望，度给了踏仙君。

楚晚宁根本不知道蛊花到了第三个阶段还能怎样破除，既然那花朵需要施咒者的灵魂浇灌才能绽放，那么注入自己的魂灵，或许会有所改变吧……

他已不过残躯一具，该做的，能做的，都已尽力。他从来杀伐决断，唯一的心软，就是墨微雨。

因为还有一线希望可以救赎，所以到最后，他仍是没有杀他。他不惜献出自己支离破碎的魂魄，只希望能将曾经的墨燃带回人间。

尽管当时他并不清楚这是否有用。

似乎是看出了他内心的想法，师昧笑了笑："你那样做，虽不能拔除墨燃胸中蛊虫，但确实可以扰乱他的心绪，令他善恶交念，最终如疯如魔，自戕而死。"

"……"

楚晚宁神情微动，抬起眼。

其实联系在蛟山遇到的那个没有心跳的踏仙君，他就多少已猜到了前世墨燃的结局，但真的听到"自戕而死"四个字的时候，心中仍是钝痛的。

师昧看着他，继续道："师尊，你做到了，你确实保护了他，甚至不知怎么回事，他的魂魄居然还复生到了过去。唉，我至今仍想不明白，当时你也就是个废人，究竟是怎么毁了我计划的。你啊……你真令我吃惊。"

他柔软如蒲草的睫毛垂落，靠近了，似乎想要对楚晚宁做些什么。

楚晚宁蓦地回神，疾电般抬起手，扼住他的喉管，手背筋脉暴突。

师昧半点神色都没变，他漫不经心地捏住楚晚宁的手腕，似乎早就预料到了楚晚宁会有这样的反应。

他笑了起来："怎么？师尊还想毁我第二次、第三次吗？只可惜为时已晚，已经不可能了。"

话音方落，只听得蛇音哑哑，一条金环蛇从师昧宽大的袖中游曳而出，冲着楚晚宁的胳膊狠咬下一口。

那蛇也不知是受过怎样的饲喂，只一口，便剧痛难当。

楚晚宁手上脱力，被师昧握着腕子，以一个比先前更屈辱的姿势绑在了床柱上。

"你不必担心，此蛇无毒。"师昧捆了他的双手，而后坐起来，冷白的手指尖抚摸过金环蛇的蛇身，桃花眼乜斜，"这条蛇是专门为你饲喂的，咬一口你就会浑身无力。我敬畏师尊，也只能做到这份上了。"

师昧一抬手，滑蛇潜入袖中，消失不见。

楚晚宁只觉耻辱至极，可是两世记忆重合损耗极大，又被金环蛇咬了一口，浑身一点力气都没有，他银牙咬碎："师明净，给我滚出去！"

"你给我——"

突然门口传来一个冷冰冰的声音。

"你给我滚出去。"

楚晚宁如遭雷击，蓦地抬头，石门不知何时已经开了。一个面目不清的男人怀抱黑金陌刀，逆光立在半敞的密室门外，瞧上去森寒高大，腰背笔挺。

师昧眯起眼睛："是你……这么快？"

那人迈着沉重的步子跨入，裹挟着寒气，一时间室内灯火摇曳，烛光照在他黑色修身皮甲战袍上也是冷的。这时候总算能看清他的模样了。他有一双修狭长腿，被战靴贴合包裹着，劲瘦腰间束着银色龙首护带，坠有纯银暗器匣，腕上有锋锐护手刺，戴着玄色龙鳞手套。

再往上，是一张容貌英俊的脸，眉目间的英气近乎奢侈——

踏仙君！

踏仙君周身散发着瘆人的寒气与血腥气，好像刚从沙场归来。

他抬起眼，苍白的颊上甚至还沾着鲜血，一双眼睛如刺刀，盯着面前的两个人。

准确地说，他应该只是扫了楚晚宁一眼，而后眼神直刺师明净，寒光熠熠。

"滚。"

师昧看到他进了屋内，先是脸上一冷，而后直起身子，慢慢站了起来。

"让你去孤月夜杀的人，都杀了？"

"没杀过瘾。"踏仙君一边朝他们走来，一边白齿森森，咬着手套边沿，将其摘落，露出下面骨骼修匀的手。他把染血的手套往桌上一扔，盯着师昧，阴鸷道："识相点。本座手下的冤魂不多你一个。"

师昧脸色也不好看，道："你最好弄清楚自己在和谁说话。"

"本座只分得清自己究竟开不开心。"踏仙君冷冷道，"起开。"

"什么时候轮到你对我呼三喝四了？"

踏仙君邪魅道："本座向来如此。"

师昧似乎有些薄怒，眼中粼光闪动："我是你主人！"

"是又如何？蛟山属本座之地，榻上是本座之人。"踏仙君眼珠往下，睥睨师明净，嘴角甚至带着些嘲讽，"主人，请您滚。"

踏仙君和师明净你一言我一语，针锋相对，火花四溅。楚晚宁则有些不知状况如何，在一旁沉默着观察。

师明净方才说踏仙君已经死了，那么眼前的这个人是什么？棋子？傀儡？

还有，他当年设法压制的，明明是这一世这个"墨燃"身上的蛊虫。而上一世的踏仙君，因为中蛊太深，早已恢复不了正常。所以按理而言，他应该依旧很珍视师昧。

可听这语气，踏仙君竟没有把师明净当回事。

以及，所谓的主人，又是怎么回事？

师昧盯着踏仙君看了一会儿，而后嗤笑，起身披衣。

楚晚宁不知道的事情，他却很清楚。

——上一世墨燃自裁身亡，他失去了爪牙，便将墨燃的尸身与体内残留的识魂一同用药炼化，做成了一个傀儡。这个傀儡与珍珑棋子很相似，同样愿意听他使唤，并且保留着生前所有的意识。

但不知哪里出了错误，或许因为生前受到的摧折太大，又或许因为他这一生遭受的逆改太多，身体早已残破不堪。总而言之，在这个傀儡踏仙君心里——关于师昧的认知是极其混乱的，他一会儿觉得师昧活着，一会儿又认为师昧死了，有时候甚至还会暂时忘记掉师昧是谁。

所以哪怕面对面瞧着华碧楠的脸，踏仙君也不会意识到这就是师昧，而只单纯地认为这是"主人"。

并且他还不怎么愿意听主人的话。

"真是拿你没办法。"

师昧走上前去，戳了踏仙君的额头一下："魂散！"

一声厉喝，这个动作后，踏仙君一僵，原本犀锐的目光突然变得涣散，在瞬间失去了焦点。

"明明是我做的傀儡，越来越不听话，总是与我唱反调，还妄图反噬我。"师昧拍了拍他冰冷的脸，"不过算了，我也不怪你，你本就不是个完整的'人'。"

踏仙君："……"

"姑且忍一忍。"师昧道，"等过段日子，我拿到了那样东西，将你回炉重塑，你也就乖了。"

他说完这句话，对踏仙君的操控力就到了极限。这个恢复速度让师昧的脸色越发阴郁，他没有想到只是这么短的时间，踏仙君的瞳仁就恢复了光华，甚至比先前更坚决，更森冷。

这种森冷威压的目光在师昧身上聚焦，踏仙君顿了一下，微眯眼瞳，而后鼻梁皱起，神情类似于伺机捕食的猎豹："嗯？你怎么还没滚？"

说着，纤长手指捏上不归刀柄。

"戳着给本座当靶子？"

师昧不与他再多言，或者说踏仙君的戾气深重，饶是"主人"，师明净也自知勒不住他脖颈上的缰绳。

这个黑暗之主，若真疯起来是很可怕的。

师昧离开了。

他走之后，踏仙君盯着床榻上的楚晚宁看了好一会儿，神情微妙而古怪，似乎极力在克制些什么，又忍不住渴望些什么。

最后他坐下来，开口道："我……"

他顿了顿，不知道该怎么继续，于是抿了抿嘴唇，又改口。

"你……"

楚晚宁望着他，但是四目相对了很久，依然没有下文，楚晚宁就缓缓地眨了眨略显酸涩的眼睛。

"咯，本座有一件重要的事要跟你说。"

"你说。"

踏仙君踟蹰片刻，斩钉截铁道："其实也不是很重要，还是不说了。"

"……"

过了一会儿，他又以一种更为坚定的神态开口："也无所谓重要不重要。既然你那么想知道，告诉你也无妨。"

楚晚宁："……"

"其实本座想说……"踏仙君深吸了口气，闭上眼睛，极其生硬地开口，"本座想说，过了这么多年，似乎……是有那么一些想你……"

他很快又补上一句："不过想得不多，也就一点点。"

他只讲了这两句话，那张英俊又苍白的脸上立刻露出后悔极了的表情。

楚晚宁怔怔望着他，两世的灵魂与记忆交织之下，他甚至不知该用怎样的心境去面对这个男人。

但踏仙君也没有给他时间多思索。

他似乎有些烦躁，干脆解开楚晚宁手上的绳索，把人拉过来，两人的身影投映在石壁上，融为一体。

这两个人，两段残破缺失的魂灵，隔着两世的尘缘，终于重逢在一处，缠绕在一起。

这一刻，楚晚宁好像想了很多，又好像脑中一片空白，什么都捕捞不住。

但最后，他知道自己眼眶是湿润的。

对错也好，善恶也罢，一切都难界定，一切都不再清晰。

但与这个不再有体温的男人接触时，他是知道的。

踏仙君没有骗他。

墨燃没有骗他。

踏仙君是真的想他了。

四

龙血山领罪

与楚晚宁独处了好久，踏仙君一直不餍足，漆黑的眼眸一眨不眨地凝望着楚晚宁的脸。

"没变，是你。"

要问的事情实在太多，遇到的变故也太大。楚晚宁静了片刻，才终于声音沙哑开口："过去的事情，你都还记得？"

"自然。"

"你还记得自己是怎么死的吗？"

踏仙君的神情便有些阴郁："十大门派联手围攻，本座甚厌。"

"那你还记得我是怎么死的吗？"

踏仙君眉宇间的阴森稍稍淡去，却笼上另一层灰翳："踏雪宫里你阻我大事，本座甚恨。"

楚晚宁又问："那么，你记不记得自己又是如何死而复生的？"

"华碧楠施救。"

"具体如何？"

"这个自……""然"字却没有再说出口，踏仙君脸上逐渐显露出一丝怔忡。但这种怔忡也没有持续太久，他闭上了眼睛，再睁开时，眸中已是一片清明。

踏仙君皱眉道："你刚刚说什么？"

楚晚宁就不吭声了。

他差不多知道师昧对这具身体究竟做了什么，自古人心最难掌控，墨燃死后，师昧做不到完全驾驭这具身体的情感，也不敢将墨燃本就错乱的记忆打得更加支离，所以只好选择极少部分会影响到墨燃听命的重要事情，将之抹除。

眼前这个踏仙君，恐怕只是一具行尸走肉的利器。

楚晚宁合上眼眸，过了一会儿，他似乎想说些什么，可是话未出口，喉间就涌上一阵腥甜。他剧烈咳嗽起来。

"墨燃……"他唇间染着血，抬起含着水雾的眼，"别再替人做事了。你已是一具躯壳，早当安息。你……喀喀。"

眼前阵阵发黑，那些零散的碎片又开始上涌。

你应当回到过去了，你已当长眠地底，这里不属于你。

但是这句话却是再也没有力气说出口，楚晚宁只动了动嘴唇，意识就又开始涣散——

最后他只看到踏仙君蹙着眉头，正和自己说着什么，那张英俊而苍白的脸庞似有些急躁。

"楚晚宁，"他模糊听到他在唤他，一如前世，"晚宁……"

他闭上眼睛，灵魂再度融合的疼痛又侵袭而来，接下来的事，他就再也不知道了。

千山外，林木萧瑟。

蜀中这几日一直下着淅沥小雨，连带着驿站木梂都生出一层细霉，从驿站小窗望出去，成串的水珠自竹叶上滴落，坠在潭里，泛开点点涟漪。

忽然，一双鞋履踩进积水中，天光云影破碎。

墨宗师出现在了死生之巅的曲回山道前。

自龙血山惊变后，他的灵力不曾恢复，无法御剑，他因忧心死生之巅安危，从龙血山马不停蹄赶回去，一共花了四天时间。

一路上，他其实想了很多事情。

比如自己缘何会复生，又如前世的楚晚宁为何要在龙血山石洞布下这种玄机，再如师昧。

想了很久，却找不到任何一个明确的答案。

他原本就不是个聪慧的人，如今备受煎熬、左右忧心，就越发无法安静下来细细思考。

——师昧终究是懂他的，楚晚宁是他的软肋，只要楚晚宁将往事想起，就无疑宣判了他的死刑。他心乱如麻。

雨渐渐大了起来，墨燃迎风站在死生之巅的山阶入口，他仰起头，丝丝缕缕的银霜拂落于脸庞。面前，一条石阶蜿蜒曲折，通往云蒸霞蔚的山巅。

这一条山道，生也走过，死也走过，悲也走过，喜也走过，两世行了无数次，从少不更事的青涩时光，到尘埃落定、负罪归来的今日。

天很冷，夹杂着雪籽的雨水落下，打湿了他的黑衣，凝染了他的发鬓。

青年本当无烦忧，朔风吹雪白了头……

墨燃闭了闭眼，步上长阶，朝山上走去。

一个自投罗网的罪人，终于"吱呀"推开了死生之巅丹心殿的朱漆大门。

门，缓缓地打开，他两世的疯狂与荣华、噩梦与黑暗，都源于此。

他想起前世，二十二岁那一年，他改丹心为巫山，匾额砸碎，尘烟弥散。他立在旧匾之前，发誓要踏遍诸仙，为尊天下。

那一世在此堕落，这一世也当在此终结。

丹心殿里密密麻麻的都是人，有头有脸的人物聚得比蛟山讨伐徐霜林那次更多。

听到开门声，众人回首，但见一个高大的黑衣男子立在门槛前，脸色苍白，额前黏着几缕湿透的黑发。天光逆于他身后，穹庐是铅灰色的，雨雪霏霏。

谁都没有想到墨燃会这样忽然出现。

他是蛟山上那个以命换众人平安的英雄，还是孤月夜那个杀人不见血的魔头？他到底是个怎样的人？

一时间无人吭声，每双眼睛都盯着那个归来的人。

信任他的人觉得他很可怜，又湿又冷，像冒雨回家的犬。而不信任他的人，只觉得他很可怖，阴沉幽深，像爬出地狱的鬼。

雨水不停地敲击着屋脊青檐，渗入阶前石缝、瓦上苔藓。

墨燃抬起黑漆漆的眼眸，扇子般的睫羽下，眼神润湿。他轻声道："伯父，我回来了。"

"燃儿！你怎么——你怎么一个人？"

薛正雍坐在尊位，他脸色很差，难得不修边幅，铁扇随意摊在桌上，"世人甚丑"四个字漾着微光，宛如一场闹剧的批注。

"玉衡呢？"

墨燃迈进殿中，他像一滴水，在烧至十成熟反而宁静的滚油里落下，激起噼啪炸响，几乎所有人都在他进前的时候"呼啦"退了一大步。

"墨燃！"

"魔头，你竟有脸出来了！"

"你在孤月夜杀了这么多人，居然还敢现身！！"

墨燃没有理会这些声音，这一路行来，他早已听说了孤月夜日前发生的血案。他也很清楚踏仙君会有多丧心病狂。几十个人算什么？几百个、几千个、几万个，天下人在他眼里都是死尸，一个孤月夜而已，踏仙君根本不会放在眼里。

"疯子……你和华碧楠根本就是一伙儿的！"

"你还想来做什么？今日众派高手都在此地，天音阁阁主很快也会到来。就算你诡计多端、善变至极，也逃不出这天罗地网！"

"墨燃，你太狡诈了，你一会儿唱红脸，一会儿唱白脸，你以为把所有人都弄得晕头转向然后你的奸计就能得逞，何其歹毒！"

周围是潮水般的抨击与诘问，一张张愤怒的人脸在攒动着。墨燃谁也没有理会，他继续往前走，已多少明白了华碧楠——原谅他并不想叫他师昧——的用意。

华碧楠给他掘了一个坟墓，连墓碑上的铭文都写好了，华碧楠算得很清楚，他会自己跳进去。

因为，在楚晚宁回想起前世的那一刻，墨微雨就已把自己判作了一具无药可救的死尸。

结束了。

"无论你脸上戴着几张虚伪假面，今日豪杰云集，都要把你的真面目拆穿。"

"必须把你送到天音阁处刑！"

吵吵嚷嚷，人声鼎沸。刺入耳膜最多的就是三个字："天音阁"。

墨燃没有想到华碧楠会把天音阁也卷进来，这是巧合，还是早有谋划？

浩荡天音，是修真界数千年来流传下的古老门派。这个门派的掌门最早是天神与凡人的子嗣，后来则世代由血亲相传。一代一代过去，天音阁阁主的神血虽已稀薄，但依然极富灵气。虽然天音阁平时不涉红尘，但就像凡人信仰修士，修士也都信仰着天音阁的公正。

百年的权威都已难推翻，何况千年的。所以哪怕上一世踏仙君问鼎天下，最终也留了天音阁一方净土。师昧很聪明，把墨燃交给天音阁处置是再好不过的，没有谁会不服判决，也没有谁能不服判决。

大殿内喧闹一片，墨燃沿着绣满杜若的地毯走着，走到前方，而后站定。

"我……"

这个男人只说了一个字，鼎沸人声就忽地熄去了。他们盯着他，许多人的眼神又是仇恨又是警觉。

他们等他的辩解、他的失态、他的过错，他们伸长了脖子准备随时扑杀上来将这个诡谲的恶魔撕成碎片。

此人善恶难辨、行动莫测，但宁可错杀，不可放过，一定要——

"我来领罪。"

鸦雀无声，甚至比方才更寂静。

就好像磨刀霍霍欲行一场大战，金鼓敲响杀声震天，却忽然得知敌军将领已自戕于帐中。

好荒唐。

"他说什么？"

半晌才有人反应过来，却不敢相信这个魔头认罪得如此轻易，于是低声问身旁之人："他是说自己来领罪吗？"

墨燃垂落眼帘，跪下来，面对伯父伯母，还有脸色煞白的薛蒙。灯影朦胧，映着他英俊而清瘦的面庞。

他确实是要引颈就戮，但是华碧楠如此算计他，他也不会让那人就此舒坦如愿。在忏悔之前，他还有一件事要做——

他要尽最后一丝力量，去保护从此再也不能保护的人。

于是墨燃缓缓开口，嗓音沉炽。

"我确实满手血腥，因为一己私仇，杀过很多人。这些年虽想悔改，却依旧罪无可赦。此事楚晚宁亦已知晓……今日我当着诸君之面，除了陈表己罪，还另有一事要声明。"

他顿了顿，字句落下，如刀剜心："我与楚晚宁已无师徒之情。"

听到这句话，在场诸人多是愣大过惊："怎么回事？"

要知道师徒公然断义是修真界的极大丑闻，发生这种事情，无论是师父还是徒弟，面子上都非常过不去。所以只要没有什么血海深仇，哪怕不睦，表面功夫总会做足的。

惊愕过后，不少人都嘀咕起来："之前不还好好的吗？怎么忽然这样，该不会是想使诈吧。"

"看着不像，会不会是他们后来在蛟山发生了些什么？"

"有可能……楚晚宁好像不怎么把徒弟放在眼里。师明净被华碧楠擒住的时候，他不是也没放手去救吗？搞得人家后来连眼睛都瞎了……换我是他徒弟，看着也心寒。"

人们的声音起起伏伏，犹如潮水。

在这些声音中，墨燃继续道："他容不了我杀人放火是小，但一直以来，他待我冷漠，辱我尊严是大。此人满口天下苍生，却处处薄待门徒，何其虚伪！当初若不是他，我根本不会走到这一步田地。"

太痛了。

他止了声，唇齿都在微微颤抖，却还要一字一句地讲完。将自己万剐千刀。

"是他害我，是他误我。我与他不相为谋，耻曾拜他为师。如今，我与楚晚宁已彻底一刀两断，今后谁若再把我当他的弟子……"

他抬起眸——一双踏仙君的眼。

"那便是恶心我，望诸君勿复提！"

薛正雍悚然："燃儿——！"

薛蒙更是面无人色："哥，你疯了？你知不知道自己都说了些什么啊！"

墨燃闭上眼睛，他不愿再去看薛蒙一家任何一个人，那一声"哥"已如利爪刺入心肺。

墨燃接着道："除此之外，我还有一事要表。"

"认罪就认罪，哪里来的一件、两件、三件事，你——"

那人尚未抱怨完，就被如今的众仙之首姜曦拦住了，姜曦看着墨燃："请说。"

墨燃道："我前孽深重，认罪伏诛不错。但孤月夜一事，确非我所作所为。"

在场许多都是来讨血债的，心绪原本就十分激荡，此时听他否认孤月夜命案，不由得怒极气极。纷纷出言：

"哈！笑话！这是铁板钉钉的事实，你还有什么可狡辩的！"

"没错，不是你还能是谁？"

墨燃道："我当时根本不在孤月夜，那时候我与楚晚宁都在龙血山。做这件事的另有其人。而且那个人，如果我没有料错，应当就是……"

他犹豫了，没有立刻报出踏仙君的身份。

他倒不是害怕众人之怒，而是他认为在场无人会相信时空生死门已经打开，有另外一个墨燃出现这种荒谬至极的事情。

"是谁啊？"

墨燃抿了抿嘴唇，决定暂时稍后再提踏仙君一事，于是没有立刻回答，而是道："是谁我之后再说。总之，那人与华碧楠勾结，一个在孤月夜嫁祸栽赃，另一个则带走了楚晚宁。"

他这句话讲完，人群分出了两拨声音。

第一拨声音微弱，但也清晰可辨，大多是死生之巅的弟子所喊的："玉衡长老怎么了？！"

"长老被带去了哪里？！"

另一拨声音则是来自前来兴师问罪的那一伙人。

"墨燃，你以为我们会信你吗？"

"你葫芦里不知卖的什么药！什么另有其人，我瞧你和华碧楠根本就是一伙儿的！在蛟山上，你俩串通好演了一场戏！你们不惜害死那么多人，甚至罔顾同门师兄弟的情谊，害了师昧，你、你你就是个骗子！！"

听到师昧的名字，墨燃缓缓抬起头，望着座上的薛正雍，又看了一眼薛蒙："师昧他……"

薛蒙关心则乱，抢前一步："师昧他怎么了？他还好吗？！"

墨燃根本不能去与他对视。

看到一个人破碎的模样，只要一次就够了。

墨燃合眸道："师昧，就是华碧楠。"

死寂无声。

半晌，薛蒙蓦地跌坐回席上，喃喃："开什么玩笑，怎么可能……"

是啊，如果不是亲眼所见、亲耳所闻，墨燃也会想说，怎么可能。师昧明明那么温柔、那么美好，他们三个人在一起经历过许多风雨，对他而言，师昧是他人生中第一个真正的平辈朋友。

但这朋友是假的，只不过一场镜花水月。

好荒谬。

周围的人纷纷议论起来："什么乱七八糟的？"

"疯了吧，那么一个小修士，会是天下第一圣手？"

"如果师昧就是华碧楠，在蛟山他帮我们解开钻心虫做什么。"

还有曾在蛟山被师昧救过的人，对师昧感恩尤深，此刻不管三七二十一，怒指着他道："墨燃，你为了洗脱罪孽，居然讲出此等大谬之词，你血口喷人！"

这时候一直蹙着眉头，没有说话的姜曦也开口了。

"你有什么证据说华碧楠就是师明净？"姜曦说，"华碧楠在我门下多年，几乎没有离开过孤月夜，如果你说他是师明净，那么他如何做到同时出现在两个地方？"

五

天音阁身世浮沉

"寒鳞圣手终日以黑纱覆面，且常年在炼丹室闭关不出，与外界寡有接触，所以只要控制一个体形差不多的人，别人就很难觉察。"

姜曦皱眉道："你的意思是，孤月夜的华碧楠是假的？"

"有时真，有时假。要想不被发现，真假参半才最周全。"

姜曦思忖道："如此一来，师明净就应该会使用珍珑棋局，但我们药宗灵力都不强，不太可能掌握这种术法。"

"姜掌门说得不错，珍珑棋局需要损耗的灵力巨大。华碧楠通晓理论，却碍于法力微弱，不能独自使用。所以他之前不得不与徐霜林合谋——"

姜曦摇了摇头："不对。徐霜林曾说，那个幕后之人是他朋友，他因不愿出卖友人，所以到死也没有告诉我们那个人的身份。如果按你说的，师昧就是华碧楠，徐霜林理应认得出他来。那么为何徐霜林在重生结界被华碧楠毁掉之后，依旧没有叛变？"

墨燃道："因为徐霜林根本不知道师昧和华碧楠是同一个人。"

旁边的玄镜大师捻须道："既然他们互为至交，这种大事又怎会不知道……"

"是徐霜林把师昧当至交。"墨燃说，"但师昧却不可能真的与他交心。这张棋盘上，徐霜林只是一枚重要的棋子，仅此而已。"

他顿了顿，继续道："当初在蛟山大殿，华碧楠受伤了，摘掉过面纱。那张脸长得奇丑无比，像是棘皮动物，现在想来，应该只是一张制作精巧的人皮面具。对于徐霜林而言，他这一生可能都只见过他这位'挚友'的第一张脸，也就是属于师昧的那张脸。他根本不会将华碧楠和师昧联系在一起。所以他直到死，也没有认为自己被朋友陷害或者利用了，自然也就不会抖搂出背后真相。"

姜曦道："依你的意思，当时在蛟山上，师明净和华碧楠同时出现，其中有一个是被控制的珍珑棋子？"

"我猜是的。但还有第二种可能。"

"什么？"

墨燃摇了摇头："第二种我想等会儿再说。"

玄镜大师道："那么就算墨施主第一种猜测是对的，贫僧还是觉得仍有一处说不通——华碧楠没有理由去打断徐霜林的复生法阵，他难道与徐霜林有仇？难道让徐霜林得偿所愿，让罗枫华复生，对他有什么损害不成？"

墨燃叹口气道："大师难道忘了徐霜林施法的最终结果了吗？"

玄镜大师一时没反应过来，摇了摇头。

墨燃道："从那天打开的天裂来看，师昧根本没有传授给徐霜林真正的复生之术。"

"啊……"

"他一直在欺骗徐霜林。徐霜林大费周章，以为自己在布置复生法阵，其实却在为灵力不够的华碧楠做嫁衣。"

"那华碧楠教的是什么……"

"是天下第一大禁术。"墨燃顿了顿，终于说出口，"他教给徐霜林的，是时空生死门。"

在场参与过蛟山一战的，都无法不想起当时天上裂开的黑色甬道，里头出来上千神秘莫测的修士……

那竟是时空生死门？

墨燃道："这就是我刚才说的第二种可能。只要有时空生死门存在，华碧楠和师昧就都有可能是真的，只不过一个属于这个红尘，而一个则来自另外一个红尘。"

众人听后静默，随即有人拍腿哈哈大笑起来："墨宗师，你哄小孩睡觉吗？拿这种神话里的禁术来唬人。还两个师明净……哈哈哈哈哈！笑死我了。"

"就是，怎么可能啊，那可是几千年前就已经失传的禁中之禁……谁能习得？"

"时空生死门最重要的一卷，传说早已被封存在炎帝神木之中，哪怕有人在研习这种禁咒，能学会的也最多是空间，不可能会是时空。否则一个红尘与另一个红尘交叠，天下岂不要大乱了！"

墨燃不去与他们争辩，而是自顾自地讲出自己所有的想法。他知道，这恐怕是自己身为墨宗师的最后一次自白了，过了今天，以后这些人或许就不会再给他解释任何事情的机会。

他以认罪为筹码，换取这些索命之人的些许冷静，只希望能把自己所猜所知的都告诉在场诸人。不管他们此刻信不信，他说出来了，就是一声警钟，日后若出动荡，多少会有人想起他今天的提醒，那或许还为时未晚。

"诸位试想一下，如果我是华碧楠，我掌握珍珑棋局和时空生死门的要义，但是我天生灵力不足，也没有地位去大肆行事，我该怎么办？"

在座众人多半对墨燃怀有芥蒂，并不愿意听他指点。

但姜曦却因先前的一些事情，对墨燃尚算欣赏，更何况孤月夜的血案他本身也心中存疑，因此认真思索了一会儿，说道："会找人帮忙。"

"谁会帮你？"

"没人。"

墨燃说："对，确实没有人，所以只能骗。骗一个诸如徐霜林这种内心有着极大渴求的人，来帮助他一步步完成谋划。"

玄镜大师道："墨施主荒唐了，那个法阵就没有可能会是别的？时空生死门当真不是一般人所能习得，几千年了，从来没有人会过。最重要的一卷要义都已经失传，谁能练得出来？"

"就是，这简直是天方夜谭。"

"你干脆说伏羲大神降世吧，这跟时空生死门洞开也没什么差别了。"

"真的太荒谬，说书的都不敢这么讲。"

丹心殿内喧鸣，最后，有人冷笑道："墨宗师，铺垫了这么久，你接下来该不会是想告诉我们，在孤月夜杀害了诸位英杰的人，就是通过生死门前来这个红尘的另一个你吧？"

墨燃："……"

见他不吭声，大殿内便有人哈哈大笑起来："厉害，真厉害。墨宗师为了给自己开脱，真是什么谎话都编得出来。"

"敢情绕了半天，是想替自己洗刷罪名吗？"

姜曦受不了这样的吵闹，转身拂袖，朝那几个带头起哄的人怒道："讲话就讲话，阴阳怪气地做什么？"

玄镜大师合十道："姜掌门，非是旁人阴阳怪气，实是墨宗师此言太过匪夷所思。依老僧看来，还是先将其请至天音阁问审，再作定夺为好啊。"

"是啊，天音阁阁主一会儿就到了，等她来了，让墨宗师跟她走一趟吧。"

姜曦还未来得及说话，薛正雍却开口了，他虽然心绪复杂，却仍道："我觉得燃儿所言都能解释得通，或许时空门真的已被撕裂。天音阁是审讯十恶不赦之徒的地方，事情未查清楚之前，他不能跟你们走。"

"没错！"有死生之巅的弟子站出来，"蛟山生死一线，要不是墨师兄救了你们，你们能好端端地站在这里吗？他要是想颠覆上下修界，当时把大家全困在蛟山上不就好了！"

玄镜大师一愣："这……"

有人说："确实如此，当时大家受困蛟山甬道，是墨宗师设法让我们出来的，他要害人，那时就可以下手了。"

这话倒是真的，不少人都思索起了这个问题，一时缄默。

但缄默不等于认同。在场的许多人此刻都还披麻戴孝，亲友新丧，心情极其悲痛。更何况当时在蛟山花厅的幸存者是亲眼瞧见墨燃杀人的，目击证人里除了梅含雪对那当时状况表示怀疑，其他人都确定那就是墨燃本尊。这种情况下，要他们放弃找墨燃讨债索命，反而去相信神话里才会出现的什么时空生死门，谈何容易？

所以很快，就有人反驳："但我觉得这件事让人很不舒服，你们难道不记得了？在凰山上，墨宗师对整个局势和珍珑棋局的把控就极为精准。他说师明净会珍珑棋局，可我反倒觉得对这门禁术了解甚多的人，就是他自己呢。"

"对啊。"有了反驳之后，就立刻有人附和，"还有一件事情，你们不觉得很蹊跷吗？墨燃为什么能打开蛟山结界？——他又不是南宫家的后嗣。"

话音方落，这个时候，丹心殿外忽传来一个朗朗女音。

"这倒没什么好蹊跷的。因为这位墨宗师身上流着的，正是南宫家的血。"

众人蓦地回首，但见一支身着银碧色劲装、腰佩"天"字号银牌的卫队长驱直入，为首的是一名瞧上去二十七八岁的妙龄女子，明眸皓齿，云鬓花颜，生得极其美艳，甚至可以媲美当年的修真界第一美人宋秋桐，只不过她美则美矣，整个人气质却显得很冰冷。

众人见到她，大多都色变，连几位掌门脸上也带了敬畏之色。

只有姜曦没有太大反应，点了点头："阁主终于来了。"

这位劲装女子，正是久不出江湖的天音阁阁主——木烟离。

木烟离统领天音阁，上下修界的重案悬案最后都会落到她手上，由她来主持审理——但需要天音阁出手的案子其实并不多，所以天音阁阁主往往十年、二十年都不会出现于众人面前。

因为不常出门，木烟离的皮肤极其白皙，可隐隐见皮下淡青血管。她款步入殿，停落脚步，淡淡道："抱歉，让诸位久候。"

玄镜大师问："阁主来得比约好的时辰要迟了些许，可是阁中有事耽搁了？"

木烟离摇了摇头："并非如此，天音阁抓人，从来不能空口无凭。所以来这儿之前，我阁在彻查死生之巅墨宗师的一些往事。"

她顿了顿，一双杏眼冷冰冰地望向了墨燃，朱唇轻启："这一查之下，发现了事情并非如此单纯，这位墨宗师的身份……竟然牵扯到了多年前湘州的一桩旧案。"

众人面面相觑，都有些疑惑："什么旧案？"

唯有墨燃脸色愈白，掌心盗汗。

他没想到这件事竟要在此刻被说出来。

木烟离犹如刽子手，冷漠地睥睨着跪于殿前的男子，说道："墨仙君，闲话不讲。你自己的身世，自己心里有数，是你亲口公之于众，还是要我请证人入殿？"

"……"墨燃闭上眼睛。

早在复生之初，他就知道若想一世无忧，这世上有几个人，他必须亲手杀掉永绝后患。可一开始，他没有实力也没有机会。后来实力有了，机会也有了，却再也不愿意为了一己私利，夺去他人性命。

前世为了隐瞒自己的身世，紧握手中的筹码，他杀的人够多了。

木烟离见他沉默，便道："看来，墨宗师是不打算坦白。"

她说完，清冷美貌的脸庞上露出一抹不加掩饰的鄙薄，而后她拂袖转身，面对济济宾客，声音如铃，透遍人心。

"那便由我来说吧。诸位且听——这位声名在外的大宗师，在拜入死生之巅前，就已是个背负了数十条人命的凶手。此等穷凶极恶之徒，早该绳之以法！"

"什么？！"

"拜入门派前他就已经杀了数十个人？"

薛蒙睁大了眼，满目茫然，他喃喃道："哥……"

这一声不轻不响，却正好落入木烟离耳中，木烟离瞥了这位死生之巅的少主一眼，淡淡道："哥？"

薛蒙："……"

外面的雨雪越下越大了，天穹越来越沉重，越来越昏暗，纵使殿内烛火通明，也压得他喘不过气来。

木烟离看墨燃的神情充满鄙薄，看薛蒙的神情则浸着冷嘲。她唇如丹霞，说道："认仇为兄，薛少主当真也是可怜极了。"

薛蒙明明没有反应过来这句话的意思，可颅内已然轰然雷霆，仿佛地裂天崩。他睁着清澈的双目，往后退了一步："什么……什么认仇为兄？"

他浑身都颤抖了起来："你在胡说什么……"

木烟离不再理会他，转身道："墨微雨，根本不是薛掌门的侄子。更有甚者……"她顿了顿，一双漂亮而无情的眼睛犹如尖刀，掠过薛正雍与王夫人的脸，不无公正、不无残酷地说，"薛掌门的亲侄，早在八年前，就已死在了墨燃手中！"

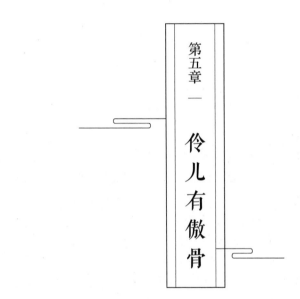

第五章 一 伶儿有傲骨

天音阁临江仙子

"什么？！"

满堂色变！

唯有墨燃一人闭目合眸，平静如水。

众人乱作一团："这到底是怎么回事？"

"当年湘州的旧案又是什么？"

"他为什么要杀人啊……"

木烟离道："此事说来话长，且因年岁久远，许多知道内情的人都已经不在了。不过要想人不知，除非己莫为，天音阁几经盘查，还是寻到了些证据。"

在这一片由人语与惊悚交织而成的硝烟中，木烟离从容不迫地回首："湘州寻到的那几个证人，你们都带到了吗？"

随侍出门瞧了眼，回答道："回阁主，都在殿外候着了。"

"那去请第一个证人进来。"

第一个证人进了殿，是个老手艺人，年岁很大了，佝偻着背，哆哆嗦嗦，唯唯诺诺，他看到满殿仙君，第一反应居然是"扑通"一声跪在地上，连连磕头叩首，口中急道："拜过各位仙君大爷……拜过各位仙君大爷……"

木烟离语气放缓："老先生舟车劳顿，一路随来多有辛苦。你不必紧张，我只问些问题，有一答一，有二答二就是了。"

老头子哆嗦着不起身，无悲寺的和尚走过去，给了他一个座，扶他在上头坐好，但他很害怕，只拿屁股坐了小半个角，全力把自己缩得极小。

木烟离开口道："头两个问题。先生是哪里人？做什么的？"

老头牙齿打战，一开口，便是浓浓的口音："我……我是湘州来的，就、就在街边糊灯笼……"

众人都十分好奇地打量着他，从稀疏的鹤发，到破漏的鞋履。他们不知道这个卖灯笼的能抖搂出些什么往事来。

木烟离问："先生卖花灯，卖了多少年？"

"大半辈子了……五十年总有的，具体记不清了……"

"够久了，我要问你的事情没五十年那么远。"木烟离说着，把墨燃点给他看，"这个人，先生认不认得？"

老头子抬头看了墨燃一眼，见此人高大英挺，气华神流，压根不敢多看，立刻把目光转开了。过了好一会儿，才犹犹豫豫地偷瞟他，瞟着瞟着便啜嚅道："不认得哟。"

木烟离道："不认得也不奇怪，那我再问你，从前你在湘州醉玉楼旁卖花灯时，是不是有一个小孩子，喜爱站在你的摊子旁看你糊灯笼？"

"啊……"老头子两眼混浊，对这件事情却记得很清晰，他叹息着点了点头，"对，是有那么个孩子，几乎每晚上都来看，他喜欢我做的灯笼，但是穷啊，买不起……我那时候还和他聊过几句，他也不爱吭声，胆子很小的。"

"先生还记得他叫什么名字吗？"

"嗯，好像是叫作……墨……墨燃儿？"

方才大家都还在凝神聆听老头的话，这时候，视线便齐刷刷都落在了墨燃身上。

老头子沉入往事的回忆里，咕哝道："有没有这个'儿'，我也记不太清啦。只知道他是醉玉楼里头的人……"

薛正雍沉着脸打断道："燃儿原本就是先兄与楼中嬷娘的子嗣，木阁主请这位老先生来佐证一遍，又有什么意思？"

"嬷娘？"老头子愣了一下，摆了摆手，"哦哟，不是的。嬷娘那个儿子虽然也姓墨，但是他叫墨念，是当时街头巷尾都有名的小霸王。"老头子说着，佝偻着低下头，指了指自己脑门上一个旧伤疤。

"我当年还被他拿砖块砸过呢，那孩子凶狠啊，又野又皮的。"

薛正雍的脸色却已变了："墨……念？"

王夫人焦急道："老先生可是记错了？毕竟也就一字之差。那嬷娘的孩子，到底是叫墨燃，还是墨念？"

"是墨念。"老头想了想，又点了点头，"错不了啦，哪能记错呢，是叫墨念。"

薛正雍原本身子是微微向前倾着，听到他这句话，僵了片刻，而后瘫软坐在座上，眼神发愣。

"墨念……"

木烟离继续问道："那个来看你糊花灯的孩子，在醉玉楼，是做什么的，你知道吗？"

"唉，具体我也不清楚，依稀知道是伙房里头帮忙烧菜的吧。"老头说道，"名声不怎么好，据说手脚不干净，总是偷客人东西。"他努力思索着，而后似乎想起了什么，脸色变了一下，"啊，想起来了，那小孩子不行的，长大之后越来越坏，后来还强辱了一个黄花闺女，那闺女受不了，最后就自杀了。"

"什么？！"

如果说狸猫换太子已是骇人听闻，那么墨燃之前居然还玷污过良家少女，则更是令人愤怒发指。

在座有不少为人父母的修士，立刻怒发冲冠，咬牙切齿道："想不到……堂堂墨宗师，竟是这样一个披着人皮的禽兽！"

"太恶心了！"

"死不足惜！"

墨燃没有吭声，只静静地看着这个老艺人。

前世，自己在修真界翻出血雨腥风，天音阁也曾试图阻止，这个老人那时就被木烟离带过来，指认过他。

当时他是怎么做的？

纵情大笑，安然受之。

并且他转头看着薛正雍和王夫人，笑容扭曲地嘲讽道："如何？怨憎我吗？嫌弃我？是不是又要和我的那位好师尊一样，说我——性本劣，质难琢？"

那时，墨燃偷学珍珑棋局的事情，已经败露得差不多，但薛正雍最初还是选择了相信他。直到这个时候，薛正雍才怒而起身，气得几欲呕血，虎目暴突地喝道："孽畜！简直是孽畜！！"

墨燃听着"孽畜"这两个字，哈哈大笑，笑得越发肆意与痛快。

笑得眼角都有了湿意。

强辱少女？

薛正雍信。

薛正雍居然信。

"哈哈哈哈——"墨燃的笑容蓦地拧紧，干脆自暴自弃，心一横，英俊的面庞端的是如蜡滚沸扭曲。

"对啊，我是犯下这些滔天罪孽，我是杀了你的侄子，弄死了那个可怜巴巴的女孩——怎样？伯父是要替天行道，杀我以——"

话没有说完，心口便是一痛。

薛正雍性情暴烈，未及墨燃说完，已怒喝着袭来，目中有恨有泪，扇尖刺破了墨燃的胸膛。

墨燃愣了一下，而后嘴角发出一丝轻笑。他低着头，看着自己胸襟前渐渐洇出鲜血，叹息道："伯父，叫了你那么多年伯父。但到头来，你还是不会信我。"

"住口！！"

墨燃微笑着，肩膀在微微颤抖："算了，说到底，我们身上流的终究不是同样的血。所以，这个虚假的家，这个死生之巅……究竟还有什么，是我舍不得的呢？"

鲜血飞溅。

他看着薛正雍在自己面前倒下，脑仁微微发麻——他原本不想杀他的——是他性子急要冲上来动手……是他自己找死。墨燃静了一会儿，抬起染着血色的眼，森幽地望向错愕悲伤至极的王夫人，他舔了舔嘴角，迈过伯父的身躯，向伯母走去。

薛正雍还没有咽气，紧攥住了他的衣摆，死死不肯松手。

这个半老的男人好像很愤怒，又好像凄楚和心痛大过了愤怒。

那时墨燃的脑中一片疯狂，伯父的眼神究竟是什么意思，眼里的泪水究竟为了什么，他不明白，也不想明白。

墨燃听到薛正雍说："别……不要害……"

"她看到了，所以要死。"墨燃很和气，也很平静，"不过，薛蒙不在，所以……看在你养育了我这么多年，他的命，我且留下。"

王夫人的挣扎在墨燃眼里，又算什么呢？

何况她根本已无力挣扎，她只是哭，也和她丈夫一样，说："畜生……"可是刀扎进去，鲜血汩汩流出，她的意识渐渐涣散，她看着他，最后却又喃喃着说，"燃儿，你为什么……"

墨燃的手那时候其实是抖的，他颤抖着，最后还是把刀拔了出来。他低头望着手掌，手掌是湿润的，猩红色的匕首攥在掌心中，滑腻腥臭。

热。

但很快就会冷了。

就像他所谓的家，他所谓的亲人。

从一开始他就忐忐忑忑，因为他知道，其实薛蒙也好，薛正雍也好，王夫人也罢——

他们，根本不是他的亲人。

他们的亲生侄子，早已死在了他的手中。

"荒谬！"

一声暴喝，打断了墨燃的回忆。

墨燃几乎是有些茫然地抬起头，目光在大殿中逡巡一圈，才终于落到了薛正雍身上。

是薛正雍在说话。

"我养大的孩子，我自己清楚，他怎会欺凌无辜少女，你莫要含血喷人！！"

"……"

墨燃怔忡地，忽然觉得心里被某种酸涩的东西充斥。

他睫毛簌簌，合上眼帘。

不一样了。

两辈子……有许多事情都变了。

那老艺人吓得一骨碌从座上滚下来，在地上连连叩首："不、不，我没有骗人，仙君息怒，我只是……我只是……我真的……"他只是个可怜的手艺人，根本没有见过这样的场面，没有受过一派之主的指责，吓得面如土色，到最后竟然说不出一句完整的话来。

薛正雍低喝，犹如蓄势待发的凶兽："滚出去。"

"……"

"滚！"

老艺人立刻起身要滚，但天音阁的人却拦住了他，他进退不能，一屁股跌坐在地，浑身抖得犹如筛糠，念叨道："妈呀，这都是什么事儿啊……"

木烟离说："薛掌门莫要恼羞成怒，老先生也别害怕，天音阁所求之事，就是让天下冤屈都能昭雪，绝不会栽赃陷害、伤及无辜。"

她顿了顿，扶起了老艺人。

"还请先生说完。"

"我没有什么可说的啦……"老人却是真的被吓到了，再也不肯多言，"求求诸位仙长道爷、高僧好汉放过我吧，我是真的再也没有什么可说了，我记性不好啊，我记性不好的。"

在这僵持中，一直沉默不语的墨燃，忽然望着薛正雍，长拜叩首。

这个动作的意思不言而喻。薛正雍和薛蒙瞬间一句话甚至一个字都被堵得说不出来。王夫人则难以置信地喃喃："燃儿？"

墨燃道："在蛟山时，就想着回来要与伯父坦白。但没想到会是这种局面。"

"……"

墨燃的眼神很是沉静，因为太沉静了，甚至显得有些死寂："木阁主今日前来，人证、物证想必都已收罗齐全。我没什么可说的了。不错，我不是死生之巅的二少主。"

他顿了顿，一句含着叹息的话语飘落殿中，声轻如羽，浪起千层。

"我是儒风门七十二城，第九城城主南宫严之子。"

"什么？！"众人悚然。

"诸位不是想听事情的原委吗？"墨燃闭了闭眼睛，说道，"当年醉玉楼的那场大火是我放的，几十条人命，确实都毁于我手。"

王夫人含泪道："燃儿，你怎么……你怎么会……"

"但湘州当年，豆腐坊小女被凌辱致死一案……"他说到这里，略作沉默。

上一世，没有人愿意听他道出真相。

人们都在愤怒地指责他、辱骂他，所以他便也不想解释，反正他在别人眼里，也就是那样一个十恶不赦的魔头，再添一笔血债也无妨。

但这一世，他终于想说了。

"那个女孩，不是我害的。"

丹心殿内一片寂静，每个人都在盯着墨燃，等着他开口说出那些不为人知的尘封旧案。

木烟离扬起秀眉："哦？那个案子另有隐情吗？"

"有。"

"请君陈词。"木烟离道，"洗耳恭听。"

墨燃却摇了摇头："在讲豆腐坊少女遇害这件事之前，我想先谈一个更重要的人。"

"何人？"

"一名伶人。"

墨燃说着，目光疏散，透过敞开的窗扉，向遥遥天际望去。

"当时，湘州有两个年轻的琵琶女，一个姓苟，叫苟风弱，还有一个……姓段，叫段衣寒。"

在场不少人听他提起这两个名字，都露出了恍若隔世的神情。

"苟风弱……段衣寒……啊！难不成是当年那两位数一数二的乐坊教习？"

"就是她们吧，我记得她们两人都是湘州的乐伎，被人称作临江双仙。"

"是啊，风弱歌起春临地，衣寒舞罢花满天嘛。"有人捻须叹道，"我那时候，才三十来岁，这二位的芳名如雷贯耳。但她们一曲难求，听说每次演出，乐坊都会被围得水泄不通，风头很盛。"

又有人说："她们两位乐仙，当时好像还斗过曲呢。"

墨燃道："是斗过。苟风弱比段衣寒小了两岁，晚了两年进入乐坊。她那时候心高气傲，不服气段衣寒与她齐名，于是就下了花帖，邀段衣寒在醉玉楼上弹奏三曲、舞三曲，以定技艺高低。"

"最后谁赢了？"

"平局。"墨燃说，"但从此之后，两人惺惺相惜。苟风弱和段衣寒虽然不是一个乐坊的伶人，却常互相走动，以姐妹相称。"

有人不耐道："啰里啰唆那么多废话！好端端的，讲两个女人做什么？"

墨燃看了他一眼，说："段衣寒是我母亲。"

天音阁柔骨铮铮

"什么？！"

当年段衣寒抱着琵琶出来，那便是五陵少年争缠头，一曲红绡不知数——那个绝代风华的歌仙，居然是他的阿娘？

"我娘当时机缘巧合，结识了南宫严，也就是儒风门的第九城城主。他会些诗词歌赋，嘴很甜，长得也俊俏。"墨燃顿了顿，"我娘看走了眼，喜欢上了这个人。"

薛蒙在旁边听得不住摇头，喃喃道："怎么可能……"

"有佳人投怀送抱，南宫严怎会拒绝。"墨燃道，"但他毕竟有地位有身份，不敢随意把自己的真实情况告诉给一个伶人。他便骗我娘说，自己是沂州的生意人，客居此地。"

"这……好歹都定了情，日夜接触，你娘没有觉察吗？"

墨燃冷笑："如果她觉察了，也就没有后来那么多事情了。南宫严很能编谎话，何况他只在湘州住了很短的一段时间，我娘根本来不及发现他的根底。后来，从沂州来了封书信。南宫严接到那封神秘的信后，就匆匆忙忙离开了湘州。"

"你娘没有问他去往何处吗？"

"他是半夜走的，都没有和我娘亲话别。他们当了数月眷侣，最后南宫严只留了一沓银叶子，一张写着'勿念'二字的纸，就此人间蒸发。"

有女修嗟叹道："唉，这些乐坊歌女啊、梨园戏子的，最难求的就是个真心人。也是可怜。"

她感叹完之后，又禁不住好奇，继续问："那后来呢？你娘是不是不甘心被情郎抛弃，托人去找他了？"

墨燃摇了摇头："我娘性子和柔温良，有些怯懦。被人抛弃，也只会把苦水往肚子里咽，并不会去寻事……但没过多久，她却发现自己有了身孕。"

王夫人听到此处，不由得"啊"了一声，眼神竟是颇为凄楚，看着墨燃，也不知道该说些什么好。

"乐坊愿意继续收留她。但前提是，她不得把孩子生出来。生过孩子的女人，跳舞便不再那样好看了，他们不做赔本生意。"

墨燃闭上眼睛。

"我娘不肯，管事的嬷嬷便要她付上一大笔赎身费。于是她把所有的积蓄、浑身的细软首饰，连同脚上的绣鞋都偿给了坊里，赚得了自由身，打算去沂州找我爹。"

王夫人轻声道："她一个身无分文的女子，怎么从湘州走到沂州去？"

墨燃道："有个人帮她。"

"是谁？"

"荀风弱。"墨燃道，"荀姐姐知道我娘离开了乐坊，星夜追出城来，她把自己的余钱全都给了我娘，并告诉我娘——若是找不到我爹，不妨来醉玉楼寻她，姐妹俩也可以好好过日子。"

玄镜大师叹道："有此等义气，倒是小瞧了这些羸弱女子。"

姜曦问："那后来呢？你母亲找到南宫严了吗？"

墨燃静了片刻，嗤笑一声："找到了。虽然南宫严留的身份和名字都是假的，但我娘还是不费吹灰之力就找到了他。"

有人惊讶道："咦？竟有这样通天的本事吗？"

"通天的本事倒是没有，只是因为巧合。"

人们面面相觑，彼此脸上都有些怀疑："哪有这么巧的事情，儒风门的城主一般都很少抛头露面的。"

"他们确实很少露面……"墨燃脸上笼一层阴郁，"不过，大婚和孩子满月，儒风门都会开席设宴，在城楼上接受祝贺。不是吗？"

众人闻之愕然："南宫严当初接到的书信，难道是催促他回去成婚的？"

另有人回忆起来："啊，想起来了，南宫严的结发妻子好像是个大户富豪的女儿。他该不会是迫于无奈，所以才抛下了与自己定情的歌伎，回去和那富家女成亲的吧……"

墨燃神情极其淡漠："没有迫于无奈，也不是回去成亲。他当初收到的那封神秘信函，其实是一封佳讯——是儒风门的掌门告诉他，他妻子即将临盆，让他回去相陪。"

这下连一直沉默不语的薛正雍都色变了，他道："所以南宫严在湘州游玩的时候，其实已是有妇之夫？！"

"嗯。"墨燃垂下眼帘，也真是难为他了，这样的事情如今讲来，脸上居然已没有了太过痛苦的神情，他平静道，"南宫严因为妻子怀孕，妻子身体不好，容易小产，所以就来外头散散心。他遇到了我娘，心中喜欢，就谎称自己从未婚配，赚得我娘欢心。"

有人气得直跺脚道："这可真是禽兽不如！"

"家里老婆怀着身孕，自己却跑出来游山玩水，还在外头又搞出个孩子，唉。"

"这段衣寒也是倒了血霉了，南宫严能认她吗？"

答案不言自明。众人激昂愤慨一番，对墨燃投去的目光就多了几分怜悯。但墨燃对别人怎么看他并不那么在意，只是继续把母亲的遭遇讲了下去。

一个秘密怀揣了两世，这是他第一次开诚布公地说出来。他竟在痛楚之余，也生出几分释然。

墨燃道："当时沂州大摆流水席，庆贺儒风门城主喜得麟儿。我娘来到第九城的角楼前，看到张灯结彩的角楼上，南宫严搂着妻儿，向下头的百姓致意，抛撒吉果、喜饼。我娘后来……没有再去找他。她那时候银钱已经用尽了，连回湘州的盘缠都没有，过了大半年，就在沂州的一个废弃的柴房里，生下了我。"

姜曦问："那你们后来回了湘州醉玉楼吗？"

墨燃摇了摇头："我出生的时候，身体很差，没满月就生了场病，根本无力奔波。她为了给我看病，求遍了城内医馆的大夫，没有人乐意帮她……她后来迫不得已，抱着我，想办法进了儒风门，找到了南宫严。"

那一年，羸弱的母亲抱着小猫儿一般的新生婴儿，风尘仆仆地出现在了情郎面前。

那个男人没有喜悦，只有无尽的惊愕与惶恐，甚至还有愤怒。

他有娇妻稚子，妻子是有名望的大户人家女儿，生下来的儿子白胖可爱，一家和睦美满——段衣寒在他眼里是一粒老鼠屎，要坏掉他的好名声，坏掉他阖家团圆。

他觉得她不安好心。

他凭什么要认他们？

怕她把事情闹大，南宫严给了她足够的钱财，让她带着孩子赶紧滚出儒风门，段衣寒抱着最后的希望，含着泪说："孩子还没有起名字，你能不能……"

他怒目而视，面色铁青："滚！赶紧滚！这不是我孩子，你别给脸不要脸，滚出去！"

她被粗暴地推搡出门。

没有时间伤心，怀里的小婴儿连哭声都是那么微弱，手脚都是冰冰凉的，像一只奄奄一息的猫儿，蜷缩在她怀里。

她唤他，他就睁开一线漆黑的眼来，懵懵懂懂地望着她，一点都不顽皮，很乖，也很安静。

她忍着泪，抱他到了医馆。

医馆里的大夫吼她："都说了多少次了，我们这里又不是济世堂，怎么可能白给你孩子看病？没钱就——"

她忙把南宫严施舍、打发给她的铜臭银两掏出来，手忙脚乱，生怕别人惊吓到她怀里的幼子。

她眼睛里闪着凄惶，不住地低头哈腰："有钱的，大夫，有钱的。求求你们，行行好，救救我的孩子。你看，他、他还那么小……"

医馆也并非全无善心，只是先前被这女人磨得烦了，给小儿看病的膏方草药又不便宜，所以才这样粗暴地拒绝她。既然这女人能付出足够银两，他们的态度又好了起来。

草药，针灸。

病得太重，还得住在医馆里头。

墨燃的病情时好时坏，缠绵数月，才终于恢复了健康。而这个时候，段衣寒身上的银两也不剩多少了。她谢过了大夫，抱着孩子离去。眼见着冬天快要到了，她怕幼子再冻坏，于是去裁了一件小袄、一床小被。

做完这些，钱财就都散尽了，她回不了湘州。但段衣寒坐在废弃的柴房里，看着含着手指、咯咯朝着自己笑的小家伙，却觉得很开心，很平和。

她从来都是个知足的人。

"我该叫你什么好？"

小孩子咿咿呀呀的不会说话。

段衣寒生了一堆火，在火塘边抱着自己的孩子取暖，逗弄着他。

孩子笑，她就跟着笑。

火一闪一闪地燃烧着，屋舍穷僻破旧，但因着这一捧火，她却觉得温暖极了，她揉着他的小脸，逗得他踢着小脚哈哈乐出声来。

她想了一会儿说："要不，就叫你燃儿吧。"

墨燃吮着手指，眼睛乌溜溜地瞅着她。

段衣寒脸上似有一瞬落寞："我不知道你该姓什么，你不能姓南宫，但也不能跟阿娘姓，阿娘这个姓是乐坊里的嬷娘给的，你跟着我，总有些怪……我只叫你燃儿吧，好不好？"

墨燃乐呵呵地哑巴手指，不点头也不摇头。

"小燃儿，等开春了，咱们就回湘州去。"段衣寒摸着他柔软的胎发，"娘会弹琵琶，还会跳舞。那里有个茼姑娘，她是娘的好姐妹，一定很喜欢你，你要乖，早点学会叫姨娘……嗯，算了，她脾气可不好，你还是学会叫姐姐吧。见了面，一定要说'茼姐姐好'，这样才有糖果吃，知不知道？"

她握着他细软幼小的手指，温柔道："燃儿，再等等吧，冬天很快就过去了，等春暖花开的时候，我们就回家。"

可是这个冬天，终究还是太长了。

那一年是灾年，下修界鬼祟泛滥，沂州高筑城防，严禁寻常百姓进出，所以段衣寒没有办法离开。

她去一家店里干活，想赚些养家糊口的银两。但是世上没有不透风的墙，不知是谁向南宫严的妻子透露了丈夫的风流情史。不久之后，段衣寒受聘的那家包子店将她赶出店门，毫无理由。

从此之后，段衣寒备受排挤，在沂州找不到糊口的营生，就只得携着幼子卖艺乞讨。好几次，她在街头柔婉清唱，而南宫严则怒马鲜衣，身后随从浩浩荡荡，自她面前经过。

他心虚，想躲着她。

其实他这么做毫无必要，段衣寒虽柔弱，却自有一副傲骨，她只是唱着湘州的小曲，也不去看这个男人一眼，更不会当街朝昔日的情郎哭喊，问他为何如此薄情寡信。

他其实根本不懂这个琵琶女有多矜傲。

"看她泪痕满面，衣虽褴褛容貌慈祥，陌路相逢不识面，对我凝眸为哪桩？"

有人经过她面前，信手丢给她一枚铜板。

她便如当年风华绝代的乐仙娘子，低眸作福，柔声道："多谢老爷心善。"

日子就这样一天天过着，下修界烽烟不休，沂州作壁上观，拒祟墙一直高高竖立着。

这一竖，就是五年。

墨燃五岁了。

有一天，南宫严与妻子吵了架，心中正烦，便东转西转，自西市逛过。那天天气晴好，他负着手，兴致缺缺地望着一家家首饰铺子、糕点铺子。大榕树下还有对弈的老大爷。

沂州从来都是个福地，下修界死了多少人又有什么关系呢？他们在这里，百年来都是歌舞升平的。

南宫严走过去看大爷们下棋。

他是常服出行，众人识不得他，他也就乐呵呵地在旁边指点，弄得那些大爷最后烦得厉害，赶他离开。

南宫严吃了瘪，心里不痛快，往前走了几步，又站在一棵大树下头，看枝丫上挂着的一只金丝绣鸟笼，笼子里绣眼鸟清脆啼鸣。

或许是阳光太好了，令人心境舒朗，南宫严立在树下思忖着，忽然就想到了五年前，那个湘州楼里柔婉温和的姑娘。

他偏着脑袋，逗着绣眼鸟，说："欸，会唱湘曲儿吗？"

绣眼鸟当然不会唱，兀自啾啾啼鸣。

南宫严便叹了口气，嘴里哼着多年前那首段衣寒在自己耳鬓边唱过无数次的小调。

忽听得身后嗓音清朗，有人在柔情似水地吟念："野旷云低朔风寒，漫天冰雪封井栏。"嗓音如珠玉，璎珞叮咚。

他恍如隔世，蓦地回头。

因为一直刻意躲避，他已经许久没有见她了，此时此刻，隔着熙熙攘攘的闹市、来来往往的人群，他忽又看到了那个纤细温柔的女人——像这么多年来，在他不敢对发妻言说的梦里。

他又遇她。

段衣寒带着一个弱不禁风的孩子，母子俩立在街边，她垂敛眼眸唱着昔日众人千金难买的小曲，希望能讨得过路君子的怜悯，得一顿饭钱。

她轻轻唱道："这大路山前小路山后，山前山后行人有千万……"

面前无数人来去，没有谁为她停留。

歌虽好听，终非实物，她自己要唱的，没谁愿意为她付钱。

"别郎容易见郎难，遥望关河烟水寒。"忽然，一双融着金丝、嵌着翠玉的鞋履出现在她眼前，她听到有个男人在低声哼着她未哼完的曲子："数尽飞鸿书不至，井台积泪待君看。"

段衣寒愣了一下，然后慢慢抬起眼。

她又见到他了。

他还是和五年前一样，英俊潇洒，器宇轩昂，极俊美的长相。他一点都没有老，岁月在他脸上留不下痕迹。

段衣寒在他眼里瞧见了自己的倒影。从五年前娇花照水的少女，成了如今满面风霜、姿色全无的妇人，令人望之生厌。

但南宫严看她的眼神，端的却有些深情。

婚娶多年，妻子听闻了他昔日情史，虽不敢明言，却也百般不悦，动不动就发脾气、摆架子，儿子也顽劣不堪。今日他站在段衣寒面前，见她如此模样，心中竟多少生出些愧疚和怜惜来。

段衣寒住了口，垂落睫帘，不唱了。

"阿娘？"旁边墨燃疑惑不解，转头瞧着她。

段衣寒说："今天阿娘累了，回家吧。"

墨燃就听话地点了点头，笑道："那我们回去休息，晚饭我想办法。"

母子俩相携欲走。

南宫严叫住她："你……"

目光又落到墨燃身上。

这个孩子又瘦又小，那衣服穿得破破烂烂，却很懂事，脸长得也漂亮。

南宫严忽地意识到，这是他自己的孩子啊。

是他的骨血。

他伸出手，摸了摸墨燃的头。

墨燃不知他是谁，眯着眼睛，任由这个男人揉乱他的黑发："嗯……"

南宫严想到那一年，段衣寒抱着小猫儿似的婴儿，来他府上求他相救。

那时候她说："他还没有名字。"

"你叫什么？"南宫严问。

"燃儿。"

"姓呢？"

"我没有姓。"

南宫严就颇为酸楚地看了段衣寒一眼，也不知是怎样的冲动，他说："要不然，你们就——"

话未说完，忽见得街角有一群儒风门的道士走过。

南宫严的恍神被打断了。

他一个激灵，似乎回到了现实中来。

他重新对上段衣寒的眼睛。

那双曾经看着他，笑得弯弯的眼眸，如今却很寡淡，不再有任何春闺少女的幻梦，哪怕在他刚刚几欲与他们相认时，也是清冷的。

她早已把这个男人看透。

南宫严因此显得有些狼狈，也有些赧然。为了掩盖自己的这种情绪，他轻咳一声，慷慨解囊，将钱袋里的金银宝器全都塞到了墨燃的手里。

他又拍了拍墨燃的头："你娘唱得好听，这些珠宝金银，才该配她。"

一只纤细的手却从墨燃那里，拿过了钱袋。

段衣寒只从袋子里取了一枚铜板，放到墨燃手捧着的破碗里，而后把那沉甸甸的珠宝银钱，全都递还给了南宫严。

她没有多说话，只是柔和而平淡地朝他拜了一拜，一如对任何一个施舍了她银两的路人。

她客客气气地对他说："多谢老爷心善。"

言罢，她转身离去。

她是湘州乐仙，也曾众星捧月，一曲一舞。万人为她空巷的时候，她不曾孤傲。而如今华衣褪色，朱颜凋敝，只能在路边卖艺乞怜，她也不会自卑。

也就是那天，从段衣寒微妙的态度中，墨燃起了疑心，后来旁敲侧击，百般央问，才得知了自己的身世。

"娘把这些说给你听，是因为不想骗你。但是小燃儿，你得记住，不要去恼恨。"段衣寒说，"也不要求他。"

她说着，戳了戳墨燃的小脑瓜。

"等下修界灾劫平复，沂州允许普通百姓进出往来了，我们就回湘州去。"

墨燃沉默了好久，而后点了点头："我不求他，我和阿娘回湘州去。"

段衣寒笑着说："也不知道荀妹妹还认不认得我，我都不好看了。"

墨燃很着急："阿娘好看。"

"嗯？"

"阿娘最好看。"

段衣寒就笑得更灿烂，眉眼之间，倒当真复苏了当年绝色佳人的风情，她逗他："嘴这么甜，以后谁嫁给你，你可得好好哄着啦。"

墨燃有些不好意思起来，抿着嘴，过了一会儿，却还是露出尖尖的奶牙。

"等我长大了，要找个天仙一样的媳妇儿，然后一起陪在阿娘身边。"

"哎呀，你想得好美，谁家天仙嫁给你哟。"

母子俩笑闹一番，柴房内篝火噼啪，很暖。仿佛以后的每一天，都会这样平静地一直过下去。火与夜给予了穷人虚幻的慰藉，所以那个时候，他们谁都没有预料到，其实段衣寒，已经时日无多了。

"就是在我五岁那年的秋天。"墨燃道，"中秋刚过，儒风门因为长期对外封闭，沂州粮食已供给不足。他们就调整了物价，说到底，也就是让下头的穷人节制口腹，不要和富人抢食。"

薛正雍已听得百感交集，心中乱成一团，但墨燃说了这句话，他还是怔忡地思索一番，而后点了点头。

"是，我记得那次调价，沂州后头都饥民暴乱了，儒风门才终于把价给降了回去。持续了大约……有一年？"

姜曦道："我记得是半年。"

墨燃闭了闭眼，说道："没有那么久。是一个月零五日。只持续了短短三十五天。"

天音阁与子同袍

有人问道："你怎么能记得那么清楚？这都多久的事情了。"

他怎么会记不清楚呢？在上修界的姜曦记忆里，是平淡无奇的半年，在下修界的薛正雍记忆里，是感慨良多的一年。

而在墨燃的记忆里，却是渐趋绝望，度日如年的三十五天。每一天都生不如死，每一日都犹在炼狱。

当年，调价令一出，人心惶惶，段衣寒和孩子要不到饭，就只能靠捡烂菜叶子、发霉腐烂的米面垫饥。后来，食不果腹的人越来越多，他们就连菜叶子也捡不到了。交困之中，墨燃忍不住对段衣寒说："阿娘，我们去儒风门找他，讨些吃的吧？"

段衣寒却喃喃道："求谁都不能求他啊。"

沿街乞讨卖艺、点头哈腰、赔笑吆喝，都是逼不得已的营生，但若是去求了南宫严，意味就不一样了。

段衣寒虽穷困潦倒，却也不想破这最后一层底线。

她不肯，墨燃便也不再提了。

小孩子不惹眼，身手又出奇地敏捷，调价令颁布的第九天，他终于在地里偷来一根白萝卜。

段衣寒把白萝卜小心翼翼地藏起来，每天只煮拳头那么大的一点，两人分着吃。吃到第八顿的时候，萝卜已经烂了，但因为许久见不到能果腹的东西，段衣寒又把剩下的一点烂萝卜对半切，勉强再多应对几日。

到了调价令的第二十一天，他们吃光了最后一点萝卜，再也找不到任何用以充饥的食物。

第二十五天。

天降暴雨，地里有蚯蚓钻出，墨燃把它们笼在了一起，接了点雨水，煮着吃掉。

蚯蚓吃在嘴里滑腻的感觉令人作呕，墨燃跟这些瘦不拉几的小动物嘟哝着"对不起"，实在没有东西可以填饱肚子了，要是熬过这阵子，蚯蚓就是他的恩公。天可怜见，他可不想再吃恩公了，这噩梦究竟什么时候才会过去……

第二十八天。

墨燃发了烧。

小孩子哪怕天赋异禀、灵气极高，也禁不住这样的饥饿与折腾。

段衣寒也早已没有了气力，眼神空洞。

这天，趁着墨燃睡着，她终于下定决心，起身离开栖身的柴房，慢慢走向了儒风门高耸巍峨的仙城——她有自己的底线，宁愿死也不向南宫严乞食。

但稚子无辜，他还那么小，怎能陪她一同离开人间。

大殿内的人此时已都面露恻隐，墨微雨有罪无罪权且不说，但当年旧事，实在是太过凄惨了。

有人放缓了语调，叹息着问：“讨到了吗？”

“没有。”墨燃说，“运气不好，去的时候，南宫严正在和他妻子吵架。”

他顿了顿，继续道：“那城主夫人一见到我娘，就大发雷霆，她性子烈，非但没有给我阿娘一星半点的食物，还将她乱棍逐出了儒风门。”

“那南宫严呢？”

“不知道。”墨燃说，“我娘没有提起他。”

可能是阻止过，也可能只是站在旁边，爱莫能助的样子。

墨燃不知道那天具体发生了什么，只知道阿娘回来时，浑身都是伤。她蜷在柴房里抱着他不说话，后来就开始咯血，往外吐血沫和胃液，屋子里一片腥臭酸腐的味道。

第三十四天。

段衣寒快不行了，几乎说不出话来，也不流泪。

这天晚上，她自昏沉中苏醒，竟恢复了些气力。看到墨燃缩在她身边，试图用瘦小的身子替她取暖。她便很轻很轻、很温柔地对他说：“小燃儿，要是有办法，回湘州去吧。”

“阿娘……”

“回湘州，去找荀姐姐，去报恩。”段衣寒抚摸着墨燃的头发，“要去湘州报恩，不要留在沂州寻仇……听阿娘的话，好好地……当初阿娘来沂州，欠了你荀姐姐好多银两，还不清啦……你回去，陪在她身边，替她做些事情，讨她开心。往后的日子，别人若是给了你恩情，就都要好好记着。”

墨燃含着眼泪，仰头望着柴房中她形容枯槁的脸。

段衣寒的眼睛黑得发亮，甚至带些葡萄般的紫。

“然后去报答。”

那是段衣寒临死之前，替墨燃做的计较。

她生怕自己走后，孩子会走上歧路，所以千叮咛，万嘱咐，让他一定、一定要离开这个伤心地。

人若是有奔头，就不会胡思乱想，不容易深陷仇恨的囹圄。

她给了他奔头——报恩吧。

不要复仇。

第三十五日。

这荒谬的调价令终于在暴动中废止，持续的时间，不过短短一个月零五天。

对于富庶的人而言，就好像一场闹剧终于落幕了。沂州满城乌烟瘴气，而他们在软衾暖帐中伸着懒腰醒来，接过侍女端上的八宝香露漱口，剔牙，听到调价令作废的消息，也不过发几句牢骚，打了个哈欠。

一切无关痛痒。

但对于墨燃而言，却是再激动不过的事情。

自己不用忧心口粮了，于是街上的善心人又多了起来，墨燃讨来了一个饼，甚至还有一碗稀到可怜的肉粥。

他一口都舍不得喝，小心翼翼地端在手里，想快些赶回去，捧给病重的娘亲。

肉粥这么好的东西，阿娘喝了，肯定能恢复过来吧？

他迫不及待地想用这碗粥救母亲的命，但是他又不敢疾奔回家。这粥碗是裂的，旁边一道大口子，要是跑得快了，泼出来该多可惜。

他就这样又是雀跃又是煎熬地回到了柴房。

"阿娘——！"

他双手捧着破碗，用脏兮兮的脑袋瓜子，小奶狗一般蹭开破败的柴扉，脸上带着笑，满是对未来的憧憬。

多好啊，有肉粥喝了，阿娘很快就会好起来，终于春暖花开了，他们要一起上路，回沂州去。那里歌舞升平，不会饿肚子，有一个姓荀的姐姐，他们终于不用再流离失所、乞讨为生了。

多好啊，他们一起回家。

"吱呀"一声。

门开了。

"她躺在里面。"丹心殿里，墨燃安静寡淡地说。

旁人或惊讶于他的冷淡，或齿寒于他的冷血。

这个人，提起母亲的死亡，竟然都是心平气和的，没有什么温度，也没有波澜，甚至没有眼泪。

却没有人想过，要多少年的魂牵梦萦、寸断肝肠，才能把伤疤磨平，得到这样一张古井无波的脸。

"我唤她，她不醒。"墨燃说，"她再也不会睁眼，再也喝不了一口那粥了。"

良久寂静。

王夫人颤声说："那……后来，你……你就一个人，回了沂州？"

墨燃摇了摇头："我去了儒风门。"

有人"啊"了一声，说："你、你是去寻仇？"

"我娘说，报恩吧，不要寻仇。"墨燃淡淡的，"我没有想去寻仇，只是想将母亲安葬。但我没有钱，也来不及筹钱，所以我去他府上，求他给些银两。"

"他给了吗？"

墨燃几乎是笑了一下，说道："没有。"

"没、没有？可是按你之前说的，南宫严心里头，多少还是有你娘亲的身影的，怎么连个发丧的钱都……"

墨燃道："因为他发妻也在不久前寻了短见，去世了。"

"什么？！"

姜曦眯起眼睛："南宫严的妻子确实走得很早，而且还是自杀……"

"那个妇人当初怀有身孕，丈夫却在外头与人纠缠，生下孩子之后，也总是争吵不断，日子过得极不如意。我阿娘那天去府上找他们，被她撞见之后，她便越发狂怒，据说她那时候拿刀子刺了南宫严，把南宫严惹急了，说要休妻。"

墨燃微作停顿，而后说道："她受不了，那天深夜里，就自缢身亡了。她走得比我母亲其实还早几天。"

听到这里，众人已不知说什么好，当初风流浪荡公子的一段露水情缘，最后闹得佳人香消玉殒，自己亦是家破人亡，世上因果循环，大抵如此。

"我出现的时候，南宫严正在被掌门训斥，他妻子的家人也来了，是沂州赫赫有名的商贾巨擘。"墨燃道，"南宫严早已被骂得狗血淋头，心中恼恨不已。陡然见到我，哪里还有什么好脾气。"

王夫人最是心软，虽已知墨燃并非血亲，但也是心下痛惜，垂泪道："燃儿……"

这段往事，墨燃实是不愿多提。

南宫严当时的嘴脸，在场凭吊的那些人的嘴脸。

还有南宫夫人的灵堂——金纸银花，纸扎小童，堆成山的灵器用具，锦绣招魂幡，漆黑发亮的金丝楠木棺椁，太多的东西。

几百个人跪在两旁为那个自寻短见的女人守灵，哀哭。

长明灯添着抹香鲸油，九十九卷"心"字盘香默默燃烧，风吹烟散，香粉簌簌。

太热闹的场面。

而他母亲呢？

湘州乐仙段衣寒，只有一件脱下了或许就再不能穿上的破衣和一个瘦骨嶙峋的幼子。

她连裹尸的草席都没有。

"命中三尺，你难求一丈。"

——那是南宫严愤怒至极、绝望至极下，对墨燃说的话。

然后这个男人在掌门的注视下，在岳父母的盯伺下，把私生子狠狠地推搡出门，拒而不认。

南宫夫人死了，当配描金漆红的彩棺、玛瑙香珠，雪寒寿衣保尸身不腐，丝帛覆面，绸缎遮眼，驾鹤登极。

段衣寒死了，一具尸身，一人倾泪，阴阳两隔，再无其他。按南宫严的意思，她连一具薄木棺材都不该奢求。

所以，谁又敢说，人在死亡面前是平等的呢？

命运从一开始就是不公的。

到最后——

她仍肌如玉。

她已朽成泥。

"我把她拖去乱葬岗，落了葬。"墨燃寥寥数字，轻描淡写。

他没有细说自己是怎样哀求过路君子载他们一程，又是怎样将那腐烂发臭的尸身，花了十四天拖到城郊的。

他也没说自己是怎么用手拨开乱石、碎土，将母亲瘦小的身体埋葬。

墨燃不习惯在人前诉苦。

他一直都是个把过去埋得很深的人，不到迫不得已不会轻言。

他早已在人生最初的那十几年里，受尽了屈辱、恶意、白眼、毁谤。他一颗心坚硬如铁，别人怎么看他，他都无所谓。他根本不屑于有人同情他。

"然后我就去了湘州。"

他再也受不了沂州这个地方，有一日，躲在出城道士的板车后头的箩筐里，偷偷混出了城。

他开始按母亲叮嘱的，往湘州走去，走了半年时间，从盛夏，到初冬。鞋子破了，那就赤着脚走，到后来脚底都生出了厚厚的茧子。

就这样一路走着、问着，当他走到无悲寺外的时候，终于因为冻饿交加，"扑通"一声栽倒在了草堆里。

"阿娘……"小小的孩子伏在地上，凌乱的乌发下是一双涣散的眼。他望着那茫茫天地。

下雪了，今冬初雪。

"我要来见你啦……对不起……我撑不住了……"

雪花轻盈落下，叹息般柔婉，覆去他的眉眼。

恍惚间有脚步声临近，窸窸窣窣，紧接着一双手扒开草丛，他听到一个青稚的声音："师尊，你快来！你快瞧瞧他，他这是怎么了？"

过了一会儿，一双芒鞋走近，有个男人在说话："你别管了，先回去吧。我来看看他。"

那男人的嗓音沉和疏冷，没有太多感情。

墨燃本能地觉得害怕，他本能地觉得那个少年可亲，而那个男人冰冷。他不知哪里来的力气，想要活下去的欲望令他抬起手，虚弱地拽住了眼前那个少年的衣角。

还没说话，眼泪就先淌了下来。

"饭……"

好饿，求求你，我想吃饭。

被他拽住的少年正是当日与怀罪一同下山的楚晚宁，楚晚宁愣住了："什么？"

墨燃勉强抬起一张脏污到不行的小脸，颤巍巍地做了个扒饭的姿势，喉头吞咽着苦涩。眼前的一切都是模糊的，是眩晕的，耳朵里也嗡嗡响。

他流着泪，哀哀乞求着眼前人。他知道如果这个小哥哥和曾经他遇过的许多老爷、少爷一样弃他于不顾，那么他一定活不了了，一定会咽气。他是真的再也受不住了。

"吃……"

后来，楚晚宁喂给了他一壶米汤。

一壶米汤，救了一个濒临饿死的人。

喝了米汤后，墨燃就离开了无悲寺，他那时候脑袋昏昏沉沉，对于"恩公哥哥"的相貌，只记得有一双微微上挑的凤眼，睫毛很密很长，其他就再没有什么印象。

不过，从无悲寺到湘州的日日夜夜，他都披着恩公哥哥脱给他的那件斗篷。他那时候身板小，一件少年的衣服在身上显得格外笨拙滑稽，尤其是把帽子戴上后，帽檐几乎能遮住他整张脸。

路上总有衣食无忧的小孩，依偎在父母身边，笑嚷道："爹、娘，看那个小叫花子，他穿的那是什么呀，真好笑！"

墨燃并不生气。

旁人的冷嘲热讽对他而言算什么呢？他只感激于这件不合身的斗篷能给他遮风避雨，能给他方寸温柔。

他披着它，下雪的时候，雪花落不到他身上。夜深的时候，黑暗进不到他心里。

而每当夜幕降临，他就生一簇火，抱着膝盖坐在火塘边取暖，他把斗篷罩于头顶，整个人缩进去，自温柔的绒边下望着融融橙焰。

斗篷很暖，像是阿娘的怀抱，也像是恩公哥哥的那双温柔凤眼……小小的孩子就这样蜷缩着睡过去，睡梦里甚至能闻到些斗篷上淡淡的香味，如同倚着一株开至荼蘼的海棠树。

此时回头去看，无怪乎自己总觉得楚晚宁身上的味道很好闻，只要枕榻间有他的气息，自己就总能睡得安心无比。

也无怪乎第一眼在通天塔下看到玉衡长老，就觉得那双垂落的凤目极温柔。好像在哪里见过一样。

原来一切都是有原因的。

他与楚晚宁……原来那么早就说过话、有过接触。原来那么早，他就闻过了楚晚宁衣服上的花香，原来他一直寻找的恩公哥哥就在身边，生死不曾远离。

墨燃垂落眼帘，在这清冷冷的丹心殿中，竟因此生一丝暖意。

不过这是他们之间的秘密，墨燃在心里想着，既是酸楚又是甜蜜，他把这个秘密揣在心里，谁也不告诉，也不会说与众人听。

他深吸一口气，顿了顿，继续道："到了湘州之后，我依照阿娘的遗嘱，找到了荀风弱。"

那时只有五岁的小燃儿，裹着厚厚的、属于少年楚晚宁的斗篷。

斗篷的衣摆拖在地上，早已脏了，小孩子从绒毛里探出一颗脏兮兮的鸟窝脑袋，仰着面黄肌瘦的小脸，轻声问："请问……荀风弱姐姐，在这里吗？"

"荀风弱？"被他拉住的那个伶人笑出声来，好奇地上下打量他，"乐坊花魁？虽说咱们这里卖艺不卖身吧，但冲着荀姑娘风头来的，几个不是喜欢她的相貌多过喜欢她的歌声？小弟弟你才多大，居然知道找她？"

墨燃睁着眼睛，眉目疏朗，压根没有听懂她的话。

但那姑娘眼里的嘲笑却是赤裸裸的，墨燃因此显得很赧然，他紧紧揪着自己斗篷的领襟，涨红着脸："拜托你，我想见荀姐姐。我、我娘让我来找她……"

"咦？你娘是谁呀？"

"我娘姓段，叫段衣寒……"

"啊！"歌女色变，退后一步，以帕掩口，连原本疏懒的桃花眼都蓦地睁圆，"你、你是段乐仙的孩子？"

段衣寒当年名动四方时，从不作威作福，还时常把多余的首饰银两分给那些年老色衰、歌喉亦不复从前的姐妹。因此这个伶人听到他是段姑娘的孩子，立刻换了态度，忙将他带去花阁暖房，见到了在房中高卧的荀风弱。

掩上门，墨燃便朝苟风弱拜下，原原本本地将事情原委都告知了她。苟风弱心下大恸，泪湿罗裳。

她当即找到嬷娘，表示要墨燃留在自己身边，嬷娘原本不肯，但禁不住花魁几番央求，而且她打量墨燃一番，觉得这孩子好歹能替楼里做些事情，于是便勉勉强强地应允下来。叫花子入楼怕惹晦气，按规矩要把曾经的一身行头都烧掉，再彻彻底底洗干净。

洗澡没问题，可说要烧衣服的时候，墨燃却哭了。

"哭什么！往后又不是不给你买新的！"嬷娘拿水烟枪不耐地敲着墨燃的头，"识趣点，老娘给吃给住，旁人笑还来不及呢，瞧你这穷酸样！"

墨燃怕连累苟姐姐，她已经为他说尽了好话。

于是他就咬着嘴唇死命忍着，揉着一双红通通的眼，站在火堆前不出声地抽噎。

他那时候真的想不明白，这一切究竟是为什么。为什么他只是想留下一件旧衣而已，可因为他微弱，因为他卑贱，因为他是个臭要饭的，为了不给人招惹晦气和麻烦，他就只能由着别人把它从自己身上扒下来。他不能挣扎，不能说"不"，甚至连掉眼泪的权利都没有。

它曾经给了他那么多温暖、寄托、依靠，为了给他遮风挡雨，已脏得看不出原本的颜色。

如今他有落脚的地方了，或许再也用不到它。他只是想将它小心翼翼地洗干净、叠整齐，哪怕从此不再穿，压在小箱子底下也好。它是他的朋友啊，不只是一件旧衣。

可万事不由他。

"轰"的一声，脏兮兮的斗篷被投入了烈焰里，丢它的人不过信手弃物，末了还嫌手脏。可对墨燃而言，那却是一场火化，一场葬礼。

他眼睁睁看着。

火舌轰然上蹿，尘世壮丽模糊。

"慢点、慢点，不够还有。不够还有……

"你是从哪里来的啊……"

耳边犹有那个少年的温和声音。那是他卑弱人生中得到过的、为数不多的善意。

都成灰了。

墨燃就这样拜了醉玉楼的嬷娘为干娘，他还随干娘得了一个义姓，姓墨。从此就成了楼里的打杂小厮，总算过了段安生日子。

不过，好景不长。当时荀风弱年岁已经不小，按楼里的规矩，乐坊虽不比青楼，但到了年纪的，若是没有赚足一笔"自怜费"，那么她的初夜，将交由嬷娘卖给那些公子富商。

荀风弱不愁，她早已为醉玉楼赚得盆满钵满。

"还差十五万金。"荀风弱当时笑吟吟地对墨燃说，"小燃儿，待你姐姐我赚够了钱，就可以赎身啦。姐姐带你过好日子去。"

墨燃被发配在伙房，平时很少能见到她，嬷娘存了心不让楼里的人拉帮结派，因此荀风弱和墨燃见面，总是悄悄的。

她伸出手，捏了捏他的脸颊，然后塞给了他一把糖果："嘘，拿去吃。可惜我不能给你钱，会被发现的。干娘眼睛多毒啊，嘿嘿。"

墨燃就咧嘴笑，露出一口缺了奶牙的嘴："嗯，谢谢荀姐姐。"

但是，荀风弱还差十五万金就能赎身，这件事嬷娘心里能不清楚？

她面上虽八风不动，心里却十万火急。

失了荀风弱，就失了醉玉楼的大半钱财来源，那嬷娘便盘算着，在荀风弱走之前，定要好好再血赚一把。

当时垂涎荀风弱美色的有不少大户，开出的都是天价，足以让嬷娘坐躺吃一辈子。嬷娘最终动了歪心思，背着荀风弱，与一个财可通天的富商订了契。两人趁着上元节，荀风弱坐楼弹曲，给她送一盏添了迷药的茶，然后带到房间里……

墨燃那天煮了汤圆，小心翼翼地端去暖阁，送给荀姐姐吃。

他还没进去，就听到屋内浓重的喘息声，墨燃吃了一惊，推开门扉，一股浓重的瑞脑熏香味扑面而来，熏得他几欲呕吐。

昏沉沉的光晕里，他看到一个油腻腻宛如五花肉的富商，口角流涎，衣襟大敞，正在无力挣扎、浑身酸软的荀风弱身上耸动着。

"当啷！"

汤圆瓷碗碎在地上，墨燃冲进屋内，也不知道哪里来的力气——他自幼禀赋便很惊人。

——他将那富商一通怒殴，然后紧搂着那富商，朝已经哭得梨花带雨、惊得不知所措的荀风弱大喊："姐姐，快走吧！"

"可是你……"

"你快走吧！我不能走，我得抓着他！你要是再不走，等嬷娘来了，咱们都得交待在这里，你快走！快走！你走了，我马上就逃！"

荀风弱是他的恩人。

墨燃让她远走高飞，逃离湘州，从此别再回来。

那天，他终于做了一回英雄。

荀风弱向他哽咽作揖，逃出楼去。但墨燃却没有来得及离开。嬷娘听到动静，很快就带了人上来，而一上来，就看到墨燃竟然出手打了贵客，又放走了花魁，气得面目扭曲，几欲呕血。

嬷娘有个儿子，年岁和墨燃相仿，但心思歹毒，一肚子坏水，见娘亲气得厉害，便心生了个主意——小孩的恶毒有时候是那么天真又可怖。那个男孩子用惩罚牲畜的方式来惩罚这个惹怒了自己母亲的同龄人。

他找来一个狗笼子，让人把墨燃关在里面。笼子里狭窄逼仄，墨燃在里面只能蹲着，不能躺，不能站，他们像喂狗一样喂他残渣冷饭，就这样整整七天。

七天，墨燃被困在荀风弱的旧屋里，屋内熏香的气息和男人体液的腥臭味混在一起。

他蹲着，佝偻着。

闻着这昏昏沉沉、甜甜腻腻的味道。

想吐。

七天。

从此他闻到熏香就恶心，从骨头缝里漫出恐惧与怖意。

四

天音阁生如熔炉

丹心殿里，一众修士也不知当作何评价，好多人都低着头，愀然不语。

玄镜大师道："唉……冤孽，尽是冤孽啊。"

天音阁阁主木烟离道："冤有头，债有主，这世上许多事情，本就是因果报应，环环相扣。"她说到这里，话锋一转："可是墨燃，你要知道，受苦受难，并不是你发泄仇恨、草菅人命的理由。"

"是啊。"

火凰阁的一位长老也叹了口气，说道："墨仙君，你受了委屈，固然可怜。但那也是因为你出身不好，命运捉弄。人各有命，你总不能因为自己被欺负了，回头就去欺负不相干的人啊。"

"你确实做过善事，也受过委屈，可是按我们所知道的，你后来也杀过人……一码归一码，都是要算清楚的。"

墨燃没有说话。

姜曦却忽然问："怎么算？"

"这……"

"谁能算得清？谁的性命不是性命，谁能做那把最公正的尺子。"姜曦任性妄为，并没有将天音阁奉为神祇，"我倒是没有偏袒墨燃的意思，但就想问一句，今日，我们站在这里，说要和墨燃一一算账，让他偿还。那么——墨燃受过的屈辱呢？他受过的不公呢？"

"……"谁都没有想到，在前些日子血案中损失最大的姜曦，竟然会站出来，替墨微雨出头，一时都愣住了。

木烟离道："姜掌门，天音阁向来公正。我族世代守护秤神法器，到时候，自会以法器来秤量墨公子的是非功过，以定刑罚。你不必忧心。"

"奇怪了，他跟我什么关系，我为何要忧心？"

姜曦看天音阁不爽很久了，他一门修的是药道，说白了就是只要药炼得好，凡人之躯也能红尘逍遥，因此孤月夜对神明后裔最不迷信。

他眯着一双杏眼，冷冷淡淡地说："不过姜某很是好奇，敢问天音阁诸位，审讯完墨燃之后，诸位是不是也该审一审这些旧事株连的其他人？是不是该刨地三尺，看看南宫严还有没有在世上苟活着？是不是该去湘州，找一找当年非礼苟姑娘的那个富贾？墨燃杀人偿命天经地义，那么他被关狗笼，被毒打，衣不蔽体，食不果腹，恩公被客人凌辱，母亲活活饿死——找谁来论？"

玄镜大师讷讷地说："姜掌门，缘何忽然为罪人声辩？"

"声辩谈不上。"姜曦薄薄的嘴唇启合，"我不过是想到了先前我们在凰山时，是怎样对待南宫驷与叶忘昔的。姜某不是很愿意看见旧事重演。"

有人说道："那是两码情况，根本不一样。"

"有什么不一样？"姜曦说，"如今南宫驷死了，叶忘昔至今在孤月夜缠绵病榻，事情就变得不一样了——可当初，难道不是我们逼迫着他们，说儒风门的血债，要他们二位的性命来血偿？"

他倏地转身，褐色眼睛如鹰隼。

"那时候呢？天音阁在哪里？公道又在哪里？"

碧潭庄的人因剑谱一事，和儒风门结怨颇深，李无心的徒弟甄琮明说道："姜掌门所言失之偏颇。南宫驷是儒风门的传人，冤有头债有主，除非儒风门的人死光了，不然旧债还是要追究下去。谁都不想做冤大头。"

姜曦冷笑："是啊，所以你看，你不是很懂这个道理吗？谁都不想做最后一个被扇巴掌却不能还手的人。"

甄琮明："……"

"你是这么想的，徐霜林是这么想的，墨燃也可以这么想。"姜曦振袖道，"事情发生在别人身上的时候，这些话说出来从来都是轻而易举。可是不公与残暴真的降临到自己头上的时候，只会觉得，为什么世上有那么多恶人，但受苦的，偏偏是我。"

甄琮明道："听姜掌门的意思，是觉得我们对待叶忘昔、南宫驷，太过残暴不公，碧潭庄剑谱一事，就此作罢了吗？"

姜曦道："南宫驷都已不在了，你还想与谁追究？"

甄琮明陡然怒了："那我师尊就枉死了吗？！南宫驷不在了，不是还有叶忘昔？她是儒风门的暗城统领，剑谱一事，她难道就不知丝毫下落？！"

一众死寂。

谁都知道姜曦是阴冷脾性，甄琮明与他的名字可实在太不相符了，居然当众与姜曦对峙。

姜曦盯着甄琮明看了片刻，说道："当初，在蛟山上，南宫驷与南宫长英交手，身负重伤……他那时候，以唇语，跟我说了一番话。"

"什么话？"

姜曦闭目合实，眼前仿佛又闪过南宫驷血战弥留之际，在结界内，在南宫长英的剑下，对着自己慢慢说出的一番话。

"望能散尽儒风门百年珍宝，广济寒士，不存余饷。"

"这……"众修士面面相觑，脸上都有些挂不住。无悲寺的和尚们更是垂落眼帘，双手合十，低念佛号。

甄琮明面上青一阵红一阵，最后咬牙切齿道："他如今尸骨都没有了，儒风门珍宝都在密室里，谁能打开？他还不是空口说白话，惺惺作态。"

姜曦道："南宫驷原本并没有想到自己最后会尸骨无存。更何况，我宁愿相信他人之将死，其言也善。"

甄琮明嘴唇抖了一下，似乎想要驳斥，但最后没有说出口。

过了良久，他才道："这就是姜掌门今日袒护墨微雨的原因？想要求个宽容，以免重蹈南宫驷覆辙？"

姜曦道："姜某只是觉得，求个公平公正本就是件极为困难，甚至根本不可能的事情。望诸位斥责他人时，莫要把自己捧得太高，别觉得自己浑然代表了正义，代表了天道。"

他看了一眼神明后嗣天音阁："哪怕公审殿堂，也未必就是全对的。"

他说到这里，薛正雍也发话了。

薛正雍显得很疲惫，甚至不知该如何面对墨燃，但他沉吟许久，还是声音沙哑叹道："姜掌门说的是。这么多年，修真界动荡不安、风风雨雨的，出过不少乱子，每个门派或多或少也都做过糊涂事，谁能判得绝对公平公正？唉，其实……"

他叹了口气，合上双目。

"其实，草菅人命一定就是亲手杀人吗？儒风门当年的调价令，刀不见血害死了多少无辜黎民。薛某尺寸之身，立于尘世四十余年，无多建树，所行所为，不为修身成仙，不图名垂青史，只想让这乱世的苦难少一些。"

他说着，眼神有些发直。

死生之巅的尊主，哪怕再作镇定，知道养育多年的孩子并非亲侄，也终是怔忡茫然的。

薛正雍喃喃："我只想让受苦的人少一些，少一个也好。"

这时候，一旁的木烟离清清冷冷道："薛掌门宅心仁厚，但你可曾想过，你对罪人宽容，便是不敬重无辜死难的百姓，不敬重饱受牵连的凡人。天音阁力薄，确实没有办法将每个人犯下的过错都一一清算，不能将每一个人都绳之以法，但杀鸡儆猴——既然墨燃这件事情我阁管了，就不会草草了结。望掌门知悉。"

薛正雍："……"

木烟离说完这番话，转头重新望着墨燃。

"墨公子，你如今已侃侃说完了自己的身世之苦，怜悯也博得差不多了。不如来谈谈别的吧。"

墨燃淡淡望着她："阁主想谈什么。"

"之前你说，豆腐坊那个姑娘被凌辱致死一案，非你所为。"木烟离道，"这个我信你。可是还有一个人的死，和你总是脱不了干系的。"

墨燃闭目道："阁主查得当真清楚。"

木烟离冷淡道："那你就来好好说吧，当初，你是怎么杀掉墨念的——那才是薛尊主真正的侄子。"

她话音未落，就被一个愤怒的声音打断了。

薛蒙眼里含着泪光和恨意，他咬牙低喝道："住口。别再说了！"

木烟离瞥他一眼，评价道："逃而避之，所谓天之骄子，看来也不过如此。"

回应她的是龙城铮鸣，犹如警告。弯刀擦着木烟离的脸颊刺过，没入梁柱，木屑四溅。

木烟离没有躲闪，她甚至连眼皮都没有眨一下，一双漂亮的眼眸冰如霜雪，望着薛蒙。

薛蒙咬着后槽牙，脸上的肌肉都恨得颤抖："什么亲侄子，什么鸠占鹊巢、阴阳倒错……你说够没有？！"

他蓦地拔回龙城，胸膛起伏。

他不再去看墨燃，也不去看任何人。他像个困兽，在原处被逼疯，被逼到崩溃。

"你们说完了吗？闹够了吗？这一出热闹，看得开心吗？！"

王夫人道："蒙儿……"

薛蒙不理会母亲的轻语，他眼眶赤红，举着龙城，环顾四周，似是自嘲，似是轻蔑："看一代宗师变为杀人狂魔，看死生之巅兄弟反目，看亲人变成仇敌——是不是觉得好不快活？"

声音嘶哑如破坝，尾音如翎羽颤抖。

"你们来，真的是为了求一个公道？是为了求一个真相？"他顿了顿，咬牙道，"不是来滋事寻仇的吗？！"

姜曦眯起眼睛："薛少主，你太过失态了。"

薛蒙蓦地回头，目如焰电："轮得到你来管我？！"

"蒙儿！"

薛正雍起身去拽薛蒙的肩膀，可一触之下，他愣住了。薛蒙虽然愤然怒啑，可是他整个人都在细微地颤抖。

近乎破碎。

"我不想听。"他一字一顿，字字恨愈深，"都是假话、谎言……一群骗子！"

薛正雍待要劝住他，但薛蒙已推开众人，转身出了丹心殿。

他自始至终没有去看墨燃。

其实谁在说谎，真相如何，薛蒙心里已一清二楚，但这世上的很多东西，都是清楚容易，接受难。

薛蒙二十余年顺风顺水，除了楚晚宁身死，他从未经历过什么大灾劫。正是因为这种顺遂，让他至今仍如一个赤子。这并不是什么好事情，赤子有赤子之心，但也有赤子的莽撞、无知、冲动以及尖锐。

薛正雍看着他离去的地方，呆呆立了很久，才缓慢地坐下来。

他早已不年轻了，快近半百的人，细看鬓发都有好几缕斑白。他不知道自己能不能受得住。他只得坐下。

这样至少能从容些。

木烟离脸上仿佛凝着一层薄冰，没有半点温度，她只就事论事，所以她说："墨微雨，那件事，你是打算自己说，还是我再请证人来言？"

墨燃很平静。

死囚般的平静。

"不用劳烦他人了。"墨燃道，"那件事，若还有相关证人活着，我也一个都不想瞧见。"

他慢慢抬起头来。

熹微的阳光，照着他有些苍白的脸。

"我自己说。"

木烟离抬了抬手，立刻有天音阁的人搬来空着的座椅，她施施然落座，单手支颐，一副打算听个长故事的模样："请。"

墨燃闭了闭眼，过了一会儿，才终于开口。

"此事，原系一个生意人。"

"什么生意人？"

"诸位应当知道，在修真界有一种营生，叫作'包打听'。"

马庄主对此最为熟悉，举手道："对对对，我们山庄跟这些人最熟悉啦，他们往往游走于个个巷陌，打听一些坊间旧闻什么的，由此来谋些利。"

墨燃道："嗯，所以当初伯父四处打听亡兄的遗腹子，找的也是一位包打听先生。"

薛正雍："……"

这件事情薛正雍当然记得，墨燃正是由那位包打听先生提供线索找到的，当时醉玉楼一片火海，据说只幸存了这一个孩子。他甚至还能清晰地记得那位包打听先生激动的脸，不住地感叹着——真是上苍保佑啊，令兄的孩子大难不死，必有后福。

"当年那位包打听先生接了委派，几番查探，终于有了眉目，便前往醉玉楼寻人，找一个姓墨的女人。"

有人好奇道："那是谁？"

"是薛掌门兄长的眷侣，人称墨娘子，曾是一位大户人家的庶女。"

有人反应了过来，惊讶道："墨娘子？那是醉玉楼嬷娘的名字吧？"

"但方才听她的所作所为，好像是个恶女人呢。"

墨燃淡淡道："她也不是生来就作恶。听我娘说，墨娘子跟她的遭遇颇有几分相似，也是个可怜人。她年轻时有过一个情郎，是个一穷二白的散修，那散修说自己要去到下修界，创立个赫赫威名的大门派，墨娘子便将自己的全部钱财首饰都赠给了他，决心帮助他实现抱负。"

薛正雍喃喃道："是我大哥……"

墨燃继续道："那散修临别时，曾对墨娘子发誓，等自己大业有成，定然三媒六聘，风风光光地把她娶回家。为此，他还赠了墨娘子一句词——'烟波江上，画舫舟中，仙子琵琶声声慢，郎君别临默默闻'，后来成了包打听先生用来与她辨认的佐证。"

这种男女之事，最能讨众人耳目。

有女修问道："难不成死生之巅的前掌门，也和南宫严一样，做下了抛弃妻子的事情？"

薛正雍豹目圆睁，立刻叱道："胡言乱语！我哥哥岂是那种人！我哥哥他、他一直都没有忘记墨姑娘……"

提到亡兄，这个男人禁不住难过，眼眶微微红了。

璇玑长老也在旁边说道："这位仙姑请慎言。前代掌门是因建派不久后，于一场鏖战中不幸牺牲的，并非刻意食言。他辞世前，还常与尊主论起那个女子，总是说等门派稍稳，就立刻去接她。他和南宫严根本不是一回事。"

"确实如此。"墨燃轻声说，"她终究还是比我阿娘幸运得多。她的丈夫去世了，却还有人惦记着把她接回去。南宫严还活着，却从来不敢认我和我母亲。"

"哈！那我可知道了！原来你就是出于这个原因，心生嫉妒，所以狸猫换太子，杀了墨娘子，烧掉醉玉楼，冒名顶替！"

听到这样恶意的猜测，墨燃看了这位"聪明至极"的修士一眼，而后道："我从来没有主动想过要冒名顶替。"

那修士并不服气，冷笑道："那是怎么回事？难道还有人逼你当这死生之巅的公子不成？”

是怎么回事呢？

墨燃也禁不住想——其实这世上有很多事情，最初的时候，都完全不是这样的。只是有一天，忽然蝴蝶扇动了翅膀，于是，风起云涌，沧海也变成桑田。

就好像他一开始并没有想过要顶替薛正雍侄子的位置，墨娘子从前也不是那个恶贯满盈的乐坊嬷娘。

她也有过温和心善的青葱岁月，也曾立在轩窗边，盼着郎君早日来归。她也曾在得知腹内有子时，开心地写信告知远方的情郎。她也曾收到他的信笺，当了父亲的男人激动之情溢于纸上。

这些美好的岁月，她都有过。

是庶女又怎样，旁人讥嘲她情郎是个无名小卒，嘲笑她未婚先孕又怎样。总有一天，他会兑现诺言，风光无限地接她和孩子过门。她这样笃信着。

可是后来，时日一天天过去，渐渐地，书信从三日一封，变为七日一封，又从七日一封，变成一月一封，最后杳无音信。

墨娘子最终心灰意冷，她性子野，这段感情原本就瞒着父母，生下孩子之后，她几番犹豫才抱着稚子回家。结果父亲大怒，正房夫人亦是百般辱骂。墨娘子一气之下愤然离去。后来几番辗转，当年的大户闺女，竟终成了醉玉楼的嬷娘掌柜。

人生起伏如此，命运就像一口熔炉，你不知所措地进去了，再出来，或许已面目全非。

墨燃是这样，墨娘子当年亦是如此。

包打听先生找到她的时候，距她天真无邪的闺阁岁月，已然过去了十四年。

那位怀揣着薛正雍委托的先生落座后，一展折扇，笑道：“你们这儿的嬷娘呢？叫她过来。”

嬷娘来了，她穿着桃花小袄，臂挽鹅黄披帛，扭着腰身，提着杆水烟袋，撩起叮咚珠帘，娇笑道：“哟，这位公子，清早上就来听小曲呢？喜欢琵琶还是扬琴？我这里的伶人，金石丝竹，样样精通，开门生意，奴家给你便宜些。”

这便是人生，十四年前情郎走时，她倚在珠帘边，神情凄楚，容颜清丽，目送着他远去。

十四年后，情郎的弟弟终于寻到她，岁月的珠帘隔了茫茫人生，复卷起。她拂开朱红翠绿，已是饱经沧桑。曾经那个小鹿般羞赧的女人早已死去了，坐在醉玉楼里呼风唤雨的，是一个抽着水烟、媚眼如丝的半老徐娘。

包打听先生没有那么多感慨，他眼里只有钱财。他摇着扇子，笑道：“倒是不用听曲啦，我来这里，是想向嬷娘打听个人。”

嬷娘脸上的笑容一僵，语气凉了下来："打听人？打听谁？"

那先生慢条斯理地说："烟波江上，画舫舟中，仙子琵琶声声慢，郎君别临默默闻。"

嬷娘听到一半，脸色就变了，当他把整句说完，她已是面无人色，嘴唇颤抖，一双修得尖细，甚至颇为刻薄的眉毛突突抽动，拿手绢摁着胸脯半天，这才哆哆嗦嗦地问："你、你究竟是……是什么人？！"

包打听先生笑道："要是我没弄错的话，那我可算替薛仙长找到人啦。墨娘子，这些年，你过得可还好啊？"

墨娘子晃荡一下，没有站稳，跌坐在桐木圆凳上，大口大口喘着气，脸上红一阵白一阵，半晌挥手斥退众人，只留了包打听先生一个在厅内。她死死盯着那生人的脸，眼中狂喜、悲凉——种种神色错综复杂。

包打听先生神色淡淡的，提起茶壶给她满了一盏半冷不热的茶水，递过去："先喝口茶。"

墨娘子哆哆嗦嗦地捧起杯子，抿了一口，再抿一口，等茶水喝干了，仍然空抿了好几下，这才抬起头来。

"是薛……薛郎让你来找我的？"

包打听先生叹息道："说句实话，嬷娘惦念的薛仙君，早已辞世了。"

"什么？！"

"是他的弟弟，托我四处寻找兄长当年的红颜知己。当初，他兄弟二人在下修界自立门派，风生水起，再也不是当年漂泊无依的孤身客了。但那位薛仙长忙于门派建树，暂时脱不开身，后来他斩妖时出了意外，不幸就……"

墨娘子还没听完，就立刻掩面，失声痛哭起来。

包打听先生劝了她很久，她才勉强止住抽噎，那先生就继续说："薛仙君去世前，曾跟弟弟谈及嬷娘的事情，他弟弟这些年便一直在找寻嬷娘下落，希望能寻到你，把你接回去。"

墨娘子喃喃不敢相信，猛地拉住包打听先生的手，说道："你再把、你再把那句话重复一遍！我不信、我不信死的是他……"

这是这笔生意最要紧的一个句子，他当然倒背如流，当即重复一遍："烟波江上，画舫舟中，仙子琵琶声声慢，郎君别临默默闻。"

墨娘子"啊"地低低惊呼一声，泪水又瞬间盈满了眼眶："他、他这些年不曾找我，竟是因为……我还以为……我还怨他……"

包打听先生叹道："都过去许多年了，嬷娘，节哀顺变吧。对了，嬷娘是不是还有一个儿子？"

"是……是、是是！"墨娘子哽咽啜泣，一边哭着，一边抹泪，而后朝楼上暖阁喊道："阿念、阿念……墨念！快、快下来！"

暖阁的门开了，出来的却不是墨念，而是一个弱不禁风的孩子。

那孩子手里捧着一堆换洗衣物，瘦小的脸庞从衣服后面探出去，脸颊上还有些青紫伤疤，瞧上去怯怯的。

包打听先生有些犹豫："这是……令郎吗？"

"啊，不是不是。"墨娘子揩着眼泪，说道，"这是我楼里烧火的小厮。"

先生立刻松了口气，舒心笑道："哦，原来如此。"

墨娘子扭头问那孩子："墨燃，公子哪里去了？"

天音阁罪名污身

听到这里，无悲寺的玄镜大师叹了口气："阿弥陀佛，墨公子果然并非薛掌门的亲侄，孽缘啊。"

另有人反应过来："啊……是他？"

周围修士不解道："什么是他？"

"就是之前提到的那个出主意把墨燃关狗笼子的孩子嘛。"那人说道，"年岁与墨燃相仿，又是墨娘子的儿子。"他这样思忖着，忽然醍醐灌顶，一拍脑袋恍然道，"我懂了，原来你杀害他们母子，鸠占鹊巢，并不是因为贪婪，而是因为仇恨！"

一些人听到这样的分析，觉得很在理，纷纷朝墨燃投向又是鄙夷又是怜悯的目光。

"如此一来，倒也说得通。"

"唉，可恨之人必有可怜之处啊。"

这一片议论嗟叹声中，木烟离清了清喉咙，周围立刻安静下来。

她说道："墨公子，我听说，你在醉玉楼常年吃不饱饭，还饱受虐待，嬷娘对你从来都是非打即骂，是也不是？"

墨燃道："是。"

"那个嬷娘的儿子，就是当年出主意把你关狗笼的孩子，错也没错？"

"没错。"

众人见方才的猜测纷纷落实，便叹息愈盛，左右点头："唉，你们看，果然是因为仇恨而萌生的杀机。他想必恨惨了那母子二人啊。"

他们说得对，怎么能不恨呢？墨念与他同岁，却比他健壮得多，由于是嬷娘的儿子，楼里根本没人敢惹他。这孩子从小凶恶顽劣，没事就爱拿墨燃撒气，捅了娄子，也常常栽赃陷害到墨燃身上。什么偷鸡摸狗的事情都让墨燃去顶罪。

但墨燃很是老实，即使受了委屈，也根本不敢去报复阿念公子。

那个时候，他每天只有一个饼子吃，如果敢多话，恐怕连这最后一口粮都会被克扣，所以被打骂也好，被冤枉也罢，他都不吭声，要是真的受不了了，也只会在夜深人静时，蜷缩在睡觉的柴房里，小声地哭一会儿。

声音也不敢大，要是吵醒了别人，讨来的又是一顿毒打。

木烟离问："你是不是很怨恨他们？"

墨燃抬起眼，那眸子里几乎都有些冷笑了："不然呢。"

木烟离道："但你的姓，还是跟着她的，你那么恨她，后来就没有想过要改？"

墨燃道："'墨'这个姓，是醉玉楼的义姓，许多卖身在此的仆从都拿这个做姓，我们称墨娘子为'干娘'或者'阿妈'，大家都这样，我也习惯了，没什么好改的。"

"她待你们每个人都那么差？"

"没有。"墨燃说，"只是她从来就不太喜欢我，后来我放走了苟风弱，她就越发厌憎我。"

"那墨娘子待你差到什么地步？"

其实这是个很好回答的问题，墨燃在楼里过了那么多年，只有除夕能吃到一片月牙肉，也就是客人啃过一半的肥肉。除此之外，每天都只有一张饼吃，要做最重的活儿，稍有不慎，就会讨来一顿鞭笞。

但他实在不愿再多说什么，只简单道："我不想谈这个。"

"好。无伤大雅，那换一个。"木烟离又问，"因为她待你极差，所以当时，她问你墨念的去向，你是不是说谎了？你是不是心里已经开始有了自己的计较？"

墨燃道："没有。"

他当时哪里敢说谎？他的身家性命、衣物饱暖都捏在嬷娘的手掌心里。所以听到嬷娘的询问，小墨燃犹如被打骂惯了的狗，先是瑟缩一下，然后才小声道："念公子去私塾了……"

墨娘子对自己的儿子最是清楚，心道，怎么可能？那小子平时最不爱读书，八成又是去哪里疯玩了。但包打听先生还坐在旁边，她就轻咳一声，点了点头："唉，我那孩子就是认真懂事，先生你看，这不，又出去听课了。"

包打听先生就笑道："啊，勤快好学是好事啊。这样，我先修书去给死生之巅的尊主，到时候他们叔侄自会相认，也不急这一时半刻。"

墨娘子便起身，激动地拜将下去："多谢先生。他日富贵荣华，绝不会忘记先生牵线之恩。"

待那包打听先生离开之后，墨娘子坐在原处呆愣了许久，无限遐思与感慨，一会儿哭，一会儿又笑。

如此发了半天的愣，余光才发现墨燃正有些畏惧地站在角落里瞅着她。

大概是因为在段衣寒身上看到了与自己太过相似的经历，又或许是因为墨燃之前胆大妄为，竟然放走了她的摇钱树，不管出于什么原因，就像墨燃回忆的那样，她不喜欢这个崽子，而且越来越不喜欢。

她瞪他道："你瞧什么？"

小墨燃忙垂落纤长的睫毛："对不起。"

"你嘴上说着对不起，心里是不是觉得我这样又哭又笑的，很荒唐？"

"……"

见他不吭声，只乖顺地低着头，墨娘子便来回扫了他一圈，嫌憎道："算了，不与你计较，你能懂什么？一个吃里爬外、不知感恩的狗东西。"

墨燃早已习惯了嬷娘喊他狗东西，垂着脑袋，也不说话。

墨娘子道："别戳在这里了，今日心情好，不打你。你去把念公子找回来——不用诳我，我知道他不在私塾——把他领回来。我有重要的事情要跟他讲，快去。"

听到让自己去找公子，墨燃下意识地就抖了一下。但最终还是驯顺地点了点头，小声道："是，干娘。"

"往后别叫我干娘了。"墨娘子皱了皱鼻子，"这醉玉楼，我很快也就……罢了，不跟你多说，你先去吧。"

那天黄昏，墨燃按照嬷娘的吩咐，在醉玉楼附近忐忑不安地寻找念公子的身影。

他也不知道自己究竟是想快些找到这个人，还是想慢些找到这个人。因为找到了，无疑会被念公子一顿臭骂，念公子会嫌他败坏自己雅兴。但是没找到，回去墨娘子也会对他百般责难，嫌他无用。

小小的身影在残阳之下无助地走着。

那时候的墨燃，并不知道自己的命运即将和念公子倒错互换。

他一处一处、老老实实地找着。

去所有念公子常去的地方——河滩、赌场、青楼、斗鸡院子……然后他都被奚落着赶了出来。

最后他几经打听，得知念公子下午和一帮狐朋狗友去了城郊的磨坊，据说还拎着一个硕大的麻袋。

墨燃没有多想，便匆匆地往磨坊赶。

那个磨坊早已废弃，周围又都是坟场，平日里没有什么人烟，墨燃一路小跑，还没近前，就听到磨坊里传来一阵骚动，一群衣冠不整的少年从里头哄地涌出来，为首的正是在系裤带的念公子。

墨燃忙道："公子，干娘喊你回去，说是——"

他话没有说完。

因为他发现那群少年脸上都溢着一种大祸临头的惊惧，有几个人甚至都已经吓哭了，缩在一旁瑟瑟发抖。

墨燃愣了一下，多年来备受欺凌已让他养成了一种警觉，他看到念公子眼眶血红，紧盯住自己，立刻不寒而栗，掉头就跑。

念公子反应极快，喝道："抓住他！"

墨燃哪里是这些孩子的对手，三下五除二，便被摁在地上，扭送到了念公子跟前。

有人低声说："怎么办啊，阿念，这下祸事藏不住了。"

"逃也来不及了，被这小子看见了。"

"要不连他一起也……"

墨燃浑然不知道他们在说什么，但这一张张稚嫩的脸庞却狰狞凶煞，那是他对于"厉鬼"二字，最初的印象。

念公子眯起眼睛，他是这些人里最冷静，也最阴沉的。

他思忖了一会儿，说："别杀他。"

墨燃悚然抬头。

杀？

这些人从前打他、骂他、欺辱他，但他却从来没有想过"杀"这个字能从一群十四五岁的少年嘴里说出来。

他一时有些茫然，甚至无法反应过来。

念公子道："把他关到磨坊里去。"

周围一群人面面相觑，而后一个尖嘴猴腮的少年首先反应了过来，他眼睛发亮，鼻孔还流着浓涕，脸涨得通红，尖声道："好、好！好主意啊！"

陆续又有人明白过来："啊！原来是这个意思！还是阿念厉害！"

这些人原本盯着墨燃，像是盯着有着血海深仇的死敌，但此刻一双双眼睛落下来，却犹如快要饿死的狼群盯着一只肥美的羔羊。

墨燃被不由分说地推进了磨坊里。

他先是捶门，挣扎，可是门很快被堵死了，磨坊里也没有窗，只有斑驳的阳光从破漏的木板缝间透进来。

墨燃喊道："放我出去！你们放我出去！"

外头有人在嚷道："去报官！快去报官！"

"快、快！我们在这里看着，走几个脚程快的，快去报官！"

墨燃喊了一会儿，捶了一会儿门，发现怎么也喊不开、捶不开，便放弃了，他呆呆地回过身，借着昏暗的几缕暮光，看到了屋里横躺着的另一个人。

那是一个女孩。

有些面善，他后来想起那是东街卖豆腐那户人家的闺女，念公子这段时日一直在纠缠人家。

这个女孩子衣服已经都被撕碎了，青涩赤裸的胴体孤零零地躺在地上，手脚都是摊开的，身上青紫斑驳……

她是被这群畜生凌辱致死的，死的时候眼睛还睁得滚圆，脸颊泪痕未干，双目空洞无神，紧紧盯着墨燃的方向，盯着门口。

墨燃先是愣了片刻，而后才猛地惨叫出声，脊背砰地撞在门板上，他瞳孔收拢——终于明白外面的那些人做了什么，要做什么了。

原来，念公子对着姑娘多次示好不得，便心生歹念，他知道这姑娘是个软柿子，家里头没什么背景，好捏，就和几个伙伴把人拽到磨坊里，轮番玷污了她。这姑娘身子羸弱，那伙混账又十分粗暴，结果做到一半，姑娘就死了。

墨燃喃喃道："不……不！"他反身，开始疯狂地拍打着门板，"开门！开门！不是我！开门！"

仿佛听到他的哀求，磨坊的门蓦地开了。

墨燃想要冲出去，可是双手却被这群少年粗暴地摁住。

为首的是念公子，他心狠手辣，说道："差点忘了，做得像一点。"

便指使着伙伴，把墨燃的衣服扒光，又在那姑娘身上蘸了些血渍和黏液，抹在了墨燃身上。

在这过程中墨燃一直在哭、在挣扎，可是这群少年的力道太大了，求生的渴望更是压过了一切，他们眼里闪动着野兽般的幽光，这个孩子的哀求也好，哭诉也罢，他们统统充耳不闻，甚至有个人在被墨燃咬了一口之后，还抬起手猛地扇了他好几巴掌，恶狠狠道："闭嘴，你就是杀人犯！强暴犯！这么多人作证，你还能说清？！"

"不……不是我！不是我……"

可是再怎么反抗又能如何？他们把他身上抓得青一道紫一道，丢到磨坊里，和那个死去的姑娘赤身裸体地锁在一起，然后贼喊捉贼，上报官府。

墨燃有口难辩，在衙门里被当庭重责三十大板，打得皮开肉绽、血肉模糊，然后收押监牢，等待最终宣判。

同监牢的犯人都讥笑、谩骂他，有女儿的几个囚犯听说了他的行径，还不由分说殴打他——有人甚至想要凌辱他——还是牢头不想让事情闹大，他们才作罢。

墨娘子当夜就来了，她心里早已清楚了事情的原委，原本也恼恨儿子不争气。

但那又怎样？

她这个当娘的，永远袒护自己的孩子。

她生怕开堂审理时，官差会秉公详查，万一查到了她家墨念头上，他母子俩还怎么跃上枝头成为凤凰？包打听先生的函都已送出去了，死生之巅就要派人来接他们了，她等了这么多年，熬白了鬓发。

荣华也好，地位也好，都是她和她的孩子应得的。

她不允许出任何的差错。

所以，她披星戴月赶来，给牢头和官差都塞足了银两，央求他们睁一只眼，闭一只眼，把事情栽赃在墨燃一个人身上就得了。

但大抵是因为良心不安，墨娘子贿赂完之后，又来监牢看望了墨燃，还给墨燃带了一碗红烧肉。

"没有毒，我不会下毒害你。"

墨燃缩在角落里望着她，一双黑到发紫的眼眸里闪着困顿与无助、哀伤和痛苦。那种即将被屠杀的牛羊猪狗，都是这样的神情。

害怕，难过。

但也有着绝望之后的驯顺。

墨娘子忽然觉得心脏有些战栗，有些抽搐。

她为自己这种情绪感到惊愕与畏惧，倏地起身，压低声音，狠了狠心，说道："反正，你也是个没爹没娘的孩子。虽然可怜，但是你死了，没有人会伤心的。我养了你那么多年，也该到你还我恩情的时候了。"

"……"墨燃没有吭声，没说是，也没说不是。

墨娘子咬牙道："这一碗红烧肉，就当是给你践行了，你吃了，九泉之下，就不要怨我……我也没得选择。"

言罢，裙裾翻飞，转身远去。

墨燃这辈子没有吃过红烧肉。

如今面前有一碗，他盯了一会儿，最后没有吃。他把碗扣在地上，卤汁横流，他想到了那个姑娘身下流淌的血液，他忽然觉得说不出地恶心，便背过身，扶着墙剧烈呕吐。

他吐不出什么。

他是个一天只有一个饼吃的人。

饼早已消化殆尽了，他呕出来的只有酸水。

那天晚上，他无法入眠。他浑身的鲜血结成了壳，血壳子又渐渐变得脆硬，一碰就像铁锈粉末一样，蜕落在地。

他在牢房里，不和其他犯人说话，没有人知道他在想些什么，没人知道他是死是活。

他就一个人，蜷缩着，一个人，慢慢地想通了很多事情。

在那个昏暗肮脏的、弥漫着酸臭味和红烧肉香味的一方囚室里，老实巴交的墨燃死了。活过来的，是令整个修真界闻风丧胆的踏仙君——最初的样子。

后来八苦长恨花催生的滔天仇恨，即缘于此。

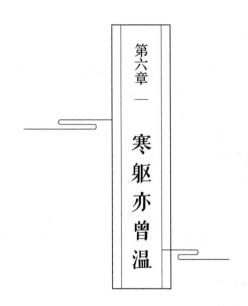

第六章　一　寒躯亦曾温

天音阁折子戏落

湘州牢狱陈旧简陋，第二天一早，墨燃趁着提审同监犯人的时候，偷偷跑了出去。重获自由后，他做的第一件事情，就是回到醉玉楼。

墨燃一进后院，就看到阿念身着黑色道袍，扬扬得意地立在晒场中心。

他闯下的祸事，就和从前任何一次一样，都有那个叫墨燃的孤儿替他背着，他笃信自己已无恙。

"反正你是个没爹没娘的，死了也没有人会难过。

"我养你这么多年，到你报恩的时候了。"

这是他们把一个无罪之人送上绞架的理由。

冠冕堂皇，中气十足。

墨燃站在阴影中，站在暗处，看着潇洒自如、一身轻松的念公子。

哦，原来有人疼，有人爱，有母亲呵护着，就是这样子吗？

天塌下来，都有人顶着。

只有自己是死不足惜的。

墨燃望着他，望了很久。

念公子已经买了道袍，做了修士打扮，等着母亲把醉玉楼盘掉之后，启程去下修界当自己的小少爷。此时，他正在院子里装模作样地舞剑，旁边围了群少年，正是栽赃墨燃的同党。

"阿念好剑法！"

"真是有气概，你去了下修界，以后肯定是个了不起的剑仙！"

"你伯父的那个死生之巅，好像这两年很厉害的样子，你过去可有福享啦！别忘了我们这帮兄弟！"

"是啊是啊。"有人附和道，"阿念，你可千万别忘了咱们，咱们从小穿一条裤子长大，好事坏事都一起替你担着，就连豆腐坊那个小姑娘的死，都——"

阿念此时已经把自己地位看得很超然，无法再允许别人提到他强辱少女的污点，一听那人这样说，立刻把剑唰地一指，点在那人喉结处，怒道："豆腐坊那姑娘的死是墨燃干的，当日我们亲眼所见，他禽兽附身、丧尽天良，非礼了她——这些话，要说几遍你才会记得！"

那人被剑指着，瑟瑟发抖，连忙道："是、是……是我记性差！我说错了！"

其他人忙赶着给阿念消气："都是那个墨燃，人面兽心，猪狗不如！"

"对对对，强辱民女，先奸后杀，我们都看见了，这辈子都忘不掉他那妖魔嘴脸。"

几个人七嘴八舌地加深着自己编出来的谎言，某些人就是这样，谎话讲了千百遍，连自己都会信以为真，他们越说越觉得正气凛然，越说越把自己择得干净。阿念大笑两声，"唰唰"舞了朵剑花，朝着晒场戳着的稻草人劈斩数剑，把稻草人砍倒在地，拿剑指着稻草人，意气风发道："看我修成剑仙，除魔为道，惩恶……惩恶那个……"

他不爱读书，往日总是旷课，因此讲到一半，竟然卡壳了。

旁边立刻有少年接上："惩恶扬善！匡扶正义！兼济天下！扫清八方！"

阿念"哼"了一声，不屑地道："就你最会说话。"

那人没想到拍马屁拍在了马腿上，不由得尴尬："……"

阿念又"唰唰"舞了几剑，说道："扫清八方靠的是力量，可不是你那根破舌头。从今往后，再遇到墨燃那种淫魔，我一剑就可以要去他的脑袋，你能跟他做什么，对诗吗？哈哈哈哈——"

他"哈"还没哈完，忽然后院柴扉处，传来一个悠悠的声音，有人脆生生地拍了两下巴掌，然后道："念公子，你真不愧是死生之巅的少主……好威风。"

阿念倏忽将剑挡在自己身前，瞬间变了脸色，厉声道："墨燃？！"

天空中一朵硕大无朋的云团缓慢流过，逐渐遮住了暴晒的日头，在晒场投下巨大的阴影。

那个衣衫褴褛的少年不知何时，鹰隼般出现在晒场堆积的柴堆上，缓缓抬起头来。

他一张脸虽瘦削，但仔细看来，五官极是清俊端正。此时他目光灼灼，眉骨处仍有狰狞鞭痕，他刚从牢狱中出来，血污都还没有擦掉。阿念看着这张脸，只觉得既是熟悉，又是陌生。

眼前的人确实是墨燃，但又好像有哪里不对了。

墨燃弯起眼睛，笑吟吟地抚摸着手中一柄砍刀。两池酒窝惊涛骇浪、碧水寒潭，说不出地亲昵温顺，说不出地毛骨悚然。

"匡扶正义，扫清八方？墨念公子，未来的大剑仙，死生之巅的少主。你是什么时候有的这腔抱负？可真是要笑死我了，哈哈哈哈——"

他越说到后面，笑容越灿烂，五官越扭曲。

从小到大，这个柴房里烧火的孩子总是乖顺安静、逆来顺受，话也不多。

但一夜未见，他却像是破茧的蛾，带着趋火的狂热，笑得肆意而张扬。

他原本连笑容都很少，偶尔笑起来也是抿着唇，怯生生的模样。

此刻却被逼到疯魔。

那群少年被骇得纷纷后退，阿念持着剑的手微微发抖，但喉结上下滚动一圈，还是硬着头皮喝道："墨燃，你吃了熊心豹子胆了？竟敢越狱，我这就为民除害，替官府发落了你的狗命！"

"好啊。"墨燃恣意笑着，眸中刀光一闪，已然冲了上去，"我是不想再这样活着了，你有本事要得了我这条狗命，就尽管拿去吧，不过要你没本事，那就——"

他甚至连话都没有说完，人就已经掠了过去。但见光影甫灭，砍刀落下，阿念的身躯摇摇晃晃地站立须臾，轰然倒地。

一时间，鸦雀无声。

墨燃的刀上喷满了鲜血，丝丝缕缕的破布衣衫挂在身上，在腥臊的风中猎猎拂动，犹如野藻漂在海水里。

当他再次抬起头来，脸上笑意愈盛，温声把刚才没说完的半截话说完："那就让我取了你的项上人头。"

那些少年吓得骨血冰凉，一句话都讲不出来。

墨燃抬起眼，目光幽寒："你们不都很厉害？不都很会倒打一耙吗？不都很会打吗？！除魔卫道，惩恶扬善……好啊！一起上啊！"

那些人哪敢上去，统统腿如筛糠、屁滚尿流，一个个都无法相信，这是墨燃？是那个唯唯诺诺，遭受了再大委屈都隐忍不吭的墨燃？

墨燃仰起头，叹了口气，然后一步一步往前走。

"怎么突然如此谦让。"他微微笑了笑，嘴角勾起，"既然各位不愿意动手，那么，就只好由我先来了。"

修罗屠戮。

这时候正值打烊时分，醉玉楼的人大多都在休息，等到所有人反应过来时，已经太迟了，大火蔓延，醉玉楼燃成一片烈焰汪洋，歌伶仆厮凄声惨叫、哭天抢地，却没有人敢冲进火海救他们。

欺天大火中，墨燃在大厅中央坐下，看着那些已经无处可逃的人，其中就有干娘墨娘子。

刀横在他的膝头，他拿刀尖挑起一串桌子上的鲜嫩葡萄，抱在手里，慢慢地剥皮，去蒂，然后一颗一颗，慢吞吞地放进嘴里，鼓鼓囊囊地咀嚼着。

忽然，他展颜笑道："哦？这个真好吃，长这么大，还从没吃过西域的葡萄。原来你们天天吃的，都是这样的好东西。"

他低着头，发了会儿呆，然后"嘿嘿"一笑，说："我真羡慕。"

一段房梁被烧断了，轰然掉落，火星四溅，燃烧着跌在他们身边。所有人都发出了更凄厉的呜咽，只有墨燃，还一个人托着腮、跷着腿、抱着刀，认认真真地把他那一串葡萄吃完，仿佛天塌下来和他无关。

墨娘子嘶声道："墨燃！！你这狗东西！当初苟丫头见你可怜，好心收留你，我就不该一时心善，答应她！你这祸害，你这煞星！你这个——你这个变态畜生！"

"你也配提苟姐姐？"

墨燃淡淡地说："当初我从无悲寺一路赶来，为的是按我娘的遗愿，还她一个人情。她知道我没了娘亲，便将自己一年所赚银两尽数都交给了你，希望你能让我留下来，有个容身之处。她是我的恩人，你呢？你又算得了什么。"

"我就不该答应她！我就不该——一年的银两算什么？你后来居然偷偷放了她走！她可是醉玉楼的魁首！她一曲能赚多少钱，你能知道吗？！可你居然……你……"

墨燃打断她："她是我娘的恩人，也是我的恩人，她在醉玉楼里卖艺不卖身的，但你收了富商的银两，就要出卖她，强迫她接客——你说，我为什么不该放了她？！"

"这些年你恨我，折磨我，但我不吭气，不反抗，因为我阿娘跟我说过，能给我一口饭吃的人，都不会坏到极处。"墨燃闭上眼睛，"我便一直忍，一直忍着……"

"呸！你还有脸说？！你这个忘恩负义的东西，是我！是我给你地方住，让你这个小叫花子有饭吃、有床睡！你这个禽兽，你这个杂种！"

墨燃并不理会，而是仰头哈哈笑着。

他把积压了十年的恶毒与困顿，一次性还了回去，醉玉楼，尸骨横陈，一片焦土。

他最后躺在大火中，和那些扭曲的尸身一起躺着，看着摇摇欲坠的琼楼，笑眯眯地，一口一口，往嘴里送着糕点、水果。

"好吃。"

他顿了顿，忽然苦笑一下，睫毛一颤，泪水就滚了下来，顺着他笑容灿烂的脸，流了满面。他伸手，挡住自己的眼睛，又哭又笑："可惜以后，再也吃不到了……"

醉玉楼乌木红匾坠下来，砸在堂前，四分五裂。焦烟滚滚，雕梁画栋的楼宇终于轰然塌落。

这座楼，看惯琵琶歌舞，罗裙酒污。曾经风光无限，歌舞升平。

到如今，昨日浮华都去也，往事奢靡成灰烟。那些男欢女爱，情仇纠葛，就都在一段又一段梁木燃烧中坠落。熊熊大火燃烧着，当年两位花魁斗曲的仙音似乎又从木头的缝隙里，从瓦片的缝中咿咿呀呀飘出。

段衣寒唱："似这般如花美眷——"

荀风弱吟："都付那断壁残垣……"

这湘州的名楼，便在这渺渺虚幻的乐声中被送葬，帷幕落下，一场漫长的鼓乐终歇。那些或是悲伤，或是绚烂的折子戏，就在这烈火中，灿烂而庄严地谢幕了。

天音阁旧梦重演

墨燃的自白结束了。丹心殿里一时无人出声，俱是寂静。

孰对孰错？孰是孰非？

个人心中虽自有计较，却也无法再说个绝对。

墨燃没有去看薛正雍一家的脸，他垂着睫毛，半晌道："当年，我以为自己就要死在火海里了。但是醒过来，却发现自己已经躺在了死生之巅。那个包打听先生坐在我床头，见我醒来，就按住我的肩膀，告诉我——从今往后，我就是死生之巅的公子了。"

他顿了顿，轻笑道："是伯父的侄子。"

丹心殿地上绣着杜若繁灿，墨燃望着那姹紫嫣红开遍，神情淡然。

"那个包打听先生，怕没有赏钱拿。所以当伯父从失火的醉玉楼把我救出来，焦急地问他，这个是不是他要找的孩子时，他点了头。"墨燃道，"他这一点头，就改换了我的命运。"

玄镜大师叹息道："阿弥陀佛，墨施主，你能心安吗？这么多年，你从未想过要与薛尊主坦白吗？"

"怎么没想过，刚醒来的那段日子，我很不安，很想坦白。"

墨燃的目光有些蒙眬，似乎望到了那隔世的岁月。

"但是，听到我醒了，伯父……就来看我，伯母亲手给我煮了挂面，我记得卧了三个荷包蛋，都是溏心的，还有满满的肉末盖在上面。她跟我说……怕我刚醒，不易消化，切碎了才容易下咽。薛蒙也过来，送了我一整盒糕点。"

缓缓合眸。

"我吃了那碗面条、那些花糕，真话就怎么也说不出口了。他们这样对我笑，待我好……我若是说，醉玉楼的火是我放的，我杀了你们的侄子、你们的弟妹……那会怎么样？"墨燃轻声道，"我说不出口。这句话在喉咙里咽着，越到后面……我就越不知道该怎么说。"

玄镜大师轻叹："唉……"

"我知道墨念是个怎样的人，他性子懒散，做事轻浮，我初时不清楚伯父对他究竟有没有太多了解，所以一举一动便尽力学着他。后来发现伯父不知道，我也就不再事事以他为准。"墨燃停了一会儿，缓声继续，"说到底，我与墨念一家有深仇血债。但最后，我却占了他们的亲人。"

死生之巅诸人皆是怔忡茫然，不少与墨燃有过接触的弟子或是长老都呆立着，心头百感交集。薛正雍和王夫人则没有说话，他们愣怔地望着墨燃的身影。

这个孩子，从少不更事到一代宗师，他们一路看着他长大。

可现在却告诉他们，这一切，从开始便是错的。

墨燃不是他们的侄子，更有甚者，他们之间甚至隔着人命、隔着血仇。

该说什么？

该做什么？

薛正雍不知道，王夫人亦不清楚。

他们没有见过"墨念"，对于亡兄所有的亏欠与思慕，都寄托在了这个叫墨燃的孩子身上，他们不知道墨念是谁，却摸过墨燃的头发，牵过墨燃的手，被墨燃唤了一声又一声"伯父""伯母"。

薛正雍心乱如麻。

沉寂中，木烟离说道："墨燃，你虽可怜，但罪行累累，不可轻饶。数下来，你知你造了多少大孽？"

墨燃素来不喜天音阁，闭目不答。

木烟离睥睨着他，声如钟磬，其音朗朗："你滥杀凡人，纵火烧楼，骗取身份，谎冒公子——蛟山之上，你明知自己身上流着南宫家的血，却冷眼旁观、居心难测，孤月夜你大开杀戒，血溅厅堂——你所求究竟为何？"

"我再说一遍，孤月夜的人不是我杀的，是生死门开启之后两世交错，那个人根本不是我。"

"生死门是第一禁术，几千年没开了，你不觉得你的托词太过荒谬？"木烟离冷冷道，"怕不是你身为南宫后嗣，心有不甘，野心膨胀，想要设计颠覆上下修界？"

"木阁主言辞太过。"姜曦听到这里，忍不住皱眉，"在我看来，墨燃没有任何想要颠覆上下修界的动机，如果他要做这些事情，在蛟山随意使些手段，恐怕十大门派便会损失惨重。这些地方疑点重重，未明晰前，慎言。"

木烟离冷眼乜他："姜掌门不必替他说话。哪怕他无意颠覆修真界，以他之前所造罪孽，也足以押至天音阁问审。"

她言毕，抬了抬手，指挥身后随扈："将墨燃缉拿，带走。"

"等一下！"

木烟离侧身，看着薛正雍："薛尊主有话要说？"

薛正雍脸上青红交加，他似乎也不明白自己为什么会叫住木烟离，这么多年来视墨燃如己出，已成他的习惯。

他无法坐视让天音阁就这样带人走。

可是他又该说什么呢？挽留吗？

薛正雍闭上眼睛，牙齿细密地打着战，他只觉得冷，觉得心底空洞，像有什么重要的东西被生生剜去了。

他将脸埋入掌心，他从来精神矍铄，这一刻却惊现衰老与伛偻。

"薛尊主是想与自己的侄子话别吗？"

木烟离为人刻薄，有意无意用了"侄子"二字，更让薛正雍如风中之絮，浑身觳觫。

"我……"薛正雍喉头喑哑，"燃儿……墨燃……"

薛正雍甚至不知该如何称呼他。

墨燃却不再让薛正雍为难，闭了闭眼睛，走上前几步，一言不发地朝着薛正雍跪拜磕落。

三跪九叩。

有人在嘀咕："磨磨蹭蹭，做些什么。"

"惺惺作态……"

墨燃对此充耳不闻，大礼毕了，起身，准备离开。

然而就在此时，薛蒙却忽地冲进了丹心殿，龙城上满是黑血，他极为震愕，喊道："外面——"

"怎么回事？"

"外面有大批珍珑棋子杀至，还有许多是蛟山儒风门的死士！！"

众人悚然！冲出殿去——只见死生之巅，百丈云天外，无数修士腾空御剑，袍袖猎猎翻飞。这些人有一半身着制式统一的黑袍，覆面，另一半则鹤氅羽衣，帛带遮目，正是儒风门英雄冢的凶灵。

"这、这是怎么回事？！"

"这些凶灵南宫驷不都已经沉下去了吗？怎的又都冒了出来！是谁解开的禁制？"

话方出口，众人心中已有答案。

是谁解开的禁制，还有谁能解开南宫世家的禁制？

不少出离愤怒的目光已向墨燃身上聚了过去。

墨燃此时虽已知幕后黑手是谁，却百口莫辩。更要命的是，他灵力尽失，根本不能阻止珍珑棋子进犯，只能眼睁睁地看着成百上千的死士降临。

死生之巅一如前世。

刹那间鱼龙翻波，顷刻间将成血海。

——原来师昧所说的"惊喜"竟还没有结束……

"先迎战！"

"把这拨棋子都击退！先击退！"

众人出殿相迎，但因他们对此异变毫无预判，而这些珍珑棋子来势汹汹、毫无征兆，所以众人霎时乱作一团。

墨燃站在殿前，看棋子纷纷降落，他们和死生之巅的弟子短兵相接，与迎战的修士以术法相抗。

银蓝轻铠与黑斗篷厮杀一处，混作一团。

他立在玉阶上，眉角阵阵抽疼，眼前这一切近乎是前世记忆的重演——

上一世，正是他操控着由死人和活人会聚成的棋子大军，杀尽死生之巅所有敢跟他说"不"的人。

也是从那一刻起，他开始习惯杀人如麻，习惯人命如草芥，肝脑涂重山。

他还记得当时自己亦是这样立在丹心殿前，叛门弟子微笑着俯瞰莽莽群雄，戚戚众生。他的靴边，躺着的是薛正雍与王夫人未寒的尸体。

"从死生之巅起，用你们的血，为我铺路吧。"

前世的冷笑犹在耳边，墨燃眼皮突突直跳，他朝薛蒙大喊："别打，打不过的！快走，你们都快走！"

人声嘈杂，薛蒙离他太远了，没有听到。

墨燃四下环顾，周遭刀剑争鸣，战乱一片。

他看到姜曦与十余枚棋子缠斗厮杀，那一刻他想到的是上一世姜曦是怎样倒在自己的刀下——

"你不跪本座？"

"不跪。"

"不承认本座是帝君？"

"不认。"

鲜血飞溅，手起刀落。

打不过的……

墨燃看到踏雪宫宫主低眸吹埙，声透九霄，滞得棋子神识模糊、摆摇不定，可他想到的前世这个宫主最后是怎样十指俱毁、筋骨俱裂——

"为何负隅顽抗？"

"我既为一宫之主，虽无力保踏雪宫平安，但也绝不言逃。"

陶埙破碎，终成绝响。

打不过的。

乱象丛生，墨燃看到王夫人与薛正雍在远处携手御敌，他眼前闪过的却是前世他二人不曾瞑目的脸，凄切和愤怒都凝固在眼底。

——透过两世，直勾勾地盯着他，怨恨他。

冷。

真冷。

墨燃浑身肌骨都在战栗，指端冰凉，师昧做到这一步……他竟做到这一步！

之前他就觉得师昧带走楚晚宁前的要挟不可轻视，所以才会毅然决然地返回死生之巅。此时他不禁头皮发麻——

要是他当日一时冲动，没有听师昧的威胁，坚持去追回楚晚宁，会怎么样？

修真界的半壁英杰都在此处，这些人要是都不明不白地死在了死生之巅，又会怎么样？

师昧布置得环环相扣，竟是不给他半分喘息之机。墨燃举目望去，漫山遍野的珍珑棋局……不怕死不怕痛的凶灵……尸山血海，魑魅魍魉，白骨横生……

不能再这样下去，不能再这样下去！！

师昧说过这是给他的"惊喜"，那就不会无缘无故地铺设。既然他回来了，他顺从了，就一定有可解之法的！他不能看着旧梦重演，不能看着死生之巅就此覆灭，不能看着伯父伯母再在他面前死去。

如果往事重现，他怎么面对自己……又该怎么面对楚晚宁？

墨燃猛地回神，拨开重重叠叠的人群，朝自己的伯父伯母奔去。

"别打了！先撤离这里，先离开这里，别打了！根本不可能打得过！"

他声音嘶哑，目眦欲裂。他像沉陷汪洋的人，竭尽全力地挣向彼端。他像死人挣向活人，像飞蛾挣向火，一生挣向另一生。

"别打了！快走，都快走！你们打不过的！"

打不过的。

我早已亲眼见过你们的死亡。

走吧，求你们了。

忽地一柄剑横绝去路，剑光森寒。

望去，是木烟离冰冷的脸。

"你是想趁乱而逃吗？"

墨燃怒道："你让开！"

"你已是修真界重犯，我理应——"

话断齿间，木烟离感到背后生凉，一回头，见一个覆面的棋子劈剑挥落，她忙回身应战，眉目间尽是杀意。她喝道："墨燃！果然是你在捣鬼！"

这女人声色清朗，犹如冰泉，极易辨识。

这一声，引得周围一圈修士纷纷侧目，果见那棋子与木烟离打得如火如荼，却不曾动墨燃分毫。

众人这才发现，几乎所有降临死生之巅的棋子都仿佛将墨燃视为党羽，全都避开他，不伤他。

有人怒喝道："当真是墨燃那狗贼在作祟！"

"他与这些棋子是一伙儿的！"

一张张怒火中烧的脸在缠绕盘扭，一只只耳朵里灌入这样的私语与低吼，一双双杀到血红的眼睛朝他望过来。

重叠，重叠。

在这样愤怒的目光里，他又是杀人不眨眼的魔头了。他好像又变成那个踏尽诸仙、为尊天下的帝君，他横刀立马、破尽千戒，他视这尘世为粪土，他疯魔！

有人厉声喊道："拿下他！"

"看住他，不要让他逃了！"

"瞧他能装到什么时候！"

耳中嗡嗡作响，一模一样的愤懑，一模一样的指责，一模一样的讨伐。

两世的场景太过相似了，他甚至能回想起当年自己与楚晚宁的生死对决。

那一天，也和今日一样，墨燃手握珍珑棋子，操控了恶灵活人、走兽飞禽，大军如黑云翻墨，兵戈如霜峰映雪。

他高坐睥睨，垂眸浅笑，看天地颠覆，白昼也变得昏黄。

最后是楚晚宁阻止了他。

是楚晚宁，拼尽全力与他的百万棋子对抗，武器从天问换至九歌，再从九歌换至怀沙。

怀沙。

墨燃永远都忘不掉楚晚宁最后召唤出怀沙时，眼里那种悲冷和痛楚。

"传闻这是师尊的杀伐之刃，今日总算得见了。"

楚晚宁那时候问他："墨燃，要怎样你才能放下？"

他只是灿笑："放不下啦，师尊，我已经满手是血了。我亲手杀了伯父伯母，杀了同门师兄弟……如今只要再祭上你的人头，我就是空前绝后的霸主了——再没有谁能阻拦我。"

楚晚宁的神情极是刺痛。

他看到了，可是却觉得好不爽快，心里横冲直撞一股报复的恶意，他咬着后槽牙，字句碾出。

"杀了你。这世上就再没有谁是我不能杀的。"

天音阁帝君如他

昔日师徒，终究反目成仇。

那是一场巅峰之战。

最终楚晚宁因为灵核薄弱，不敌墨燃气吞山河、年轻凶悍。

"别再垂死挣扎了。"年轻的恶魔越战气焰越盛，他咧嘴恣意笑着，不归与怀沙短兵相接，刀剑碰撞。

金色的光芒时明时暗。

而幽碧的火焰却映满了师徒二人的眼眸。

墨燃瞥一眼楚晚宁苍白的脸，而后眼珠一转，望向怀沙渐渐消散的灵流，眼底满是嘲讽。

"你已经没有灵力了，再与我打下去，你的灵核就会破碎。师尊，你这么骄傲，死也不会甘心做个凡人的，对不对？"

楚晚宁咬牙不答，薄唇已无血色。

最后，怀沙的光辉彻底消失，墨燃便知楚晚宁灵力已经耗竭，他纵情长笑，声如兀鹫。

"你还能拿什么反抗我？晚夜玉衡……我高高在上的师尊？"

楚晚宁拄剑半跪在地上，白衣已染斑驳血迹。

他抬起眼眸，那时候，墨燃的恨意太深了，只看到他眼里的决绝，却瞧不见决绝之下深埋的悲伤。

多年之后，踏仙君服下剧毒自尽的时候，不自觉地回想起了这一场生平第一酣战。

他忍不住想，楚晚宁当时的确是抱了必死的决心阻止自己的……

众生为首，己为末。

他曾骂楚晚宁是小人，只会嘴上说得好听。

但楚晚宁确实言出必行。

"念善吧……"

他的师尊说。

"不要存恶。"

金光闪过。

墨燃只来得及看清楚晚宁眼底最后的平静，就见他掌心光芒大炽，这个北斗仙尊，这个在修真界无亲无友的男人，就这样以牺牲自己的灵核为代价，重新召出了三把神武。

九歌、天问、怀沙。

屈子之傲骨，楚晚宁得了多少？

墨燃制成的浩荡雄兵终于被楚晚宁以灵核之力镇压，一枚枚黑子、白子在神武的光辉涤荡下破碎成灰。

说来奇怪，那时候墨燃就立在楚晚宁对面，近在咫尺。他看着这个负隅顽抗、呕尽心血的人，居然没有出手阻止。

他就这样有些诧异，又有些好奇地看着。

他想知道眼前这个薄情人，可以为自己所谓的"众生"，做到什么地步。

他就那样看着。

看楚晚宁耗尽最后一丝灵力。

汹涌的江潮平息了，蔽日的鸦雀散去了。

受控的活人一个一个地恢复了神识，受控的恶灵重新合眸，长眠于地下。

墨燃就那样看着。

他看到北斗仙尊灵核破碎，看到楚晚宁光华陨落，看到师尊跪在自己面前，最终颓然跌入尘埃。

墨燃当时没有太多的表情，脸庞微侧，耳畔隐约响起母亲临死前的喃喃叮嘱。那个心善的女人抚摸着他的脸颊，对他说："报恩吧，不要寻仇。"

过了那么多年，他又听到了这样熟悉的句子。楚晚宁自献灵核前，对他说："念善吧，不要存恶。"

可是他没有做到。

他心里仿佛有无穷无尽的怨恨，只有血能令他得到片刻喘息——

他灭死生之巅，屠儒风门，杀了伯父伯母千万修士，断送数位掌门，让天池染红，满山白骨。

到最后，义军围山，他自毁塔前。

这些事情都是他亲历的，那滔天的罪行都是他铸下的。在骇人听闻的惨案里，他是债主，不归上沾染过千人血，珍珑棋局要了万人命。

是他。

墨燃眼前阵阵发晕，他被逼得喘不过气来。

忽地，他听到一声闷哼，将他从回忆的泥淖中拔出，他回神，看到木烟离的肩膀被棋子击中，热血溅上他的脸庞。

"阁主！"

"阁主小心！"

天音阁的人立刻拥上来，护住木烟离。

木烟离喘了口气，她咬牙道："无妨。"

她面前的珍珑棋子将手中长剑挽出一个剑花，众目睽睽之下，那棋子利落地朝墨燃跪拜下来。他覆着面，垂首道："属下护救不利，令主人受扰，罪该万死。"

众人悚然。

"是墨燃操控的棋子！"

"他叫墨燃主人！"

墨燃道："不……不是的……"

可是谁信他？

谁会信他！

墨燃在绝望中摇头后退，他望着那一张张写满了仇恨与质疑的脸。

不是的。

他去看薛蒙，但薛蒙离得太远了，根本没有注意到这边的动静，然后他看到了王夫人和薛正雍。

他们两人倒是瞧见了这一切的变化，脸色都极为难看。

墨燃嗫嚅，想说些什么，却不知道还有什么能够辩解。

忽地，他瞥见王夫人身后涌出一群棋子，电光石火之间，他喝道："伯母！当心！！"

这一声暴喝惊得众人回头，薛正雍立刻警醒，却因左右有棋子交困，已来不及回寰。

"伯母！"

"娘——！"

"砰！"

金属脆响，竟是姜曦掠出人群，一柄雪凰剑气逼人，一举将逼近王夫人的珍珑棋子击退数丈。

王夫人惊愕道："师弟……"

姜曦回眸冷冷瞥了她一眼，只道了一句："长点眼睛。"

这时候，玄镜大师忽地发现天边黑压压的有一片浓云覆压，直逼死生之巅。他最初看不清，后来看清了，却又不敢相信。

直到周围已有许多人注意到这滚滚黑云时，他才终于确认，吹着胡须喊道："怎么可能？！这些棋子究竟有多少？！"

黑色的棋子如滚滚江潮，一望无际。

有的是死人，有的是活人，这些人统统被某种法术烧熔了面目，拔去了口舌，哪怕恢复神识也不能言说。

他们身后，更有被珍珑棋子操控的飞禽异兽、走狗龙蛇。

"墨微雨！！"

"墨燃……"

这时候这些人再回头瞪他，却已是恐惧多过了恼恨，原本向他逼近的一些人，甚至不由自主地往后退了几步。

"疯子……墨燃你疯了吗……"

"你到底炼制了多少棋子？！"

墨燃张了张嘴。

他想说，不是的，不是我。

可不是他，还能是谁呢？

时空生死门再度打开，踏仙君率着百万雄兵降临于世。

他与踏仙君有什么分别？

他们有一样的记忆，施展一样的术法，踏仙君会的珍珑棋局，墨宗师也同样擅长。踏仙君做的棋子，若不加特意命令，同样会认墨宗师为主人。

所以，杀亲屠城，参炼禁术。

千军万马，撒豆成兵。

颠覆尘世，众生刍狗。

这些全都是他所为，谁都不曾冤枉他。

越来越多的棋子压境，一眼望不到尽头，犹如黑色的墨汁迅速在宣纸上洇开，步步逼近。

有人已经惊慌起来："该怎么办啊！"

木烟离则怒道："墨燃！你还有什么狡辩的！这一切都是你设计的！我只恨天音阁没有早些介入此事，将你扼杀！"

黑云蔽日，昏天黑地。

满山萧瑟腥风，这数以万计的棋子犹如巨大的钟磬悬在九天之上，随时会轰然落地，震碎五湖四海，人命如蝼蚁。

墨燃瞳孔紧收，他望着天幕。

众人不想束手就擒，或是御剑或是近身，已与那些棋子混战在一起，这一次的战况比先前激烈得多，到处都是鲜血和惨叫。

但天际线还有源源不断的黑潮奔涌而来，无穷无尽，令人毛骨悚然。

忽听得远处薛蒙的喊声："爹！娘！"

墨燃倏地回头，见薛正雍、姜曦二人均已浑身染血，早已分不清是他们自己受的伤，还是杀敌时染上的血迹。

薛蒙奋力朝自己父母那边挤去，一路厮杀，却寡不敌众。

"薛蒙——！"

墨燃想去帮他，可是薛蒙看到他就显得很矛盾——薛蒙在避他。

猛地一个儒风门死士提剑，刺中了薛蒙的肩膀，立刻血流如注，轻铠染透。

"薛蒙……薛蒙！"

墨燃心急如焚地朝他挤去，可是混战的人那么多，他们离得那么远，他过不去……他过不去……

负伤之后，便有更多棋子朝着薛蒙涌来，那青年的身影很快就吞没在了一群杀红了眼的珍珑傀儡之中。

"蒙儿！"

"蒙儿——！"

凄声惨叫。

是王夫人的声音与薛正雍的声音。

墨燃从来没有听到过这样令他筋骨俱碎的嘶喊。

他头皮都在发麻。

薛蒙——

不。

不应该是这样的。

一定有办法，一定有办法的！！

华碧楠既然让他过来，且布下了这样的局面，绝不是为了让他看到死生之巅被毁，华碧楠要他怎么做？

要他怎么做？华碧楠究竟想要他做什么？这个"惊喜"是为了什么？怎样才能结束这一切，怎样才能放过他……

忽然。

他想到了，他明白了。

墨燃愣了一下，而后心跳怦怦。

他终于明白了。

华碧楠做得狠绝，非但要他身败名裂，还要让他无可回头……他懂了。

这件事，南宫驷在蛟山做过。

楚晚宁，前世在对决之中做过。

他如今是没有灵力了……但是灵核尚在。

他能感到胸中流淌着的光华，与心跳同起同伏。

前世踏仙君狰狞而癫狂的冷笑似乎又浮现在眼前了——

"你已经没有灵力了，再与我打下去，你的灵核就会破碎。师尊，你这么骄傲，死也不会甘心做个凡人的，对不对？"

他知道该怎么做了。

眼眶温热，战火纷飞中，墨燃心境却陡地平静下来。

前世，楚晚宁以身殉道，亲自告诉了他，所谓"众生为首，己为末"，并非一句虚言。

他仿佛又看到了前世楚晚宁把灵核透支之前，那一张苍白的脸。

他的师尊当时以为自己一定会死，在死之前，对墨燃说：

"念善吧，不要存恶。"

大地轰然。

"怎么了？"

"怎么回事？"

众人愣怔，一面闪避，一面寻着动静的源泉。

其实并不需要寻找。

在墨燃站立的地方，蓦地爆发出熊熊火光——那并不是真的火焰，而是火系灵核透支燃烧时强盛的灵流，将墨燃整个裹在其中。

墨微雨。

前世的踏仙帝君，如今的一代宗师。

他……他在大灾面前，他竟……竟为阻这一切……

生生碎了自己的灵核！

和南宫驷、楚晚宁一样，灵核的破碎令他在骤然间获得了自身最大的灵力，他双目被火焰染得赤红，一张英俊挺拔的脸庞上没有太多痛楚的神情。

这一刻他是谁呢？

他能不能别再是万人唾骂的踏仙君了。

如果可以，他也想做楚晚宁。

灵核在胸腔里慢慢碎裂，熔化。

火焰越烧越炽，穿云透雾，照彻霄汉。

这一刻，他忽然觉得幼年时那些纯澈的、干净的梦都纷纷扬扬落回了心底，他站在火焰之中，他看到了段衣寒，看到了楚晚宁。

看到她在柴房里摸着他的脸颊，说："要报恩，不要记仇。"

看到无悲寺外那个少年，捧着米浆，小心翼翼地喂给他喝。

"慢点、慢点，不够还有。"

他这两世，原都是想做一个善人的。

他前世没有做到。

这辈子回首前尘，扪心自问，便难过了近十年。

他不知道该怎么补偿，日夜煎熬，也得不到一个好结果。

如果他告诉别人，他也曾有过大庇天下寒士的旧梦，谁会信他？

只有嘲笑，谩骂，讥谪。

因为他是墨微雨，他是踏仙君。

他错过，杀过人，所以做什么弥补，都是无济于事的。

都是错的。

谁都原谅不了他。

或许只有在这火光里，只有在灵核破碎、以身殉道，走向楚晚宁前世道路的这一刻，他才可以得到一星半点的慰藉。

他这才能小心翼翼地说一句：

"如果可以，我也想做楚晚宁。"

求求你们，听到这个愿望，不要笑我。

不要唾弃我。

我很笨，很长一段日子里，也没有人相陪。

我就这样走了两世，走了二十年的歧路。

太笨了，我不知道为什么自己最后会走到一片无止境的黑暗里，我不知道事情为什么最后会变成这样，回首望去，都是错的。

我找不到阿娘了。

我也找不到师尊。

求求你们，地狱太冷了。

让我回去好吗……

我想回家。

四

天音阁师昧成双

蜡燃尽了，便剩黑暗。

火熄灭了，唯有余烬。

但黑暗也曾亮过，灰烬也曾热过，他也有过光与热的岁月，此时此刻却无人知晓，不会再被提及。

墨燃已倾尽了自己最后一丝灵力。

他看着鸦雀散去，阴兵沉土，看着活人不再受控，棋子纷纷破裂，他看着即将吞没死生之巅的黑潮茫然退散，看着地狱灾劫就此将息。

人都道他十恶不赦，他自己也那么觉得。但这个恶魔终于做了与天神一模一样的事情，楚晚宁是他的蜡炬，他跟在那光芒之后，亦步亦趋地走。

"哥！"

"燃儿！"

他模糊听到有人在唤他，用余光看见薛蒙踉跄着向他奔来，薛正雍与王夫人破出重围向他奔来。

他因得了他们的呼唤而倍感宽慰，咧了咧嘴，似乎想笑，可泪水却顺着他血污纵横的脸庞潸然滚落。

他想说："对不起，是我做得不好。"

可是喉头哽咽，到最后，他却哀求着："别恨我。"

我是真的……

真的很喜欢你们。

喜欢伯父伯母，喜欢死生之巅，喜欢这一段偷来的温情、盗来的亲人。

伯父，伯母，薛蒙。

别恨我。

百万兵退，墨燃重重倒在了地上，满身泥尘。

前世楚晚宁重伤昏迷时，白衣染着血，但整个人依旧显得很干净。他与墨燃不一样，墨燃从来都是脏的。

意识涣散时，他感到王夫人伸手揽住了他，柔软温暖的臂弯，她不无心疼地唤他："燃儿。"

他听到薛正雍与木烟离在争执，薛蒙怒喝着："奸计？还能有什么奸计！如果是他召来的棋子，他又为何能为了退兵做到这个地步！"

他听到薛蒙在大喊："别动他！你们别动他！别带他走！"

一片混乱。

墨燃有心解释，再多叮嘱，可是他真的太累、太疲惫了。

他闭上了眼睛。

蛟山。

先贤大殿内，长明灯幽幽吐息着光芒。鲸油熬制的蜡炬足有碗口粗，这里看不到日月辰光，唯有灯花流落，淌成缠绵烛泪，昭示着时光的流逝。

师昧披着白狐裘锦袍，坐于高位。他支着额角，正在闭目养神。

这个位置原本是徐霜林坐的，当初他看着徐霜林炼制出一枚枚珍珑棋子，造出极乐与炼狱，一心奢望自己的师尊能重归人间。

他觉得这个人很有意思，可惜终不能留。

他面前摊着一方施有幻术的帛布，上面龙蛇飞舞，密密麻麻的都是各种颜色的小点。

这是前世踏仙君配合珍珑棋局所创的"沙盘"，黑色的点是黑子，银色的点是白子，红色的是已经阵亡的弃子，而帛布上的小方块则代表着敌对势力——只要有这块沙盘在手，哪怕千里之外，他也能看清楚战局。

师昧把帛布摊在案前，却不曾细瞧。他很清楚墨燃最终会做的选择，摆着这块布，不过就图个有趣。踏仙君有无数种方式可以摆脱困境，但墨宗师只有一条路能走，所以，没什么好看的。

不知过了多久，殿门忽然洞开了，厅堂内响起轻微的脚步声，师昧没有抬头，只淡淡问了句："你来了？"

光可鉴人的砖石上，一位男子站定。

这个走进来的男人披着雪白斗篷，帽檐很低，看不清脸。他停在大殿中央，身姿如莲。

男子开口，嗓音清雅，但语气低沉："方才外面传来动静，墨燃把踏仙君做出来的棋子都粉碎了。"

师昧连睫毛都不颤，淡然地"嗯"了一声，说："是啊，他没得选嘛。"

男子又道："踏仙君的身体已经不行了。所以他掌控的那些棋子早就开始反噬你，如今墨燃以灵核之力，将它们尽数解开，你得了解脱，也算一件好事。"

师昧便笑："哦？你是在关心我吗？"

男子不答，过了一会儿，他道："接下来，你打算怎么办？"

"还按老计划。"师昧总算动弹了，他伸了伸腰肢，舒开一双桃花眼，一笑之下，满室生春，"我不是早就都跟你说过了。"

"我知道你所思周密。但是你要想清楚，墨燃付出了那么大代价，去阻止珍珑棋子肆虐。这些门派的修士不是傻子，不至于对整件事情半点怀疑都没有。"

师昧笑了笑："我知道你的意思。为了替修真界挡下一次大灾难，他不惜碎裂自己的灵核，英雄嘛。"

"你觉得修真界会审讯他们的英雄吗？"

师昧并没有直接回答，他依旧是笑吟吟的，十指交叠，垫在颌下，温柔地问来人："墨燃做的这件事，跟前世的楚晚宁像不像？"

男子沉默一会儿才道："像。差不多就是重演。"

"那好，我再问你，前世楚晚宁被踏仙君软禁，修真界最后又有几个人真正在乎他，记得他？"

"……"

见他不答，师昧脸上的笑容便越发高深莫测："几乎没有，对不对？我都跟你说过的。那些年，薛蒙东奔西跑，最初还有人落两滴同情的眼泪，许诺他会给予援手，去死生之巅救人。但是后来呢？在踏仙君的积威下，那些许诺都只停留在嘴上。且随着时光流逝，最初的感动散去，人们就越觉得薛蒙厌烦。他再跑去请求别人的时候，大家就跟他说——'楚晚宁在宫内那么久，没准都已经死了。为一个生死不明的人，怎么可以赔进其他活生生的性命呢？'"

那神秘男子摇了摇头："楚晚宁当时是真的下落不明，而现在墨燃却还好端端地在他们身边。哪怕再是狠心，他们恐怕也不会去伤害一个刚刚为修真界流过血的人。"

听他这样反驳，师昧不由得叹息："你啊，比起我来，就是少活了那么几年，所以还太天真。"

他一边说着，一边把几案上的帛布收起，那上面的棋子已经全部变成红色，也就意味着都失效了。他浑不在意，将帛布放回了乾坤袋。

"人在不牵扯自己利益的时候，都可以很高尚。可一旦损及自身了，就会渐渐地露出畜性。"

细长的手指在乾坤袋上打了个结，师昧抬头道："如今在他们眼里，墨燃有一半的可能是个被冤枉的好人，也有一半可能是个诡计多端的恶人。误伤好人固然可惜，但错放恶人就可能酿成整个修真界的血雨腥风。"

"……"

见对方沉默聆听，师昧便悠然继续："所以，纵使他碎裂灵核，替修真界挡下一次大灾难。但他身上的疑点还是太多了，人性多疑，损害到自己的东西，都会选择斩草除根。这一点小变数并不会改变最终结果。"

那个神秘的男人问："所以，你觉得天音阁还能顺利擒下墨燃？"

师昧笑了笑："天音阁是我们这边的人，一切都在计划内，这是必然的。接下来，只要想办法得到墨燃的灵核碎片，我就能把踏仙君重新收拾得服服帖帖。有他的力量，还有什么做不成的。"

男子没有立刻接话，过了一会儿才道："可在另一个世界，你已操控了他近十年，又做成了什么？"

师昧微怔，似乎被男子诘问般的语气刺到，脸色慢慢沉下来，半晌后他才眯着眼问："这话什么意思，你质疑我？"

"不，我没有质疑你。"男子叹了口气，"你与我的初衷都是一样的。这世上恐怕没有人能比我懂你更多。"

师昧寒凉的神情这才稍微缓和了一些，但他漂亮的眸子依旧紧盯着阶下那个男子的脸，似乎在审视男子的话究竟有几分真，又有几分假，最后他抿了抿薄唇，说道："你明白就好。我做的每一步都是为了讨回我们应得的东西，所以有些牺牲，也是难免的。"

"嗯。"

"你说得很对，最懂我的人莫过于你。"师昧轻轻地说，"我在这两世之间，活得步步为营，胆战心惊。除了你，我几乎无人可以信赖。"

"……"

"你不要让我失望。"

师昧话音落了，悠悠如蝶盘桓，在一阵复杂的沉默过后，那个神秘男子开口了，他语气平和，说道："这段时间，我一直想问你一个问题。"

"什么？"

蛟山外阴云密布，起风了，草木萧瑟倒伏。仿佛无数流离失所的人在恸哭——呜呜的风声。

男子道："我很想知道，前世，为了我们的事情，牺牲到底大到了什么地步。你跟我说句实话。"

没想到他会忽然这么问，师昧眉宇间蓦得腾起一把火，照得目光幽亮："我不是早就告诉过你了？会死一些无辜的人，这很正常，你要想想我们从前受过的践踏，就会——"

"一些是多少？"男子温和而坚决的嗓音打断了师昧的话，师昧一瞬间像是哑了。

他面色明显地沉郁起来。这是很反常的，因为师昧一向是个喜怒不形于色的人，但在这个神秘男子面前，他似乎无所谓自己的张牙舞爪，就好像此刻他脸上的杀机，这个男子根本看不到一样。

"一些就是一些，难道我还要把无辜死难之人登记造册，送与你过目吗？"

男子却淡淡笑了，他轻声说："好啦，你也知道，我是再也看不见了。"

"……"

"我一直很配合你，从你来找到我，告诉我前世真相之后，这么多年我一直在帮你。你在孤月夜潜伏着，我便在死生之巅做着每一件你交代我去做的事情。"男子说道，"尽管有一些不解，偶尔也有困惑，但你的想法就是我的想法，你的追求就是我的追求——为了我们共同的那一件事，我早已将生死置之度外，我一直以为你也是这样的，所以我无所谓牺牲我自己，只要我们能够成功。"

师昧蓦地起身，来回踱步。

"你说这番话是什么意思？你把生死置之度外了，意思就是我苟且偷生？"

他拂袖回首，盯着白衣男子，面色霜冷。

"你若知道我是什么样的人，就根本不该说出这种话来。"

"我知道。"神秘男子说，"但我在想，前世你诈死之后，以华碧楠的身份躲在幕后，操控着墨燃内心的蛊虫——十年。"

"八年。"师昧打断他，"后来楚晚宁把自己的地魂一分为二，打入他体内，多少唤回了他的一些本性。八年，他就自杀了，没有十年。"

"好，八年。"男子说，"这八年里，你扩张他心中仇恨，令他犯下这样或那样的滔天罪孽，可是却离我们的初衷越来越远，你见他这样，为什么不及时阻止他？"

师昧怒极反笑："你知不知道炼一朵八苦长恨花有多难？"

"我知道。"

"你知不知道中过花蛊的人，一旦解了蛊，就再也不可能生效第二次了？"

"我知道。"

师昧不笑了，他眼中闪着愤怒："那你还问什么。换成是你，你会怎么做？"

男子静默，良久后叹了口气："你不是都已替我做了选择？"

师昧蓦地失语。

男子道："我没有亲自做过这样的事情，走过你走的路，所以即使知道，如果是我遇到了同样的局面，也会做出一样的决定，但我……"

师昧眯起眼，一步一步地，走下长阶，停在男子面前："但你？"

"但我还是问心有愧。"

死寂。

忽然，师昧揪住那男子的袍襟。漂亮的，戴着蛇纹指环，极其优雅的一只手，紧紧攥着眼前人，手背经络暴突。

他咬牙道："好一个问心有愧，你和我有什么区别？过去的事情一桩桩、一件件，哪个不是我们两人一同谋划的？你过去不是理解得很，明白得很吗？你不是心狠手辣得厉害吗？你现在有愧了？——为什么？"

"……"

"因为你觉得徐霜林视你为友，但一直以来你欺骗了他，告诉他假的复生之术，让他替我们打开时空生死门，你惭愧了？"

男子轻声说："他到死都没有出卖我。"

师昧愣了一下，眼中闪动着困顿与悲愤："好、好——我就说你当时怎么那样不甘心。

——还有呢？你看到了成千上万的棋子，你为那些人心痛了，你自责？"

男子却很平静："你心里难道就没有半点自责吗？"

"你……"师昧咬牙，他的目光几乎有些疯狂与讥嘲了，他盯着眼前人，盯了很久，像在看一个莫大的笑话，又像在看一个令他齿冷的叛徒。

忽然，他像是想到了一个极恶毒的措辞，他冷笑起来，露出毒螯，狠扎进了那个男子的血液里。

"好，很好，你说了那么多漂亮话。自责啊，惭愧的。但说到底，你还是在痛惜吧？"

看着对方眉宇间笼起的一缕茫然，师昧眼中的光芒便愈盛，他像是扑食的兀鹫，翱翔着，盘旋着，等着猎物咽气的瞬间，扑杀而落。

"你忽然向我兴师问罪，大概觉得是自己看到百万珍珑棋子，所以懊悔了；大概是觉得自己看到徐霜林的死，所以触动了。但我懂你。我知道你是个怎样的人——自责和惭愧对你而言是不存在的，你和我一样冷血、薄情寡信。"

兀鹫的羽翅投落死亡的阴影，越来越往下，越来越森冷。

"你根本不是在忏悔。别骗自己了。"

他矜傲又得体地笑起来。

捏住别人七寸的师明净，永远都是优雅又从容的。

他一字一顿。

"依我看来，你只不过是在痛惜你的眼睛。"

言毕，师昧唰地抽出腰间匕首，慢慢地，以刀柄挑开男子低垂的白色斗篷帽檐，一点一点，蓦地揭落。

斗篷落下，白绒兜帽之后，露出的是一张倾国倾城的容颜。

绝世之姿，眉目优雅。

他们两人，居然长着一模一样的脸！

只是这个披着斗篷的师昧，双目已眇，遮着一道雪白帛带，几缕额发垂落于帛带前。

师昧看着被掀开了斗篷的男子，冷笑道："师明净，看清你自己吧。你痛惜的，无非你的牺牲比我多。当日蛟山上情况到了极差的地步，为了扰乱楚晚宁的心绪，我们只好出了商量过的最后一招——周围那么多人看着，我们自然不能做做戏。所以最终你失去了眼睛，但我还好端端的，你嫉妒。"

"我若是嫉妒，从一开始，就不会答应你这个计划，不会做好牺牲自己的最差打算。其实对我而言，我们两个任何一个活着，去完成那件未完成的事情，都可以。我又何必——"

话音未结，却被打断。

"谁？！"

匕首掷出，准确无误地打在了梁柱之上。

师昧回眸，阴阴冷冷道："出来。"

黄啸月蓬头垢面、虚弱至极地从石柱后面转了出来。

他那日背叛众人，寻找蛟山宝藏，却因触发机关，被困囿密室之中无法脱身。儒风门密室内金银宝器、剑谱秘籍，什么都不缺，唯独缺少食物。

江东堂一干人困于其中，手足相残，强欺弱，到最后只剩了黄啸月自己。

他挣扎摸索着，终于从密室里出来，却没承想撞到了如此诡谲的情形。

——他看到了什么？两个师明净？

黄啸月怎么也想不通，怎么也想不明白。

以他的脑子，最多也只能猜测这是孪生兄弟，绝不会想到这是时空生死门作用之下，出现在同一个世界的两个师昧。

但越听两人的对话越觉蹊跷，黄啸月老奸巨猾，隐约觉察不对，想要先走为妙，谁知师昧耳目敏锐，竟发觉了他的存在。

师昧眯起眼睛："我当是谁，原来是只老硕鼠。"

他视线下移，落到黄啸月的衣袍上："血？……蛟山没有动物，什么血？"

他静了片刻，似乎想通透了。

唇齿启合，竟有鄙夷。

"人血？"

黄啸月感到杀机，拔腿就跑。

"你能逃去哪里？"

师昧青衫飘逸，身轻如鸢，已是稳稳立在了黄啸月面前，抬起一双烟雨眼眸。

可惜他的眼神太冷了，雨在眸中冻成了冰。

"老匹夫！你怕是不知道，我生平最恶心的事情，就是人吃人。"

——这是黄啸月听到的最后一句话。

大殿内弥漫着浓郁的血腥气，师昧看着黄啸月倒在地上，血水从胸口的窟窿里汩汩流出，他嫌恶地皱了皱秀眉。

他一边擦拭着手上的血迹，一边说道："恶心东西。"

回过头，他盯着另一个师昧看了片刻。

然后他的语气放缓了下来。

"两世了，世人多的是黄啸月这样的禽兽，你看到了吧？所以这修真界的牌早该重洗。另外，你也别多想，我跟你说过的，不会让你白白牺牲。等事情了结，我就想办法治好你的眼睛。"

"……"

见裹着斗篷的白衣师昧仍不作声，他转动眼珠，又淡淡地说道："别犟了……算了，我答应你，若非迫不得已，不会再累及无辜。这样你总可以放心了？满意了吗？"

听到这句话，白衣师昧一直紧绷着的背脊才慢慢放松，他嘴唇翕动，似乎想与另一个自己再说些什么，可是经此一闹，那个来自前世的师昧心情变得极差，并没有打算再听他的，已大步出了先贤祠正殿。

天音阁为你取暖

蛟山的后山有一条幽僻小径，被重重叠叠的藤蔓所遮掩，从这条小径上去，便是南宫家祭祖时用于休憩的清潭宫。宫殿不大，但曲廊回合，步移景变，花园内生长着一种在夜色中会散发出荧光的龙血花，此时花期已过，只有零散几丛还盛开着，远看便如星子碎落，缀饰着夜空。

师昧走到花丛深处，那里有一方温泉。他脱去衣袍，莹白如玉的脚趾踩在岸边，垂眸望向池中的自己。

温泉池水很烫，但他的眼睛很冷。

他伸出手，慢慢抚上心口——

那里因为曾经的禁术反噬而溃烂了一大片，但现在他不再需要担心了，一切都在按计划走，一切都会好起来。

他踏进泉水里，蛟山的温泉混着魔龙之息，泡起来很舒服。师昧靠在池边，合着眼睛。

忽然，不远处传来窸窸窣窣的响动。师昧未曾睁眼，只淡淡地开口："是谁？"

南宫柳从灌木丛里钻出来，发鬓间还簪着一朵龙血花。

他见到师昧，笑得很开心："挚友哥哥在洗澡呀？有我帮得上忙的地方吗？"

师昧道："没有。"

南宫柳便挠了挠头："那、那我不站在这里了，我先走啦。不然你光着身子，我穿着衣裳，你好亏的。"

蒸腾水雾中，师昧笑了一下，他的面庞在泉水滋润下越发剔透，宛如江南初冬的薄冰，既晶莹易碎，又清寒砭骨。

他舒开一双桃花眸子，似笑非笑地看了南宫柳一眼："怎么我就亏了？"

南宫柳倒是很耿直："因为你好看呀。"

"哦……你一个小孩子家家的，也知道美丑吗？"

南宫柳就有些气呼呼地说："我已经五岁啦，不是小孩子。"

师昧像是产生兴趣，笑容愈深："好，那便算哥哥错了。来，哥哥问问你。我和踏仙君，你更喜欢哪个？"

"当然是挚友哥哥了。"南宫柳不假思索道，"踏仙君是谁？我不认得他。"

"那就换个说法。"师昧道，"我和那个墨燃……你记得的吧？他跟你打过招呼的。"

南宫柳噙着手指，认真地想了一会儿，点了点头。

"我和他，你更喜欢谁？不要因为和你熟不熟而选择，我其实就想问问你眼里的美丑。"

这回南宫柳倒没有立刻回答了，他歪着脑袋，思索了好一会儿，才道："还是更喜欢挚友哥哥。"

师昧像是被取悦到了："哦？你倒说说，他有哪里不好？"

"我说不出来。"

"那你为何更喜欢我？"

南宫柳竟显得有些委屈了："我也不知道啊……觉得好看就是好看嘛。"

师昧若有所思地静了一会儿，忽地从温泉深处走出来，到水雾稍浅的地方，双手交叠趴在池边，露出弧度柔美的背脊，笑吟吟地说："你过来。"他说着，朝南宫柳招了招湿漉漉的手，待南宫柳走近了，师昧便从热泉深处站直了身子。

"啊呀——"

师昧好笑道："你叫什么？都是男的，有什么好害羞？"

南宫柳拿手胡乱抹着眼睛，嘟哝道："才不是害羞，你把水弄到我眼睛里去啦。"

师昧却没心思管他什么眼睛不眼睛的，他拉着南宫柳的手腕，迫使对方直视自己。于是胸口那狰狞的伤疤，便就这样彻彻底底地浮现在了南宫柳眼皮子底下。

"你看看这里。怕吗？"

那个疤口溃烂得厉害，还往外流着脓。南宫柳只瞥了一眼，就嫌恶地把头转了开去，他到底是童言无忌，说道："好恶心。"

师昧笑容不改，但眼神却有些凉了："现在你还觉得我好看吗？"

南宫柳努力地试图挣开他的钳制，但是师昧的力道太大了，他怎么试都没有用，最后他眼睛里竟笼上一层水汽，有些害怕，又有些瑟缩地说："你、你松开我。我不喜欢这样。"

"你好生看仔细。"

"我不要——哎哟！"

"咔嚓"一声脆响，因为太用力，所以师昧竟生生将南宫柳的手骨捏到脱臼。他眼里闪动的光芒说不出是恼恨还是不甘，近乎偏执地说："刚才不是还说我好看吗？怎么着，一点小伤口，就从美变成丑的了？"

"不是……"

"是不是美人只要稍有瑕疵，就会遭人嫌恶？"师昧逼近他，"昔日缠绵，就会变成望之生厌；昔日憧憬，就会变成喉中鲠刺。"

南宫柳终于忍不住，"哇"的一声大哭起来："我听不懂、我听不懂！你放开我，我不要待在这里啦。"

他的吵嚷令师昧原本就有些躁郁的心情变得越发晦暗，他眼中似有黑云翻滚，忽地抬手，一个耳光扇在南宫柳颊上。

他终是松开了南宫柳，冷冷道："废物东西，滚吧。"

待南宫柳哭着远去了，师昧重新潜到温泉深处。周遭依旧是景致怡人，龙血花芳华吐露，空气中弥漫着浅淡馨香，但他初时的欢欣却消失殆尽，心口只有怒气，无边无际的怒气。

他蓦地捶了一下水面，水花四溅，复归平静。

涟漪散了，重新照出那个温柔依旧却胸口溃烂的倒影。

师昧的愤怒里就又陡生出一股茫然与无力。他重新靠在池边，睫毛帘子抬起，望着天幕。

"人都会变的。"

他喃喃着。

就像种子会发芽，嫩芽会变得碧绿，绿叶中会绽出鲜花，花朵会凋敝零落，落花会碾碎成泥。

时光看不见摸不着，但每一个人都在被它悄悄地消磨，有人被磨尖了爪牙，有人被磨去了棱角。

"都是会变的……"

他疲惫地掬了捧水，抹净自己的脸庞。

比较一下他自己的前世与今生就知道了，可他到底又是从哪一步开始走上歧途，从此不可回头的呢？

沐浴更衣毕，师昧将墨黑的发髻松松绾起，自那条馥郁幽香的小路回到了蛟山密室。在门口站了一会儿，伸手推门。

此时夜已深浓，密室里的灯烛几乎都熄灭了，只留了一豆孤火，在罗帷之后燃烧着。

师昧不动声色地进了室内，没有发出任何响动，唯独带入了沐浴后特有的皂角清香。可也就是这个香味，惊动了躺在床帷深处的男人。

踏仙君沉缓沙哑的声音响起："谁？"

师昧阴郁道："我。"

罗帐里沉默须臾，传来翻身时的衣料窸窣声，踏仙君冷笑："主人当真风雅。深更半夜不寐，来本座寝处偷听墙脚？……您不热吗？"

师昧的脸色更凉了："你也适可而止点。把他弄死了谁都没得玩。"

踏仙君的嗓音懒洋洋的，低沉里透着丝慵倦："主人您大可放心，本座也没什么变态癖好。一贯只爱务实，对于闲磨嘴皮子、拿蛇咬人、绑着眼睛玩猜谜一概都无兴趣。弄不死什么人。"

"……"

闲磨嘴皮、拿蛇咬人、绑眼玩猜谜——就算心再大也清楚他说的是谁。

师昧心中怒焰蒸腾，上前哗地撩开罗帷，仿佛刀剑相碰，花火四溅，师明净阴柔的脸对上踏仙君英俊的面庞。

"你——！"话还没说完，他蓦地顿住。

但撩开的帘幕后，眼前的情形却着实令他意外。

他看到楚晚宁睡得昏沉，脸颊烧烫微红，正发着烧。而向来残暴的踏仙君，一手正安抚般地摸着怀中人的头发，另一手握着一块蘸了凉水的手帕，一声不吭地敷在楚晚宁额头给他降温，脸上则是一副又嫌弃又绝不可能放手的神情。

师昧道："你这是在做什么？"

踏仙君一脸鄙夷："你以为本座在做什么？"

"……"

罢，何必与一个死人计较。

师昧闭了闭眼睛，强自把怒意压下心头，但是胸口处那小火苗腾腾燃烧着，竟一时无法熄灭，终是忍不住冷嘲还口道："想不到踏仙君这么大岁数，睡个觉还要师父陪。我想这如果不是因为怕黑，那大概就是想和师父发嗲吧。"

不得不说师昧这句话很奏效，踏仙君立刻危险地眯起眼，他下意识地想要抬手把昏迷的楚晚宁推开，或者干脆一脚端到床下，这样看起来大概会非常有气势。

可是看着师昧走近，他最后做的，却是将宽大的袍袖一挥，遮住楚晚宁的脸庞。

做完这些，踏仙君才沉郁地抬起眼眸："本座之事，与你何干。"

师昧咬牙道："顶嘴也当有个度，你也不想想是谁造了你！"

"寒鳞圣手张口闭口就只有这一句话来胁迫本座。"踏仙君冷冷道，"当真是好大的出息。"

"你——！"

师昧被他接连顶撞，终究还是难以忍耐，他凌厉抬手，一戳踏仙君额前，度去些灵力。

"魂聚。"

咒诀从形状饱满的唇齿间念出，但踏仙君的眼眸还是硬劲狠戾地坚持了很久，久到师昧心中栗然，甚至觉得这个男人即将彻底脱离自己的钳制。

他额头沁出细汗，和踏仙君胶着，末了又耗尽了几乎全身的灵力，低喝道："魂聚！！"

这一次，踏仙君的身形微震，而后目光才终于涣散。

师昧收去灵力，喘了口气，捂着隐痛的前胸，眼前阵阵眩晕。

他出于体质，灵核和灵力都是下等的，哪怕再是勤修苦练也无法和别人比肩。平时用药自然厉害，可一旦牵扯到需要灵力的，他的身体就根本不能支撑。

师昧闭了闭眼睛，缓了一会儿，才重新看向踏仙君："我再问你一遍，你刚刚在做什么？"

因为被操控了，所以踏仙君便无甚感情地说："他发烧了，畏冷。"

"所以呢？"

这个只剩一缕前世识魂、行尸走肉的人偶淡淡地说道："有本座陪着，他会暖和些。"

"……"

师昧盯着踏仙君看了良久。

"取暖？"他淡色的嘴唇动了动，蓦地笑出声来，虽然桃花眼瞳中毫无笑意，"墨燃，你疯了吧？你摸摸看你自己身上的温度——你算什么东西？你浑身上下和冰块一样冷，你早就死了，没心没肺没有体温，你连自己都冰冰凉的，还想暖他？"

踏仙君空洞的黑眸里似乎闪过一丝痛楚，但那痛楚转瞬即逝，他终究是一个死人。

师昧道："起来。"

踏仙君闻令并没有立即起身，他黑眉紧拧，似乎在自己的意志和师昧的控制之间挣扎。

"你给我起来！"

命令更强，在这样凶狠的口吻之下，踏仙君终于听话。

他慢慢从床上起身，楚晚宁的体温兀自留在他早已不会起伏的胸膛。

师昧阴沉道："出去。"

踏仙君就那样迟缓地走了几步，忽地又停了下来，低声说了句："有的。"

"什么？"

踏仙君木僵地重复："有的。"

师昧一时未曾反应过来，问："有什么？"

"温度。"这个男人迟钝地抬起手，抚摸上自己的胸口，抚摸着楚晚宁留给他的余温，"这里，是热的。"

师昧仿佛被针尖所刺，陡怒，没有什么比掌中傀儡不乖顺更令他懊恼的，他低喝道："你给我滚出去。"

踏仙君就又走了两步，但这次真的只是两步，他的神情就蓦地痛苦起来。

"不……"他抱着头，掌上经络根根暴突，浑身都在打战，喉中发出低沉的喘息，"本座……不甘……怎能、怎能如此……如此……"

他双目紧合，意志或强或弱，记忆或远或近。他在挣扎，在纠结，几番浮沉，两世折磨。

"由……你……放肆……！！"

呢喃忽地顿住，战栗戛然而止。

师昧闷哼一声，捂住心口——踏仙君挣脱钳制时反噬给了他一股强悍余力。他几乎是踉跄着往后退了一步。紧接着，他看到踏仙君蓦地睁了眼，眸中血腥凶煞如雾气弥散。

"……"

那双鹰隼般的黑眸，里面再无迷茫，倒映着自己一张清冷冷的脸。

师昧脸色煞白，慢慢道："你倒是恢复得越来越快了。"

踏仙君不作声，眼底掠起雪亮的光辉，他微微喘着气，抬手召出了不归。

师昧微抬起下巴，视线顺着刀柄上移，落到墨燃虎狼般豹变的面目上："怎么，生气了？想杀我？"

漆黑无光的刀刃唰地抬起，眨眼已悬在师昧雪白的脖颈间，用力极狠，甚至擦破了他的皮肉，渗出细细血丝。

师昧没退，冷笑道："帝君陛下，你如今能走能动，全靠我的灵力维系着，要是杀了我，你也得死。这点你不会不明白。"

"……"

师昧继续道："论实力，我确实打不过你。但你自己想清楚，你是要鱼死网破，还是想要继续活在这世上。"

踏仙君的手极稳，没有抖。

但过了片刻，却蓦地反手收回了不归，别过头去。

师昧见他收刀，便抬起手，慢条斯理地摸过脖间血痕，而后道："好在你还不算太笨。"

"……"

"以后别再动不动喊打喊杀的。其实咱俩的关系，你心里也很清楚。"师昧看了一眼踏仙君，"你就像生了锈的刀，我想要将你恢复成从前那般好用，继续做我的利刃。而你呢，你恐怕是打算恢复之后，彻底摆脱我的控制，要了我的脑袋。"

踏仙君的黑眼珠转动，侧过来，冷冰冰地瞧着他。

"这些年，你在另一个红尘里继续替我做事。生死门的残缝十分窄小，难以过人，通常我都是以信鸽传书于你。但我们偶尔也会以蛊虫互通有无，关联内心。所以我当然知道你是怎么想的，你没必要吃惊。"

踏仙君终于开口，冷然道："我看你离瞎也不远了，你哪只眼睛瞧见了本座吃惊？"

师昧抿了抿唇，面色更沉，而后他说："好。既然你清楚事情利弊，那就更应该忍到那个时候。我们齐心合力，等大功告成的那一天，再看看，究竟是你能反杀了我，还是我将得到一件战无不胜的利器。"

踏仙君道："拭目以待。"

师昧正欲再说些什么，忽然，床榻上的楚晚宁发出了一声轻微的闷哼。只是这如昙花瞬世的轻轻一声，正在唇枪舌剑的两个男人却都立刻转头。

"晚宁？"

"师尊——"

"……"昔日师兄弟互相对视，踏仙君阴骘地不吭声。过了一会儿，他眼珠转动，从师昧身上，移到昏沉不醒的楚晚宁身上。

片刻后，他用一种似是不甚在意的口吻道："这人已经发热很多天了。怎么也不见好，再这样下去，他会不会……"

话断在此处就没有再说下去，这个杀人如麻的踏仙君在说到某个字的时候，便停落了。他的长睫毛动了动，闭上眼睛。

师昧倒是无所谓："想问什么？想问他会不会死？"

不知是不是错觉，踏仙君原本就很苍白的脸越发了无人色。他抿了抿唇，似乎很厌弃"死"这个字，只言简意赅道："会不会？"

"当然死不了。你也太小看了北斗仙尊。但这件事你还好意思问我？"师昧挑起眉峰，"他发烧是因为谁？"

踏仙君脸色就更差了，简直臭到了极致，他阴沉道："他不是我，别把我和那个废物混为一谈。"

听他这么说，师昧盯着他来回打量一番，最后道："巧了，我也觉得他是个废物。你也很清楚，我费尽心机，在这个时空撕开一个巨大的时空裂口请你过来，为的就是让那个废物消失，让你重登人极。"

"陛下。"他忽然带着玩味，这般称呼踏仙君，"还差最后一点，我们的目的就能达成了。你其实也很想要完整的力量，汹涌澎湃的灵核，对不对？"

"……"

师昧像是捕猎的蛇，咝咝吐着猩红芯子，蛊惑着，诱惑着。

他看到了踏仙君眼底的渴望。

于是他展颜笑了，势在必得，成竹在胸。

"如果你想恢复全部实力，那就听话些。"他皓齿淬毒，眸有精光，"你听话了，我们才好办事。"

踏仙君沉默片刻，拂袖道："先别谈这个。"

接着他指了指楚晚宁："谈这个。"

"他嘛，他也就是灵魂融合加上身体受了太大的刺激而已。"师昧淡淡的，"没什么好谈的。不过你要是真的想让他舒服些，那不如先出去。"

踏仙君眼神立刻警惕："你想做什么？"

师昧似笑非笑地说："替他疗伤啊。"

"本座也要在这里。"

"那可不行。"师昧说，"寒鳞圣手施术救人，概不予他人观瞻。"

"……"

见踏仙君还没有要走的意思，师昧就说道："你不走也可以。那我出去，你留下。反正帝君你有通天的本事，肯定也能照顾得好他。"

听师昧这样一说，踏仙君的脸色就更难看了。

他灵力凶狠霸道，最不适合的就是疗愈之术，前世宫人那么多，更是不缺医官，所以他也从来没有仔细学过。

师昧恢复了从容，笑吟吟地瞧着他。

踏仙君显然是被他的笑容恶心到了，倏忽扭头，银牙紧咬，根本不愿意再看师昧。

过了好一会儿，他才说："行。本座出去，你给他疗伤。"顿了顿，又凶狠道，"但本座就在门口，你若是敢……"

他话还没有说完，面上的寒凉就几乎能逼死人。

"你若是敢对他做些什么，本座立刻就要了你的狗命。"

这种威胁对师昧并没有太大的效力，他又笑了笑，对踏仙君做了个"请走"的手势。

踏仙君出去了，临走前还在门口阴着脸盘桓了很久。师昧站在这终于安静的密室里，看着那终于关上的石门，过了一会儿，他转过身，走到床榻上那个白衣男人身边。

师昧脸上那种嘲讽的笑容消失了，换作一种极为宁和又极为疯狂的神色。他轻轻道："师尊。"

一步一步走过去。

现在楚晚宁终于在他的掌心里了，踏仙君站在外头又怎样？他有的是不让楚晚宁发出声音的方法。

等人界帝君进来的时候，再气恼再凶煞也都无能为力了。要怪就怪自己太天真太无能，只得拱手将人留在蛇窟里，与寒鳞相伴。

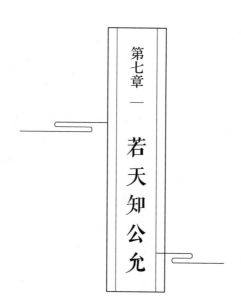

第七章 一　若天知公允

天 音 阁 与 蛇 独 处

师昧先是喂了楚晚宁一颗疗伤圣药，而后俯身，柔腻的细指犹如十条蛊惑人心的白蛇，潜入墨发之间。他将楚晚宁的后脑勺托起来，与自己额头相抵。

"庄周梦，蝶化身，终夜常相伴……"

口中咒诀轻念，可念着念着，忽又停了呢喃。

他原本是想施咒革除楚晚宁的一些回忆，这是他最擅长的法咒之一，之前他就对墨燃用过。

可是大约因为楚晚宁体内的灵魂紊乱，记忆也正处于恢复期，对外界的排斥很大，他发现这一招对楚晚宁并不奏效。

"这可真是个麻烦事。"师昧叹道，他闭了闭眼睛，而后睁开——

一双桃花眸里萦绕着妖异的光华。他用这样一双眼紧盯着楚晚宁，而后再次念道："庄周梦，蝶化身，终夜常相伴，昨日如流水，长醉此山中……"

这次倒是有些效果了，可也并不是完美的。

他的咒诀就好像一块巨石投入池中，尽管此刻溅起了万层波浪，但很快也会归于原状。

不过没关系，能忘记掉一时半会儿也好。

"师尊，睡了好久，你也该醒了吧。"

这一声轻唤仿佛蛊咒，半晌之后，楚晚宁睫毛微动，慢慢地睁开了眼睛。

出于师昧咒诀的原因，他的意识暂时变得模糊，暂停在了前世，停在了师昧身死之后。

曾经，楚晚宁被痛失师昧的墨燃伤得太深了，他潜意识总想着要是能改变就好了。所以神识就溯回到了那些岁月。

——不过，人的三魂六魄本就十分精妙，楚晚宁体内此时又承载了两世的灵魂，所以即使被师昧施了法咒，头脑也是混乱的，整个人都有些做梦般的神情。

他有些记忆错乱，梦醒不分。

"师明净？"

"嗯。"师昧的嗓音很温柔，"是我。"

楚晚宁似乎很疲惫，高热让他浑身不适，他只是若有若无地应了一声，就又把眼眸合上了。

师昧知道他正在适应，也不急，在旁边从容不迫地等着。

过了一会儿，他听到楚晚宁闭着眼睛低声叹了句："我怕是在做梦了……真好，你还活着。"

知他记忆停在了前世天裂之后，但没有想到他会有这样的感慨。师昧心中一动，竟有些久违的涩然。

"你舍不得我死吗？"

"你还那么年轻……有那么多人喜欢你……"楚晚宁轻声地说，"不应该是你。对不起……"

"……"

"如果是我就好了。至少没有人会太伤心。"

心中的那股涩然越发鲜明，在他死气沉沉的心脏里鼓动着。这种感觉当年第一次和楚晚宁同撑一把伞回家的时候就曾有过，后来阴谋"阳谋"那么多年，身边的人死的死，散的散。

他在暗处蛰伏着，把自己当作一块无情的顽石。

后来他就真的以为自己是块石头了，直到今天，才又真真切切地感到了心脏的存在。

酸甜苦涩皆有，又痒。

他明明知道自己不该有这种情绪，酸涩的雨会腐蚀巨石，柔软的青苔会让他分崩离析。

他张了张嘴，喉中干涩，于是又咽了口唾沫，复问："那你呢？我死了，你伤心吗？"

"……"

"你伤心过吗？"

楚晚宁凤目半开，春絮般纤长浓密的睫毛下，是一双承载了太多心事的眼。师昧努力地往里头张看，试图捕捞到一丝棱角分明的情绪。

可是没有。

就像水单独放着是水，麦谷单独放着是麦谷，一种感情单纯地放在那里，才能一直是那种感情。

可惜人的情绪永远不会是单一的，师昧的死，令他有过伤心，有过痛苦，有过自责，后来又成了懊悔。那么多情绪混杂在一起，就像麦谷混合了水囤着，早已发酵质变，不复当年模样。

师昧执念极深地追问："师尊，如果再给你一次机会，你会不会像愿意救他一样——舍弃自己的性命来救我？"

楚晚宁眼里空蒙蒙的。

"会不会？"

"师明净……"他只来得及说这三个字，嘴唇就被师昧伸出食指点住了。等了那么久的回答，真的到揭晓的那一刻，却不敢听，不想听。

师昧想，自己大概是知道答案的。

"嘘，别出声。"师昧盯着他，指尖慢慢下滑，最后在楚晚宁喉间一点，施落噤声诀，"不要说了。我忽然不想听。很不想听。"

楚晚宁被他的咒诀制住，一声也发不出。

师昧道："这个咒诀是你之前教我们的，说可以让我们在危险处不发出声音。你有没有想到有一天，它会被我用到你身上？"

他说着，根本不去看楚晚宁眼中的迷茫与愤恨："师尊，你知道吗？两世了。我苦心孤诣，步步为营，没有过一天安稳日子。"

他把楚晚宁的手脚捆缚，绑在床头，一边做着这些，一边咬牙切齿道："我确实不是个正常人，我要做的事情也不允许我当个正常人，但那又怎样！踏仙君那个傀儡都能为所欲为，我凭什么要瞻前顾后？"

师昧这样说着，看着楚晚宁怒不可遏地挣扎。

他觉得既痛苦又愉悦。

"如今我算是想明白了。人生得意还是不得意，都是要尽欢的……师尊。"他说，"好不容易走到这一步，我也想感受那种……你的一切都必须由我摆布，你必须只能乖乖听我的话的滋味。墨燃身上没什么值得我效仿的，唯独他对你做的这些事，我亦很想尝试，我……"

话未说完，忽听到石门隆隆洞开的声音。

师昧蓦地回头，瞳孔一缩——

只见踏仙君阴鸷的面容出现在门洞后面，嗓音大有黑云欲摧城的杀意。

师昧："你——！"

踏仙君一步跨进门，双手抱臂。他的目光自整个画面扫过，接着薄唇启合，冰冷道："这位小姐，请您下床。"

师昧正是恼羞成怒，一时没有明白他的意思，愠道："什么小姐？谁？"

"不好意思。"踏仙君又颇为仔细地盯着他阴柔的脸瞧了瞧，"原来是位公子。公子太娇，本座一时不曾发觉。"

饶是师昧再镇定从容，此刻也不禁青筋暴突，脸涨得通红，但无奈踏仙君所言皆是事实，他一时竟想不出什么话来反驳。

踏仙君朝他走过去。在床柱旁站定，微抬下巴，斜靠着。

"华碧楠，你是不是以为自己没折腾出声音，本座就不知道你在做什么了？"他眯起眼睛，英挺的脸庞满是鄙薄，"你真当本座今年三岁。嗯？"

天音阁如归巫山

"墨燃，你竟敢窥伺我？"

踏仙君嗤笑道："有意思，你倒说说，这世上有什么，是本座不敢做的？"

"……"

"你这般阴柔无用的脸庞下，竟还藏有想效仿本座的心，你一边如此想要效仿本座，却又偏说本座没什么值得你学的，畏畏缩缩，颠三倒四。华碧楠，你竟也不觉得自己恶心。"

师昧阴着脸："你说谁恶心？"

"谁答话就是谁。"踏仙君冷道，"本座向来对恶心东西耐性极低，你最好识趣，立刻从本座眼皮子底下消失。"

"你竟敢命令我？"

"这里是蛟山。"踏仙君缓缓道，声音透着威胁，但又显得很慵懒，"万事万物皆听南宫家血脉的号令。你在本座的地盘上还如此不知收敛，本座看你是真的活腻歪了。如果你想见识见识本座可以从这座山里召唤出什么，那么——你大可试上一试，本座不介意给你贫瘠的眼界拓拓宽。"

师昧咬牙片刻，最终道："墨燃，你真太可笑了。"

但说归这么说，他还是心存忌惮，他毕竟不是莽撞之人，沉着脸将浴袍整理好，怫然离去。

人至贱则无敌，踏仙君高处不胜寒，十分无敌。

于是乎，屋里就又剩下踏仙君和北斗仙尊两个人了。

踏仙君走过去，伸出手——

然后他看到了楚晚宁那双明显带着锋芒与敌意，却又有些湿润的眼睛。他把手伸过去，大概是那些年的囚禁让楚晚宁立时想到了他的暴虐，几乎是在瞬息间绷紧。

踏仙君在心里微微叹息，却也不知道自己的这一丝心软究竟是因为什么。

他把手触上了楚晚宁的额头。

"没刚才那么烫了。"踏仙君面上没有太多表情，"他人是废了点，药倒真是不错。"

顿了顿，他又冷然道："以后不会让那孽畜欺辱你了，本座的人，谁都不让碰。你大可以放心。"

他根本还不知道楚晚宁此刻的记忆已被师昧清洗，暂时又回到了前世，因此也不知道自己这番话给了楚晚宁多大的惊骇。

墨燃竟然称师昧为孽畜……

踏仙君没有注意到楚晚宁这一瞬的神情，事实上他正因为自己对楚晚宁这样温柔而感到别扭，所以一直在避免直视他。

如果换成以前，他大概不会对楚晚宁有所怜惜。

可是他一个人，在另一个世界孤苦伶仃那么久，生死都不能做主，只能这样行尸走肉地活着。

再一次见到楚晚宁，他这颗冷冰冰的心里似乎生出了一抹模糊的暖意。正是这种暖意让他再不能对他如从前那般暴躁。

他替楚晚宁解开绳，看到那手腕上鲜红的勒痕时，甚至还下意识地揉搓安抚了两下。但他随即意识到自己在做什么，所以又停了下来。

他实在不知道自己这是怎么了。

过一会儿，师昧的法咒渐渐变弱，所以楚晚宁能够出声了，记忆也开始交错慢慢恢复，他的眼神有些错乱，但他在这光怪陆离的眩晕中，还是苍白着脸，忍着颅中的痛楚，说道："墨燃……"

"……"

"他回来了。"

是醒是梦都不再重要，只是心里多年的一个夙愿得偿。

楚晚宁几乎是声音沙哑地说："所以……不要再恨了。"

踏仙君望着他。

大约是觉得此梦将央，楚晚宁合了合眼眸，抬起红痕犹在的手，摸了摸踏仙君的脸庞："回头吧。"

心底似乎有什么在坍圮塌陷，踏仙君眼一眨也不眨地盯着他，茫然也在他脸上浮起，薄薄的似一层云烟。

楚晚宁蹙起眉，竟是有些哽咽的。

"前头没有路，回去吧……别再往前走了。"他捧着他的脸颊，浮沉在两次人生里的北斗仙尊，望着早已是活死人一具的踏仙君，两世过去，他们皆已残破。楚晚宁的嗓音是喑哑的："墨燃，你的脸怎么那么冷……"

冷得像冰。

如果可以，我愿意当蜡炬，在凛冬长夜的岔路口等你回头。我愿意燃尽一生，照你回家的路。

可是你怎么这么冷……

我不知道自己可以燃烧多久，万一等我力竭了，烧尽了，熄灭了，你还是走在黑夜里不肯回首，那该怎么办？

楚晚宁手指微微颤抖，合上眼眸。

他一生茕茕孑立，无亲无友，倒也不怕离去。

只是想到或许他烧尽了毕生的热，也无法暖墨燃已经寒凉的心，就觉得很愧疚。想到他要是熄灭了，那个青年有朝一日想要浪子回头，却已找不到来时方向，他就觉得自己应当活下去。

多等一天也好。

也许明天，冰就化了。

那个人就会回头，从无尽长夜里行出，朝灯火阑珊处走来。

接下来的几天，受到师昧法咒的残余影响，再加上楚晚宁自己两世记忆的波动，他都是醒的时候少，睡的时候多，而且每次睡醒，精神都很涣散，知道的东西也都零零碎碎，并不完整。

踏仙君明白事情原委之后，也觉得这样颇为省心，楚晚宁现在是糊涂人，好哄。头天欺负狠了，第二天睁眼未必就能记得之前的事情。而且由于记忆破碎，楚晚宁总以为自己是在做梦，所以比平日里少去许多戒备——

指爪锋锐的猫儿固然有滋味，但睡成奶团子的大白猫也实属难得。

不得不说，他觉得华碧楠做了件好事。

"今天的你，记起了多少东西？"这成了他这几日早上醒来必然会问楚晚宁的一句话。

而楚晚宁则往往皱着眉，问他一句："什么？"

他就难得有耐心且不厌其烦地答："你的记忆是依旧只停在上一世被我囚禁之后，还是变成别的？"

这个时候，他多半又会等到楚晚宁难堪的脸色，还有低沉的一句："墨微雨，你又发什么疯。"

不是什么好话，换作以前，他势必要一掌掴上去。

踏仙君现在也一掌掴了上去，只不过尾势轻缓。继而另一只手又跟上，瞧起来就完全不像是扇巴掌，而是和对方玩闹。

他嗤笑一声，眼里却有着一丝心满意足："很好。你若是一直这样下去，那就再好不过了。"

他是真的很不希望楚晚宁想起这一世的事情，不希望他想起那个成了宗师的墨微雨。仿佛只要楚晚宁一直这么糊涂着，他们就能回到那一年的巫山殿，不管楚晚宁有多恨他，他俩都能日夜陪伴。

这日蛟山晴好，踏仙君硬逼着楚晚宁和自己在橘子树下午憩，他看着满枝细碎芬芳的白色小花，懒洋洋地叹口气："就是缺了些味道，要是海棠就好了。"

楚晚宁神识模糊，依旧以为这是自己的某一夜梦境。

所以他说："你这个人，为何连在梦里都会这么挑三拣四？"

踏仙君在草坪上翻了个身，又靠过去，把脑袋枕在他膝头。四目相对，踏仙君道："一贯的。对了，本座饿了，一会儿回去，你给本座煮碗粥吧。"

"……"

"要蛋花瘦肉粥，蛋花不要太熟，粥不能太稠，肉放一点点就好了。你会做的吧？教你很多次了。"

楚晚宁原不想去，却被他生拉硬拽、软硬兼施磨得一点办法也没有。后来只得跟他一起去了祭祀殿的后堂伙房。

火生上了，米淘干净，水也开始沸煮。踏仙君坐在小桌旁，托腮看着楚晚宁在灶台前烦躁又无奈的模样。

不过好在楚晚宁以为这是梦，所以不打算费太多精力反抗。

而踏仙君呢，他知道这梦终究会碎，所以比之前任何一次都来得珍惜。

水滚了，木盖下头飘出米和肉的香味。

踏仙君换了姿势，双手交叠垫在下巴处，他觉得自己有挺多话想跟楚晚宁说的，但是又觉得说了没意义，说了也都是枉然。

到最后，他动了动嘴皮子，低沉慵懒道出的，也只不过一句："喂。"

"嗯？"

要说什么？

其实他也不知道，于是想了想，郑重其事地说："记得要放盐。"

"放了。"

"那记得尝尝咸淡。"

"……"

踏仙君黑到发紫的眼瞳敛着一丝捉弄与轻松："别指望着把本座咸死。"他说着，起身走到楚晚宁身后，朝锅子里望了一眼，"本座还想折磨你一辈子。"

"墨微雨——"

觉察到那人的愤怒，他没有忍住，轻笑出声："干什么？本座教了你那么久煮粥的手艺，你还不愿给本座煮一碗粥吗？"

楚晚宁被这强盗匪徒般的逻辑堵得竟无话可言，想不出任何可以驳斥的严词厉句。

他守着他失而复得的火，回到春暖花开的人间。

在柴米油盐的烟火味里，已是一具傀儡的他，贪婪地享受着楚晚宁周身的温暖。

他的师尊，他的晚宁，他的火与光。

谁都抢不走，谁都不给。

天音阁君莫相离

粥煨熟了，咕嘟咕嘟地往外冒着泡。

踏仙君嗓音依旧低沉，犹有余温："粥好了，去，盛一碗。"

楚晚宁虽被他弄得云里雾里，但因他平日就喜怒无常，何况又觉得是梦，所以也没有太深究，没再多说话，去揭开榉木锅盖。

"多盛些。"

"撑死你？"

踏仙君似笑非笑："你试试。"

他说着在桌边坐下。

虽然他很想凑过去看看楚晚宁这锅粥煮成了什么模样，但帝君的架子还是要端的，于是人模狗样地在桌边坐得端正，还摆出一副漫不经心的神情。

不过，当粥真的端上来时，踏仙君也就没法儿漫不经心了——

这粥煮得过了头，水也放得有些多，滋味咸淡都欠妥，哪怕还未动勺，他也清楚是自己后来再也没有尝到过的熟悉味道。

"吃吧。"

"……"

踏仙君对着面前这只小碗出了很久的神，汤勺在其中搅动，却并没有把粥汤送入口中。

楚晚宁看了他一眼："你再不吃，就都冷了。"

"哦。"

粥舀起来了，凑到唇边，又犹豫着放落。

楚晚宁终于觉出他的异样，问道："怎么了？"

"没什么。"踏仙君笑了笑，依旧是邪气而轻蔑的，"煮得真差劲，不喝了。"

"……"

"这里太闷，本座出去透透气。"

他说完，将那纹丝未动的粥碗推远了，起身往门口走去。快到门外时，楚晚宁的声音在背后响起。

"你若不喝，"楚晚宁的声音很平静，是被他折辱过很多次而淬炼出的平静，"我就整锅都倒了。"

反正楚晚宁做给他的东西，十有八九都是被糟践掉的。

从最初被打落在地的抄手开始，就一直这样。

踏仙君一下子回过头来："放着别动！……我是说……"他咳嗽一声，掩饰自己的失态，"先放着。"

"放着做什么？"

"不用你管。"

他撩开门帘出去了，到了屋檐下，便合上眼睛重重地叹了口气。

他其实已是死人一个，再怎么像活人，也终究与活人不同——他早已无法进食了。

当年在巫山殿自尽，又被寒鳞圣手制成傀儡利用。寒鳞圣手通过时空裂缝来到了这个世界，而他则被留在了那个残破不堪的旧红尘里按照命令做事，就这样，近十年。

在这行尸走肉的十年里，他什么都没有再吃过。但他本也不贪吃，所以从来不因此而感到任何遗憾。

直到今天，坐在那一碗色香味俱差的蛋花瘦肉粥前，他才忽然觉得怅然若失——

为什么他再也不是活人？

他等了那么多年，终于等来了这几天，可他却连那人亲手做的一碗粥都不能再喝了。

楚晚宁煮的粥是什么味道的呢？

他就站在瓦甍下合着眼帘回忆着，良久之后，他忽然抬起胳膊，遮住自己的眼睫，没有人看得清他此时脸上是怎样的神情，露出来的，只有抿着的淡色嘴唇，还有线条伶仃的下巴。

后来他放下胳膊，睁开眼，眼尾微红。

他的记性不好，也不算太聪明。如果舌尖还能感知到一点点酸甜苦咸，或许还能重拾回忆。可他骨血冰凉，唇齿无味。所以即使那碗粥就在面前，他也想不起来那究竟是什么滋味了。

他再也不会知道。

夜深的时候，他去找了师昧。

祭祀天宫前的寒潭边，那个俊美无俦的男人赤着晶莹的足，足尖拨弄着泠泠流泉，撩起星光般的水光。

见他来了，师昧眉梢微扬，似是知道他的来意，神色冷嘲："如此良辰美景，想不到帝君不在密室陪着楚宗师，倒有闲情逸致来找我。"

踏仙君不愿与他绕弯，开口直接问："你有没有办法可以让本座暂且变得和生前一样？"

师昧来回扫了他两眼："尽管你是个傀儡，但你心里头想做的事应当是不受影响。"

"不是你想的那个事。"

"哦？那你是说哪个？"

"吃饭。"踏仙君硬冷冷的，"本座想吃东西。"

师昧的眼色幽暗，若有所思地问道："帝君莫不是想吃一碗龙抄手？"

"抄手除了我师哥，世上没有人能够做得好。"

师昧笑了一下："难得啊，你今天居然能想起他。"

踏仙君对于师昧的记忆凌乱不稳，时而能回忆起来，时而又没有印象，但总而言之没有印象的时候居多，所以今日听他提起"师哥"二字，师昧不由得有些新鲜。

他问道："嗳，你整天在蛟山和楚晚宁厮混着，怎么不想想你的明净师兄？"

"……"

所谓对面不相识，大抵就是如此。

踏仙君过了一会儿才道："你说过的，本座这具身躯阴气太重，在没有得到新的灵核彻底复生前，不应当去见我师哥。他是水属性，本座会伤及他。"

师昧半点没有说谎的羞赧："确实如此。"

"所以你问龙抄手做什么。"踏仙君冷眼看着他，"哪壶不开提哪壶。"

师昧就笑了笑："我只是好奇这世上除了龙抄手，还有什么吃食会让尝遍珍馐的踏仙君念念不忘。"

"……"

"怎么，不愿意说吗？"

"……"

"那让我猜猜，是楚宗师给你下厨了吧？"

见踏仙君的神色略变，嘴唇微抿，师昧就微笑道："听说死生之巅的楚宗师做菜乃是一绝，最擅烹饪焦炭，你也真是有意思，这都能咽得下。"

踏仙君的脸色愈沉："你就说有没有办法，其他不必啰唆。"

"办法肯定是有的，而且我也早就和你讲过了。"

踏仙君皱起眉头："是什么？"

"老法子啊。"师昧柔声道，"早日取得墨宗师的灵核，把他的灵核换给你，你就能和生前一模一样了。"

一朵橘子花顺水漂了过来，师昧的足尖一掠一点，将洁白芬芳的花朵夹在脚趾缝隙里，芳菲虽白，却不如师昧的皮肤来得剔透细腻。

师昧笑吟吟地瞧着这朵困囿于他足尖，无法继续漂浮的花朵，说道："我们两人一同努力，早一天拿到灵核，我就早一天得到你完整的力量，你呢，也可以早一天吃到自己想吃的东西。"

他顿了顿，抬起柔若绒羽的睫毛："见到朝思暮想的人。"

"……"

"所以多跟我配合些吧，帝君陛下。"

"之前你要本座去孤月夜杀人，后来又要本座召唤珍珑大军进攻死生之巅，这些本座都做了。你还要本座怎么配合你，干脆一次都说了吧。"

师昧拊掌笑道："好，真痛快。其实接下来也没有太多事情要请你做的，只剩下最后一件了。"

"你说。"

"跟我一起去天音阁，我们的这一盘棋已经下到最后了，收网。"

他说这句话的时候，踏仙君才注意到师昧身后栖着一只金色尾羽的鸽子，正是天音阁传信的灵鸟。

"天音阁给你来消息了？"

"是啊。"师昧伸出两根细长的手指，夹着张薄纸，"都是好消息，一切都按我们的计划走。好人当起来不痛快啊，墨宗师倾尽灵核也要护修真界安平，但却没人给他将功折罪。"

他笑了笑，手指一捻，以咒法将信函瞬间叠成纸蝴蝶，抛给踏仙君。

"你自己看看。"

"不必看了。"踏仙君接过纸蝶，却没有展开，他一双黑眼睛望着师昧，"你就说吧，何时动手。"

"三日后审讯。再过三日行刑。"

"六天？"

师昧抚摸着金尾信鸽的翅膀，神情很温柔，可忽然间他的袖中蹿出一条斑斓三角蛇，闪电般咬住了鸽子的颈脖，又在瞬间将那柔顺的鸟儿吞吃入腹。

这一切只在电光石火间，师昧脸上毫无波澜，像是早已习惯。

他笑了笑，拂开飘零的一朵残羽，抬头道："不错，所以我们再在蛟山待三天，然后就去天音阁等着吧。"

羽毛落进了潭水里，涟漪温柔散开，打碎了岸上两个男人的倒影。

"他的灵核，会给你所向披靡的力量。这样一来，你想要的一切，就很快都能有了。"

这番对话完后，踏仙君心事重重地回到了蛟山密室。

楚晚宁精神不济，原本好像是在看书的，但此刻却伏在桌上睡着了，一幅洁白衣袖像是初雪覆落招展。

他站在他身旁看了一会儿，其实也就是那么一个男人、一盏孤灯、一卷青书而已，他历遍人间繁华，阅过花团锦簇，什么美景不曾见过。

楚晚宁算什么。

有什么好看的。

他这样郁躁地想着，却喉结攒动，不可遏制地越走越近，最终停在离男人一尺不到的距离，低下头，盯着男人的脖颈、脸颊、睫毛……

"……"或许是出于人的本能，楚晚宁被这太具有侵略性的目光扰醒了，睁开眼。凤目中先是迷茫与温和，随后记起了眼前这个踏仙君的残暴，目光又蓦地森寒凌厉。

这些变化都尽数落入了踏仙君眼中。他心里头的烦闷与不甘越发像野草疯长，最后无法忍受，一把将楚晚宁拉起来。

"你又发什么疯——嗯！"

一声闷哼，人已被砰地抵在了墙上。

踏仙君狂热又绝望地逼近他，癫狂的眼神从他的脖颈滑到嘴唇，从嘴唇滑到下巴，他声音低沉地问："你讨厌我吗？"

"……"

"楚晚宁，你是不是很恨我？"

"你干什么？为什么忽然……"

可是踏仙君似乎并不想知道他的答案，他只是单纯地想问这个问题而已，至于回答是什么，跟他也无关。

又或者是因为无论回答是什么，归路渺渺，都不能再回头，所以怎样都无济于事了吧。

"如果我不是踏仙君，我与你一样，成了一代宗师，你会不会……会不会愿意待我好一点？

"你是不是终归珍惜那样的他，多过这样的我呢……"

"墨微雨你到底在说什么！"

是啊，楚晚宁此时记忆错乱，只有前世的回忆，没有今生的印象。自然不会明白他的胡言乱语。

也大概只有这个时候，他是完全属于踏仙君一个人的师尊吧。

他忽然觉得很难过。

不知道为什么，声音里甚至有些骄傲的悲惨。

踏仙君轻声问了句："如果我夺了他的灵核……你会更恨我吗？"

没有什么比被自己否定更无解的了。

踏仙君凝视着楚晚宁，眼里似乎有些光在颤抖着。

"可你本就是本座的人……

"不要背叛我。"

喃喃私语的时候，他甚至都觉得自己凄凉了。

大概孤独久了，再锋利的刀也会被磨钝的。

"八年了。他复生之后陪了你多久，我就一个人，在另一个红尘等了多久。"

寂寞巫山殿，飘零无故人。

"别再离开我第二次了……第一次，我还能一死了之。但你要是走了第二次……我连死亡都无法选择了。"踏仙君蹙起了眉，眉目间阴郁与疯狂、悲伤、偏执共生，"我会受不了的……"

天音阁罪罚将判

三日期限转瞬即逝，第三天黎明破晓时，师昧来到了密室前。

踏仙君已经穿戴毕，依旧是一身黑衣战甲，腰肢劲瘦，系着银光熠熠的暗器盒，腿修长，肩宽匀，双手戴着龙鳞皮套，腕上绑着千机匣。

他抬起眼，目光很冷："你来了。"

"准备一下，我们去天音阁。"

"不用准备了，走。"

师昧打量他一番："那么楚晚宁呢？"

"喂他吃了药，睡了。"

师昧点了点头，但以防万一，他还是与踏仙君重新进了密室一次。诊了脉之后，师昧道："他的精力差不多也就在这几天会完全恢复，得小心些。"

踏仙君对楚晚宁的战斗力倒是不怕，反而问："记忆呢？"

师昧瞥了他一眼："也一样。"

"……"

无视踏仙君脸上的阴郁不悦，师昧起身，在密室内设下了蛊阵迷香，以确保楚晚宁不会忽然醒来坏他谋划。最后他又在出门时，于门上落了一个高级禁咒。

踏仙君蹙眉："落这个咒做什么？这座山也没有别人，南宫柳也就是毛头小鬼的心智，没谁能进去救他。"

师昧面色不变，淡淡道："家贼难防。"

"谁？"

"你不认识。"师昧叹了口气，"是一个我最亲近的人。不说了，走吧。"

两人离开了。

清冷冷的石室内，就只剩了楚晚宁自己。他仍在昏迷，两世记忆在盘绕恢复。

但是不止这些，就连师昧都没有觉察到，楚晚宁之所以缠绵反复了那么久，神识和回忆都还没有完全复原，并不只是因为他身体状况不好，还有一个很重要的原因——

他要想起的，竟不仅仅是属于自己的记忆！

大约是因为一半地魂在墨燃身体里待久了，和墨燃的魂灵终日纠缠厮磨，地魂回归的时候，竟也给他带了些墨燃灵魂深处的记忆。

——此时此刻，这些记忆成了最后涌入他脑海的画面。他在做梦，梦到的尽是一些破碎不堪的往事。

他先是梦到了乱葬岗上，蓬头垢面的孩子伏在一个腐烂的女尸身上哀哭，涕泗横流，泪眼模糊。

"娘……阿娘……有人吗？有人吗……把我也埋了吧，把我和阿娘一起埋了吧……"

然后他梦到湘州醉玉楼，墨燃浑身被打得青紫，蜷缩在一个狗笼里，暖阁内瑞脑销金兽，香雾迷蒙，那个孩子被关在笼中，没有吃，也没有喝，甚至无法转身。

有个与他年岁相仿的孩童咧着嘴在嘲笑他："也不看看自己什么模样，还想当个英雄？我看你就是个笑话！呸！你这辈子都是个笑话！"

唾沫吐过来。

小墨燃闭上眼睛。

楚晚宁的睫毛也在颤抖。

墨燃……

接着，他又梦到熊熊火舌犹如吊死厉鬼在楼宇上徘徊扭曲，森然起舞。

到处都是哭喊，燃烧的梁柱塌落，有人在尖叫，浓烟滚滚。

少年墨燃坐在这通天的火光中，面目极冷，眼神平静。他低着头，膝上搁一柄血迹斑驳的刀，他手里捧着一串葡萄，在慢慢地剥着紫皮。

"都结束了，阿娘。"

墨燃显得很安宁。

"可是我见不到你啦……我手上都是血。阿娘，我死后要去地狱的，再也见不到你。"

墨燃……墨燃……

忽地眼前起了光亮。

是一个女子温柔的脸庞，眼尾微微上挑。

是谁？

楚晚宁觉得那个女子眉宇之间竟与自己有几分相似，低头认真做事的时候，格外鲜明。

她细细缝着手中的粗布衣。

"阿娘……"有孩子的声音，在轻若蚊呐地唤着。

女子闻声抬头，便冲着他笑了："怎么醒了？"

"我做噩梦了……肚子好饿……"

女子便搁下衣衫，张开臂膀，温柔笑着说："又做噩梦了？好啦，别怕，燃儿来阿娘怀里。"

燃儿……墨燃……

楚晚宁闭着眼眸，心中也不知是怎样苦涩的滋味。

太苦了。

只是看着，都觉得这日子是干瘪皱缩的，每一日每一夜都那样难熬。

阿娘……

这是他第一次瞧见墨燃娘亲的长相，他忽然就明白为何当年无悲寺外，小墨燃会本能地揪住自己的衣袍相信自己、祈求自己，也忽然明白通天塔前，那个少年为何会朝自己走过来，执着地央求自己收他为徒。

少年灿笑着说："因为你看起来最好看，最温柔。"

当时，所有人都在背后笑墨燃眼瞎，嘲墨燃会拍马屁。

其实不是的。

不是的……

他不是瞎，也不是拍马屁，是不能说出真相，也不能哭闹，不能拉着楚晚宁说："仙君，你低头的时候，其实有些像这世上曾经待我最好的那个人。她已经不在了，你能不能理理我？能不能代替她，再多看我一眼？"

我好想她。

墨燃什么都不能说，只能忍着心中莫大的苦涩，忍着上涌的泪。忍着楚晚宁的冷漠与忽视。追在后面，故作从容地嬉笑，骗过所有人。

谁都不必知道他的过往，谁也不能分享他的苦痛。

他只能如此灿笑着，通天塔下，那笑容太热切、太渴慕，偷藏着无穷无尽的思念，就这样将楚晚宁灼伤。

墨燃睁开眼睛。

他不在死生之巅了，他在一间极其狭窄的囚室。这里四壁灰蒙，唯一的光亮源于玄铁大门底下的一个送饭小口。

囚室的顶端镌刻着秤砣的纹章，他知道自己已在囹圄之中。

这是天下第一公正公平的判审圣殿，独立于十大门派之外的修真界第一公堂。

天音阁。

他躺在里面，喉咙烧疼，嘴唇皲裂。

周围很静，静到耳中能生出空荡荡的风声，能听到魂灵的呓语。他花了很久才使自己涣散的意识聚拢——

他其实觉得自己上一世就该有这么一天了，但命运待他终究还是厚道的，让他苟且两世，到这一生才与他将罪孽清算。

"墨燃，吃饭了。"

不知躺了多久，在这里，时光都是模糊的。

他听到有人走过来，把饭食从洞里推给他，一块油旋饼，一碗汤。

他没有起身去接，那个天音阁的侍从也没有与他再说话，脚步嗒嗒，很快便行远了。

楚晚宁怎么样了？

死生之巅怎么样了？

那些摧毁的棋子最后都何去何从了？

他昏沉沉地，一直在疲倦地想着这三个问题，想了很久，才愿意认命，知道谁也不会告诉他答案。

他如今成了囚犯。

他坐起来。

胸口一阵阵地疼，浑身上下没有半点力气，曾经汹涌澎湃的灵流已然不知所终。他靠着墙壁发了会儿呆——

原来灵核破碎之后，竟是这种感受。

召唤不了神武，施展不了法术，好像乘风破浪的鲲失去了尾，腾云驾雾的鹏没有了翼。

他蜷在角落里，黑眼睛茫茫然望着前方。

墨燃忽然很难过，但那难过并不是因自己而起，他想到了前世的楚晚宁，天道轮回，他终于也切身体会到了楚晚宁当时的无助与痛苦。

他很想和那时的楚晚宁说一声"对不起"。

可是迟了。

一切都不能再回头。

他困在屋子里，那一块饼和一碗汤从热到冷，从冷到冰凉。后来他开始吃饭，吃完了这一点东西，就再也没有人来过这间囚室。

他又成了童年时那个被关在狗笼子里的墨燃了，但这屋子的待遇比狗笼子好了实在太多，他居然能舒舒服服地躺着。

他就躺在这片黑暗里，时醒时寐，但醒与睡都不是那么重要，在这个屋子里，他像是死去了。

墨燃昏沉地想，或许他就是已经死去了呢。

或许这一生，就是他躺在通天塔之下的棺椁里，魂魄未散间，做的一场好梦。他把那三十二年的人生如走马戏晃过眼前，五光十色，喜怒悲欢，最后都成了冢中枯骨。

他微微翘起嘴角，露出一丝笑。

他竟觉得若事实当真如此，那就再好不过了。

他很累，走了太久，挣扎了太久，前方是地狱还是人间，他都已不那么在意，只想休息。

他心里很衰老，其实从楚晚宁殒身时，就已经彻底地坍圮，苍老。这么多年他一直在行善、在弥补，他在找寻能医好这种衰老的药。

可是他找不到。

他斗了那么久，不屈不挠、厚颜无耻地求了那么久，如今他斗累了，求累了。这辈子，他失去了娘亲，失去了师尊，失去了挚友，失去了偷来的亲眷，失去了虚妄的英名。

现在，他连灵核也失去了。可他依旧被带到了天音阁，依旧无法逃脱修真界最严厉的责难。

他终于死心，他知道自己再也得不到宽恕。

他墨微雨是一座丑陋畸形的残山，浩渺冬雪遮去了他的疮痍。

但是雪化了。

他的黑暗也好，他的可怖也罢，都无处匿藏。

他做不了墨宗师，从他沾染第一个无辜之人的鲜血时，这一生都注定只能是踏仙君。

他焚琴煮鹤，他磨牙吮血，他面目狰狞，他禽兽不如——他该死。

他死了，天下欢呼。

不知是他被困在禁室的第几天，门开了。

天音阁的弟子走进来，一言不发地用捆仙索将他绑缚住，而后一左一右拽起他，将他拖到外面。

他们带着他，穿过一条漫长漆黑的甬道。

墨燃声音沙哑，昏沉沉地开口，说了这些日子来的第一句话："他们怎么样了？"

没有人理会他。

他被扭送着，走到尽头。天光乍起，墨燃像是在黑暗里蜷缩太久的恶龙，早已瞎目烂爪，在这样刺眼的强光中显得那样困顿和不安。他根本适应不了突如其来的光芒，想捂住眼睛，可是手被反绑着，于是只能低头，浓密的黑睫毛下浸出泪水——

他目昏耳聩，不知道自己身在何处，唯有嗅觉是鲜明的。

他闻到风的气息、人海的气息、花草树木的气息，他被推了一下，于是犹犹豫豫地往前走。

慢慢地，耳朵能适应这里的嘈杂了。

他听到许多人在说话，窃窃私语汇聚在一起就像是江潮。潮水是能涤尽污垢的，但潮水也能将人溺死。

墨燃觉得自己喘不过气来。

他很虚弱。

此刻已虚弱到了极致。

"跪下。"

押解他的人在推搡他，他跪下来，日光在高天明晃晃地照耀着，照着他憔悴枯槁的脸。

没有想到外头会是这样的一个艳阳天。

"就是那个墨宗师……"

"想不到有朝一日竟然能在天音阁看到他被公审，唉，真是知人知面不知心啊。"

墨燃耳中嗡嗡响，眼睛逐渐能看到些东西，但依旧很不清晰，只能借着睫毛的浓荫，微合着眸子，看着眼前的一切——

是记忆里那个天音阁的公审台。

他年少时，曾经和薛正雍、薛蒙一同看过审判的地方。

但他已从看客，成了众目之下受审的人。

台下人如过江之鲫，川流不息，这些是前来天音阁围观审讯的普通百姓、四海散修。他看不清任何一个人的面孔，也看不到那些人脸上究竟是怎样的表情，只觉得那些交头接耳的脑袋凑在一起，成了高低起伏的麦浪。

然后，他抬头望去。

四壁高台耸立，台上坐着个个门派的来客。

碧色的是碧潭庄、红色的是火凰阁、黄色的是无悲寺……然后他的心蓦地揪拢，真奇怪，他竟还会觉得疼。

他看到那一片熟悉的银蓝色，整个看台上最安静，也是人最多的门派。

死生之巅。

他眨了眨眼，不管不顾眼睛的刺痛，极力向那个方向望去——可他看不到，他看不到薛正雍在哪里，看不清谁是薛蒙、谁是贪狼长老、谁是璇玑，他找不到王夫人。

到最后，审判台上，他依旧望不见那些他最挂心的人。

"死生之巅墨燃，系儒风门第九城城主，南宫严私生子……"高台上，木烟离清清朗朗地以扩音术在陈述着，响遏行云，"故当严加审讯，不可错放，不可错判……"

墨燃没有听进她的言语。

这样明锐的声音对于一个幽闭已久的人而言，实在是太过刺耳了。

木烟离不疾不徐讲了大约一盏茶的工夫，飘入墨燃耳中的，断断续续都是"杀人偿命""居心叵测""修炼禁术"这些残缺不全的辞藻。

最后他听到她说："扫除重犯，还施公道，此天音阁立命之责也。"

木烟离说完了话，旁边走来一个天音阁弟子，那弟子来到墨燃跟前，逆着炫目阳光，投下墨一般漆黑的影。

"张嘴。"

"……"

见墨燃没反应，那人便"啧"了一声，粗暴地掐起他的下巴，往他口中灌入了一壶苦咸的药汁。

"喀喀喀——"

墨燃不住咳嗽，他已经很多天没有吃东西了，胃陡然接触到这样浓烈的浆水，刺激得几近痉挛，竟似要干呕而出。

那人捏着他的咽喉，不让他动弹，逼迫他把那一壶药水全都吞下去。冰凉的液体像是蛇滑入肚肠，翻江倒海，要把五脏六腑撕裂掏穿。

墨燃脸色铁青，他想吐，真的想吐。

可是他不肯服软，不肯求饶，甚至不愿意自己眼角有泪淌落。他半生倥偬，卑贱日子过得太多了，但这不意味着他就没有尊严。

药水被尽数灌入，那人松开他，他重重喘息着。

羽翼颓丧，疲态俱现。

却依旧有着孤鹰濒死前的凶狠。

天音阁的人在向五湖四海而来的看客照例解释着——

"此乃诉罪水。"

墨燃唇齿苍白，垂眸竟笑。

诉罪水……呵，诉罪水，他怎么会不知道？

这种药水，无罪之人绝不可喝，只有成了天音阁的审判犯人，才会被灌下这种汤剂，而后就会意识昏沉，尽述生平所犯大罪大错。

那个天音阁弟子解释完了，便走过来，在墨燃唇边轻点，以扩音之术，让每一个人都能听见他的话语。

墨燃闭目蹙眉，胃里头似有刀绞。

他在忍，因为忍得太辛苦，浑身都在发抖，镣铐叮当作响。他脸色苍白，眼白慢慢往上翻，他匍匐在刑台上痉挛着……抽搐着……

他仍有意识，可那意识一会儿清晰，一会儿模糊，他耗尽了自己全部的毅力去与药性对抗，但仍摆脱不了——

"我……杀过人。"到最后，仍是痛苦不堪地闭着眼睛，声音沙哑地开口。

他羸弱无力的声音，飘向每一个角落。

众人安静下来，一双双眼睛望着台上的人。

木烟离在高台上睥睨垂眸。

"杀过多少人？"

"太多了……不记得了……"

下面已有百姓变了脸色。

"第一次杀人时，你几岁？"

"十五。"

"杀的是修士，还是凡人？"

"凡人。"

"杀人为复仇，还是为自保？"

"两者皆有。"

他们二人一问一答，那些看客有许多都是聚过来看热闹的，并不清楚之前的事情。他们一听墨燃居然为了复仇，在十五岁的时候就杀了人，而且越杀越多，居然记不清具体数目，都是又惊又怒。

"真想不到，这个大名鼎鼎的墨宗师竟是个杀人不眨眼的魔头！"

"好可怕……这人真是太险恶了。"

"十五岁的时候我连鸡都不敢杀，但他居然已经开始杀人了！真是变态……"

木烟离恍若未闻，冷冷道："接着陈罪。"

"我……"忍到青筋暴突，却已经无法忍耐，墨燃哑声道，"我……冒名顶替，我冒充死生之巅尊主的侄子……"

"多久？"

"八年……"

"继续陈罪。"

墨燃便缓缓道："我……修炼……三大禁术……珍珑……珍珑……棋局……"

看台上的许多人都在这一瞬间愀然无言。

有人阴阳怪气地朝着死生之巅那边看，嘴里冷嘲道："薛正雍不是还要给这个禽兽开脱吗？我就说一杯诉罪水喂下，他肯定说真话——薛正雍之前居然还不让天音阁依律审讯墨燃，我看这老东西是被猪油蒙了心啦，杀侄之仇都不想报了。死生之巅居然有弟子修炼禁术，这门派可以散了吧？还留着做什么？接着培育魔头？"

"我也早说是他干的了！在死生之巅，他废掉自己的灵核来救我们，无非苦肉计，幸好当时没有放过他！"

"就是，留得青山在，不愁没柴烧，他当时肯定是那么想的，他那么大本事，灵核被废了又怎样，没准还能想出什么歪门邪道来恢复。这样看来真是好险，要不是天音阁阁主一力坚持，没准我们就错放了这个歹毒东西！"

公审台上有一架庞硕的天秤，通体流淌着金色光华——那是一柄极其特殊的神武，重有百吨，自天音阁开阁起，几千年了，一直矗立在这里，代代相传。

据说这天秤是神明所留于世，可以明断人间所有的罪与罚，给出最为公正的裁决。

墨燃每开口承认一宗罪，木烟离命门徒将金色灵力凝成的砝码投入秤盘，那些玲珑砝码落入秤盘当中迅速变大，沉甸甸地压下来，将秤砣的另一边顶上，对着相应的责罚。

在他自述第一宗罪的时候，天秤便已指向了"生挖灵核"。

而他说完珍珑棋局之后，天秤则指向了最大之刑——

"粉碎魂魄"。

看台上，薛蒙的脸瞬间血色全无。

他喃喃着："粉碎魂魄……"

从此天上人间，就再也没有墨微雨，再也没有墨燃。

他的这个兄长，真的也好，假的也罢。

哪怕轮回转世，都再也见不到了。

他脑中一片空白，手都是木僵的。

薛正雍站了起来，肃然对木烟离道："粉碎魂魄这一刑罚自天音阁立阁以来，从未有人遭受过。木阁主，恐是你审判有失公正。"

天音阁最终之审

听薛正雍开口，旁边有别的门派的人怒而起身："死生之巅能不能闭嘴？你们弟子修炼珍珑棋局，已经触犯了修真界大忌，按理你们这破门派应当立马散派滚蛋的！现在暂且没工夫与你们计较，但你们能不能有点自知之明？"

"薛正雍！你还替他说话？你和他别该是一伙儿的吧？！"

周围是嗡嗡人声。

门派也好，家族也好，往往就是这样。一人成神，鸡犬升天。可一旦一人做出十恶不赦的事情，整个门派或者家族就会被看作诡谲魔窟。

"此乃量罪，并非定刑。"木烟离倒是淡淡的，就事论事，没去评判死生之巅，"薛掌门不必着急。量罪之后，还会折功。功过相抵，才最终定论。"

她说完，转过头又遥望着墨燃，嗓音清冷："继续陈罪。"

"我……曾经……欺师……灭……祖……"

"欺师灭祖？"

这话倒是令人迷惑不解。

墨燃却觉得心如火焚。

欺师灭祖，陈的是他前世之罪——这诉罪水，竟会把他上一世所犯的重罪也从喉咙里碾磨逼出！

可他不想说……他不想说！难道要他在无数双眼睛的注视之下，说出自己前世是怎样凌辱楚晚宁的吗？

辱其一身傲骨，最后还害死了他。

他不想说。

他觉得自己是活不成了，但楚晚宁的岁月还很漫长。

楚晚宁是神木之灵，拥有最纯粹的灵气，天赋异禀。他希望楚晚宁可以好好走下去，到最后定能得道飞升，位列仙班，再也不用受轮回之苦。

他的师尊那么好，那么干净。

他想护着他……

绝不能让众人觉得他们有所瓜葛，有所牵连。

绝不能让大家觉得楚晚宁是脏的，身上沾染了踏仙君的罪孽与腥甜。

他要护着他。

护着他……

腹腔内犹烧一团火，痛至断肠。耳边隐约听到木烟离在冰冷地逼问："什么叫作欺师灭祖？"

他不说，他不说。

指尖在粗糙的砂石地面磨蹭出血，额前碾得猩红一片，他佝偻在原处粗喘，犹如濒死于河滩的鱼……

他不说。

抵御诉罪水和抵御天问是一样的，只要死咬牙关，最后总能忍过去。

他就在天音阁的诘问、众人的侧目中挣扎着，困兽般号啕着。这折磨太深了，寻常人连天问都不能忍耐，而这比天问审讯痛过百倍千倍。

他觉得肠胃像是被一双无形的手拧紧、撕扯、绞烂，血肉斑驳的疮口被盐水淹及，火辣辣地疼，钻心地疼。

木烟离的声音显得那样遥远，犹如隔着海洋传来。

"所谓欺师灭祖，究竟为何事？！"

他不说，他咬破了自己的舌，咬破了嘴唇，口中是血，却不流泪。

——和被关在狗笼子里的七日一样。

他不哭。

他的眼泪，只会是看客的笑柄。

没有人会怜悯，他也不稀罕这些人的怜悯。

哪怕痛到死，痛到肝肠寸断，也要忍着。

木烟离还在居高临下地审问着："你对楚晚宁，究竟做过什么？"

太痛了，到最后眼前竟生幻觉。

他恍惚看到楚晚宁百年之后飞升成仙的模样。依旧是皓白如雪的衣冠，眉眼英俊，气华神流，不笑的时候目露锋芒，笑的时候锋芒便化了，成了一湖一海的温柔。

"不曾……"

木烟离愣了一下，朱唇轻启："什么？"

墨燃喉咙里咯咯碾碎，沙哑至极："我说错了，我不曾……我没有……欺师……"

抬起眸子，血丝纵横，瞳仁却亮。

"灭祖！"

字句咬碎。

"……"木烟离脸上也不知是怎样的表情，似乎有一丝惊愕，又似乎有一丝茫然，但她生得太冷了，惊愕和茫然很快都被凝冻成冰，她顿了顿，说道，"继续陈罪。"

墨燃咯着血，肺部像是被搅碎了，呼吸时都带着混浊的腥味。

他躺在地上，等诉罪水巨大的疼痛过后，浑身都已湿透，脸色苍白如纸，他的脸颊贴着地面，发丝黏在面颊上，喘息着。

木烟离不由自主上前了半步。

她盯着他："继续陈罪。"

"无罪……"墨燃合上眼眸，哑声道，"可陈。"

木烟离便命一名弟子前去取了墨燃的一点鲜血，而后抹在玲珑砝码上，那砝码阳刻了"功善德"三个小篆，是用来测量此人功德的。

她把砝码掷入天秤中。

天秤在缓缓浮移，除了墨燃，所有人都在注视着那一根金色的指针——

"粉碎魂魄"……依旧是"粉碎魂魄"……

指针在缓缓挪动着。

粉碎魂魄。

却出不了粉碎魂魄的圈子。

薛蒙握着膝头搁着的龙城弯刀，脸色极其难看，他盯着那天秤看。他尽量让自己腰杆挺直，因为知道若是垮落了，只怕再难直起。

他微微发着抖，此刻他的掌心竟比龙城玄铁更冰冷。

木烟离一双美目眨也不眨地望着金色法秤，那指针移动得越来越慢，在"粉碎魂魄"那片领域挪动着，几乎趋于静止。

她拂开衣袖，淡淡道："好了，看来大局已……"

"还在动。"

"薛公子……"

薛蒙瞪着她，他在说话了，尽管声音也颤抖得厉害，尽管他不知道自己这样做究竟是对是错。

"指针还在动。"

木烟离道："快停了。"

"那就等它停。"

木烟离与他视线相对。

过了一会儿，她面上浮起一丝清冷而嘲讽的笑意："好，那就等它停。"

日头毒烈，烤得砂石地面蒙蒙浮起一层灰烟。

他们等着，所有人都望着那指针，等着它停落。可奇怪的是那指针过了很久也没有安定——

　　它似乎也拿捏不准对于墨微雨应当如何决断，它在摆晃，犹豫不决地往减罪的地方倾斜，慢慢地，一点一点。

　　木烟离似乎也没有遇到过这样的状况，她不再吭声，鹅黄衣摆委地，静静等待着神武天秤的判决。

　　薛蒙的指节泛白，他紧紧盯着那根指针，似乎即将仲裁的不是墨微雨一个人的性命，而是在仲裁他与墨燃认识的这些年。

　　从轻慢到嫌恶，从嫌恶到接受，从接受到认同。

　　究竟是一开始的疏冷错了，还是到后来的那一声"哥"，错到离谱？

　　他不知道。

　　他盯着那根指针，茫茫无依的心里，只有盯着这根指针的时候还有个盼头。

　　别停下。

　　求你了。

　　继续往前走一些吧，你看，还差一点……

　　那家伙再怎么错，但也碎去了灵核，退了万马千军。

　　怎么能处极刑呢？

　　怎么能粉碎他的魂灵呢……

　　一点。再一点。

　　到最后。

　　"生挖灵核。"

　　木烟离面无表情地宣布，她瞧上去极是公正也极是冷血，与她身上潋滟着金色暖光的华袍截然不同，她整个人比霜雪更清冷。

　　指针停了。

　　尖端颤悠悠地指着"生挖灵核"四个字。

　　那是对墨宗师最后的审判。

　　木烟离对下面浩浩荡荡的看客，以及台上十大门派——

　　确实是十大门派，天音阁依旧留有儒风门的旧席位，那席位上孤零零坐着一个人，是一身黑衣的叶忘昔。

　　她背着南宫驷的布箭囊，膝头卧着永远失去了主人的瑙白金，脸色很憔悴，但目光却清醒，她也在看着这审判台上的一切。

　　木烟离道："青天有眼，明镜高悬，天音阁功过相判，不曾徇私舞弊，不曾留有偏颇，不曾故意刁难，判，墨燃墨微雨，生挖灵核之刑法。明示三日，敬告天下，若无异议，三日后——"

　　薛蒙一直在闭目隐忍，此刻却终于忍不住，倏地起身，银蓝轻甲闪着辉光：“我有异议。”

“……”

“不必等到三日后，我现在就有异议。”

下面哗然更盛了：“死生之巅快闭派吧！什么东西啊！”

“干脆把薛正雍和薛蒙一起审了算了！十有八九就是一伙的，怎么到了这份上还能帮着魔头说话！”

“当时珍珑棋子降世，怎么没杀死生之巅多少人啊？你们真的不是魔窟吗？”

薛蒙气得脸色铁青，却不得不尽浑身气力压制着自己的愤怒。

那些修士的愤怒咆哮，木烟离自然都听到了，但她充耳不闻，只淡淡道：“小薛公子有什么话想说，我洗耳恭听。”

薛蒙张了张嘴，一时似乎是不知道说些什么。王夫人心中十分担忧，悄悄拉他：“蒙儿，还有三日，我们从长计议，好好想想该怎么说……”

薛蒙却像是没有听到母亲的话，直愣愣地盯着木烟离看了一会儿，又转去看天秤，最后他的目光落在远处那一个黑色的小点上。

那是刑台之上的墨燃。

薛蒙眼睛蓦地一颤，像是帷帐被风吹起，眼底波澜皱。

暗也不是，亮也不是。

他没头没脑地说了句：“他已经没有灵核了。”

木烟离：“什么意思？”

薛蒙忽然激动起来，他回眸望着她：“什么意思？你不清楚吗？在死生之巅救了你的人，退了棋子的人，难道不是他吗？木阁主，我想知道你要如何行刑？他的灵核已经碎了！你们还要做什么？挖出他的心吗？”

他眼中含着水汽，指甲深深陷入掌心。

“生挖灵核、生挖灵核……没有灵核了，你们是不是就要他的命！”

木烟离眯起眼睛：“天音阁自有天音阁的办法。”

“按规矩，判决落下之后，三日后就要行刑。”忽然响起一个微哑的声音，众人举目望去，说话的人是叶忘昔，“阁主有什么办法，还望在此说清。”

立刻有碧潭庄的人怒斥道：“你有什么资格开口？你算什么东西？”

更有人在下面窃窃私语：“仗着有姜曦给她撑腰，仗着南宫驷拿死换回儒风门清白，她还真把自己当回事了，这样的大场合，一介无名女流这样质问天音阁阁主，她也配？！”

叶忘昔对此皆是置之不理。

直到有先前与南宫家结怨的人，朝她大声说：“叶忘昔，儒风门已经亡了，你一个人坐在那边，该不会以为自己是儒风门的掌门了吧？”

叶忘昔抱着怀中呜呜直叫还没有恢复灵力的瑙白金。她孑然一身立在原处，不怒也不吵，等那些或是愤怒或是讥嘲的声音渐渐平复下来，说道："儒风门暗城统领还在，亡不亡，不是你们说了算的。"

"你——"

叶忘昔不愿与旁人多费口舌，一双眸子望向木烟离："还请阁主明示。"

木烟离道："这世间并非没有重塑灵核的方法，灵核破碎，但碎片仍在心腔之内，所谓生挖灵核，自然也不必苛求灵核完整。"

薛蒙面色如纸："所以你想怎样？"

"施法将灵核碎片尽数挖出即可。"木烟离道，"天音阁不会要了他的性……"

"命"字未出口，薛正雍也站了起来，脸上阴云密布："挖尽灵核碎片？"

"不错。"

"那要挖多少次？"薛正雍虎目怒睁，他的鬓边已掺白发了，"五次？十次？生挖灵核损伤心脏，一次都是极痛的——几年前天音阁挖过一个犯人的灵核，她没有撑过去，当天回到监牢里就死了。"

木烟离淡漠地说："那是她自己体弱，怨不得天音阁。"

"那你不如直接要了他的性命！"薛正雍怒喝道，"木烟离，灵核碎片！亏你说得出口，他的灵核若是碎了两片，便挖两次，若是三片，便挖三次……但若是碎成了百片千片呢？你是不是要凌迟他？你就是在凌迟他！！"

"若真碎成那样，也是他自己的命。"

薛正雍哑然。

命？

什么都是命。

他忽然觉得很荒唐。

什么是命？

他因为命，误把这个孩子当作自己的侄儿养大。

他给了这个孩子家人、师父，给了这个孩子一个栖身之地、一个家。可这个孩子原本的命运是怎么样的？

私生弃子，从小吃不饱饭，跟着母亲乞讨卖艺为生。

母亲死了，他一个瘦弱伶仃的幼童，拖着渐渐腐烂的尸体，在乱葬岗，将自己童年唯一的温暖，亲手埋葬。

他挨过无数次打、无数责骂，他被关过狗笼，被诬陷入狱。

谁都期望这世道是公平的，可是从降生的一刻起，命运原本就不公——

为什么这边世家公子香车宝马，千金换取美人笑。

那边穷苦百姓流离失所，不得不以虫蚁为食，以天地为席。

为什么有的人可以纵情无忧地对母亲撒娇，有的人却要带着母亲的尸骨，去豪门巨擘面前，讨得一句"命中三尺，你难求一丈"？

为什么有人卑微入土，有人天生富贵？

这不公平。

当命运把不公倾倒在那些底层的人身上，一个调价令就可以夺去他们身边亲人性命的时候——

公正在哪里？

都是活生生的人啊，怎能心有不恨，怎能超脱释然。

这个孩子纵使做错过，纵使不是他的骨肉血亲，纵使命运捉弄……思及如此，他还是心疼的。

薛正雍闭上眼睛。

他喃喃着："太残忍了，神武天秤恐怕根本没有把灵核破碎这种情况考量进去……几百次，木烟离。"

他抬起眼帘，声音在发抖。

"你要拿锥子，剜刺他的心脏，几百次。"

"……"

天地间清朗一片，天音阁的一切都是严谨的、公正的、一丝不苟的。

薛正雍仰起脸，望着霙霳云层缓缓流曳而过。

"好啦，如今他是罪有所偿了，他欠这世道的，总该还清了吧。"

起风了。

薛正雍蓦地哽咽。

"可是这世道欠他的呢……有人还给他吗……有人还给他吗……"

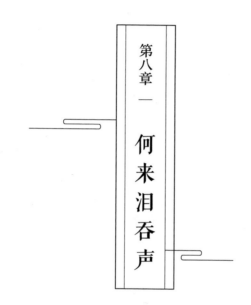

第八章 一 何来泪吞声

天音阁人言可畏

公审最终还是结束了。

即使有人发声，有人申辩，结果依旧改变不了。

遵循天音阁神武天秤的审判，已是修真界千年来的古制，没有谁能够逃脱，墨微雨自然也不能幸免。

清场，墨燃被押解至天音阁外的忏罪台。

法器捆缚，结界笼罩，侍卫伫立。他将跪在这里，三日三夜，接受过路之人的讥嘲、唾骂，直到生挖灵核的那一天。

是谓公示。

"爹、娘，我想去看他。"

天音阁宾客厢房内，薛蒙坐不住，他倏地起身，却被王夫人拉住。

王夫人道："别去。"

她难得坚定。

"不要去忏罪台，不要去看他。"

"为什么？我只是……我只是……"

王夫人摇了摇头。

"死生之巅目下自身难保，今日有多少人在责令我们散派？你父子二人须冷静，千万不可再出头。一旦死生之巅有恙，玉衡也好，燃儿也好，就连最后的退路都断绝了。"

薛蒙茫茫然地说："可是真的会有人去斗他、围着骂他吗？我不知道那个珍珑棋局到底是怎么回事，为什么他能解开……可是……"

他把脸埋入掌心中，嗓音湿润。

"可是，那天真的是他救了我们啊……为什么有些人没经历过那天的灾劫，没看到过那天的情况，只凭一面之词，就要这样待他？"

为什么？

薛蒙不懂，他太纯澈。

但王夫人却清楚，薛正雍也明白。

天音阁是修真界最公正的殿堂——某样东西一旦被定了性，尤其还历经岁月洗练，屹立千百年，那么就极少会有人去思考为什么它就是公正的，它会不会有错。在这样的势力中，就算有反驳的声音也会被轻而易举地盖过。

墨微雨是罪人。

因为是罪人，谁都可以凌辱他、唾骂他。

因为骂的是罪人，打的是罪人，所以那些口水也好，拳头也罢，就不是暴力，不是发泄，不是跟风，不是嫉妒的宣泄，更不是对虎落平阳生出的无限快意。

而是在惩恶扬善。

众人应当拍手称快，谁要是敢发声求一句情，就是同党，合该被押上刑台，脸庞抹漆，头发割落——呸，道德沦丧，是非不分，一块儿斗。

薛蒙不能去忏罪台看。

会疯的。

傍晚时分，开始下起小雨。

忏罪台没有遮掩，墨燃跪在迷蒙雨雾中，细细雨丝贴合着他的脸，他闭着眼睛，人潮涌动，雨水也浇不熄这一场热闹。

这个时候，修士都已经散去了，留在此处的，大多都是些不明事理的普通百姓。这些上修界的居民不修真，也不知道先前发生的种种变故，但他们却极为好奇，撑着油纸伞，打量着这个被捆缚着的男人。

白日里，他们的看台离得远，根本瞧不清墨燃的相貌。

但忏罪台公审后，这些百姓就都可以走近了来看。

有姑娘在低低讶异道："早上听他做的事情，以为是个青面獠牙的丑八怪，想不到长得竟还不错。"

她身边的精壮大汉便体贴地替她理了理斗篷，说道："你就是太天真了。这世上，相貌好看但内心险恶的人数不胜数，你可千万别被这种人的表象迷惑了。"

亦有父母携子，特意赶来。

那当爹的是上修界的一个教书先生，斯斯文文，抱起自己的孩子，好让他瞧清墨燃跪在那里的模样。

"看到了吗？以后要端正做人，绝不能和这种禽兽一般做派。"

那孩子懵懵懂懂，五六岁大，还不是很懂事，便问："爹，他犯了什么过错呀？为什么要跪在这里？"

"他犯下的错，可谓罄竹难书。"教书先生酸唧唧的，"依天音阁公审的结论，他杀了人，放了火，修炼了禁术，欺瞒了身份。这个人，没有半分廉耻、丝毫人性，他冷血阴暗，猪狗不如——你长大之后，万不可像他这样，可记住了？"

"记住了。"

这父亲刚松了口气，便听孩子问自己："可是爹爹，你认识他吗？"

当父亲的愣了一下："我？……我当然不认识他。你爹爹我是上修界清风书院最端正的先生，一生光明磊落，结交的都是有识之士、正派君子——怎会认识这种邪魔外道。"

他顿了顿，似乎觉得还要再添把火，便对孩子谆谆教导："我们家是书香世家，自幼都受到极好的道德熏陶，与他这样的人，哪怕多讲一句话，都应当感到极度的羞愧与肮脏。你记住了吗？"

这回孩子没有说记住，也没有说没记住。

他不解地问道："可是爹爹，你既然不识得他，又怎么知道他……他……嗯……"他努力学着父亲的话，费力地回忆道，"他猪狗不如、冷血阴暗呢？咱们是今天第一次见他呀……了解一个人，不是需要很久很久吗？比如我跟隔壁的小花……"

教书先生："你不懂，这不一样。他是已经被定罪的人。"

孩子黑白分明的大眼睛望着墨燃，半晌道："可是这个哥哥，看上去好可怜的样子……他也不像是个坏人呀，那个什么音阁，会不会审错了呢？"

"你太小了，所以才会这样想。"教书先生素来迂腐，对于儿子这一番质疑一力否决，"等你长大，你就会明白，天音阁几千年来都是这世上最公平公正的地方，天神留下的殿堂，几乎不会有错。"

孩子就噙着手指，盯着墨燃，似懂非懂，但也果然不再帮墨燃说话了。

夜深了，人群渐渐稀疏，渐渐散去。

三更天了，细雨变成大雨，一个人都不再有。

一夜过去，破晓时分，有赶早市的小贩推着板车慢慢走过。

雨急风大，小贩佝偻着身子，推着自己破旧的木板车。墨燃此刻半寐半醒，昏昏沉沉，听到车轱辘碾在青石板路上的声音，还有小贩吃力而沉重的喘息。

他意识飘忽，恍惚以为自己还是那在外游历的岁月。

他微微睁开眼，眸子失焦。

但几乎已成反射地，和失去楚晚宁之后的每一日、每一夜那样，他本能地想要去搭把手，想要去帮那个疲惫的小贩把板车推到树下，想要做一些自己力所能及之事。

可他发现自己站不起来。

过了好久，他才想起，原来那些赎罪的时光都已一去不复返了。

他如今是天音阁判定的罪人。

忽地一阵狂风刮来，风太猛烈，小贩车上的遮雨油布被卷起，他努力尝试着去压平，可是无济于事。

油布吹起，车上一堆货物被雨水淋了个透。这个为生计而奔波疲惫的可怜男人便在雨里焦急地逐着油布——

墨燃看着他。

他觉得很难受，因为他想起了自己的母亲为了一枚铜板而作刀尖之舞的往事。

这世上总有那么多人，在别人高枕安卧的时候，得冒着凄风苦雨，为一口饭而东奔西走。

他很想帮他。

在这个静谧的雨夜里，他觉得心情竟是如此安定，以至于回想起过往的很多事情，想起曾经笑嘻嘻对阿娘说过的那句话。

"等我有了出息，我就造许多许多房子，大家都会有地方住，谁都不会再挨饿受冻啦。"

墨燃其实很不明白，为什么那些侍立在旁边的天音阁弟子，没有一个人上前去帮那个小贩一把。

明明只是搭把手的事情。

但这些人站得笔挺，犹如松柏，是天音阁最肃穆、最庄严的做派，他们却纹丝不动，身如磐石，心大概与磐石也差不了多少。

小贩气喘吁吁地追着油布，那油布被吹着、裹卷着，一直吹到了忏罪台，吹到了墨燃跟前。

一只枯瘦如老树皮的手，总算抓住了它。

墨燃松了口气，便替他感到宽慰。

但小贩心知自己车上的东西已经淋坏，情绪差至极致，却又不知该如何发泄。他攥着那块油布，正心疼不已时，猛地觉察到墨燃在看自己。

他转头瞪着墨燃。

他忽然咬牙切齿，朝墨燃脸上狠狠啐了口浓痰："看什么看！有什么好看的！连你这种贱坏、烂货都要笑话我！该死的东西！看你怎么死！"

他不解气，但又不敢靠得太近，拾了旁边几块石子，朝着墨燃身上砸过去。

天音阁的小弟子们对此司空见惯。

他们私下里常常笑嘻嘻地说："人嘛，只要还分得清善恶，就都会仇视那种重刑犯，打两下也没什么关系。"

他们很体谅百姓的情绪，于是不常拦着。

几块石子砸在脸上、身上，并不疼。

但墨燃却微微地在颤抖。

见他颤抖，见他痛苦，小贩似乎就觉得自己今天的倒霉与凄楚便不算什么了，心里的恶气多少出了一些。小贩拖着自己那具羸弱不堪的身子，朝推板车走去，盖上油布，行远了。

天地间一片夜雾苍茫，大雨将小贩啐落的浓痰冲去，亦将许许多多的污渍冲刷殆尽。

雨越下越大，尘世好干净。

天亮了。

天音阁的修士陆续有人出城门，路过墨燃身边，或视若无睹，或嫌弃鄙夷。

忽有一双黑色的靴子，停在了墨燃跟前。

一把伞倾落，遮住淅淅沥沥的雨。

墨燃在小寐，没有觉察。

直到听见有人在争执。

一个温雅沉和的嗓音，语气却很坚持："给他施个避雨的结界。"

"没有阁主命令，不可动忤罪台分毫。"

"只是个结界而已。"

"爱莫能助。"

墨燃睁开眼，迷迷糊糊地看到一个身姿挺拔的男子——不，不是男子，是叶忘昔，叶忘昔态度坚决："行刑日还没到，你们不该如此对他。"

"我们怎么对他了？"有人皱起眉，"叶姑娘，你讲话要负责任，天音阁按规矩办事，是上苍看不过他，要下这场雨，不是我们加给他的惩罚。"

叶忘昔眼中闪着愠怒："这还不是惩罚吗？一整夜！昨晚一整夜你们就让他这样淋着？要不是我今天看到……"

下面有碧潭庄的人路过，是甄琮明带着一群师弟。

听到动静，甄琮明侧目，冷笑："哎哟，儒风门的暗城首领又在多管闲事啦？"

"替罪人撑伞，呵呵。"

周围有人围过来，众人窃窃私语，交头接耳，更有几个女修翻着叶忘昔白眼，互相做低语状——

可惜声音并不低。

"听说当初在儒风门，替叶忘昔出头的那个黑衣人，就是墨燃呢。"

"什么？我怎么不知道……居然是这个恶鬼帮的她？"

"墨燃连养大自己的干娘都杀，怎么对叶忘昔这么好。"

静默一会儿，而后有人睁大眼睛，以帕掩口，变了颜色："天哪，他俩该不会是……"

是什么？

很聪明，没有人在此刻挑明。但他们脸上都露出了又是恶心又是激动的神情。不负责的猜测太舒适了，仿佛一场持久而激烈的浪潮，这浪潮在人群中弥漫，在烟雨中扩散。

他们盯着台上的两个人。

一男一女。

为什么一个女的愿意帮一个落魄颓丧的男子？她有没有和他睡过？她肯定和他睡过，她肯定爱死了他，爱极了他在床上的缠绵悱恻、耳鬓厮磨。

好脏。

墨燃抬起眸子，看了叶忘昔一眼。他想说话，但第一次开口却发不出声音。

他只得又咽了咽，而后才声音沙哑道："叶姑娘……"

"你醒了？"

叶忘昔低下头，依旧是当年温和而端正的模样。

"你走吧……别站在这里了，对你不好。"

叶忘昔却不离开，她带了一壶温水，俯身，一面夹着伞，一面却解开壶口。伞斜了，雨水大半都淋在了她身上。

"喝点东西……"

天音阁立时有人前来阻止："叶姑娘，囚刑之人，不得给予饭食。"

"那囚刑之人能不能被旁观者砸石殴打？"

叶忘昔虽没有看到昨夜的情形，但墨燃周围散落着大大小小的石子，额头脸颊，也都是被砸过的瘀痕。

她盯着他们，目光竟有点南宫驷的凶狠。

她的身上，也渐渐出现了故人的影子。

"天音阁不是秉公行事吗？这就是你们的公平？"

那些人自知理亏，便不再多言，为首的面露尴尬，轻声咳道："水就算了，其他吃的不可以。"

叶忘昔就给他喂一些温水。

墨燃低声道："何必……"

"你帮过阿驷。"叶忘昔没有抬眸，"也帮过我。"

"蛟山上，如果死的人是我，南宫就……"

叶忘昔的手微微顿了一下，她在颤抖，但最后还是说："谁都想活着。我总不会因为你想活着，就怪罪于你。"

"……"

"喝吧。"她说，"薛蒙来不了了，他被他爹娘拦着。我在这里撑着伞，你之前冒天下之大不韪，帮着我与阿驷。如今哪怕无人向着你，我也会帮你。"

她神情依旧是寡淡的，却很坚定。

"我在这里。"

她言出必践，果然就这样立在墨燃身旁，天音阁不让施结界，她就撑一把伞，微微倾斜，替墨燃挡雨。

有她立着，抛砸石子的人就不再有了，但议论的话语却越来越难听。

不男不女的妖人。衣冠楚楚的禽兽。

好赖不分的女流。丧尽天良的凶手。

欲加之罪，何患无辞？何况谁都知道跪在地上的那个男人永无翻身之日，站在旁边的那个女人早已门派零落，无依无靠。

骂得再难听，谁会替他们计较？

墨燃这时才惊觉世上的勇士竟是那么多，一茬一茬的，慷慨激昂，犹如雨后春笋纷纷冒出。

那么正直，愤慨，疾恶如仇。

从前这些人也不知去了哪里。

天音阁审讯最是难得，恐怕十年都不会有人能得此殊荣。

看热闹的人一拨来了一拨又走，来来往往，犹如潮汐涨落。有人说："这个墨燃之前做了不少好事，现在看来也不知道是什么居心，他还留宿在我们村子里过，这么个杀人魔头，想想都令人后怕。"

"听说他娘是那个段衣寒，你们知道吗？"

"段衣寒？一曲难求的那个乐仙？"闻者吃惊，"那个姑娘不是人很好吗？听说有才学，又温柔，为人高洁，心地还十分善良……"

立时便有人阴阳怪气道："你们男人可真有意思，段衣寒是个婊子吧？这年头婊子都能被夸作高洁，我看这世道真是变了，心中一点道德标杆都没有。"

那被顶撞的男人有些不愉悦："段衣寒是乐伶，又不是娼，她立身乐坊那么多年，从来没有接过任何花客——"

"你觉得她没接过那是因为你穷啊，这种女人，只要银两到位，还有什么清白不清白的。"

这时候有人慨然出声："乐伶和娼妓有何分别？都是些不知自重自爱、寡廉鲜耻之人。这年头居然有人替暗娼狡辩了，没想到我泱泱上修界，道德标准竟已低下到了如此境地。"

说话的不是别人，又是昨天那个抱着孩子来的教书先生。

今日他倒是没有抱着自己孩子，而是捧着一摞书，身后跟着一群学堂里的书童。教书先生微微扬起下巴，显得极其清高。

有人认出他来，客气道："马先生今日下课倒是早。"

"纸上得来终觉浅。"教书先生道，"今日早些放学，为的就是特意带学生来亲身受教，见见世面。"

他说罢，横了一眼那个替段衣寒说话的公子，嗤之以鼻："但没想到居然能听见如此惊世骇俗的言论，实在令马某大开眼界，也当真为我上修界的风气深感忧心。"

"对，马先生说得不错，先生真是道德楷模啊。"

"先生为人师表，用心良苦。"

方才勇于替段衣寒辩白的男人又羞又怒，但周围的人都在嘲笑他，他脸涨作猪肝色，也不好说什么，拂袖愤愤去了。

这些话，墨燃听来初时怒极，后又无力。

他什么都做不了，只能听着早已去世的母亲在众人唇齿之间变得腥膻不堪。

只能由着那个临死之前，还叮嘱他"要记恩，不要报仇"的女人，被一张张黑洞洞的嘴巴嚼烂，嚼成妓女、淫妇、生出贱种的败类。

堵不住悠悠之口。

叶忘昔忍耐良久，终于忍耐不住，她往前一步，欲与台下之人争论。

但墨燃低沉地唤住她："别说了。"

"……"

"没用的。"

叶忘昔回到他身边，这时候雨已经渐渐停了，但她的伞依旧没有收，好像这一把单薄的油纸伞能挡住什么似的。

墨燃抬眸看了她一眼，半晌，声音沙哑道："别站在这里陪我了，叶姑娘，你若是信我……便回天音阁内去吧，去找到薛蒙，找到死生之巅的人……跟他们说……"

他缓了一会儿。

此刻他便连说话的力道都是不足的。

"跟他们说，听我的话，设法……尽快找到华碧楠……找到我师尊……"

提到楚晚宁，他的心又是一阵绞痛。

楚晚宁在哪里？

听师昧的语气，并不会伤害于他，可是他会被师昧带去哪里，会被强迫着做些什么？

他不能深想。

"第一禁术是真的被解开了，要早做提防。"墨燃睫毛簌簌，"我挡了一次，挡不了第二次进攻……但一定还会有第二次……求你信我……我没有别的居心，我只希望这一切能够停下来。"

不能再这样继续下去了。

我不想再重蹈覆辙，再见到楚晚宁召出怀沙。

我不想再看到他一个人，以死难，补穹天。

天音阁行道不同

蛟山大殿内，一豆孤灯亮着。

南宫柳蜷在宝座旁呼呼大睡，手边还搁着两个没有吃完的橘子。

忽然，拐角处出现了一个修长的身形，影子投落在南宫柳身上，缓慢地走近。那人脚步极缓，点着盲杖，柔腻的鼻梁上端佩着雪白帛布，完全遮住了他的眼眸。

"嗯……"许是竹杖点地的声音打搅到了南宫柳，他自浅寐中醒来，揉了揉眼睛，有些茫然地说："啊，是挚友哥哥呀……你的眼睛怎么了？"

出现在殿内的正是之前一直神出鬼没，尽量不现身于众人前的盲眼师昧。

南宫柳怔怔地说："你不是去天音阁了吗？"

师昧摇了摇头："说来话长，就不与你细讲了。"略微一顿，他又道，"阿柳，我应当在桌上落了一张珍珑兵谱，你能帮我找一找吗？"

"这有什么不可以的。"南宫柳立刻在几案上翻翻找找，很快就寻到了那张绢帛制成的兵谱，"给。"

"多谢。"

师昧纤长细瘦的手指在绢帛上慢慢挪移，他眼睛已经盲了，看不到上头的文字，但是这种兵谱都不仅仅是使用字符记载，为防万一，用灵力也能读知。他就立在空寂的大殿内，一点一点地解读着其中内容，那上头写的，是华碧楠此前为逼墨燃自毁灵核，调用的所有珍珑棋局兵力。

调用前世霖铃屿属民，四万六千人；

无悲寺属民，一万三千人；

凡此种种。

前世死生之巅弟子，全部。

师昧捏着那一方柔软细腻的绢帛，初时尚觉麻木，只是木钝地想着：原来前世自己所说的必要牺牲，是这样的尸山血海吗？

死生之巅弟子，全部。

全部都被做成了珍珑棋子，供踏仙君驱策，除了薛蒙，无一幸免？

可他明明记得，华碧楠曾与他温和地说过："你知道，我也是见惯了生死的人，人间多苦，唯愿诸恶莫作。我希望这条路上死去的人能够少之又少，否则，我也良心难安。"

那是华碧楠刚刚通过时空裂缝来到他面前，对他说的一番话。

——人间多苦，诸恶莫作，情非得已，唯愿少殇。

这与他自己的想法没有太大的偏差，他心狠手辣，但并非自己所愿，也是迫不得已。

"良心难安……"当时，恳求真挚地对他说出这一番话语的华碧楠，却早已在另一个红尘杀尽了天下人。

而他竟到此刻才知晓。

"挚友哥哥，你、你怎么了？"颅内嗡嗡充血，耳边模糊传来南宫柳焦急的声音，"你的脸色好难看，你怎么在抖？你……你是不是生病了？你冷吗？"

孩子般絮絮叨叨，忽地一阵温热裹住他，是南宫柳脱下了自己的外袍，手忙脚乱地披在了他身上。

"来，我不冷，我把我的衣服给你。"

那个曾经绵里藏针、机关算尽的罪人，在失去神识之后变得如此单纯。

或许每个人，都有过这样急人之急，忧人之忧，年少真挚的时候吧？只是在岁月的雕琢之下，心脏也和面目一样生出皱纹。

变得再也不像自己。

师昧裹着南宫柳的衣裳，他是冷，彻骨地冷。

眼前一阵阵地眩晕，白布下渗出血泪……他颓然跌于座上，把自己的身子蜷得极小。

"他不是我……"师昧不住地喃喃，"他不是我……"

南宫柳自是在旁边听得迷茫："什么？"

师昧把脸蜷进臂弯里，那细小的战栗从手指蔓延遍全身，他甚至不愿意再去触碰那一张绢帛。

"我是想要救人的，我也知道牺牲在所难免，我知道会有很多算计，会辜负许多真心，我早已准备万劫不复，他与我商量说或许要我捐出双目的时候，我也不曾犹豫。可我……"

"挚友哥哥……"

南宫柳把手覆上他的发，犹如稚子间的安抚，笨拙地劝慰着他。

师昧蓦地哽咽了："可我真的没有想过，他杀了这么多人啊……"

绢帛飘落在地，那上面历历记载的，是另一个红尘里几乎所有的修士、平民。

都成白骨。

过了许久，久到南宫柳都蹲在旁边，呆呆地不知该怎么办了，师昧才慢慢地扶着冰冷的几案，摩挲着站了起来。

南宫柳忙问："你要去哪儿？"

师昧在原地静了一会儿，似乎真的很迷茫自己应该去到哪里，在南宫柳问了第三遍的时候，他才怔神，咬了咬唇，说："密室。"

他不能再错下去了，他要去救师尊。

来到密室门前，他一触之下，才发觉华碧楠竟然在石门上施加了一种极其高深的禁咒。

师昧微怔，随即嘴角似有苦笑。

从绢帛兵谱，到石门禁咒。他忽然觉得自己是那么可笑。

华碧楠提防他，所以施加的禁咒，是一种按理他从来没有修习过的法术。说到底，华碧楠根本不信任他。

"让你失望了。"师昧轻声道，手中亮起一道幽蓝辉光，向着阵心触去。

"或许曾经的你，在我这个年纪，还没有学过这个咒诀。但我是会的，只是你不知道而已。"

密室的石门轰然洞开了。

有谁重活一遍，人生路会是全然相同的呢？

哪怕是同一个人，或许也会因为春日避了一场雨，夏日树荫里一场好眠，而就此改变一生。

师昧在密室门前踌躇再三，终于还是轻轻地踱了进去。

密室内燃着一盏九龙衔烛长明灯，正散发着纯澈光明，只是这光明对于屋内两个人而言都无济于事。

他们一个昏迷着，一个已盲。

蒙着绷带的师昧坐在楚晚宁的床榻边，伸出手，纤细白皙的手指摩挲着楚晚宁的脸庞。

他轻声喃喃道："师尊……"

楚晚宁没有醒来，也就没有应声，他脸颊依旧烧烫。

灵魂分裂，合二为一。

他承受着属于墨燃的零碎回忆，在梦里煎熬。

师昧指尖亮起荧荧光辉，点在他的颈侧，温柔如水的灵力传来，流淌全身。

"可好些了吗？"

依旧无人答他。

师昧垂落睫毛，其实他也知道楚晚宁仍在沉睡，否则也无法鼓起勇气进到石室里，坐在楚晚宁身边。

他发了一会儿呆，好像想了很多，又好像什么都没有在想。

其实，在拜入师门之前，他还很小的时候，有个夙愿，为了这个夙愿，牺牲什么都是值得的。

他很清楚自己的宿命是什么，所以从来没有感到自己做错过。

可是有一天，时空倒错，另一个红尘中的自己风尘仆仆，忽然出现在了眼前。

他见到了十多年后的自己。

撇去惊讶和恐惧不说，少年时代的他，在第一次见到华碧楠的时候，最大的感觉竟是"违和"——他不知道是什么将自己消磨成了这样。阴冷、狡黠，郁躁，孤注一掷。

但是，为了两个人共同的愿望，他最终答允了华碧楠的要求，步步为营，才终于走到了今天这一步。

这些年，两个红尘的师昧各司其职，留在墨燃身边的一直是他，而幕后操纵的则是穿越回来的另一个师明净。

就像踏仙君和墨宗师判若两人，他和那个师明净其实也并不如此相似。因为各自经历的不同，那个师明净更像是工于心计的寒鳞圣手，而他则在时光的洪流里，竟成了圣手棋盘上的一枚暗子。

如今回想，在华碧楠打破时空生死门出现之前，他也算是个心狠手辣的年轻后生。但他与华碧楠合作后，华碧楠一直在告诉他：要收敛锋芒，要学会伪装。

少年时代的他曾经为此和华碧楠大吵一架："我受够了，你要我装到什么时候？处处温柔和善，步步忍气吞声。编那么多谎话与你里应外合，谁记得住？"

当时他与墨燃一行人从金成池归来，华碧楠对他在摘心柳面前的表现并不满意，就责备了他几句，却没想到师昧的反应竟会如此巨大，不由得一愣："我只是在提醒你要谨慎行事，莫要露馅儿。"

"你说得倒是轻巧。"他咬着嘴唇，"你让我几次三番去确认墨燃的想法，我哪一回没有照做？你知道对一个并不喜欢的人献媚有多恶心吗？"

华碧楠似乎是一时不知如何回答，过了一会儿才说："你经历过的事情，我全都经历过，你有什么资格说我不知道。"

"但你经历过的事情我却没有经历过！"

"……"

"从你来到这个世上之后，你就告诉我，怎么怎么样做是错的，怎么怎么样做是对的。可以，你是过来人，为了那个目的，我愿意听你的话，并为此付出全部。但是华碧楠……"师昧越说越激动，喘着气，眼眶是红的，"你最好清楚，你没有立场来数落我。"

这是从他来到这个红尘以来，第一次与年少时的自己起这样大的冲突，华碧楠脸色青灰，抿着唇不吭声。

师昧道："你在你的世界里失败了，所以通过楚晚宁遗留的生死门裂缝，来到这里，想要从头来过。但你要清楚一点，我不是你的棋子。"

"……"

"我是在为了我们共同的那个目的，与你合谋。"

华碧楠闭了闭眼："你想多了，没谁把你当一枚棋子。"

师昧的情绪还是很激动："算了吧，从你感知到墨燃复生开始，哪一件事情我不是照着你的吩咐在做？是我一直在替你盯着他体内休眠的八苦长恨花！是我！"

"……"

"从无常镇他第一次出现，你就急着让我前去'偶遇'他，到后头你让我端着小菜去探他口风，更别说那些你让我蓄意离间他与楚晚宁的事情。"师昧一双桃花眼眸紧盯着华碧楠越来越难堪的脸色，"我演戏演得都快吐了！"

"这些事哪怕没有我，你也会做的。"华碧楠咬牙道，"你别觉得是我逼你，这些事情前世的我一样没差可都做过。墨燃是八苦长恨花的宿主，只有反复确认他的情感，才能探出他体内花蛊的情况，你以为你受的这些委屈，我就没有受过？"

见师昧没有立刻反驳，华碧楠又道："前世，我做的事情几乎与你相同，我也一直在伪装，直到鬼界天裂，我以自己的死亡催生了他心中的恨意。从那之后我才以华碧楠的身份重新开始生活。"

"……"

"我忍了那么久，你为何才过这短短一年半载就已经承受不了？"

师昧蓦地抬头："这还用问吗？你是在为自己搏。我呢？"

华碧楠："你我有何区别？"

"有区别。如果可以，我并不想被左右。"师昧盯着他，半晌吐出后半句话来，"哪怕是另一个红尘的自己。"

可是遂心如意很难，即使内心有再大的不忿，在那天的争执爆发后，师昧还是不得不向命运低头。

他毕竟太年轻了，许多变故都不曾经历过，而他又确实清楚地知道自己最后所求的究竟是什么，所以他终会向前世的自己妥协。

他这些年，处处听另一个红尘的自己摆布，活得比珍珑棋子更像一个傀儡。若说没有厌倦，那是假的。可每当心中躁郁蓄积到极处，他又会不住地告诫自己：为了所谋大事，这些痛苦都不算什么。

"什么时候可以结束这出戏？"这成了他最常问华碧楠的问题，"什么时候天裂？"

而华碧楠给他的回答，往往就像在花驴子面前钓了根萝卜："快了，会比前世更快。"

他就这样一天一天地等着，等得不厌其烦。

后来鬼界之门终于洞开，他满以为自己可以如前世一样，假死以解脱。却不曾料想楚晚宁却在这一战中身殒。

那一夜，他与华碧楠的矛盾爆发到了一个前所未有的地步。在紧闭的弟子房内，师昧砸碎了他面前所有的青瓷碗盏，胸膛剧烈起伏着——

"你让我还怎么故作从容地装下去？师尊死了，你算来算去，算到了这一出吗？"

华碧楠的面色也极其难看："这件事，你如何能怪我？你要怪也应当去怪墨燃，是他贸然行事。"他搁在桌几上的手指紧捏成拳，几乎陷入掌中，声音蓦地凌厉，"是他害死了楚晚宁。"

"对，是他。"师昧的眼眶通红，却极力不掉眼泪。他从小就被母亲告诫，无论遇到什么，都一定不能哭。

华碧楠也是一样的。

"是他害死了师尊，那你别拦着我，我现在便去杀了他！"

华碧楠蓦地抬头："你疯了？！"

"哦？"师昧喘着气，颔首，眼中满是挑衅，"你还知道'疯了'两个字？"

华碧楠咬牙道："保护好墨燃，淬炼他，控制他，这是我们做事的关键。至于其他，不是你该想的。"

"看，就是这样。"师昧扑哧抚额冷笑，眼中闪动着激越的光泽，"你是寒鳞圣手，你可以在孤月夜随着众修士遥祭楚宗师，甚至随心所欲地唾骂墨燃几句——但我呢？你跟我说的又是什么混账话？"

"……"

师昧在椅子上落座，那神情几乎可以说是鄙薄的："你今天来，交代我的第一件事，是要我尽快确认墨燃体内的八苦长恨花是否完全失去了效用，是否还能挽救。"

他喃喃着，慢慢抬起几寸目光，落到华碧楠灰白的脸上。

他讥嘲地说："你竟让我在这会儿去离间墨燃和师尊？跟我说，绝不能让楚晚宁在他心里，取代我的位置？"

字句尖利如刺，刺向华碧楠，也刺向自己。

他嗤笑起来："咱俩之间，疯了的究竟是谁啊。"

华碧楠蓦地合了眼睛，瞳仁在薄薄的眼皮之下滚动，而后他说："我无计可施。因为楚晚宁前世所做牺牲，墨燃体内的八苦长恨花原本就岌岌可危，如果它彻底被摧毁了，到时候再要控制墨燃，难上加难。"

"所以你就把所有不是人做的事情都推给我去完成，是吗？"师昧再也忍受不住，蓦地拍案起身，"师尊他才刚走……你考虑过我的感受吗？"

"……"

"他是你的师尊，难道就不是我的师尊吗？"

师昧说完这句话，声音都不禁颤抖了。

屋内一片死寂。

最后他坐下来，以手加额，纤长的睫毛在掌心下不住地发颤。一时间谁都没有再吭声，窗外暴雨滂沱，天地仿佛都在这电闪雷鸣中如洪荒时龟裂。

良久之后，才听到华碧楠轻声叹息：“阿楠，我对你不起。”

而师昧对此的反应，却只是木僵而森冷的一句：“别叫我阿楠了。”

"……"

"我和你不一样。叫我师昧，或者师明净。"

天音阁千钧一发

大约人都是会变的，哪怕是同一个人，最初是相同的模样，但因为种种因缘际会，变数扭转，过了十年、二十年，性情与境遇都不会再全然相同。

其实，当初给墨燃种下诅咒的时候，师昧也是个心冷如铁、意志坚决的人。

他眼中除了自己的报复，自己的追求，什么都容不下。

可是那个时候，他看着另一个红尘的自己所作所为，扪心自问，他忽然很想知道，华碧楠的心里是否曾有过那么一星半点的不适应、一时半刻的齿冷。

他最终还是按照华碧楠的吩咐去做了。牺牲至此，他骑虎难下。

他清晰地知道，私情会让大事功亏一篑，没有什么比稳住墨燃、保住自己更加重要。

反正他已演了那么久的戏，戴了那么多年的假面，恶心到了骨子里，也就麻木了。什么逢场作戏，什么表里不一，哪怕楚晚宁的死，也不能改变什么。

只是提着怀罪大师给的引魂灯，站在奈何桥边，哪里也不曾去，甚至都不能为师尊意志坚决地赴汤蹈火时，他也会忍不住心生羡慕。

要是他也能像薛蒙、像墨燃一样，为自己的人生做主，或者说自认为可以为自己的人生做主，那就好了。

可是命运从不由他。他如一个梨园小生，不甘却沉默地操持着手中这份仅有自己能圆满的折子戏。

一开始，欺骗墨燃。

墨燃冲他笑着，说："师昧，你对我真的很重要。"

后来，利用徐霜林。

徐霜林懒洋洋地抛着橘子，乜斜眼眸："我一生飘零，想不到还能遇你这样一个朋友，多谢你愿意教我复生禁术。等罗枫华那个废物复活了，我一定让他给你煮碗汤圆吃——你不知道吧，他煮的汤圆最好吃了。看得起你，我才愿意给你尝。"

到最后，图穷匕见。

与他和华碧楠最坏的打算一样，他不得不以自己的些许牺牲，博得师友心乱，令时空之门在那千钧一发时刻，顺利洞开。

他本是一个捏着棋子的人。

但是十年后的自己来了，他便也成了自己的棋子。

被把控的滋味其实并不好受，他也不是全无厌憎，只是心中执念太强，愿望太深，不想轻言放弃。

可是。

他真的、真的不知道，那一个红尘的自己，所谓的"微小牺牲"，指的是数十万人性命，一个尘世的倾颓。

他是在打开了时空生死门之后，才见到这样残酷的真相。

这个师明净，终究不是那个师明净。他没有经历过那个十年，没有经过那一天又一天的沦陷。

到此刻，他真的再也无法理解十年后的自己。

但已无路可退了。

他此刻也已不过是一枚弃子，和棋盘上错落有致的所有黑白兵甲一样，失去了锋芒，再无用武之地。

"师尊。"灯影朦胧，映着他秀美端丽的脸庞，他依旧宁静而温柔，"其实我想这件事，已经很久了……我在想，墨燃都可以从头来过，可以变得不再一样。我就在想，如果一切可以回头，我会不会也因为一念之差，而做出不同的抉择。"

屋内很静，只有他一个人的声音。

"不过，此刻都已经来不及啦。"师昧道，"我知道，师尊已经恨透了我，墨燃也已恨透了我，少主也不会再拿我当朋友看待……不管这一路走来，我是否有所犹豫，最终还是变成了他的模样。"

他的手贴着楚晚宁烫热的脸颊，静静地，把疗愈的灵力分给他。

"对不住，还是让师尊失望了。"他说，"唯一庆幸的是，我双目已盲，不用看到你恨我的样子。"

顿了顿，师昧笑了，一笑之下，满室春深。

"我眼睛里最后瞧见的，是你们在为我难过。够了。"

他将楚晚宁手上的捆仙绳解开，榻上的禁咒消除，而后他点灭了石门的法咒。

做完这些，师昧转身，摸索着，缓缓离开了密室。

他行远了，被一片黑暗吞没。

与此同时，天音阁所属齐地。

教书的腐儒马先生刚从私塾回来，敲着酸痛的肩膀进了屋，照例要先去伙房里煮一杯八宝茶喝。

推门进去，黑灯瞎火。

马先生不由得皱起了眉头，边去摸索烛台，边喊道："夫人？大晚上的，怎么连个蜡烛都不点？你这是……"

"刺"的一声，火刀、火石擦亮。

马先生哑然失声，惊悚无言地立在屋子中央——他看清了，自己宅子里的仆奴已经全部被勒死，犹如一串串风铃悠悠荡荡挂在梁上。他的傍家老婆子已被开膛破肚，眼睛和嘴巴都张着，扭头朝着门的方向。

"啊……"马先生想叫，出口的却是含糊至极、颤颤巍巍的一声无力呻吟，过了一会儿，他才头皮发麻地惨叫出声，屎尿横流，"啊！！"

"啧。吵什么。"一个男人从里屋走了出来，手里握着卷《尚书》，他拿书卷挠了挠脖子根的痒，打了个哈欠，"没见过死人啊？"

"你……你你你！墨——墨……！！"

男人打了个响指，并懒洋洋地解释："泯音咒。"

"什、什么咒？"

"泯音咒嘛，这都不知道。"男人翻了个白眼，"本座正拜读先生屋内经典呢，知道大晚上吵着邻居歇息不好。来。现在随便叫，若是有谁能听到，请先生尽管埋怨本座。"

马先生脸色煞白如鬼，两股战战，他平时也就"之乎者也"的，哪里见过这样的血腥场面，早已吓得失了禁，浑身冒汗，半晌才颤声道："墨……你这个魔……魔头……你……你不应该在天音阁法场吗……你……你……"

"天音阁法场？"

男人抬起黑到发紫的眼，笑了一下。

"不错啊，本座是去那里看过，不然怎么能听见先生前日的高见呢？"

他说着，把书随手一扔，直起高大挺拔的身子，慢悠悠地朝教书先生走来。

灯烛照着他极俊的脸，不是踏仙君又是何人？

踏仙君露齿灿笑，酒窝深深，竟向那教书先生作了一揖："本座生平最佩服读书人。冒昧登门杀你全家，真是唐突先生了。问先生安。"

这不阴不阳、怪腔怪调的语气，再加上横七竖八柱死了的人——

饶是姓马的有十七八个胆子也不够了，他扑通一声栽倒在地，呼哧气喘："你想干什么……你想干什么！！"

踏仙君只是笑，抬手一掠，掌中出现一把陌刀。

他侧过脸瞧着教书先生："你猜？"

"不要杀我！"马先生惨叫起来，不停地往后面挪退，"不要杀我！！"

退着退着，撞到了个什么东西，他一扭头，正对上自己老婆死不瞑目的脸，更大声地哀号："不不不！不不——别，求你……不要……啊啊啊！啊啊啊啊啊啊！！"

回应他的是一刀刺下，直挺挺插在他的大腿上。

"啊——！"

踏仙君眯起眼睛，笑容和气又甜蜜："敢问先生……乐伶和娼妓有何分别？"

"什、什么？"马先生一愣，痛得哪里有头脑思考，只哀哭着，"什么……"

"你自己说的啊。"踏仙君慢悠悠地说，"先生曾在天音阁前说。乐伶啊，娼妓啊，都是些不知自重自爱、寡廉鲜耻之人。这年头居然有人替暗娼狡辩了，没想到我泱泱上修界，道德标准竟已低下到了如此境地。"

他模仿着教书先生说话的语气，抑扬顿挫，老神在在。

说完之后，顿了一会儿，嗤笑一声，侧过一张俊脸来。

"背得还算熟吗，先生？"

马先生痛吓之间总算有了些模糊意识，想起这是自己抨击墨微雨母亲时说过的话，忙鼻涕一把眼泪一把地说："不不不，糊涂了！我糊涂了！这个……"他吞了口唾沫，满脸是汗，"娼是娼，乐伶是乐伶……不、不一样的，不一样……"

"怎么不一样啦？本座倒觉得先生讲得很有道理。"踏仙君皮笑肉不笑地走过来，又举起了陌刀，"话说起来，本座脑子不太好使，身边总缺个人指点。先生有这般灵巧舌头，不如赠予本座，嗯？"

"不……不不不！宗师饶命！道爷饶命！！"马先生语无伦次，汗流浃背，"求求你，大恩大德，大仁大义……"

踏仙君笑眯眯地说："什么宗师、道爷的。长没长耳朵？——要叫陛下。"

"陛……陛下？"马先生一愣，但是管他呢，只要活着，叫爹都可以。随即他一迭声地告饶："陛下陛下！陛下饶命！陛下开恩！"

踏仙君蹲下来，捏住他的下巴，笑着说："嗳。道德楷模，问你一句，究竟是本座寡廉鲜耻，还是先生寡廉鲜耻啊？"

"我我我！是我是我！是我……是……"

但是告饶又有什么用呢。

踏仙君掌心发力，已经在他的告饶与哭喊声中，灿笑着，将他的喉管捏断。

做完这些，黑袍男人环顾屋内，心满意足地确认了没一个人活着，这才站起来，擦了擦手上的血迹，推门走出院外。

外头华碧楠正等着他。

"发泄完了？"

"差不多。"

"可以跟我回天音阁准备了？"

踏仙君看了他一眼："行吧。"

华碧楠摇了摇头："真是拿你没办法。这么点小仇都要计较，不就说了你娘几句，你至于——"

"那要不本座也说你娘几句？"

"……"

华碧楠神情微变，最后侧过脸，不再答话了。

"走了。你不是说明天取到墨宗师的心脏，就放回本座身体里吗？那还愣着做什么，本座都迫不及待了。"

踏仙君说着，衣袍一掠，朝着天音阁方向大步行去。

金光漫照，云霞初透，天很快亮了。

伴着一声惊恐至极的惨叫，马先生全家的尸体被早起的邻居发现。这样的凶案照理应该能在齐地掀起一场大波澜，可惜并没有。

因为此时此刻，有场更夺人眼球的行刑正在进行。

天音阁行刑台上，火炬正熊熊燃烧着。蜡油熔化，发出松柏清香，两名天音阁的侍女披着金丝潋滟的衣袍，玉臂柔婉，将刑台两侧的灯台一一点亮。

说来也奇怪，天音阁这一支近卫队的相貌个个都是出奇地好看，男俊女艳，也不知道这是天音阁所修的心法所致，还是因为木烟离收弟子的时候极其看中相貌。

"天地自有灵明，善恶终有回报。"

一盏又一盏的兽性青铜灯烛跃起火光，那火焰如鲜艳的红绸，飘拂摆掠。

到处都是人。

台上，台下，西北东南。

刑台堵得水泄不通，薛蒙坐在死生之巅的席位上，一直在微微地打战、发抖。

这三天，薛正雍四处求人，但无济于事。那些修士迷信神武天秤的公平公正，也畏惧掌握着珍珑棋局的墨微雨。

"他救了我们。"

死生之巅的人不厌其烦地试图对每个可以说服的对象解释："那天是他散了灵核在救我们，如果他有阴谋，又何必做到这一步？"

可是墨燃身上的疑点太多了，所以依然没有门派愿意站在他们那边，就连孤月夜和踏雪宫都保持中立，缄默不语。

失传几千年的第一禁术忽然重现，相比屹立几千年的第一公审殿堂。

只有傻子才会选择相信前者。

所以薛正雍的奔走显得那么蠢笨，死生之巅的辩解显得那么苍白无力。

薛蒙曾模模糊糊地想，要不，劫狱吧。

但他也知道不可能。

这里到处都是天音阁的守卫，且还有其他门派的掌门与弟子，看台下面是汪洋一般的百姓。

无数双眼睛盯着，插翅难逃。

所以，生挖灵核，终归还是墨燃的结局。

"天音阁三日公示，罪罚已定。"木烟离庄严而端丽地俯视着下面无边无涯的人海，敲响了手中的编钟，"带犯人墨燃。"

从忏罪台，到刑台。墨燃被押解着，一个灵核已碎的人，却被数十名最高阶的天音阁弟子盯伺着。

他们是兀鹫。而他将赴死难，没有几个人在生挖灵核之后还能活下来，兀鹫闻到了血腥味，眼瞳里闪着精光。

"重罪之身墨燃，今日午时，将处褫夺灵核之刑。"木烟离的嗓音清清冷冷，"罪状有十，在此宣读，以告天地。"

雨已经停了，但地上还是湿润的，墨燃站在积水里，天光云影在他足下徘徊，他将视线上移，在人群中，找到了叶忘昔。

他墨黑的眼眸凝视着她，像在问询。问询她是不是已经照着自己的叮嘱去提点了死生之巅的人；问询她是不是已经清楚了自己所放不下的身后事。

叶忘昔朝他点了点头，墨燃唇角扬起明朗而柔和的灿笑，眼底浸着光辉。

天气真好。

雨停了。

"罪状一，屠戮百姓，草菅人命。"

木烟离的声音在天音阁袅袅回荡，庄严肃穆。

"罪状二，纵火烧楼，以报私冤。"

佛前香烧起，诸天神佛在云端叩问，或怒或慈，跌坐持环，俯瞰茫茫众生。这些年来，墨燃不喜看天，若天上真有神祇，他眼中藏着罪孽，埋着祸心，怕会被发现。

但这一刻，他终于放松下来，仰望着天际，阳光如洗，将他那黑到发紫的眼眸浸润成琉璃浅褐，竟成纯澈。

他看着天空，天空疏疏朗朗，连云都是淡的。

木烟离的嗓音是那么邈远，他闭上眼睛。

不去看死生之巅，也不再去看任何一张故人的脸。

"罪状六，偷习禁术，触犯大戒。"

忽然想到什么，他眉宇间露出些憾意与缱绻。

原本这一生，是想好好待楚晚宁的，可惜总也做不到，最后都是一片狼藉。

以失败告终。

他当真并非良人，是个灾星，是个瘟神，是个蹩脚的笑话。

这两世。

想护母亲，没有护成。

欲报恩情，未曾如愿。

孩提时想做英雄，后来想偷天换日当一辈子薛掌门的侄子，穷途末路了，又豁出一颗心，要当世上最冷血无情的踏仙君。

却都不了了之。

"踏仙君、墨微雨、墨宗师……"他睫毛轻颤，喉结滚动，最后叹出一声唯有他自己能听到的嗤笑与感慨。

"你当真是这世上，最可笑的人。"

他叹罢这一声，仰头向天空望去，风吹拂着他的细碎额发，他眯起眼睛，继而又想着，楚晚宁如今在哪里？

大约是曾经得到的太多，已然倾尽了所有的缘分，所以这一生，最后一程，终是不得再见君一面。

挺好的。他弯起眼眸，在刑台上"嘿嘿"笑了。

至少，不用让晚宁瞧见他狼狈至此的模样。

"时辰将到！备刑——！"

一声威严唱和，号角吹响。

仿佛噩梦投落阴影，仿佛这一声"备刑"隔着万里传入鼓膜，蛟山密室内，楚晚宁蓦地睁开眼，自昏沉中苏醒惊坐。

"墨燃！"

烛火闪烁，他大口大口喘着气，汗湿重衫。

他微微发着抖，几乎是下意识地，一开口，念出的就是这个纠缠了两世的名字。而后喉结上下滚动，眼神有些发直。

他方才好像看到了刀影，起了强烈的戚觫，心若擂鼓，不知为何惊悚得厉害。

"……"

在榻上坐着，手掌在脸上用力揉搓一把，汗渐渐凉透了，他才缓过神来。

眼前不停有记忆清晰地闪现，但那些记忆并不是属于他的——他的一半地魂在墨燃体内留得太久，以至于重归于他时，居然也一并带来了许多属于墨燃的记忆。那些被八苦长恨花吞噬掉的、被抛却的——

甚至连墨燃自己都不再记得的重要回忆。

楚晚宁都看到了……

天音阁丹心破碎

他看到孩提时的墨燃在冲母亲灿笑，他看到段衣寒摸着墨燃的头，说："要报恩，不要记仇。"

他看到墨燃抱着薛蒙给他的一盒子糕点，小心翼翼地啃着吃，一点碎末都不愿浪费。

他看到墨燃站在无常镇的酒铺子前，穿着一身新入门的弟子服，将兜里的碎银双手奉给老板，然后笑得有些羞赧又有些期待："要一壶上好的梨花白，能拿个好看些的酒壶盛着吗？我想送给我师尊尝尝。"

所有的记忆都接二连三地浮现。

那些曾经在墨燃心中，最温暖、最清澈的美好——就这样如走马灯，五光十色地闪过。

画面中的墨燃一直在笑，从饥寒交迫的幼年，到八苦长恨花发作前的那些青稚岁月。但这些回忆并不多，墨燃这一生拥有过的纯粹时光实在是太少了，能纵情欢笑的日子屈指可数。

楚晚宁看着那急闪而过的桩桩件件。然后，一切都安定了下来。

因为两人的灵魂纠缠了实在太久，所以此刻，他能清晰地感知到在八苦长恨花种下之前，墨燃竟是那样喜欢他，敬重他，依恋他，尽管他不爱笑，教法术的时候，甚至有些苛严。

可墨燃就是喜欢，觉得熟悉又温暖。

墨燃觉得这个冰冷冷的师尊，骨子里其实是个很好很好的人。

眼前的记忆接着流转，楚晚宁顺着墨燃的回忆，身陷某个月白风清的夜晚。那天晚上，死生之巅的弟子房亮着盏孤灯，墨燃坐在桌边，对着摊开的书卷，小心翼翼地缝着手中的一方白帕。

才缝了几道线，便笨手笨脚地戳破了指尖，血滴落，洇染在布巾上。

墨燃便睁大了眼睛，随即显得很沮丧，叹了口气："好难。"

白帕被团着，扔到了一边。

他又取来一方新的，再缝。

一夜烛火不熄，他丢了无数块帕子，总算手脚灵便了些，慢慢地，淡红色的花瓣绽开了，一瓣，两瓣……五瓣。

每一瓣都绣得细致，每一瓣都绣得真诚。

少年笨拙地缝制一块洁白的帕子，一针一线，开一朵终年不败的海棠。

他望着帕子的眼睛里有光。

绣好了，其实也难看得厉害，针脚大有不平齐的地方，一瞧就是生手所为，但墨燃却喜不自胜，他兴奋地左看右看，又把帕子抛起来，轻柔的手帕在半空中飘落，落于他的脸庞。

遮住他的面容。

他在帕子下笑出了声，吹了口气，海棠手帕便掀起了角，露出下面他温柔的眼。顾盼流光。

"送这个给师尊，他定会喜欢的。"

他心里沉甸甸的都是暖，是后来种下的蛊花所无法容忍、必须吞噬的暖。

"以后每次用手帕，都会想到我啦。"

墨燃把帕子揣在怀里，心中想过无数遍楚晚宁会夸赞他、会开心的模样，只觉得草长莺飞，抑制不住地快乐。当夜，他兴冲冲地跑去了楚晚宁的寝居，找到那个正站在池边观鱼的人。

"师尊！"

他兴冲冲地跑过去，满脸的光辉。

楚晚宁回头，有些讶异："你怎么来了？"

"我、阿嚏——"

天寒，出来得太匆忙，没有穿大氅，少年话未出口，倒是先打了个喷嚏。

楚晚宁道："何事那么急，都不记得披件衣服？"

墨燃揉揉鼻子，咧嘴笑了："等不了啦，我有一样东西，再不给师尊，就要睡不着了。"

"什么东西？"

"补给师尊的拜师礼。"他说着，便将叠好的手帕小心翼翼地从怀里摸索掏出，临到馈赠时，却忽地情怯，脸竟然红了，"其实……其实不值几个钱的。也不、不是很好。"

想了想，他干脆团巴团巴又把手帕藏到了身后，足尖不安地蹍着地面。

楚晚宁："……"

"你买了什么？"

少年的耳根便都红透了，赧然地答："不是买的，我没有钱……"

楚晚宁愣了一下："是你自己做的？"

墨燃垂下头，两丛睫帘如云雾，小声地说："嗯。"

未等楚晚宁答话，他又急急忙忙地说道："要不算了，其实特别特别丑、特别丑！"一迭声，末了他仍觉得不够，鼓起勇气重新望着楚晚宁的时候，又用力补上一句，"特别丑。"

楚晚宁仍记得自己当时的心情，事实上是诧异而惊喜的。

他从来没有收到过别人亲手做的礼物。

但他又不好意思表现出来，也不好意思笑，只得把脸绷得更紧，生怕被这个刚入门的小徒弟看出心底沁润的清甜。

他轻咳一声，斟酌着开口："那，做都做好了，再怎么丑，也当给我看看吧？"

最终墨燃还是把手帕拿出来，想要双手呈上，又觉得方才一番折腾，手帕早已皱了，便手忙脚乱试图抚平。

正是脸红如火烧时，一只修长细匀的手伸过来，将那块为难死他了的帕子接了过去。

一切兵荒马乱，就此偃旗息鼓。

墨燃傻愣愣的，不由得"啊"出了声："师尊，真的很丑……"

楚晚宁记得当时他那双黑到发亮的眼。湿漉漉的，犹如花上甘霖，很好看。

"是手帕？"

"嗯……嗯嗯。"

白方巾，天蚕丝，边侧绣着海棠，针脚仔细结实，生涩到有些可爱。

楚晚宁一颗空谷般的心忽然被触动，谷内有了流泉，泉上漂着落花，他瞧着那方手帕，良久也不知道该说些什么。

他是第一次收这样的礼。

送礼的人见他不言语，还以为他不喜欢，磕磕巴巴地解释："我、我是照着画本上的图样绣的，其实……呃，其实这个样子的手帕镇上就有得卖，也不贵。绣得也……也比我好看多了。"

他最后都有些急了，想要把手帕要回来。但楚晚宁比他快一步，已不动声色地收到了袍襟里。

"不像话。哪有拜师礼送出去，再要回来的道理？"

皱巴巴的帕子，还有墨燃的温度，确实很丑，去无常镇，同样款式的十枚铜板可以买到八块。

可就是觉得珍贵，不想还。

于是那就成了墨燃这辈子第一样赠予楚晚宁的礼物。中了蛊咒之后，这段记忆和这方巾帕，就都被墨微雨遗忘。

楚晚宁脸皮薄，不善言辞，后来也不曾特意提点，但见墨燃对师昧越来越上心，鞍前马后围着打转，送过的东西没有一百也有八十，他便越发沉默，不愿再让墨燃轻易瞧见这块帕子。

那是墨燃随意施舍与他的东西，而他敝帚自珍着。

他想起来了……

地魂融合，带来往事。如这样的事情，一桩桩一件件，楚晚宁慢慢都想起来了。

他起身，比任何时候都愤怒、都急切、都悲伤、都痛楚——

他的手在发抖，他终于知道了一切的真相，知道了事情的始末。

其实，不只是被冤枉的童年。

也不只是受了师昧的蛊惑。

远不止于此。

但这些最重要的记忆，都被师昧的咒诀压了下去，二十年，两世，竟无一人知晓这件事最初的模样。

直到今天。

真相，真相……

这些才是最终的真相！

蛟山已无人相阻，楚晚宁顾不得其他，他疯了般向山脚奔去，到了最近的村镇，问了墨燃的去向。

"那个墨宗师？"村人不知楚晚宁身份，粗声粗气地说道，"什么狗屁宗师，就是个表里不一的禽兽。"

表里不一，禽兽……

罪人……

暴君。

眼前眩晕，两世倥偬，前世的踏仙君在朝他咧嘴狰狞，此生的墨微雨在朝他垂眸浅笑。

不是的。

真相不是这样。

楚晚宁苍白着脸问："他在哪里？"

"天音阁啊。"村人说道，"上修界、下修界如今谁人不知，谁人不晓，这个人犯了滔天的罪行，今日就要被生挖灵核，得到应有的惩罚啦！"

如山石崩裂，震得颅内嗡鸣。

"何时行刑？！"楚晚宁问得太急切，凤目闪着激越的光辉，倒让村人吓了一跳。

"记、记不太清了，好像是……午时？"

午时……午时……他看向晒场旁的日晷，蓦地色变！

升龙符破空而出，掀起的狂风惊浪中，楚晚宁喝令纸龙带他乘奔御风，赶往齐地。纸龙初时还想与主人饶舌拌嘴，却惊觉楚晚宁眼中竟有水汽。

小纸龙惊呆了："你怎么了？"

"帮我。"

从未见过楚晚宁这般神情，它竟不知如何是好，只道："本座从来都没有不帮你呀——哎呀，你不要哭。"

楚晚宁咬着后槽牙，狠戾的，却已是个空空的架子。

那真相是蛀虫，将他的脊骨咬断。

"我没有哭，带我去天音阁，再晚就来不及了！"

"你要去那里做什么？"

"救人。"颤抖停不下来，明明不想哭的，明明从来不愿意哭的，但泪水却终究淌了下来，楚晚宁狠狠抹了抹通红的眼。

"救一个被错判了的人。"

"……"

"如果这世上有人应当被生挖灵核，受万人唾骂，那不该是他。"楚晚宁声音沙哑道，"我要替他沉冤。"

纸龙没有再问，载着他，化作通天彻地、头角峥嵘的巨龙，破空吟啸，冲天奔翔，风动群岗，一时间耆须飘摆，寒雾击碎，在湿润的云海中腾飞。

楚晚宁坐在它的龙角旁。

强劲的气流拂过他的面庞，九天之上冷得惊人，指尖的血都像是要被冻僵。他看着前方，看着重重叠叠的云雾、层峦叠嶂的群山、川流不息的江河，人间种种譬如昨日，在下方一掠而过。

其实自苏醒的那一刻起，他就是疯狂的、麻木的、破碎支离的。

此时缓下来，他才彻彻底底被那些往事所带来的悲楚所浸没。他蜷在龙身上，慢慢蜷缩起来，慢慢将脸埋入掌心。

风很急，猎猎吹过耳边。

他们要审墨燃，他们要剖他的心，碎他的灵核——

十恶不赦，罪当万死。

不是的。

风声那么大，足以遮掩一切凡人的喜怒伤悲。

天高云阔，楚晚宁终于在这朔风之中失声痛哭，这两世……踏仙君也好，墨宗师也罢……

原都不当如此。

墨燃有句话说得对。

那通天塔下的一拜，从一开始，便是错的。

日头渐高，天音阁外铜壶滴漏到了某个刻度，女官一击钟磬，高喝道："午时至——"

鸦雀惊起。

"行刑！"

登上刑架，仙索捆缚，除落外袍，敞开衣襟。

木烟离神情冰冷，持着她的神武匕首，款步上前，在墨燃眼前站定。

"今予君刑，望君悔过。"

唇齿启合，念天音阁古老之吟。

"天音浩荡，不可有私。

天音之子，不可有情。

天音渺渺，不可渎神。

天音有怜，以敬众生。"

她垂眸向墨燃致礼——是送别意。

而后，她拔刃出鞘，花火飞溅，神器嗡鸣，金羽四散。匕首的光泽映亮她的双眼，那里头没有丝毫感情。

下面有人捂住了眼，有人伸长了脖，有人闭目长叹，有人拍手叫好。

众生百态，不过尔尔。

"行，灵核生剖之天罚。"

手起刀落，血花四起。

死寂。

继而台上有人失声而喝，声震九天："哥——！"

红色的、鲜红色的血液滚烫流出，神武没入他的胸膛。墨燃睁着眼，初时竟无知觉，而后才木僵地低头，望着血肉狰狞的心脏。

他嘴唇翕动，剧痛开始像烟花炸开，眼前是光与影在激烈翻沸。

"喀喀！！"

血从口中涌出，滴滴答答，铁腥味。

天地浩荡，就此化作凄红的海。

可是错了，都错了。

楚晚宁御龙而飞，离齐地越来越近。

他曾以为墨燃淡漠自己，游戏人间，是因为怨恨，因为心生怨怼。

他曾以为墨燃在一次次的责罚下、训斥中，已渐渐将两人初时的温和遗忘。

其实不是的，那些记忆一直都困囿在墨燃的魂魄里。

他看见了。

楚晚宁看见墨燃最深的内心，在八苦长恨花的镇压下，皆是过往的深情厚谊。

那一年，墨燃还如此青稚而洁白，他还有一颗温热而康健的心脏，在胸腔下搏动着。那一年，他看着新拜的师父立在漆木轩窗边，朝他侧过脸，瞳色淡，说道："墨燃，过来。"

走近了，面前是笔墨纸砚。

"听尊主说，你尚不知该如何书写自己的表字。提笔，我教你。"

楚晚宁教他，音色浅淡，如窗外那枝杏花，开得出尘空幽。

"尊主给你的表字是微雨，与你之名正是反意，我写一遍，你瞧仔细。"

于是，横平竖弯钩，师父笔锋遒劲，小徒弟懵懵懂懂地立在旁边学着。

"多写了一个点。

"这次又少写了一个点。"

两个字教了五遍，他才歪歪扭扭勉强写对，但寒碜如鬼画符，丑得要死。楚晚宁从未见过如此蠢笨的徒儿，不禁有些气闷："很难吗？"

不难。

但那时墨燃不敢告诉他，其实是因为他低眸写字的模样太好看，令他心生温情，他贪得无厌，所求甚多，于是故意多写一笔，少写一画。

赚他好再教自己一遍。

"好难呀。"

楚晚宁便瞪他："你认真看着，不要嘻嘻哈哈。"

墨燃就抿着嘴笑，真心实意地苦恼着："那，师尊你再写一遍，再教教我。"

他真的很喜欢那低头一瞬，凤目斜飞。

只要楚晚宁握着他的手教他，他便能聆听到窗外海棠开放的声音。

行刑台结界高筑，天音之判，无人可阻。

神武匕首锋锐断金，能明主人心意，木烟离神色寡淡，仿佛听不到墨燃的粗喘，也看不到那人苍白如尸的脸庞，更瞧不见墨燃额角暴突的经络、嘴角淌落的鲜血。

她只执行神武天秤的判决。

生挖灵核。

匕首扎入心脏，迅速在血肉之中纵横，探得灵核残片，便蓄力挑出——刀尖锋利，难免割落血肉。

她浑不在意，把血肉与那散发着莹莹光辉的残片，一同掷于旁边侍从端着的银盘里。

疗愈女修即刻上前，止住汹涌的血，贴住痉挛的心脏，令他不至于就此身死。

天秤对他的判决是生挖灵核，所以天音阁会护他周全，至少不死在台上，不死在行刑过程中。

他们让他醒着，以防分不清是痛到昏迷还是濒死，于是墨燃看着自己的心脏一次次被剖开，探寻残片，再被暂时镇住，愈合。

一次又一次。

薛蒙已经崩溃了，他在号啕，脸埋入掌心，泪如雨下。

"哥……"

墨燃痛到魂识模糊，筋络根根暴突。

但他竟觉得终于解放。

木烟离每一刀落下，将他的心脏刺开，挖出残片，他都觉得前世罪孽，满手血腥又淡去一点。

是不是痛完了，就能得到原谅？

是不是剜尽残存，就可以回到从前？

可从前又是什么时候呢？

若是回到通天塔下拜师的那一天，他依旧是假的死生之巅公子，母亲也已活活饿死，那幸福依旧是镜花水月。

若是回到幼时柴房，那段只有他与段衣寒相依为命的岁月，他又怕阴错阳差，从此遇不到楚晚宁，这幸福亦会是憾恨的。

他回首往事，此刻竟无法从那两世的人生当中找寻到一个真正可以心安理得从头再来的节点，找不到一段真正无忧无虑、衣食饱暖的日子，哪怕一天也好。

他这两次人生，四十余年，竟无一夕安宁。

木烟离的匕首仍在血肉之中深埋，替天行道。

他知道自己灵魂腥膻肮脏罪无可赦，天道往复，判决总会来到。

可这一刻，他忽然有些酸楚。

他想要母亲、想要师父、想要弟弟、想要伯父伯母，他想要一个家。

但是，大概他实在太贪心了，想要的那么多。

所以到最后，他什么都没有。

他已知的幸福，既得的温存，到头来都是假的，都不过篮中水、掌中沙。

他用尽了所有去弥补，却什么都得不到。

他在人生的长河旁，抱着他小小的、湿漉漉的篮子，蹲下来，篮子是空的。他呆呆望着江潮奔涌，逝者如斯。

其实从一开始，他就只有这一个小破篮，拿着它——

网一场注定会碎的梦。

天音阁我来殉你

刑场庄严。墨燃的灵核残片被不断地掏出，挖尽。

一片又一片。

他死死忍耐着，发了狠地忍着，偿罪是一回事，示弱又是另一回事，他不愿在木烟离面前唤痛，他如磐石。

痛楚太深，苦海浮沉。

忽然间，他惊闻一个声音，春雷般在颅内炸响。

"墨燃！"

不可能，怎么可能？

怎么会是他……

一定是自己太痛苦，心生幻觉，神识迷离。

"墨燃！！"

周围渐起喧嚣，似乎有人在惊呼，在嚷嚷，天空起疾风，木烟离的手也停了下来。

墨燃颤抖着，尽了最大的力气抬头——

他看到他的神祇御龙奔策，自高天俯冲而落。

他看到他的神祇白衣招展，恍若谪仙。

离得近了，峥嵘龙角旁的那张面容变得清晰，墨燃的心骤然抽疼，比刀子戳他更让他痛楚。

他看到他的神祇在哭，楚晚宁……在哭啊。

"师……尊……"

胸腔的创口血流如注，墨燃挣扎起来，环扣叮咚。

楚晚宁跃下巨龙，在落到刑台结界前的一瞬，纸烛龙便化作一道夺目金光，回到符咒中。

"玉衡！"

"师尊！"

"玉衡长老！"

死生之巅的看台上所有人都站了起来，其余几个门派的人也纷纷惊起，就连布衣百姓也惊愕道："这就是传闻中的北斗仙尊吗？"

"是墨燃的师父！"

"不是说他们一刀两断了吗？"

楚晚宁的眼眶原本就是红的，在看到银盘里的鲜血与灵核碎片时，更是崩溃。

他喉间沙哑，想说话，可还没开口，便已哽咽。

"你们……不能这样对他……"

四下哗然。

"他在说什么？"

"他疯了吗？墨燃是丧心病狂的杀人犯啊！"

每一句话都像尖刀在割楚晚宁的心，每一声指责都像锥子没入楚晚宁的胸膛。

痛极了。

楚晚宁看着天音阁结界里，那个黑眸润湿默默凝望着自己的，被开腔剖心灵核俱损的男人。

那个到千夫所指时，竟还不知自己蒙冤的男人。

那么傻。

楚晚宁嘴唇翕动，浑身颤抖。

他的手贴上天音阁的透明结界，哽咽着："判错了……判错了……"

别拿匕首扎他，扎我吧。

扎我吧……

都道踏仙君无情，墨微雨苟且。

前世，人人口诛笔伐，盼不得他死。今生，日夜忐忑难安，逃不过内心谴责。

可真相又有谁知？

木烟离似是心有所急，最初的惊愕过后，便立刻举起了尖刀，刀尖滴着血，星星点点。

墨燃喃喃着："别看。"

"扑哧"一声，匕首再次入心房，血流喷涌。

楚晚宁的瞳孔猝然收拢，半晌后，爆裂般的，嗓音嘶哑穿云："不要——！"

金光瞬逝，罡风涌起。

天问应召而出，一鞭劈落，天音阁维持结界的数十高阶弟子竟都无法承受这一击，纷纷吐血跪地，结界刹那崩裂。一片夺目光华中，楚晚宁持着自己火花四溅的神武，径直朝刑台中央掠去。

"有人要劫囚！"

"楚晚宁要劫囚！！"

木烟离立时把硬盘中的灵核残片纳入乾坤囊，扭头厉声下令："拦住他！"

"是！阁主！"

天音阁金色的浪潮一拥而上，与楚晚宁的灵流激烈碰撞，看台上的修士们都惊呆了，他们从来没有见过楚晚宁如此模样——

疯狂的、悲怆的。

再也没有了理智。

眼见得楚晚宁越逼越近，木烟离低声咒骂，眼中闪过寒霜，最后剜出一片残破灵核，收入乾坤囊中，而后衣袍猎猎，回身与楚晚宁对招。

"楚宗师，你当真救他？你想清楚了，这一步走下，从此千秋骂名，你与他都要扛着！"

剑光照亮木烟离的杏眼，她瞪着他。

天问绞杀住木烟离的佩刃，霎时流光四溅。

楚晚宁一字一句都是咬碎的："那就、让我陪着他！"

正史工整，谱尽英雄。

但我只想与你在一起，躺在暴君传里也好，烂在凶煞榜上也罢，都是好的。

我不想后人提起我们的时候，奉我为神，指你为鬼。我不想后世书载这一段时，写你我反目，师徒成仇。

若我不能为你沉冤昭雪——

墨燃、墨微雨、踏仙君。

我愿意和你一同受万世唾骂。

地狱太冷了。

墨燃，我来殉你。

云气聚合间，炫目的光影已看得人一片缭乱。

台上台下更是惶然不知所以，混乱间，只听得"铮！铮"两声，天问猛地将捆缚着墨燃的锁链劈断。

墨燃一下子跪伏于地，落入楚晚宁温热的怀里。

墨燃的血刹那染红了楚晚宁的白衣。

从一开始就没有落泪，被剖胸挖心也不曾哽咽的墨燃在此刻终于溃不成军，他的手颤抖着抬起，又垂落。

他是那么想抱住楚晚宁，又那么想把楚晚宁推开，他热切奢望着与楚晚宁永不分离，又深切渴望着楚晚宁的一切都是好的，永远干净，与自己的肮脏无关。

所以他不知道究竟该抱着还是该分离。

一双手颤了那么久，最后小心翼翼地放在了楚晚宁的后背。

墨燃哭了。

他说："师尊……为什么不怪我……为什么还要救我……"

楚晚宁只觉得心疼得要命，他紧紧抱着怀里的人，再也顾不得周遭目光，众人注视，千言万语，竟不知先说什么才好。

"我那么脏……会把你也弄脏的……"墨燃低声地说，字句都是浓郁的血腥味，他越哭越伤心，在他人面前从不示弱的这个男人，在楚晚宁怀里却再无铠甲，"可是我也怕你不要我了……如果连你也不要我，我就真的不知道该去哪里了……"

碎的明明是墨燃的灵核，刺的是墨燃的心。

可这个时候，楚晚宁竟觉得自己的心脏也在痉挛，被凌迟撕碎，血肉模糊。

原来一筋一骨，都已紧密相连。

周围天音阁的大批修士围拢，重重裹挟着他们，步步紧逼。

楚晚宁白衣染血，一手提着天问，一手抱着墨燃。

人世间许多的黑白是非，其实并不容易说清道明。

自以为是的正义太多了。

居心叵测的算计也不少。

所以，屈子怀沙，汨罗水泣；武穆含冤，风波遗恨。

他们还能被还以清白，可更多的少年丹心呢？不是每一笔冤罪都能被吐露，还有一黑到底、永无翻案之机的人。

楚晚宁抱着墨燃，他轻声说："别怕，我不会不要你。"

"师尊……"

"我会一直陪着你，生或者死，我带你回家。"

失去了疗愈咒术，墨燃的意识越来越昏沉，心脏也越来越痛，但听到这句话，他整个人都是一震，继而嘴唇翕动，眼泪滚落，却笑了。

"你待我那么好，我的篮子是满的……我很高兴……"他顿了顿，声音渐渐轻落下去。

"师尊，我好困……我冷……"

楚晚宁的身子微不可察地颤了一下，他抱着墨燃的那只手更用力，源源不断地把自己的灵力送进去，可是没有用。

就和前世，昆仑山巅，踏仙君抱着将死的自己，试图救他性命一样。

没有用。

楚晚宁很心焦，凤目湿红，眼泪无声地滚落，却还摸着他的头发，侧过脸，轻抚上他湿冷的额角，声音沙哑道："别睡，你跟我说说，什么篮子？"

那些围近的人脸上满是警惕、鄙薄、森寒、戒备、厌憎、恶心。

但那又怎样。

什么都不再重要了。

声名，尊严，性命。

两世了，他都眼见着墨燃堕入深渊，却束手无策。他只觉得那么痛苦，觉得自己是那样失败。

是他来迟了。

墨燃轻轻地，意识已渐涣散，血越流越多，身子也越来越冷，他轻轻地说："我只有一个小篮子……小篮子里有洞……是空的……捞了很久……"

他下意识地想要蜷缩起来。

青白的嘴唇嗫嚅着，呜咽。

"师尊……心好疼……

"你抱抱我，求求你。"

楚晚宁心痛如绞，止不住地说道："我抱着你，不疼了、不疼了。"

可是墨燃已经听不到了，他的意识已经混乱。

都是乱的。

像多年前柴房里那个无依无靠、衣食不足的孩子；像乱葬岗上，那个母亲腐烂尸首旁跪地号啕、失声痛哭的孩子。

像再也回不到过去的踏仙君。

像通天塔下，那个孑然孤寂的身影。

像仗剑独行等他回魂的墨宗师。

像大雨夜里，那个蜷在卧榻上泪湿了枕的男人。

"我好痛……真的痛……

"师尊，我是不是都还清了？我是不是已经干净了……"

越来越模糊。

"师尊。"

最后，那个赤子、少年、恶魔、暴君，那个小小的徒弟，哽咽着，慢慢地，声若蚊呐。

"天黑了，我好怕……我想回家……"

楚晚宁一直听他说着，此时此刻，已泣不成声。

墨燃、墨燃，你为什么那么傻？

什么还清，什么干净……

是我欠的你啊。

谁都不知道真相，连你自己的记忆也被抹去。

可我却终于知道——

我终于知道，你只当了我几个月的徒弟，却用了两世，保护我。

背着所有骂名、罪名、误解、诬蔑。

被迫变得疯狂、疯魔、嗜血、污脏。

若是没有你，今日跪在这刑台上的人，就应当是我，被挖心的人……也会是我。

是踏仙帝君用自己的魂，护住了晚夜玉衡。

从此他永堕黑暗。

而他长留光明。

都错了。

而就在此时，天音阁的精锐犹如兜兜转转许久的猎豹，终于破空出，利爪撕裂空气，百余人朝他们扑杀来！

天问金光烈至苍白，白到刺目。

"杀了他们！"

"拦下他们！"

楚晚宁闭目。

四面楚歌，杀声震天——

周围人群起而攻之，剑影血光里，楚晚宁蓦地睁眼。而后他单手一沉，五指张开，刹那罡风卷起，厉声喝道："怀沙，召来！！"

天音阁本座孤寒

随着这一声喝，那把金光暴烈的杀伐凶刃应召而出，煞气欺天！

众人纷纷色变，天音阁的高阶弟子也被慑得往后退了一步，但随即仍硬着头皮喊道："不许后退，不能错放！"

"此等祸患怎能留着！必须斩草除根！"

双方都是箭在弦上，不得不发，空气紧绷到了极致——

"动手！"

声如水滴，落入油锅，刹那喧嚣一片！只见法咒和利刃从四方向刑场中央劈斩，而楚晚宁手擎怀沙，金光破云铮铮格挡。他以一人之力，面对着潮水一般涌袭而来的修士，凤目里剑气与血花交相辉映，衬得他一张脸犹如修罗。

他护着墨燃，以一柄剑，以血肉之躯，以一条命，以从此之后所有的清白。

没有人听他解释，没有人愿意放两个绝境中的困兽一条归路。没有希望，没有救赎，没有信任，没有光芒。

他们最后所有的东西，只剩下彼此。

"墨燃，再忍忍，我带你走。"

忽然一道厉咒猛地击中了楚晚宁的胳膊，刹那间鲜血狂涌，伤口深可见骨。但楚晚宁只是咬了咬下唇，便猛地一剑挥出——

"快闪开！"法场上的修士惊呼道，"闪开！！"

怀沙有惊天之势，这一剑下去轰然巨响，沙石漫天，剑气交错纵横，在地上劈出数道深不见底的鸿沟。

木烟离嗓音尖厉："楚晚宁！你眼里还有没有天道！"

"……"

见他不理，木烟离越发震怒，厉喝："你难道想公然与神嗣作对，违逆天意？！"

看席上也有人喊道："北斗仙尊，你收手吧。你要做修真界的重犯吗？"

怀沙的爆裂煞气下，周遭竟无人可立刻近前半步。

楚晚宁终于侧过半张脸来，看了天音阁的修士们一眼，然后说："我已经是了。"

说罢，他咬牙背起奄奄一息的墨燃，把血肉模糊的人架在自己肩头，哑声道："别怕，都结束了。我们走，我们回家……我带你回家。"

可是他望向前方，此刻在他面前的是一条尸骨纵横的血路。他杀了天音阁的修士，那些残肢断躯后面还有更多红了眼的死士蔓延上来。

家在哪里呢？

他们无处可去了，只有地狱能投。

他最后也不知道自己究竟杀了多少人才终于得以脱身。带着墨燃御剑腾出九霄外的时候，他整个人都在微微地颤抖。他从来没有夺去过这么多无辜人的性命，他身上此刻染着墨燃的血、自己的血，更多的是天音阁死士的血。

脏了。

脏到了骨子里，再也洗不掉。

云气在眼前聚散，天地间茫然一片。

该去哪里？

去蛟山是断不可能的，龙血山也不再安全……死生之巅……他怎有颜面再拖累死生之巅。

"师尊……"

听到耳畔这一声暗哑呻吟，楚晚宁蓦地回头，对上的是墨燃白如金纸的脸："你……把我送回去吧。"

"说什么胡话！"

墨燃却只是摇了摇头："你已经来找我了，你没有不要我。"他十分勉强，也十分努力地挤出了笑容，尽管他眼睛里的光都已有些涣散了，"这就够了……我是有家的……够了……"

"送我回去吧，送我回去……你还有退路……"他的声音越来越轻，睫毛也渐渐地垂了下来，可是他仍攥着楚晚宁的衣袖，不住地呢喃着，"你还有退路的……"

"没有。"楚晚宁心如刀割，反扣住了墨燃冰冷的手掌，将他整个护在怀中，"我没有退路，我哪里都不会去。"

"……"

"我陪着你。"

若是从前，墨燃能听到楚晚宁对自己说这样的话，一定会狂喜，会开怀，可是此刻他听到这句话，竟是茫然而不知所措的。他抬了抬手，可他用尽了所有的力气，也只是抬了抬手而已。

大片大片的血迹已经染红了他的衣衫，墨燃最终失去了意识，倒在了楚晚宁怀里。

楚晚宁抱着怀里越来越虚弱的躯体，再也不能忍耐，他也不确定他们到底有没有甩离身后的追兵，不知那些人多久后会赶至，他带着墨燃降落在附近的一个山坡上，他的手抖得太厉害了，拨了几次才胡乱拨开了墨燃的衣襟。

——心脏处一个鲜血淋漓的窟窿。

脑内"嗡"的一声炸开，他甚至不敢再去看一眼墨燃此刻的脸庞。

他忽然想到，前世，墨燃守了自己的尸骨两年。

那两年里的日日夜夜，他会是什么心情？

"你别走，墨燃……"双手交叠覆在他伤口前，将源源不断的灵流输送给他，浑身浴血的楚晚宁守着同样浑身浴血的墨燃，像是被猎人活剥后但还未死透的野兽。

在末日的余晖里，血融了血，肉缠上肉。

"你不能走，不是你的错……从来都不是你的错啊……"

墨燃墨燃，墨是黑暗，燃是光明。他一生寻求光明，却终难逃夜色深浓。楚晚宁终于鼓起勇气看了一眼墨燃的脸，只一眼，就近乎崩溃。

那张脸已经一点活人的影子都不再有，白得可怕，尽是鲜血，眉骨处甚至还有斑驳旧疤——那是曾经被人砸过石子的痕迹。

他再也忍不住，伏在墨燃身前失声痛哭，锥心地疼。

这就是那个曾经在通天塔下，灿烂而蓬勃地缠着他，跟他说"仙君仙君，你理理我"的少年吗？

为什么……都是血……为什么……再也没有生气，眉眼处不剩半点笑痕。

都认不出来了……认不出来了。

所以墨微雨究竟做错了什么？他的一生，竟要遭受这样的苦难与折磨。

可能是因他无亲无故，无依无靠，所以连命运也欺辱他。他在生活的夹缝中，那样努力绽出的笑容，最终仍被世人看作面目可憎。

谁知阶前朽泥尘，也曾芳菲四月中。

"楚晚宁。"

忽然，一个熟悉的声音近在咫尺冷冷响起。

"你为了救他，竟不惜损去自己的好名声吗？"

楚晚宁一僵，蓦地抬头，见一个高大的身影逆着阳光，朝他缓步踱来。

踏仙君站在林木之间，眯着眼睛，正盯着他们细看。

"我原以为这世上对你而言最重要的东西，就是你的一身清白。"他慢条斯理地说，"想不到，你最后会为他脏了自己。"

他步步走近，玄色绣暗龙纹在阳光下激着幽光，刺着黑金虬波的赤舄最终停在了他们面前。

几乎是本能地，楚晚宁蓦地起身，掌中金光骤起，天问随召而出——他立在墨燃的前世与今生之间。

踏仙君眼瞳转动，视线先是在金光鼎沸的柳藤上逡巡，而后不动声色地重新落回楚晚宁身上。

这个男人此刻就像是从鲜血里捞出来的，浑身上下没有半块衣料是干净的，一双凤目眼尾湿润，正复杂地迎向自己的目光。

踏仙君嗤地笑了："他对你就这么重要？"

"……"

见楚晚宁不答，踏仙君就又森冷道："让开。"

楚晚宁没动，他此刻脑中一片混乱，可他依然清楚眼前这个"墨燃"不过是一柄利器，一具空有血肉的躯壳。

这具躯壳嘴角的冷笑越发残酷："怎么，你以为你这样戳着，本座就会拿你没办法？"

"我要带他走。"

"去哪里？"

只一句，就如尖刀入蚌壳。

踏仙君眼底闪着讥嘲："楚晚宁，你扪心自问，这茫茫红尘间，除了本座愿意收留你，哪里还有你的容身之所……带他走？别可笑了。"

他上前，身手如疾电，蓦地捏住楚晚宁的下巴，逼近。

"楚晚宁，你最好认清楚自己的位置。"

话音方落，忽地金光暴起，踏仙君及时收手后掠，但脸颊仍感到一阵火辣辣地疼。他随意一抹，耳鬓边已被天问抽开一道狰狞疮口，黑色的血水顺着面庞淌落。

"……"踏仙君沉默半响，阴鸷地抬起眼皮，脸上的神情竟说不出是狂怒还是欣喜，他鼻梁上皱，情绪和面目几乎都是扭曲的，"好，好得很。"

他阴恻恻地笑出声来，一挥衣袖，黑袍猎猎如云。

"想不到隔了那么久，本座还能再与天问一战。"抬起纤长手指，自脸颊摸过，揩去血污，踏仙君瞳色幽暗，紧盯着楚晚宁的脸，"本座，甚为怀念。"

身后墨燃命悬一线，多拖延片刻都可能回天乏术。楚晚宁纵使心绪再乱，也知不可与踏仙君多言。

"天问——万人棺！"

踏仙君暗骂一声，足尖刚掠起，地面就已裂开千道口子，无数粗遒的柳藤从大地深处涌出，朝着他直刺而来。而另一些细软的藤蔓则将昏迷不醒的墨宗师裹挟入腹，密密实实地护于柳枝深处。

踏仙君看着站在阵法中央的楚晚宁，几乎要气笑了："你就这么差别对待？"

"天问，风。"

"……"

他的质问却只换来了更猛烈的攻势，刀刃般的狂风铺天盖地，要说没有怨怼，那是假的。

踏仙君盯着地上那个衣冠狼狈的男子，忽觉心中一阵久违的酸楚。也就是这么一瞬走神，风刃劈至他的腹肋，他猛地吃痛，低头瞧见汩汩黑血从那狰狞的伤处流出。

楚晚宁又伤他……

无论是前世，还是这一世，楚晚宁从来都没有将他放在眼里过。

喉间陡起涩然，踏仙君那故作从容的笑容蓦地拧紧，抬手低喝："不归召来！"

碧野朱桥当年事，又复一年君不归……可是君归了，又怎样？君归了，还不是与他刀剑相向，还不是为了这样或那样的愚蠢原因，要他的血，要他的命！

他突然恨极。

不归与天问相碰，两把神武都发出龙吟虎啸。

两世了。

离上一次这两把武器的生死一战，已过去两世了。不归刀柄上的镌刻早已磨损，如同踏仙君和北斗仙尊的昨日过往，都已残破不堪。

金色的辉煌与幽碧的光芒在互相撕咬着，似是恨入血髓，又似入骨缠绵。在这明灭不断的光影中，踏仙君紧紧盯着眼前那张脸。

血迹斑驳的，神情复杂的。

活着的。

心中暴虐得厉害，烧痛得厉害。

他咬着后牙槽，忽然极不甘心地问了句："为什么明明都是我……你却要为了他，与本座再行一战。"

"……"

楚晚宁不知该说什么，对着一具躯壳，无论说什么都是无济于事的。

可不知是不是光焰太刺眼，令人生出幻觉，他竟有一瞬，觉得踏仙君的眼神是那么痛苦而孤寂。

竟像是湿润了。

"他伤成这样，你会难受。那本座呢？"踏仙君声音沙哑地说，竭力阴狠，但那不甘太盛了，他恨不能一把火将这些不甘尽数焚成灰，可是火烧起来，烈焰却熏得他红了眼眶。

"楚晚宁。你知道本座复生之后，看到红莲水榭里，你连尸骨都不剩了……是什么感受吗？"

楚晚宁一愣。而终于忍不住将这句话说出来的踏仙君则合上了眼眸，脸上肌肉紧绷。愤懑与羞辱、痛苦与痴狂令他近乎发疯，他忽地将全部灵力灌注入不归当中——

只听得"砰"的一声巨响！

岩峦崩裂，地动山摇。周遭的草木在刹那间被凶悍的灵流碾成齑粉，柳藤也禁受不住不归的狂暴，纷纷崩解成灰。

"近十年！"

在这飞散的劫灰中，唯踏仙君那双疯魔的眼是清晰的，他眼中一片猩红。

"十年，楚晚宁。他复生在了过去，留本座被唤醒在死生之巅、在巫山殿。这十年本座在信函里知晓你们的种种快活，知晓他的件件丰功伟绩——我呢？我呢？！"

刀刃蓦地劈落，飞沙走石，地面裂出深不见底的鸿沟。

"我自始至终都只有一个人！他从头来过的时候，我连一抔骨灰都没有！"

陌刀劈斩，楚晚宁撤回天问，以怀沙相迎。

可就是这柄杀伐之刃，让踏仙君越发暴戾，他此刻竟如地狱归来的厉鬼，怨恨至深。

他那种眼神，让楚晚宁都不由得心惊。

——为什么明明只是一具尸体，还能有如此强烈的情绪。

"你们凭什么如此待我？！"

烈焰焚炙着林木，四下飘落的叶子还染着火光，边角焦黑，星火明暗。踏仙君一袭黑衣，忽地撤了力道，向后拂掠，立在这万叶萧瑟、草木枯荣中。

楚晚宁不知他为何突然撤后，就看到他闭上眼睛，那两行浓深睫毛镇在过于苍白的脸庞上。踏仙君喃喃地说：

"凭什么如此待我。"

话音落，地面隐约发出隆隆震动。

楚晚宁蓦地色变，他立刻回头——

"墨燃！"

待要反身挡在昏迷不醒的墨燃身前，却已听到森寒入骨的五个字。

踏仙君道："见鬼。万人棺。"

石破天惊！

楚晚宁浑身的血都凉透了，柳藤……柳藤……踏仙君和墨微雨根本就是一个人，墨微雨能召唤不归，踏仙君也能召唤见鬼！

粗遒的藤蔓拔地而起，破土而出，猛地缠住楚晚宁躯体手脚。而另一部分柳藤则剖开已经受损的天问，将被天问保护在柳叶深处的墨燃缠绕着钩出。

　　楚晚宁见状心急如焚："你停手！"

　　没有人理他，踏仙君飘然掠至墨燃跟前，冷淡地看着藤蔓深处，那张与自己一模一样的脸。

　　目光下移，落到那已经血肉模糊的胸口。

　　楚晚宁厉声喝道："天问——！"

　　可是天问与见鬼是同一品级的神武，踏仙君头也不抬，只伸手凌空一点，重新浮出的金色柳藤就和火红的见鬼扑杀纠缠在一起，一时间决不出胜负。

　　楚晚宁嘴唇青白，手上经脉纷纷暴突，竭力以一己血肉之躯，挣开见鬼的捆缚。

　　踏仙君终于转过眼珠，神色复杂地望了他一眼，薄唇启合，低声叹息："楚晚宁。你真是好心疼他。"

　　言毕，蓦地抬手，直刺墨燃胸腔！

　　只要最后一点灵核残片，他就能恢复正常。他才是真正的踏仙君，是真正的墨微雨，是忍受了十年孤独，理应得偿所愿的那个人。

　　他才该活着。

　　"欸——！"

　　可就在这电光石火间，一道金光闪过，径直洞穿了踏仙君的掌心。

　　黑血，滴滴答答地淌了下来。

　　踏仙君盯着自己被天问之藤穿透的手掌，脸上竟一时半会儿没有任何表情。

　　疼？

　　失望？

　　愤恨？

　　一生尝过太多次，大概早已习惯了。

　　他最后做的，只是慢慢回过头，古井无波地望向被见鬼捆得重重叠叠，却仍喘着气，眼神狠倔的那个男人。

　　踏仙君由着自己的手掌鲜血淋漓，就这么深邃而幽淡地望了他一会儿，而后，忽然笑了。

　　"楚晚宁。"

　　"……"

　　"你为什么不干脆掏了我的心呢？"

　　楚晚宁在颤抖，见鬼仿佛生出了千万道细小的刺，扎着他的每一寸肌骨，他蹙着剑眉，睫毛之下，那一双凤目里盛满痛苦。

踏仙君望着他，将灵力灌注掌心，断去那截柳藤。

此刻，他忽然倒也不急着将墨燃的心脏连血带肉地挖出来了，他一步一步朝楚晚宁走去。

走近了，用自己淌着血的手，抚上楚晚宁的胸膛。

"问你呢。"他似是轻描淡写，又似恨之入骨地说，"你这么狠，为什么不干脆掏了本座的心脏。"

"……"

"本座在你眼里，究竟算什么啊……"

踏仙君轻轻叹息着，合落眼眸。

楚晚宁自是不会答他的。踏仙君正欲再说什么，可就在这时，他忽然注意到缠绕着楚晚宁的柳藤发出灼灼耀眼的火红光辉。他忽地愣怔，似乎想起了什么，喃喃道："审讯？"

既然见鬼与天问一样，那么天问有的审讯之能，见鬼也当一样。

踏仙君黑紫色的眼底忽地一亮，他极想用见鬼审一审楚晚宁嘴里的真话。他嘴唇动了动，不过大概也没有想好要说什么，于是又抿起。过了好一会儿，才酌情尝试道："喀……如果……

"本座是说如果。"

要问的问题似乎太损颜面，但如此天赐良机，不问的话，恐怕又会后悔终生。

他又踌躇良久，才沉冷着脸，也不去看楚晚宁的眼睛，慢慢把话讲完："如果，前世……本座走得早，走在你之前……"

见鬼的光芒越来越盛，逼迫着被裹挟住的人，随时准备吐露真言。

踏仙君抬眼。

"你……也会记得本座吗？"

这男人想知道答案的心情太过迫切，所以楚晚宁竟觉得千万根钢针扎入体内，痛断肝肠，每一根针都试图在逼问出他心里的实话，他颤抖着，肌骨发寒，脸色青败。

踏仙君一眨不眨地盯着他，薄唇轻启，心事深厚。

"你会吗？"

"我……"痛入骨髓，似要把脏腑都撕烂，被逼到绝处的楚晚宁抬起眸子，昏沉沉地看了踏仙君一眼。

湿润的水汽里，那张英俊的脸庞是如此熟悉，带着渴切。

竟像是很久之前的那个月夜，在飞花岛的潮汐之上，墨燃与他乘着飞剑，说："我已不仅仅是把你当师尊在看待，你是世上待我最好、最珍视我的人，是我的至亲。"

眼眶蓦地濡湿了。

楚晚宁几乎是精神涣散地、声音沙哑地呢喃："一样的……"

或许是他回答的声音太轻，又或许是别的原因。踏仙君将自己靠得更近，贴着楚晚宁已经汗湿了无人色的脸。

"什么一样的？"

"一样的……"他睫毛垂落，尽是温热模糊，"我一样不会……让你走在我之前……"

"……"

"对不起。"他声音沙哑不成调，犹如残破的埙吹出的声音，"是我没有保护好你。"

踏仙君蓦地愣住了。

他本来就没有血色的脸，在刹那间显得越发苍凉。

耳中隆隆地似有惊雷滚过，他不由得又想到了天山天池边，那个人倒在自己怀里时，用血迹斑驳的手，轻轻抚过额前。

那个人说，是我薄你，死生不怨。

心脏蓦地剧痛，似有什么东西在里面裂开。

"晚宁……"他僵硬地立在原处，犹如一尊木雕泥塑。

他再次伸出手，这一次却并非促狭，他甚至也不知道是因为什么，就这样把手伸过去，想要去抚摸那张与前世如此相似的脸庞。

冰凉的，染血的脸庞。

忽然间，一声尖锐哨响刺破耳膜。

踏仙君即将触碰到他面颊的手指僵住了。

对于傀儡而言，那双承载了太多情绪的眼忽然变得空洞茫然。踏仙君垂落胳膊，在这声尖哨过后，就像失去了自我意识，缓慢地往后退，然后挥了挥手，撤掉了所有的武器。

前世的不归，今生的见鬼，都消失了。

楚晚宁跌落到泥尘里，抬眼却瞧见遥远处正立着一个衣冠洁白的男子，那男子戴着假面，手拿着一管玉笛，另一只手则执着一根盲杖。

那男子站在林木尽头，纷落的竹叶间，身形灼若芙蕖，安静地立着，引着踏仙君朝他的方向走去。

"你是……"

"带墨宗师走吧。"男子轻叹一声，嗓音是明显用换音咒扭曲过的，"我支撑不了太久，他很快会恢复意识。"

"……"

"快走吧。"男子说，"天音阁和华碧楠很快就会追过来。若是被他们擒住，就什么都改变不了了。"

楚晚宁咬牙起身，将墨燃架起来，催动升龙符，唤来纸龙载他们离开。

在龙跃起前，他转头又看了一眼站在竹林深处的那个男子，却发现那个男子要盲杖点着地面，才能摸索着前行。

他脑海中隐约有些往事相互勾连，但一时也想不出个所以然来。

"多谢你。"

男子只是摇了摇头，又催促道："快走。"

纸龙知晓楚晚宁的内心，在此时开口说话了："小兄弟心善，我主人怕是想问问你姓名，往后有缘，也可前来答谢。"

男人沉默一会儿，轻声道："我吗？"

林木簌簌响动，万籁中，他的嗓音显得很空寂。

"我只是个终于自由了的人而已。"

纸龙还欲再问，楚晚宁却已知此人是决计不会道出自己身份的，向那人道了一礼，拍了拍龙身，说道："走吧。"

既然他发话了，纸龙也知轻重缓急，便不多言，蓦地腾云升空，扶摇直上，顷刻消失于白云苍狗中，杳无踪迹。

大地风动，那个戴着假面的白衣男子安静地在原处站了一会儿，仰起头，直到风波渐弱，四下归于寂静，才望着那一片自己再也看不见了的苍穹、再也瞧不清了的背影，低声道：

"弟子师昧，恭送师尊。"

阳光洒下来，落到他素净的衣冠上。

"江湖道远，师尊，一路保重。"

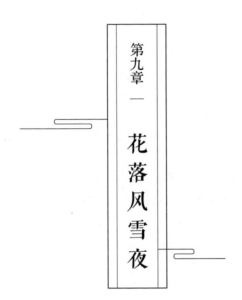

第九章　一　花落风雪夜

死生之巅从来未负君

这些天，无论是上修界还是下修界都在沸沸扬扬地传着一件事——屹立数千年之久的天音阁法场第一次被劫。而劫囚者竟是天下第一大宗师楚晚宁，他杀天音阁精锐十一人，伤百人，携重罪囚犯墨微雨离去。

有人说楚晚宁疯了，有人说楚晚宁和墨微雨一样，都是衣冠禽兽。

但无论外头如何议论，楚晚宁和墨微雨都没再出现于江湖上，无人知其下落。

天下最清正的宗师，带走了天下最危险的恶鬼。

而后，销声匿迹。

木窗半敞开，细雪如酥，帘栊外苔痕新碧，落四五点残花。

天音阁风波已经过去了四天，外头早已乱作了一锅粥，评判什么的都有，而只有这空山之中，才有些许安静。

忽然，有人自这空寂的林木深处行来，走进窗牖框出的彩墨画卷间。他撑一把宽大油纸伞，抱一捆柴，推扉而入。屋内很冷，他把木柴堆在火塘边，往炉膛内添了几块劈柴，将烧到有气无力的火舌拨亮。

这地方年久失修，许久没住人了，虽大致收拾过，但空气中仍弥漫着一股霉味。为此，他特意从外头折了一枝含露白梅，带回来搁在床头。

楚晚宁坐下，看着窄榻上躺着的那个人。

第四天了，他还是没有醒。

自那日从踏仙君手下脱身后，楚晚宁用前世所习得的法术加上今生未曾损耗的灵力，总算将墨燃一口气吊住。但过了那么久，墨燃依旧昏昏沉沉，命悬一线，灵核也再不能被修复。

"这屋子还是我师尊当初游历时所造的，太久没人住，总有些味道。"楚晚宁望着他的脸，神情专注，"知道你不喜欢熏香，但你不讨厌花。我带了一枝腊梅，应该可以开很久。"

墨燃躺着，睫毛垂落。

他睡着的模样显得很安静也很平和，是一生罕有的宁静。

这几天，墨燃一直都这样安静地沉睡着，楚晚宁在忙完该做的事情后，就守在他身边，与他说话。

以前他俩相处的时候，总是墨燃一个人讲了一大堆，而他在旁边听。

没想到，有一天说的人和听的人会倒过来。

"外头的结界都加固了，禁咒也都布下，不会有人找到这里。"楚晚宁道，"柴火和食物也都带回来了，一时半会儿不会再有别的事情。"

顿了顿，楚晚宁叹息道："你啊，怎么还是不肯醒？"

他说着，伸出手，摸了摸墨燃的头发。

塘火摇曳。他又坐在床边等了很长一段时间，等到投射在地上的影子都随着阳光挪动了位置，却还是没有等来那个人的睁眼。

楚晚宁合落睫帘，轻轻叹了口气。

"既然你还想睡，那就睡吧……我接着昨天跟你讲的故事，继续讲给你听。"

"对不起，你说过你喜欢听睡前故事，可我什么都不会讲……所以，也只能说一说我们之前经历过的事情。"他低睫沉默一会儿，温声道，"嗯……昨天讲到哪里了？……让我想想。对了，讲到前世发现你中了蛊咒，我就一直想替你解开。"

楚晚宁说："但八苦长恨花扎根太深，我做什么都无济于事。这一世总算解了，却没有想过会变成这样。"

他摸了摸墨燃冰凉的手背。

总是那么冷。

他就这样握着墨燃的手，轻声与墨燃说着这样或那样的话语。

从前他俩因为阴谋，也因为性格，许多话从来都不摆到台面上来说，以致阴错阳差，就此陌路殊途。

楚晚宁很后悔。

如果多一些坦诚会怎么样？一切会不会就此改变，自己会不会早一些发现墨燃已经中了蛊毒？

一切是不是都可以回头？

"你重活一世，一直想要赎罪。"楚晚宁闭上眼，叹息，到最后，嗓音凝绝，几不能言，"可是你还记不记得，你是怎么中了八苦长恨花蛊的？你想一想……墨燃，你想一想……"

你从来没有欠过我。

从一开始，便是我欠了你。

求你了，醒来吧。

你若能醒来，你若能想起那些丢失的记忆，你就会知道……这一切的真相都源于七年前，我闭关的那个雨夜。

那是他与墨燃命运改换的节点，是他人生中曾经并不重视的一天。那一天，红莲水榭风雨飘摇，雨水自屋瓦上飞快流过，雷鸣电闪，但他却听不见。

楚晚宁灵核薄弱，那一年正好到了要修复的时候。

为了能让随侍在身边的弟子心安，他在闭关前就对自己施了泯音咒，而后静静盘腿坐于凉亭中，神识入太虚。

所以他瞧不见眼前的剑拔弩张。

那一天，就在他面前，在雷暴风声中，在红莲水榭里，墨燃和师昧对立盯伺着，墨燃的脸色苍白，而师昧的神情阴鸷。

一个楚晚宁从前并不知道的真相，在夜雨中缓缓展开。

那次闭关，拜入师门不久的墨燃因为"摘花"事件觉得委屈，放话说侍奉不好师尊，不想前来陪护。

可是少年的气话哪里能当真？

辗转两夜，墨燃还是记恩不记仇，将心中的苦闷压下，独自去了红莲水榭，想要替师昧的班。

却没想到因为这场阴错阳差，他撞见了那就此改变了一生的阴谋——

师昧在对楚晚宁施蛊。

茫然、惊愕、恐惧、愤怒、失望，顷刻将墨燃五脏六腑烧穿。

他冲上前去，劈手夺下了师昧手中的利刃——低喝，如野兽呼啸："你做什么？！"

师明净只用了须臾惊讶，而后一双温柔而漂亮的桃花眼就细细眯了起来。

他微笑："我道是谁，现如今这红莲水榭结界重重，只能进我们三个徒弟，还有这死生之巅的掌门。少主也好，尊主也罢，谁来了都麻烦，幸好是你。"

墨燃跑得急了，喘息着，单薄的身子拦在楚晚宁跟前，夜风吹着他的衣摆和碎发。

他紧紧盯着师昧的脸。

"你要趁师尊闭关干什么？你……你……"彼时的墨燃甚至根本不能相信，那个温声细语的明净师兄会有第二张凶神恶煞的魔鬼脸庞，"你究竟是什么人？！"

师昧笑出了声："阿燃好可爱，我自然是你的明净师兄。不然我还能是谁呢？"

他瞧着墨燃护着楚晚宁的样子。

一个新入门的弟子，那么渺小，不自量力。

像个蹩脚的玩笑。

"你不是说，你讨厌师尊，再也不想见到他吗？"

师昧因成竹在胸，不紧不慢地逗弄他、嘲笑他。

"我给你端抄手过去的时候，你可跟我说你恨死了师尊这种心狠手辣的人，怎么没过两天就改了主意，竟又来找他了。"

"我若不找他，谁知你今日会做出什么来！"墨燃又是愤懑又是悲伤，"师明净，枉我那时觉得你好，枉我那时信了你！"

"哎呀，你自己这么好哄，怪谁呢？"师昧笑吟吟的，"一碗抄手，几句温言，就把你骗得死心塌地。其实你就是一条没人要的狗，谁给你一根骨头，你就跟他走了。"

"……"

"你又何必这样瞪着我，怎么样，抄手好吃吗？"

墨燃已然齿寒，他的黑眼睛在夜幕里显得又湿又冷，半晌后，喉结攒动："师明净……你的心竟是黑的。"

师昧仍是笑："黑的那是中了蛊的心，是生了病的心，我的心没病没痛，自然与此刻的你、此刻的师尊一样，都是红的。"

他顿了顿，细腻白皙的手指一旋，指端出现了一朵极其艳丽的花朵。那花朵含苞待放，还未打开，黑色的瓣叶边缘闪动银光。

师昧执着那一朵花，凑在鼻尖轻嗅。

鲜花美人，风情万种却危机四伏。

令人不寒而栗。

墨燃喃喃着："你究竟要做什么……"

师昧抬起眼帘，睫毛纤长，桃花眼含波，漾着笑意，他看上去心情很好："其实跟你解释也是没有用，我只要施一个咒，你很快就会把今晚的事情忘掉了，什么都不会记得。"

黑色的花朵镇着他水葱般的手指。

"不过，看在同门一场，也不是不可以告诉你。"师昧说，"这是我母亲催生的花芽，是我辛辛苦苦栽培出的八苦长恨花，若是无人欣赏，便要消失于世，我也觉得缺了些滋味。"

"八苦……长恨？"

"师弟，生有八苦，死亦长恨。这世上有一种魔族留下的花种，凡人极难培育，名为八苦长恨。"师昧嗓音温雅，"这种花，幼时要喝人血，盛开后，便需扎根人心，吸取心中的善良与温情，滋长险恶与仇恨。"

他说着，亲昵地抚摸过黑色的瓣叶。

"这尘世中再好的人，只要心里存有一丝一缕的不满，都能被八苦长恨催生，渐渐地……变成杀人不眨眼的魔头。"

他眼中闪着蛇鳞般的幽光。

桃花眼转动，盯住了正在打坐出尘的楚晚宁。

墨燃栗然："你想把八苦长恨花种到师尊心里去？！"

"何必那么惊讶。"师昧微笑，"他是天下第一大宗师，你说，要是他变成魔头，力量会有多大？"

"你疯了？！你怎么可以……你怎么忍心……"

"他冷血不近人情——不是你说的？"师昧淡淡的，"我把他变成你最讨厌的样子，师弟，从此你就可以名正言顺地恨他了，岂不两全其美。"

墨燃的头皮都快炸了，脊柱因毂觫而阵阵发麻。

"你……荒唐……那是我一时气话，我、我没有恨他，你快放下，你别这样害他……"

师昧饶有兴趣地说："为什么？"

为什么？

他那么好，红莲水榭的桌案上，全是他绘制的图纸，造的机甲也好，武器也罢，从不是为了自己，都是忧心他人的性命安稳。

他纯澈、干净，像是初冬时天空飘落的第一场新雪。

他虽然很严厉，有时不近人情，可会一遍一遍握着自己的手，教自己识文断字。

会陪着自己习武，从白昼到漫长黑夜。

他愿意收下自己，从此墨微雨不再是孤苦伶仃、只有假的亲人与幸福。

从此有了一个真实的身份。

——楚晚宁的弟子。

"你不能害他……"墨燃焦急，他想唤醒师尊，可根本不知道该怎么做，只能执拗地立在楚晚宁跟前，"他不能变成恶鬼，他那么好，如果你让他杀人……他会难过的。"

胸中强烈的悲怒不知如何表达，只能用最简单、最质朴，甚至语无伦次的句子苦苦劝着。

就好像什么法术都还没来得及学好，只能用瘦弱不堪的身子抵挡着。

让一个善人杀人是极痛苦的事情。

在醉玉楼的大火中，他就已经刻骨地感受到。

师昧打量着他，只觉得说不出地好笑。

"难过？到时候他成了那样的人，就不会难过了。阿燃，你大可不必为此烦忧。"

"可你为什么要这样做？你为什么非要伤他？！"

师昧这次倒是没有立刻答话，他垂落睫毛，顿了片刻，才淡淡道："因为我也有我必须要做的事情。"

"……"

"我需要最强的力量，为我所用。"师昧抿了抿唇，"你不会懂的。"

少年墨燃几乎是在尽自己那一点可怜的力量，竭力说服着眼前这位高深莫测的师兄。

"师尊是怎样的人，你不会不清楚，哪怕……哪怕你这样对他，把他心里的善良全部磨光，让他变成一个杀人魔头，他也不会只听你的话，为你所利用——你……你做不到的。"

"你怎么知道我做不到？"师昧轻笑，"哦，忘了告诉你，这朵八苦长恨花里，我融了自己的半片残魂。只要花开心中，从此便会眼里只有我一个人，一生一世，无法可解。"

墨燃悚然："你简直疯了！！"

师昧迤迤然朝他们逼近。夜幕被雷电擦亮，轰鸣震响，映照着师昧倾国倾城的容颜。

"就像你说的，他那么好，为我所用，成为我的人，焉有不可？就算变成恶魔又怎样。到时候他只对我一人言听计从，岂不绝妙。"

他知道楚晚宁此刻根本不会醒过来，也不会听到他们二人之间的对话。所以他浑然不怕，好整以暇地说："师弟，让到旁边去吧。你以为你一个刚刚修炼出灵核雏形的人，对抗得了我吗？"

墨燃几乎是咬牙切齿地说："我不让。"

师昧只是笑，而后一个眨眼，他竟已鬼魅般掠到了墨燃身后，手已凌空悬于楚晚宁的发冠顶上，托着那一朵即将开放的黑色花朵。

"阿燃，你知不知道为了炼成这一朵八苦长恨花，我付出了多少心血？我苦心孤诣，等的就是师尊闭关的这一天。"

他压低身子，脸颊几乎贴上了楚晚宁的侧颜。

"他就要成为我的利刃、我的傀儡，对我百依百顺了。你又能阻止什么？"

花落下。

命将改。

忽听得少年厉声，一力相阻。

"别碰他！！"

"你真的很可笑。"师昧渐渐失了耐心，"你知不知道……"

"换我吧。"

剩下的话就此断在唇齿间，天边一声惊雷破空，焰电撕裂夜幕。

师昧眯起眼瞳，问："什么？"

墨燃整个人都在颤抖。

他入门才那么一点时间，学过的法术少得可怜，注定阻止不了师昧，也不知怎样唤醒楚晚宁。

他手无寸铁，更无所长。

唯余血肉。

所以他只能说："换我吧。"

师昧静了一会儿，才嗤笑一声："你知道你在讲什么？"

"我知道。"

"八苦长恨花，是我母亲呕心沥血、是我揉碎魂灵才培育出来的。"师昧直起身子，盯着墨燃的脸，"你算什么，就你也配？"

"我……"指捏成拳，半晌，墨燃蓦地将脸庞抬起，"我或许不配，却比师尊合适得多。"

师昧眼神中有一点点光芒闪动："此话怎讲？"

"你说这朵花会催生人心中的仇恨。但是，若那个人心里干干净净，不怀丝毫怨恕呢？"

师昧静默片刻，笑了："不可能。每个人心里都有冤仇，哪怕是北斗仙尊也不会例外。"

但他的手却摩挲着长恨花的花瓣，渐生一股躁郁。

墨燃说得没有错，其实他这些年也在思忖楚晚宁是否可以成为长恨花的温床——万一这个人心底从没有一丝一毫的怨恨呢？

再培育一朵花又要耗费时间、心血，更何况灵魂分裂实在太痛苦了，他并不想经历第二次。

墨燃见他犹豫，便上前一步："这么多年了，你见过师尊恨过任何人吗？"

"……"

"你说八苦长恨花会吞噬心里的善和暖……这些东西对寻常人而言，或许不是全部，但你应该比我更明白师尊。"

雨越下越大，万木萧瑟。

"师明净，你就不怕他渐渐地失去所有记忆，什么好的都不再记得？你就不怕被人发现端倪吗？"

师昧蓦地眯起眼瞳。

瞳仁幽幽，似有蛇吐芯滑过。

墨燃在一步一步朝他走近，心如擂鼓，嘈嘈切切，比雨更急。

"我不知你要做什么，但是，如果你非要一个人献祭，换我吧。"

"你……"

"我心里有恨，可以滋生。我没有太多纯粹好的回忆，哪怕渐渐缺失淡忘，也不容易被人发现。"

墨燃在极力说服着刽子手把刀刃转而架在自己的脖子上。

"我如今还什么都不行，但是师尊与伯父都说过我禀赋高，灵力足……我可以做到的。"

他轻轻战栗着，指甲没入掌中，却还是坚持着说了下去。

"我可以代替他，成为你想要的利刃和凶器。

"我可以代替他，成为你想造出的杀人恶魔。"

"师昧。"他最后在师明净面前站定，闪电惊鸿，骤风涌起，吹得雨幕倾斜，斜打入亭。

一阵又一阵冷意。

"换我吧。"

大抵是因为他切中要害，又或许是因为师昧原本就不确定楚晚宁是否能让八苦长恨花生效，再或者，是因为墨燃当年表现出的灵力实在空前绝后，他结出灵核甚至比天之骄子薛蒙更快，快得令人眼红。

总之，师昧几番权衡之后，最终还是把那一朵即将盛开的黑色蓓蕾，打入了墨燃心底。

做完这一切，师昧就坐在石桌旁，以手支颐，目光微微出神。

他并不理解这究竟是为什么。

墨燃为什么会替楚晚宁挡下这命中一劫？以生命、灵魂、未来与尊严。

他们明明才只有那么一年不到的师徒缘分而已。

他不懂。

师昧看着黑色的花蕊从墨燃的胸口融进去，明明是那样柔软的瓣叶，却似钢针能穿透人的血肉，刺到深处去。

这过程中墨燃一直在忍，不吭声，直到花蕊犹如某种长着奇怪触手的蛊虫，一个猛子钻进他的心脏，墨燃才终于呜咽出声，跪伏在了地上。

少年在自己面前颤抖，而师昧就那样静静坐着，玉臂清辉，高高在上，看墨燃在自己面前痉挛，在自己面前呕血。

"很痛吗？"

"喀喀……"

师昧饶有兴趣地看着，目光依旧温和："有多痛？我从来没有给人施过这种咒术，我真的很好奇……我的好师弟，被长恨花穿心的滋味究竟是怎样的呢？"

他的目光犹如春水，一节一节，流过墨燃伏在地上的身躯，最终落在墨燃苍白的指节上。

墨燃的手指无意识地扒着地面，指端都磨破了，一道一道的血印子。

"比挖心更痛吗？"

墨燃没有回答他。

痛是真的，但……却比那一年沂州城外乱葬岗上的痛苦要好太多。

比眼睁睁地看着至亲死在自己面前，要好太多。

比亲手刨开泥沙，将骨肉埋葬，要好太多。

"当初……没有保护好阿娘，现在，终于可以……可以保护好师父。"

目光涣散，他这样喃喃着。

那些最好的回忆在一点点地淡去，那些纯洁无垢的过往在一点点地消逝，他眼前闪过那些少得可怜的美好记忆——

某一年有人施舍给他与母亲的一碗热汤。

有个老农夫曾经愿意在雪夜里请他们进屋取暖，烤火歇息。

同样乞讨要饭的孩子，与他分享过半块捡来的肉饼。

段衣寒拉着他的手，带他走过蜻蜓飞舞的秋日长堤……

没有恨，没有凄苦，没有不甘，没有忐忑，没有戾气。

一切都是平和的。

是最纯粹的美好。

他看到灯花下仔细绣着海棠手帕的自己；他看到托腮坐在石桌前，笑着看师尊吃月饼的自己；他看到月下对酌，第一次带梨花白给师尊的自己。

这些回忆，从此都要淡忘。

再也不会记得……

从此仇恨将会滋生，回忆里那些温柔的往事都会换了模样。

从此他心中的炽热将熄灭，再也没有火。他眼里的春水将封冻，凝结成寒冰。

从此，他将与母亲的遗言背道而驰。

段衣寒说："报恩吧，不要记仇。"

再也做不到了。

不知是哪里来的力气，他咬牙忍着脏腑撕碎般的疼痛，摇摇晃晃地想要站起来——跟跄着，却站不住，他便跪着，爬着，到最后痛到魂灵都在颤抖，却仍是匍匐着，爬到了楚晚宁跟前。

"师尊……"

他哆嗦而可笑地挣扎着、蠕动着。

师昧原以为他想做什么，却发现这个少年只是在竭尽全力，用尽最后的热切与感恩，长磕而落——

眼泪盈出。

"师尊，我很快……就要叫你失望了……"

夜雨飘零。

"我很快，就不再记得你的好，我再也不能……不能好好地跟你学法术了……你会讨厌我，憎恶我……"

他在哭，在诉说着良识未泯时最后的话别。

可是楚晚宁听不到。

他就在他面前，却什么都听不到。

"对不起，我那天折花，是因为想送给你。师尊，我今天来，原本是……打算等你醒了，就跟你道歉，把心里想的，都……都告诉你。"

声音沙哑得像是从喉咙里和着血肉剜出来似的。

"师尊，谢谢你不嫌弃我，愿意收下我……

"我是真的，真的——"

心蓦地抽缩，眼底已漫上血腥一片。那是八苦长恨花开始生根的迹象。

额头磕落，重重触上地面，碾着地面。

泣不成声。

"我是真的，很喜欢你。"

师昧轻轻叹息着，神情似是有趣，又似是怜悯。

只不过他的怜悯也好，有趣也罢，都是淡淡的，什么都进不到他的心底。

他最后走过去，扳起墨燃的脸颊，盯着墨燃逐渐混沌的双目，轻声问道："来，师弟，告诉我，你如今所求的是什么。"

"所求……"

所求的是什么？

沂州秋色，通天塔前。

段衣寒在笑，楚晚宁低眸。

乐坊的苟风弱姐姐露出两颗尖尖的虎牙，眼中闪着热切而激动的光，她对他说："阿燃，我很快就赚够赎身的银两啦，我带你一起走，我们离开这里，姐姐带你去过好日子。"

墨燃昏沉中，却仍是极力捕捉着这些如蒲草散去的回忆。

他喃喃着："所求报恩……不为……记仇。"

师昧便摇了摇头，又等了片刻。

再问："所求为何？"

墨燃声音沙哑而执着地说："所求……有朝一日，能死于师尊之手。"

师昧愣了一下，继而笑了起来："死于师尊之手？"

"我不要当魔头……我不要去地狱……"他颠三倒四、反反复复地呢喃，"我不要只记得恨，师尊……"

他竟挣开师昧的手，伏跪于楚晚宁跟前，近乎是号啕着。他的双目已是猩红浸满，意识越来越纷乱。

"杀了我。"

到最后，唯一重复的，只有这一个愿望。

"在我作恶的第一天……求你，就请你……杀了我。"

暴雨滂沱，吞噬尽了这茫茫黑夜中，少年困兽般声音嘶哑的哀哭。雷鸣电闪，竹林萧瑟，红莲水榭所有的荷花都在这一夕之间残落，坠入池中。

生有八苦，死有长恨。

意识失去之前，墨燃伸出颤抖的手，握住了楚晚宁的衣角，他仰起头，呢喃着："师尊……你……理理我……你理理我……好不好……"

你理理我。

这世上有多少苦难与遗恨，都被湍急的风雨遮去了呢？

过了两世，终于得知了真相的楚晚宁再回首往事，依稀记得第二天，自己一个周天结束，自冥思中苏醒。

金色的光辉洒入竹亭，水榭内海棠和红莲都已残花落尽，昔日枝头的芳菲，很快就将碾作泥尘。

雨已经停了，楚晚宁眨了眨眼，转头看到师昧立在石桌旁烹茶，袅袅水雾升起，师昧的眉眼是那样温和秀美，见他醒了，师昧便笑。

"师尊。"

"怎么还不去歇息？你都守了三日，去换墨燃吧。"

茶盏斟上，琥珀色的烫水像满满心事。

师昧奉茶于他，微笑道："今日还是我守着师尊吧，阿燃小孩子心性，被师尊责罚了，心里那口气还是过不去。"

楚晚宁便怔了一下："他不来了？"

师昧垂睫，浓黑柔软的睫毛帘子拂落，像是早春枝头的两簇嫩蕊，他"嗯"了一声，说道："不来了，去藏书阁，帮着尊主整理书册了。"

楚晚宁有那么一瞬的失神与怅然。

他原本打算借着两人独处的机会，与墨燃好好说一说折花之事，那日自己终是太过苛严……

他从没有遇过徒弟犯戒，事后想想，也觉得罚得太狠。

可是墨燃却连见都不想见他，闭关也不愿来陪他。

楚晚宁合落眼眸。

"师尊，喝茶吧。"

良久，他应了，从师昧纤长白皙的手中，接过那一盏满满的香茶，吹开丝丝缕缕的雾气，喝了一口。

茶太满了，接过来的时候有点滴洒在了衣袍上。

师昧心细如发，瞧见了，便笑："我有帕子。"

"不必借用你的了。"楚晚宁取出一方绣着海棠的白帕巾，低头拭去了未干的茶渍。

"好漂亮的手帕，瞧上去像是镇里卖的最好的那一款。"师昧温柔道，"师尊自己去买的吗？"

有那么须臾，楚晚宁想说，不是，是墨燃送的。

是他绣的。

给我的拜师礼。

可是心情不好，他并不想说，且又觉得自己这样言语，莫名有些羞耻。

所以沉默了一会儿，楚晚宁也只是闷闷地"嗯"了一声，便将帕子叠好，收回了襟内。

收好帕子后，他轻轻叹了口气。

那一日，阳光灿烂，昨晚的凄风楚雨只留下了落红拂阑干，荷叶沾新露。

"昨夜的雨很大吗？"

师昧侍弄着茶具，闻言指尖凝顿，瞳色幽深："嗯？"

楚晚宁把目光投向满池芳菲，淡淡地说："花都谢了。"

师昧又笑了，把茶盏摆得仔细，然后云淡风轻道："昨夜下了场雷雨，喧闹一阵，就停了。今天会是个好天气，一会儿等地面干些，我就去把院里的落花都扫掉。"

楚晚宁便再也没有说话。

天空朝霞绚烂，艳若织锦，再往远处看，万里长空如洗，旭日东升时，金羽纷飞。

确实。

那是个难得的艳阳天。

死生之巅余生付雪夜

南屏幽谷。

夜深了，茅屋外簌簌落着新雪。

这几天，墨燃的伤势越转越重，哪怕楚晚宁用花魂献祭术给他疗伤，亦收效甚微。

下午的时候，他模模糊糊地醒来过一次，但意识仍是不清醒的，眯缝着眼，瞧见楚晚宁，他就只是哭，说对不起，又说不要走，一句话反反复复、颠三倒四，最后泣不成声。

他一直在做梦，一直在自己那些动荡不安的岁月里穿梭。

他一会儿以为自己刚刚被薛正雍捡回来，一会儿又以为自己身在痛失了楚晚宁的那五年间。

他唯一梦不到的，是已被八苦长恨花夺去的记忆。梦不到他所有的付出、所有的保护、所有的纯真。

"墨燃……"端了一碗刚煮好的粥，楚晚宁来到他的床榻边。

粥煮得勉强能入口，是属于前世的手艺。

他在榻边坐下，抬起手，摸了摸墨燃的额头。

烫得厉害。

楚晚宁唤他，但怎么也唤不醒，楚晚宁便等着，等到粥渐渐温凉，渐渐冰冷，楚晚宁觉得不能再这样，就又把粥隔水温着。

他不知道墨燃什么时候会醒，但若醒了，总可以马上吃到东西。

"是用鸡汤熬的，你最喜欢。"楚晚宁轻声跟他说着，维系着墨燃心脏跳动的那些灵力、法术一直没有断过，可墨燃醒不过来。

醒不过来，就是说灵力一断，或许他就再不会睁眼。

根本不可能救回来。

可是不甘心啊，怎么能甘心。

墨燃还活着，他还有气息，尽管是那么微弱。这些天，日月晨昏，楚晚宁守在他身边，看着他胸膛仍有起伏，就觉得还有希望，一切都还可以回头。

都还来得及。

楚晚宁还记得有一天夜里，墨燃迷迷糊糊地醒了，当时屋子里没有亮着灯火，墨燃就直愣愣地望着烛台，干裂的嘴唇一直在轻微地翕动。

他当时很激动，忙握着墨燃的手，问墨燃："你想说什么？"

"灯……"

"什么？"

"灯……想要灯……"墨燃望着那自己注定无法点亮的烛台，有泪水顺着脸颊潸然滑落，"想要灯亮……"

那一瞬间，时光重叠。

仿佛又回到当年，刚拜师的时候，墨燃病了，瘦小的少年蜷在床榻上，一直昏昏沉沉。

楚晚宁去探望他的时候，他小声呜咽着在唤着阿娘。

不知道该怎么哄，楚晚宁就坐在少年的床榻边，犹豫着抬起手，摸了摸少年的额头。

那瘦小的孩子就哭，就说："黑的……都是黑的……阿娘……我想回家……"

最后，是楚晚宁点燃了烛台，明晃晃的火光照亮了四壁，也照亮了楚晚宁的脸庞。似乎是感到了光的温热，发着高烧的孩子睁开了一双乌亮犹沾水汽的眼。

"师尊……"

楚晚宁应了，替他掖好了被子，嗓音放得低缓，听上去很温柔："墨燃，灯亮了……你不要怕。"

时隔多年，一豆孤灯再次微微亮起，暖黄色的光晕浸满了敝舍茅屋，驱散了无止境的黑暗与寒凉。

楚晚宁抚着他的鬓发，声音沙哑地唤着他："墨燃，灯亮了。"

他想继续说，你不要怕。

可是喉头哽咽，竟是再也说不出口，楚晚宁忍着不落泪，却终究是抵着墨燃额头，破碎低泣着："灯亮了，你醒一醒，好不好？

"你理理我，好不好……"

灯花烛泪一潭幽梦，这一盏灯一直燃着，从华光明澈，到油尽灯枯。

后来天光大亮，窗外泛起了鱼肚白，墨燃也依旧没有睁开眼睛。那用一盏灯，就能唤醒沉睡少年的岁月，已经过去了。

再也不会回头。

又过三晚。

这些天楚晚宁每日都守在他床榻边，照顾他，陪着他，输给他灵力，也讲与他听那些他淡忘的事情。

这一天黄昏，暮雪已经停了，窗外一轮红日，残阳铺洒染照大地。有一只松鼠自覆着积雪的枝头腾跃而过，惹得白梨簌簌，晶莹舞落。

躺在榻上的人被这宽仁的暮光照耀着，晚霞为他苍白憔悴的容颜添上血色。他薄薄的眼皮底下，瞳仁微转——而后，即将暮色四合时，他缓缓睁开了眼眸。

在连绵几天的重病昏沉后，墨燃终于醒了。

他睁开眼睛，目光仍是茫然而空洞的，直到他瞧见楚晚宁正疲惫地伏在他榻边浅寐。

墨燃声音沙哑而怔忡地呢喃："师尊……"

他躺在被褥深处，意识缓慢回笼，慢慢地，他隐约回想起半醒半睡之间，楚晚宁反反复复与他说过的那些话。

中秋一杯酒，海棠手帕……还有那一年红莲水榭，他舍身替他种下的八苦长恨花。

是梦吗？

是不是他太渴望救赎，才会梦到楚晚宁跟他讲了这些故事？是不是他太希望回头，才会梦到楚晚宁愿意宽恕他、愿意原谅他？

他侧过脸，伸出手，想去触摸榻边熟睡的那个男人，可是指尖未曾碰到，却又缩了回来。

他怕一碰，梦就碎了。

他依然在天音阁，依然跪在忏罪台，下面是山呼海啸的看客。他孤零零地跪在万人面前，那些人在他眼里最终都成了一张又一张模糊不清的脸，一个又一个曾经死在他手里的冤魂，尖叫着、惨笑着向他索命。

没有人要他，没有人救他。

是他厚颜无耻，是他狼子野心，是他疯魔成狂，是他幻想楚晚宁会来——是他在挖心的剧痛中，幻想着人间的最后一团火。

假的。

从来就没有人斩断铁锁，从来没有人拥抱住他，从来就没有人御风而来，从来就没有人带他回家。

睫毛颤抖着，他含着泪，凝望着楚晚宁的睡颜，他不敢眨眼，直到眼眸终蒙眬，直到眼泪终落下。

楚晚宁的倒影碎成了千万点华光，他仓皇又去看他的好梦。

梦还在。

墨燃脱力地躺在床上，睫羽湿润，喉头哽咽，眼角不断有泪水淌下……心口很痛，血一直在往外渗，他怕吵醒好不容易浅眠片刻的楚晚宁，便咬着嘴唇一直在无声地哭泣着。

他醒了，可他的身体自己清楚。他知道这不过是暂时的，是回光返照。

也是上天对自己最后的垂怜。

他墨微雨惴惴了大半生，疯狂了一辈子。满手血腥，恶名难逃，直到最后他才被宣判冤罪。因此他觉得很茫然，甚至有些忐忑。

他不知道这是幸运还是不幸。

不幸的是两世倥偬荒谬。

幸运的是余生终可安宁。

可是他的余生还有多久呢？一天？两天？

那是他以命换来的好日子啊。

——是他从来没有得到过的安宁时光。

后来他听到楚晚宁苏醒的动静，慌忙擦去了眼泪，不想让师尊瞧见他在哭。

墨燃转过头，望着榻边的人睫毛轻颤，凤目舒展，望着榻边的人眼中照见自己。

窗外金鸦沉，北斗星转。

他听到楚晚宁声音暗哑地轻唤了一声："墨……燃？"

那声音低缓而温柔，如春芽破土，冰河初解，又像是小红泥炉上的酒水温至了第三道，丝丝缕缕水汽蒸腾弥漫，烫得人心暖。那是他这辈子都忘不掉的天籁。墨燃于是静了一会儿，而后展颜笑了。

"师尊，我醒了。"

清夜无风雪，余生好漫长。

这一天夜晚，南屏山的深谷里，墨燃终于等来了他两世人生里最轻松、最柔软的时光。他醒了，楚晚宁眉梢眼角的惊喜和悲伤他都看得见。他醒了，靠在榻上，由着楚晚宁对他说什么、做什么，由着楚晚宁与他讲这样或那样的经历和误解。

对他而言这些都不重要。

他只想撑久一些，再久一些。

"伤口我再看看。"

"不看啦。"墨燃笑着把楚晚宁的手按住，"我没事了。"

几次拒绝后，楚晚宁便望着他，像忽然明白了什么，脸上的血色一点点地褪去。

墨燃强自安定地温柔道："真的没事了。"

楚晚宁没有答话，过了一会儿，他起身，走到炉膛前。那里面的火已渐熄灭，他留给墨燃一个背影，在火塘前慢慢拨弄着。

火生起来了，又亮起来，整个屋子后来都是暖的，但楚晚宁没有回头，他依然拿火钳拨弄着那些并不需要再拨弄的柴火。

"粥……"

最后，他声音沙哑着开口。

"粥一直温着，等你醒了喝。"

墨燃沉寂片刻，低眸笑了："好久没有喝到晚宁煮的粥了，前世你走了，我就再也没有喝过。"

"没有煮好。"楚晚宁说，"我还是不会，大概……也就是勉强能入口……"他的尾音有些抖，似乎说不下去了。

楚晚宁顿了好久，才慢慢道："我给你打一碗。"

墨燃说："好。"

屋子里很暖，夜转深浓时，外头又开始断断续续地飘雪。

墨燃捧着粥碗，小心翼翼地喝着，喝几口，就看楚晚宁一眼，然后再低头喝几口，再看楚晚宁一眼。

楚晚宁问："怎么了？是不是有哪里不舒服？"

"没。"墨燃轻声说，"我就是想……再多看看你。"

"……"楚晚宁没吭声，拿银匕首剔了火塘上的烤鱼肉，入口即化的溪水鱼，但刺还是有的，他把刺挑出来，把雪白的鱼肉细细分好。

以前他吃东西的时候，墨燃总是照顾他。

现在倒过来也一样。

他把切好的鱼肉递给了墨燃，说："趁热吃吧。"

墨燃就很乖顺地吃。

这个男人靠在榻上裹着棉被的时候，显得没那么高大。橙色火光映照着他的脸庞，很年轻的模样。

这个时候楚晚宁才忽然意识到，其实踏仙君也好，墨宗师也罢，都比他小了整整十载。

——却经历了那么多的苦难。

墨燃喝完了粥，却把最肥美的那一块鱼肉戳起来，想递给楚晚宁吃，却愣了一下："师尊，你怎么了？"

楚晚宁低着头，眼眶微红，他平稳了心绪，这才淡淡道："没什么，偶感风寒而已。"

他怕再坐着，会越发控制不住自己，便倏地起身："我到周围查探一番，你吃完了就早点休息。等伤养好了，我就带你回死生之巅。"

他们两个人都知道所谓的好转不过回光返照，所有的温存已是时日无多。

——却都在说着明天，说着将来。像是要把过后的几十年都急促地塞到这一个夜晚里，把今后全部的星移斗转，都在这一个雪夜过掉。

楚晚宁离去之后，墨燃在炉火前又坐了一会儿，然后解开衣服，低头看着自己胸口的狰狞疮疤。

他发了一会儿呆，感到心里空落落的。

南屏夜雪。

外头的飘絮越来越大，墨燃不知自己什么时候就会急剧恶化，也不知道什么时候生命就到尽头。他趴在床边，看着外头的飘雪，过耳都是呼啸的风声，他忽然觉得自己的人生也像此刻急促的风，昨日种种都流逝掉。

其实上一世也好，这一世也罢，总有这样或那样聪明的人在谋划、在博弈。

师尊也好，师昧也好，他们一个想保他，一个想害他，但他们都有自己的打算，哪怕最后阴错阳差未能成功，他们也都有远谋。

墨燃和他们不一样，他是那种蠢得要死的犬类，没有什么七弯八绕的心思，也不知道该怎么样步步为营，把棋下得漂亮。他只会老老实实地守着自己重要的人，哪怕被打得皮开肉绽，伤可见骨，也执拗地立在那个人面前，不离开。

这种人说好听了是勇敢。

说难听了，是笨。

这个很笨的人伏在窗棂边，睫毛颤动，忽瞧见远处的梅花树下，立着一个熟悉的影子。

楚晚宁并没有去巡视，这只是他的一个借口而已。

他站在花树下，距离太远，风雪太急，墨燃自然是看不清他脸上任何一丝神情，只能看到他的模糊剪影。在遮天蔽日的大雪里孑然立着，一动不动。

他在想什么？

他冷不冷？

他……

"师尊。"

在雪地里出神的楚晚宁回过头，瞧见黑夜里，霜雪中，那个黑衣青年顶着被褥，竟不知何时已来到自己身后。

楚晚宁吃了一惊，立即道："你怎么这样就出来了？你出来做什么？你快回——"

"去"字还没来得及说出口，一阵温暖就包裹了他。

顶着被子的墨燃把被子撩起来，铺天盖地的黑，铺天盖地的暖，他把楚晚宁也笼进了棉被里面。

两个人立在老梅树下，立在许久未用、怎么晒都有些霉味的厚棉被里。外面雪再大、风再急都与他二人无关。

墨燃在这片温暖和漆黑中紧靠着他："你别想了，虽然师尊说的那些事情，我都不记得了，但是……"

他顿了顿，而后才小声道："但如果让我现在回去重新经历一次，我还是会这么做的。"

"……"

"而且，"他顶着棉被，摸索着捉住楚晚宁冻得冰冷的手，"师尊也不必觉得难过。其实我觉得师妹说得没错，八苦长恨花只是把我心里的那些念头、那些见不得光的想法都煽动着实现了而已。

"我本来心里头就有很多仇恨，只是小时候没有发泄出来。屠戮儒风门……我想过的。主宰天下，我也想过的。说起来也挺可笑，我在五六岁的时候，躲在破屋子里，就幻想着自己有一天能呼风唤雨、撒豆成兵。这些都是我自己的念头，谁都没有强加给我。"

"所以说，如果当初中了蛊的人是师尊你，说不定你并不会变成我那样十恶不赦的暴君。你也就不会被利用，更加不会被天音阁诛心。"他鼻音深重地笑了起来，"你没有被我替代，不要多想了，回屋去睡觉吧。"

该来的那一刻，总是会越来越近，逃不过的。

墨燃意识又开始模糊而涣散，心脏的绞痛甚至比之前任何一次都厉害，回光返照不会持续太久，阿娘死的时候也是这样，他知道自己的时间已经不多了。

他垂着浓密的睫毛，炉膛里的火光此刻已经有些暗淡了，那种昏黄的光映照在他年轻英俊的脸庞上，显得格外温柔。

这个蠢笨的男人，大抵是看出了楚晚宁眼神里的痛楚，因此忍着难受，说笑道："好不好看？"

楚晚宁果然愣了一下："什么？"

"疤呀。"墨燃说，"男子汉大丈夫，多几道疤才有味道。"

楚晚宁沉默一会儿，抬起手，不轻不重地捆了他一个巴掌，捆得太轻了，反而像是抚摸。

过了片刻，他似乎再也忍耐不住，靠在墨燃身边，没有吭声，但是肩膀却在微微颤抖。

他很清楚。

楚晚宁都知道。

"这么丑啊。"他轻轻叹了口气，"把晚宁都丑哭了吗？"

他若叫师尊倒还好。

一声晚宁，两世交替。

楚晚宁轻声说："怎么会丑？你有疤也好，没有疤也好。都好看。"

墨燃愣怔。

他从来没有听过楚晚宁这样直白的表露。

屋子里只有最后一点点炉火的余温，很安静，也很温柔。

晚来的安宁与温柔。

"上一世，这一世，你对我而言，都是唯一的，谁也不能替代的，我都愿意与你在一起。以后也愿意。"

墨燃就听他一句一句地说着，看不清他的脸，但可以想象到他此刻的模样。

怕是眼睛红红的，连耳尖也是红红的。

"曾经知道你被蛊惑，但不能表露，只能恨你……现在终于都能补给你。"楚晚宁的脸颊烧烫，眼尾也潮，"我终于能告诉你，无论哪一世，我都愿意永远陪着你，愿意为你剖魂，愿意臣服于你。"

听到"愿意臣服于你"，墨燃的心犹如被烈火灼烫，整个身子都是一颤。

他既感动又悲伤，既痛苦又缱绻。

他几乎是颤抖地说："师尊……"

楚晚宁抬手止住他："你听我说完。"

但等了好一会儿，楚晚宁却终究是个不会说话的人，他想了很多，却怎么都觉得不合适，怎么都觉得不够。

有一瞬间，楚晚宁其实很想说："对不起，让你受了委屈，背负了太多。"

他又想说："前世直到我离开，都不能明明白白地告诉你真相，是我误你。"

他还想说："那一年红莲水榭，谢谢你愿意护我。"

他甚至想此刻什么尊严都不要了，想跟墨燃哭诉，想说："求求你不要走，求求你不要离开。"

可是喉咙哽咽，心中苦涩。

最后，楚晚宁俯首，指尖抚上墨燃心口的伤疤，睫毛簌簌，他声音低哑地开口。

"墨燃，不管从前如何，今后如何，我都会一直陪着你。"

羞耻烧透了他浑身的血。

但言语却是那样地庄严。

"一生都愿予踏仙君，也予墨宗师。"

太烫了。

墨燃只觉得怀里的那一团隔世之火再一次亮起，眼前烟花璀璨，所有痛楚与悲伤都在此刻远去。

"两世。

"遇到你，我都不后悔。"

墨燃倏地合上了眸，尽是湿润。

他最后紧紧抱住他生命中最重要的人，叹息道："师尊……谢谢你。"

外头的雪越下越大，夜越来越深浓。

他们都在想，原来，这就是余生了。

墨燃知道自己的衣襟被泪水浸湿了，但他不说。他从小就奢望自己的余生能有诸多欢喜，这种时候，总该是快乐的。

他说："睡吧，晚宁。睡吧，我陪着你。你怕冷，我替你暖着。

"等我好了，我们一起回死生之巅，我想去向伯父伯母请罪，我想再和薛蒙吵吵嚷嚷……我们还有好多事要做……"

墨燃抚摸着楚晚宁的头发，嗓音轻轻的。

喉间尽是血的腥甜，呼吸也越来越窒缓。

但他还是笑着，此刻的神情很宁静："师尊，我会给你撑一辈子伞。"

楚晚宁已是哽咽不成声。

"夏师弟……"他又逗他，明明都快说不出话来了，还是逗他，"师哥……讲故事给你听……以后每个晚上，都讲给你听……你不要嫌弃师哥嘴笨，讲来讲去，就只会讲牛吃草……"

最后的最后，墨燃抬起眼眸，望着窗棂上覆着的一层莹莹积雪。

天地一片浩然洁白。

"晚宁。"他靠着他，心跳回荡在楚晚宁的耳畔，他轻声说，"别难过。我会……我会一直……在你身边的。"

他缓缓合落眼帘，梨窝浅浅，浸着两池梨花白。

心跳一点一点缓慢，一点一点断续。

忽然，窗外一枝梅树枝丫被积雪覆压，雪太沉重，枝丫折断了，发出突兀的动静。雪团与树枝一同跌落，噼啪脆响。

这一阵喧闹之后，楚晚宁，却再也听不到耳畔心跳的声音。

他等了须臾，他等了片刻，他等了一会儿，他等了良久。

再也没有声音。

没有声音……什么都没有……

那是令人肌骨生寒的可怖寂静。

是令人一生绝望的可怖沉默。

终。

停。

歇。

屋内死寂，静得可怕。

过了很长很长时间，楚晚宁也没有动，楚晚宁依旧在墨燃身畔，躺在墨燃的病榻之上，他甚至没有起身，没有抬头，也没有再说话。

他的小徒弟，他的墨师兄，他的踏仙君要他安睡。

说会替他撑一辈子伞，讲一生故事，余生都会陪着他，不会再离开。

墨燃说，外头冷，雪大。

我暖你。

楚晚宁就蜷在他的臂弯里，蜷在那热度尚未消的身躯旁，一动也不动。

他们明天就要起程回家。

他要好好地与墨燃一同歇息。

楚晚宁伸出手，又慢慢地把额角也靠在墨燃肩上。

黑夜里，他说："好，我听你的话，我睡……但是，明天，我一叫你，你就要记得醒来。"

他贴着那再也没有起伏的胸膛，眼泪浸湿浸暖了墨燃的衣襟。

"不要赖床。"

晚安，墨燃。

这一夜很长，但我会陪着你，愿你有好梦，有火，有灯。

还有家。

死生之巅善恶口舌中

第二日清晨，阳光洒进了轩窗。

楚晚宁睁开眼，被褥是暖的，一个人的温度可以暖两个人的躯体。他安静地看着墨燃的脸庞，在他眼里这就是世上最俊的人了，是最好的人。

他没有动，他在想，今天煮什么粥好。

昨天的已经喝完了，墨燃饿死鬼投胎一般喝了整整四碗，一点都没有剩下。

他摸了摸墨燃的脸颊，问："再给你做一些，好不好？"

男人睡得很沉，漆黑的睫毛垂落在那里，像两卷蒲草般温柔，温柔得好像下一刻就会睁开眼眸，笑吟吟地拉过他，对他说："饿啦，晚宁去给本座煮一碗粥。"

又好像会笑着告诉他："师尊做的什么都好，我都会喜欢。"

尸体早已冰冷了，脸颊触上去是凉的，一点温度都没有。

楚晚宁没有哭。

他起身，给墨燃盖好被子，然后去院子里拾柴生火，认认真真地烹煮，好好地做饭。

水开了，雾气弥漫上来，米粥咕嘟咕嘟地翻腾着，冒着细小的泡泡。他用漏勺撇去浮沫，加了些盐，又盖上木盖焖煮着。

已经复生过一次的人，是不能再被复生之术救回第二次的。

楚晚宁茫茫然立在灶台边，他神识里有那么一刻的清明，这一刻的清明就几乎要了他的命，他忙遏制着指尖的颤抖，抬手去揭盖——

粥煮了，总会有人喝的。

他如今有着墨燃的零碎记忆，墨燃孩提时很穷困，吃不饱饭，得一块热气腾腾的饼都是能开心一整天的事情。

墨燃不会浪费的，所以也总会醒来。

粥煮好了，他又去院里清扫积雪，而后折了一枝新的腊梅，带回去剪掉枝梢，浸在陶土小瓶里养着。

梅花香十里，这样墨燃走在路上，还能闻见人间。

不，他的意识又混乱了。

什么走在路上，什么闻见人间……墨燃分明还好好地躺在这里，和昨日和前日和几天前一模一样，只是面庞更消瘦，脸色更苍白。

他还会醒的。

两世了，无论是怨是憎，是爱是怜，自他们相遇后，墨燃就从来没有主动离开过他。所以渐渐地，墨燃浸透了他的生命，成了风，成了时辰，成了流过指隙的泉，披于长发的光。

他是他的日夜晨昏，是他的一世红尘。

楚晚宁漫步在这红尘里。这个尘世，雪还会落，蝉还会鸣，秋荷还会死，夏花还会生，一切如旧，所以墨燃怎么会离开呢？

他愿意守着他，伴着他，一天又一天，等着他醒来。就像前世的墨燃与楚晚宁的尸身订下了契约，这一生阴阳倒错，楚晚宁也做了与踏仙君相同的事情。

"只有我走的那一天，你才会离去。"

曾经站在红莲水榭里，墨燃一身黑袍，这样对长眠的楚晚宁说道。

"陪着我。"

而今，南屏深谷中，楚晚宁一袭白衣，竟与当年的帝君重叠。

他伸出手，抚上墨燃毫无血色的脸庞："陪着我。"

金光起，他的灵力流转到那具尸身体内，从此之后，哪怕碧落黄泉、天上人间，只要世上仍有楚晚宁在，墨微雨的尸身便不会腐朽烂去。唯有多年之后，楚晚宁离世，灵力的流转终止，他们才会一起消亡。

化成灰，散作齑粉，零落成泥碾作尘。

他与他一起离去。

天音阁圣殿的炭火熊熊燃烧着，在墙壁上投落明暗不定的光影，木烟离独自立在大殿中央，负着手，闭目合实。

忽然，殿门开了，一个人走了进来。

木烟离没有回头，淡淡地说："你来了？"

"来了。"那人摘落斗篷兜帽，露出一张倾国倾城的脸庞，正是师昧，"木姐姐不去后殿看看？"

"没什么可看的。"木烟离道，"不过就是你给人开胸腔、剖脑子的事情。血腥气太重，我受不了。"

"那有什么办法，药宗一道，本就如此。"师昧笑了笑，"哪怕是孤月夜的姜曦，给死人动起刀子来也不会满室清香啊。"

木烟离皱了皱眉头，并不打算和他多谈论剖尸体、割活人这种事情，于是问道："说起来，你这术法施展了也有几天，踏仙君究竟什么时候能彻底复生？"

"复生算不上，他体内也只有一缕识魂了，顶多就是个活死人。"

木烟离乜过美目，说道："我们要的也就是个活死人。越听话的越好……那些灵核碎片怎么样，都还派得上用场吗？"

"差不多，虽然不是完整的，但力量一样大得可怕。"师昧说，"墨燃确实不愧是禀赋第一的修士，足够为我们开道了。"

木烟离叹了口气："希望这次莫要再生意外。"

"生不生意外还很难说。"师昧道，"我正在施法把灵核在踏仙君的体内复原，最起码还要十天，这十天里，我希望木姐姐去替我做两件事。"

"你说吧。"

"第一，等踏仙君完全复原后，我们就要去做那件大事。届时这些修士再傻，也会知道墨燃说的是真话，恐怕会携手来阻止我们。"师昧顿了顿，"虽说虾兵蟹将不足一提，但人多了，总是让人头疼的。"

"所以呢？"

"上修界战力虽强，但经验不足。关键是死生之巅。我希望木姐姐放出些消息，先挑起死生之巅和众门派的争端，把这个门派提前瓦解掉。"

木烟离道："楚晚宁劫囚，墨微雨逃跑，这两个原本都是死生之巅的人，要做文章也不难。何况死生之巅之前就已经备受攻讦，不少人都想逼迫他们散派。这个好说。那第二件事呢？"

"第二，"师昧叹了口气，似是惋惜，"替我杀一个人。"

"谁？"

"我自己。"

木烟离倏地回头瞪他，火焰的光芒照亮师昧眉目温柔的脸庞："这一世的你？"

"嗯。"

"你疯了？你认真的？他再怎么说也是……"

她顿住了，没有再说下去，因为她看到师昧抬起蒲草般柔软浓密的睫毛，露出下面一双黑瞳，杀机已盛。

"他再怎么说也是我？"师昧笑了，"这话是没错。可他也是个叛徒。"

"……"

"如果不是他把楚晚宁放走，会有人来劫囚吗？"

"……"

"如果不是他后来扰乱踏仙君的神识，楚晚宁能把那个半死不活的墨燃带走吗？"说到这里，师昧眼中闪过一丝森寒，"也亏他背着我学了些术法，一个瞎子，隐匿踪迹跑得倒快，没让我活剐了他。"

木烟离忍不住道："我知道他这件事做得不地道，但他毕竟是我们的族人。"

"他就是我，这两个红尘最终注定会叠加在一起，有一个我就足够了。"师昧步上台阶，站在木烟离身旁，"就像你，前世的你已病故。但有如今的木姐姐助我，也是一样的。"

"可是你也不至于非要杀他，我们一族受的苦难已经够多了。"木烟离有些焦急地盯着师昧的眼，"阿楠，我们发过誓的，只要是族中的人，便该相互扶持，不能自相残杀。"

师昧将目光转开，没有说话，望着龙蛇腾舞的火苗，半晌才道："我之前在蛟山也是这么想的，我疑心谁都没有疑心过他，所以到最后才给了他可乘之机。说到底，他跟我已经不一样了。"

"……"

"我依旧是华碧楠与师明净。"师昧淡淡的，最后合上眸子，叹息，"但他呢？他只是记得自己是师明净，早就不记得华碧楠是谁了。"

火焰噼啪，有橙色的火星爆溅出来。

木烟离最终摇了摇头："你说的第二件事我做不到。他已经为了我们失去一双眼睛，如今我们不再容得下他，楚晚宁他们也不会再接受他——他哪里都去不了，什么都做不成，你又何必急着要把他赶尽杀绝，就因为他背叛了你？就因为他和你最后选择的路不一样？"

师昧不语，良久，微笑："你一向杀伐果断，怎么忽然心软了？"

木烟离蓦地抬起头来，眼中闪着痛苦："因为他也是我弟弟，他也是你啊。"

她的脸庞因这俗世里的情绪而终于变得不再那样冰冷，不再宛若一尊石像、一座冰雕。

"阿楠，无论是前世还是今生，无论你变成什么样子，我都没办法对你下手。我做不到。"

炭盆里的火舌幽幽上蹿，舞成交错的红绸。

师昧叹了口气："算了，这件是私事，你要是不愿意也就随你。但第一件事情，事关成败，请木姐姐务必办妥当。"

木烟离闭上眼，此时此刻恰好晚钟响起，自阁顶的角楼庄严栖落。这口天音阁的老钟自建派起已历千百年，音色依旧浑洪。在这袅袅不断的钟声里，木烟离缓声开口。

"我知道了……你放心吧。"

天音阁这番对话后的第二个夜晚，上修界碧潭庄忽然发生了一起连环杀人血案。这宗案子尚未彻查，火凰阁、无悲寺、孤月夜等门派就接二连三地也出现了类似的案子。

很快地，单一的恐怖事件变成循环的，人们很快发觉了问题的关键——

珍珑棋子。

到处都是珍珑棋子。

乡镇巷陌，华都仙门，无一幸免。

这些失去神志的棋子越来越多，到处杀人放火，修真界各门派自顾不暇，再没有余力去管百姓死活。

一天天地，鲜血染红了河流，一座又一座城池成为荒城，这场灾劫比先前任何一次天裂都来得更为可怖。

因为人们甚至都不确定幕后黑手是谁，不知道该如何终结这突如其来的大杀戮。但大部分修士认为这场灾难是由至今下落不明的楚晚宁与墨燃一手策划的。不过也有人心存怀疑，比如此刻聚在破庙里的一群流民，他们议论道："若说是墨燃捣鬼，倒也可信。但楚晚宁为何要帮着他？"

"谁知道呢，或许是为了分一杯羹？"

篝火堆里有一个豆荚烧裂，发出了脆硬声响。

"对了，蛟山那一次，你们听说了吗？师明净被掳走之前，曾经讲了一段挺奇怪的话。"

"什么？"

"具体不太记得了。当时情况危急，许多人都没有细细咀嚼，后来仔细一想，总觉得话语里透着疑点，让人觉得墨燃和楚晚宁之间的事情耐人寻味。"

有人皱眉道："但听说师明净就是华碧楠，他的话能信吗？"

"一派胡言！"

众人被这一声怒喝吓了一跳，转头见一个男子怒目圆睁："这种话怎么能当真！分明是墨燃在给师明净泼脏水！"

"李兄何必如此激动……"

那男子道："我为何不激动？我这性命就是师明净救的！"

"啊……"

"当时我就在蛟山，华碧楠给我们下了一种叫作钻心虫的蛊毒，如果不是师明净用瞳疗术给我解毒，我早就命殒当场了！如果师恩公就是华碧楠，他何苦要替我们解咒？"

这彪形大汉越说越激动，最后眼眶竟然都湿润了。

"恩公了救我们，被华碧楠伤了眼睛，至今生死不明，却还要被墨燃污蔑，我……我替他不值。"

他说着，竟号啕大哭了起来。破庙内的其他人一时不知该如何是好，面面相觑——

一边是师明净和天音阁，一边是墨微雨和楚晚宁，两边都有疑点，但显然后者疑点更多，更值得怀疑。

这种私底下的议论和揣测当然不仅局限于这破庙之内。作为最大的嫌疑人，墨燃和楚晚宁显然成了街头巷尾风头最盛的谈资。

所谓好事不出门，坏事行千里。"师慈徒孝"这种话题会让人昏昏欲睡，而"师徒狼狈为奸"则能让整张饭桌上的目光都聚拢在一张滔滔不绝的嘴上。哪怕有人怀疑、有人不满，也不妨碍流言四散。

所以一时间揣测什么的都有——原本干干净净的北斗仙尊，竟朝夕之间就成了和墨燃一样令人唾弃的魔头……

死生之巅我欲多为善

"众口铄金，积毁销骨"从来就不是一句空话，但这些碎语闲言还不是最猛烈的，随着时间的推移，有几枚珍珑棋子被人认出了身份，竟都是死生之巅的弟子。

如果说一个两个还是巧合，那么每次被抓住的线索都指向死生之巅，便是再清白的门派都难免成为众矢之的，引起莫大恐慌了。

这几天，陆续有人找上死生之巅来论理，却都吃了闭门羹。

"薛掌门不在，有什么事过几天再说吧。"

"薛正雍去了哪里？"

见对方直呼门主姓名，守门的小弟子来了脾气："异变以来，我家掌门日夜奔波，忙着摆平棋子，处处亲力亲为，哪里有苦难他就在哪里，你自己找去！"

那些寻衅滋事的人便冷笑："忙着摆平棋子？我看是忙着操控棋子，和罪犯墨燃、楚晚宁串通一气才是。"

"你胡说什么？！"

"我胡说？"那人道，"墨燃修炼禁术，楚晚宁劫囚逃离，结合之前薛正雍不断为墨燃求情，这些天又处处有死生之巅的弟子被做成了珍珑棋子。说你们这门派后头没有猫腻，谁信啊？"

面对这些零零碎碎的寻事者，薛正雍听后，总是疲惫地叹口气，说："清者自清，如今这世道，能做好自己手头上的事就已经谢天谢地了，别再理会他们讲些什么，由着他们去吧。"

这一天，又有人寻上山门来，还带了几具尸体，说要让死生之巅偿命。

薛正雍回来已是深夜，他浑身是血，更有几处受伤。他一边听着王夫人跟他讲这些事情，一边洗净自己脸上的污泥，喘了口气，没有立刻吭声。

王夫人道："再这样下去也不是办法，你看是不是该去天音阁求助……"

"去天音阁求助？"薛正雍乜过眼睛，颊上有一道僵尸留下的抓痕，"我看天音阁这地方就不对劲。那个木烟离就跟个泥塑菩萨似的，浑浑噩噩，简直混账。"

王夫人忙去掩他的嘴："你可别乱说。"

"……"

"我知道你心里不舒服。"王夫人叹了口气，摸了摸他的脸，"可是有什么办法。那是神祇后裔，是天神立下的千岁大派，素有威仪。所以就连三百年前，平王之灾那次都没有人敢质疑他们，你又有什么力气去撼动它？"

薛正雍眼神愤懑，似乎想说什么，但又不知道怎么说。最后他将擦洗伤处的毛巾一扔，一个人去了窗边，负手立在窗前，看着外头一钩弯月。

"你说燃儿此刻怎样了？"良久，他嗓音沙哑，如是问道。

王夫人拖着迤逦长裙，走到他身边："夫君……"

月光洒在男人的脸上，那张一贯嘻嘻哈哈的脸庞此刻敛去笑容，竟显得那么疲惫，甚至有些老态俱现。

"虽说他并非我兄长亲生，甚至还动手杀害了我的亲侄。但是这么多年……你明白吗？这么多年，我都把他……我……"

"我明白。你不必再说了，我都知道。"王夫人的眼眶也有些红了，"我也是一样的。"

薛正雍将脸埋进掌心，躁郁而痛楚地揉搓着，忽然弓起身子，剧烈咳嗽起来。

好不容易止住了咳，手挪开，却是一掌的血。

王夫人愕然，立时心急如焚："你怎么伤得这么重？快躺下，让我看看。"

"没什么好看的。"薛正雍用帕巾将血拭干，"受了点内伤而已，将养几日就好。"

"明天你就别再往外头跑了，你看别家的掌门，谁像你一样凡事亲力亲为的？"

薛正雍似乎想挤出个笑，但他太累了，身心俱疲，那笑容到一半就坠了下来："燃儿和玉衡到现在都还下落不明，这些日子修真界又不太平。前些天连山脚的无常镇都出命案了，死了九个人。这时候让我坐着？"

"……"王夫人睁着一双美目，无声地望着他。

薛正雍拍了拍她的脑袋："你也知道我这人，不可能的。"

王夫人咬了咬嘴唇，说道："那你至少也歇息一天吧。你这内伤已至呕血，不可轻怠，你难道忘了兄长是怎么走的？"

薛正雍脸上最后一丝笑痕也凝住了。

他看到王夫人垂落眼睫，柔软的睫毛帘子下头隐约有水光激滟，不由得心下恻然，说道："你、你别哭啊……我福大命大……唉，好了，那我明天就待在门派里，哪儿也不去了，我休息一天，然后再出门，这样总行了吧？"

王夫人哽咽道："我不管你，管也管不住，随你去哪里。"

"哪能呢。"薛正雍苦笑道，"好了，别担心了。你看我这几十年，什么大风大浪没见过，没事的。你信我，都会好起来的。"

第二日，薛正雍果然就没有出门，但他也没有闲着，在藏书阁梳理着脉络，苦思冥想。

"尊主，少主给你炖了药，要趁热喝。"

薛正雍道："放着吧。"

他正思忖到重要处，也没什么心思起身离开，一直忙碌到下午。后来因腹肋内伤发作，才想起来把已经冷透的药给慢慢喝了。

步出藏书阁，薛正雍问一旁守门的弟子："夫人和薛蒙呢？"

"少主刚刚从山脚回来，夫人在宗祠焚香祈福，要去叫他们来吗？"

薛正雍原本确是想与他们说说话，歇息片刻。但正要开口时，却觉得眼前一阵眩晕——他毕竟年纪大了，不再是二十来岁的青年，受了伤睡一觉就能恢复得很好。

他不得不服老。

"算了，别去打扰他们。"薛正雍忍着疼痛，勉强笑了笑，"我去静修室打坐一会儿，若有事，来那里找我就好。"

"是，尊主。"

薛正雍抬手拍了拍那名弟子的肩，大约是这段时日巨变陡生，他整个心境都有些苍凉，这时候瞧着眼前的小弟子，不由得心中暗叹，真是最青葱的大好年华。

而他呢，如果能为了这些青年的大好年华再多做一点什么，那就再好不过了。

"走啦，那些被我翻乱的书籍，劳烦你……"

他话未说完，突然有人匆忙跑来，见到薛正雍就跪了下来，一脸大祸临头的神情，禀奏道："尊主！不好了！"

这一通咋呼激得薛正雍腹肋更痛。唉，真是的，早知道应当先让贪狼诊治一番再说。

他脸色微白，但还是忍着疼问："急急慌慌的，怎么了？"

那名弟子心焦道："丹心殿前来了上修界所有的门派，甚至包括天下第一大派孤月夜。"

薛正雍心中"咯噔"一下，隐约已猜出了缘由，但还是道："他们来做什么？"

"说是这段时日，有关死生之巅的状告和疑点实在太多。他们再不能坐视不管，要来逼问尊主，向尊主讨个说法。"那弟子越说越惶然，几乎要落下泪来，"尊主，看他们那个架势，恐怕是要逼得咱们散派啊。"

薛正雍脸色铁青，咬着后槽牙，抬手在腹肋处几个穴位点过，忍着不适说道："当真是非不分，欺人太甚。"

他扭头，对藏书阁的看守道："此事先别与夫人言明，免得她太过担心。"

"是。"

吩咐完之后，薛正雍一把将跪在地上瑟瑟发抖的那个传信小弟子拎将起来，沉着脸说："随我到前殿去。"

死生之巅孤狼入绝境

丹心殿内，薛正雍与众位弟子、长老阴沉着脸，盯着那些不速之客。

果然这些大门派的人几乎都齐活了，就连还算明白事理的姜曦也站在其中。他虽并不想针对某个门派，但因此事重大，而且连日来指向死生之巅的线索实在太多了，他作为仙门魁首，也不得不率众前来。

而死生之巅的门徒这些天被接二连三地找事，心中原本就不痛快，今天忽然便被指着鼻子骂"早有祸心""藏匿罪犯"，就更是一肚子火。何况上修界来势汹汹，言语间又多质疑鄙薄，谈着谈着，空气中便已弥漫起了浓重的火药味。

"薛某再说一遍，死生之巅从来没有故意将禁术卷轴透露给墨燃，也没有纵容墨燃修炼此道，没有偷炼珍珑棋子，更没打算靠此禁术一统修真界。还有，玉衡和墨燃此刻都不在派中，请诸位讲理。"

上修界门派中，以碧潭庄、江东堂和死生之巅结怨最深。

江东堂如今只零落百人，都是明面上与黄啸月划清界限的，但骨子里却未必如此。他们互相看了看，便有人冷笑道："薛掌门，空口无凭。你虽说死生之巅是清白的，但如今各种疑团都指向贵派。人心隔肚皮，谁知道你们到底想做什么！"

"就是。"

"这些天闹得修真界血雨腥风的那些珍珑棋子，被抓到的都跟你们死生之巅有关，如果说是巧合，未免太过牵强。"

碧潭庄则有人出头道："不知诸位是否了解过，死生之巅替下修界斩妖除魔，二十余年以来经常分毫不取。最苦最累的活他们都抢着做，做完了还不求回报，一次两次大概是出于好心，但是二十年，诸位不觉得太荒谬了吗？"

薛正雍怒道："我与兄弟白手起家，建派初衷便是为了替下修界黎民百姓遮风挡雨。薛某人一片丹心，我自清白。"

"丹心？"那人冷笑，"一片丹心薛正雍，教出了个偷学禁术的侄子，养出了一个杀人劫狱的宗师。如今这两个最大的魔头都出自你死生之巅，薛掌门有什么颜面再提'丹心'二字？"

有人帮腔道："不错。薛掌门话说得可真好听，哈哈，为黎民百姓遮风挡雨？

这世上谁都不傻，没有谁会好事一做二十年且不求回报。这背后定有阴谋！"

"还有之前那么多来路不明的棋子，绝不会是一夕制成的。说不定死生之巅这些年，明面上打着除魔卫道的招牌，私底下却偷偷养出一拨珍珑棋子……"

薛蒙也在大殿内，他这些天憋了一肚子怒火，听到此处终于忍无可忍，蓦地立起，抽刀断案，杯盏哗啦倾倒，霎时满地狼藉。

"你们编够没有。"

"……"

薛蒙抬眼，目光狠戾："私底下造谣也就算了，跑到死生之巅撒野，谁给你们的胆子？！"

江东堂是强弩之末，接连死了那么多前辈之后，推举掌门已经有些胡来了。新代掌门是个瞧上去只有十六七岁的妙龄少女，除了漂亮一无是处，就这样居然还靠着派中几位师兄的拥趸与疼爱上了位。

那小姑娘一不懂规矩，二没吃过苦头，大概觉得天下人都会和她那几位倒霉师兄一样，为她的花容月貌所折服，所以娇滴滴地笑道："子明哥哥，你不要生气嘛。"

薛蒙："……"

"你一生气，就不俊俏了哟。"

"噗！"立刻有人笑出声来。

饶是殿内气氛紧张，听她这么一开口，不少修士脸上都有些绷不住。像火凰阁、踏雪宫这样的大门派，弟子都用看痴呆一般的眼神看着这位"一派之主"。

这姑娘越发觉得世上男人都为她倾倒，抬了抬雪白的小脖子，自我陶醉地道："有什么委屈不能心平气和地讲一讲呢？只要你说得有道理，以我为首，上修界十大门派的掌门都会为你主持公道。"

此言一出，原本还佯作庄重的掌门们脸上都有些挂不住了。

桃柳山庄的马壮壮是商人，对数字反应最快，他一愣："啥？上修界几大门派？十大？"

踏雪宫宫主明月楼面无表情道："她算错了。你当没听见就好。"

马壮壮是个和善人，立刻"哦哦"两声，笑嘻嘻地不插话了。

但无悲寺的玄镜长老，火凰阁、上清阁的那几位道长脸色可不好看。不过，所有掌门的脸色加起来，大概都比不上姜曦的一半阴沉。

姜曦虽然没说话，但他显然被那女孩子的"以为我首"给冒犯了，正一边摩挲着自己的掌门指环，一边沉郁地盯着人家小姑娘看。

那小姑娘还在大出风头："我们这都是在就事论事，大家各自表达一下想法，讲一讲猜测，那也没有错呀。"

薛蒙语气里星火四溅："要讲故事回家讲去。在蜀中没你丫头片子说话的份！"

"嗯？"

小姑娘一愣，居然刹那间泪水盈眶，转头对身后几位江东堂的大师兄、师叔抽噎道："他、他不讲道理——他骂我……呜呜呜嘤嘤嘤，我不就说句话嘛，他怎么这么凶啊……"

姜曦："……"

明月楼："……"

玄镜长老："……"

在场有人嘀咕道："江东堂算是完了。"

"这小女孩谁啊？还不如黄啸月呢……"

梅含雪也在人群中，他闻言摸了摸鼻子，笑道："那不能这么说，比黄啸月好些。小姑娘至少长得不错。"

这丫头片子一哭，江东堂立刻有她的师兄急了。有个白面书生般的人物先是给她掏手帕擦脸，随即扭头，朝薛蒙冷然道："真不愧是楚宗师的徒儿、墨宗师的堂弟。"

如今楚晚宁和墨燃对于薛蒙而言，就好像是龙的逆鳞，哪里能提？

薛蒙危险地眯起眼睛。

偏生那家伙还不知道，唇齿一碰，讥讽道："你一个罪犯之徒、魔头之弟，哪儿来的脸面威风凛凛？"

话音未落，龙城光寒，蓦地指向那人脖颈。四座皆寂。

那人没有想到薛蒙居然会直接动手，隔着寒光熠熠的刀刃，但见薛蒙眼神极冷、理智难存，不由得小脸更白，张了张嘴却也不敢再吭声。

"是啊，我是威风。难道我不能威风吗？"

薛蒙用刀尖戳着那人的脖颈，他气得连手都在颤抖，力道难以控制，已刺破了那人皮肤，白刃见血。

"倒是你，你算什么东西！也配在死生之巅，对我出言不逊？"

薛正雍见薛蒙暴起，反倒稍微冷静了下来，沉声道："蒙儿，你坐下。"

薛蒙倏地回头："我难道要由着他们说？！"

薛正雍："……"

薛蒙将视线从父亲身上移开，虎狼般的目光逼视过每一个胆敢瞧着他窃窃私语、交头接耳的人，他胸膛起伏，他开口，哪怕竭力维持着镇定，声音里仍有一丝愤怒的颤抖。

"真是太可笑了。这么多年，死生之巅未行不义，弟子门徒四处奔波——为的是什么？名利？钱财？禁术？"

龙城高悬，雪光潋滟。

"诸位仙长、义士、豪杰、掌门，"一字一顿，字句破空，划破众人颜面，薛蒙赤红着眼，"我来问问你们……

"二十年前，无常镇即将沦为鬼镇的时候，你们在哪里？

"十五年前，蜀中大天裂，十室九空的时候，你们在哪里？

"三年前，彩蝶镇结界又损，鬼魅横行，饥民流离失所，你们又在哪里？"

他眼神中微微有水光激起，声嗓却兀自狠倔着，沉冷着。

"这些年，下修界多少次向你们恳求请伸出援手，求你们怜悯相助，有用吗？儒风门当年除魔要付多少银两才肯出手？下修界流民连饭都吃不饱，哪里有钱请得动诸位大佛。"

众人被说得有些赧然，有人确实在低头反思，但也有人哑嘴半晌，试图把污水全都往儒风门一个门派身上泼："不错，儒风门当年确实黑心了点，但那与我们没有关系。我派降妖除魔，所求钱财也不过几百银，薛少主不可一棍子打翻一船人。"

"哦。几百银。"薛蒙忽地嗤笑，"道长，你去蜀中的乡镇看过吗？"

"……"

"你去看看蜀南边陲，你去看看酆都鬼城，去看看峨眉脚下，你看看那些人怎么活，然后你再来跟我说，你们'只'收几百银。"

玄镜大师叹息道："薛少主，老衲知你心中苦痛。"

他顿了顿，却话锋一转。

"然而，无论如何，死生之巅确实出了弟子修炼禁术一事。且还有长老蓄意包庇，堵截天音阁法场，甚至为了脱难，杀害天音阁十一名修士。就这两宗罪，死生之巅也难辞其咎。"

薛蒙怒意愈盛，犹如黑云覆压眉间："大师，天音阁当时下了多大狠手，你也都看到了。他们是想要我师尊和墨燃的命！我师尊不走，还要坐在原处等死吗？！"

他性子烈，这句话脱口而出，却立刻给旁人抓住了空子。

"嗯？按这话的意思，薛少主竟认为楚晚宁和墨燃做得没错？"

"杀了人还有那么多道理，果然是上梁不正下梁歪。"

"如此是非观念，令人齿冷，我看这死生之巅，当真是不能再留了。"

听到最后一句，薛正雍气血上涌，伤处更是疼痛。他十指暗自捏紧，忍过这阵疼痛，而后盯着说话的那个人看，表情变得极其阴沉："这位仙长恐怕是在说笑。"

"他们没有说笑。"

薛正雍眯起眼睛，寻着声，缓缓转过头来，喃喃道："姜曦……"

从开始到现在，姜曦不曾出言污蔑，但也没有开口相帮。他一身淡青色绣银线杜若华袍，立于殿中，看不出心情。

姜曦其实并不想蹚这浑水，但再不开口，恐怕场面会越发焦灼，所以他才动了动睫毛，抬眼道："按修真界规矩，若有弟子修习禁术，无论该门派是否直接授意，皆属教官管教不力，监察无方。"

薛正雍脸色煞白。

姜曦接着道："为绝后患，一经发现，此类门派当立时遣散门徒，强令锁闭。这一点，薛掌门不会不清楚。"

确实不会不清楚。

但是，这一条规矩虽然拟定，百年来修真界却没有真正遵循过。

一个门派有多少弟子？每个弟子做了什么、干了什么，怎么可能管得过来？回首前尘，无论是儒风门、孤月夜，还是无悲寺、上清阁，哪一家没有出过几个修习三大禁术的人？譬如怀罪生前就以复生之术而闻名——谁会因此去围攻无悲寺，要让方丈闭寺？

这条规矩说白了只是为了约束，却从来不兑现。只有今日这种情形，墙倒众人推，他们害怕死生之巅藏有阴谋，才会抬出这一纸空文，逼着死生之巅散派。

薛正雍没有答话，只是形容灰败，盯着姜曦，似是被围到绝境中的孤狼。

半晌，他问姜曦："你不觉得这很荒唐吗？"

姜曦答："我觉得荒唐。但令文如此，我无法替贵派辩白。"

"令文……"薛正雍蓦地笑了，指节摩挲着座椅边缘的兽首浮雕，闭目长叹，"二十年了。上修界的令文还是说严便严，说宽便宽，一点也没变。"

姜曦似乎本身对这件事便心有抵触，抿了抿唇，没再多言。倒是旁边其他几个门派的尊主开始出头，说道："请薛掌门遵循令文，就此解散死生之巅。"

"触罪当罚，薛掌门心中有数。"

"凡事都要按规矩来啊，你们闹出了那么多事情，难道还敢说自己是清白的？"

一片嗡嗡声中，有人转头又对姜曦道："姜掌门，我们来之前就已接了各大城镇的诉状，死生之巅这次是难辞其咎，你是众门仙首，好歹再表个态吧。"

姜曦："……"

众人的视线俱集中在了他身上，姜曦眉宇低蹙，过了一会儿，缓声开口："贵派确实存疑甚多，而今时局动荡，不可轻纵。薛掌门，死生之巅依律当作散派处置。若是今后你得了自证的证据，那也可以再……"

他话未说完，就听得一声怒喝："姜曦，你莫要欺人太甚！"

"薛少主。"姜曦生性散漫，向来我行我素，如今被令文架着做事，原本就心情恶劣，此时居然还被一个小家伙指名道姓地说在"欺人太甚"，不由得情绪更差。他额角青筋微动，继而眯起眼睛："跟你讲过很多次了，长辈说话，晚辈要学会闭嘴。你也是二十多岁的人了，但待人接物比起同样是少主出身的南宫驷，恐怕差了不止一截。"

薛蒙听他言辞刻薄，更是怒火中烧，一脚将自己面前立着的那个修士踹开，径直朝着姜曦扑掠过去，猛地揪紧了姜曦衣襟，将他狠狠摁在梁柱上。

目如刺刀，心血如潮。

他不无恨意地说："姜曦！你还好意思拿我和南宫驷比较？你自己怎么不与南宫柳比试比试？"

姜曦受到了冒犯，越发神情冷然："看在你年幼，先提点你一句。放手。"

薛蒙浑然不加理会，他已被逼得有些疯狂，咬牙切齿地继续道："在我看来，你比南宫柳更不配坐众门之首这个位置！你黑白颠倒，好赖不分！你……你……"

众人悚然，孤月夜的弟子甚至根本来不及反应，他们从来不信有人会对一派尊主无礼至此。

他死死盯着姜曦冰冷的眼，银牙咬碎。

"姜曦，你个畜生。"

这还了得，丹心殿瞬间炸了锅。

"薛蒙！你放肆！你一个晚辈，怎么和尊长说话的！"

"什么天之骄子，修养都吃到了狗肚子里！"

姜曦微微抬了抬下巴，眸中幽光流淌，他盯了薛蒙一会儿，而后慢慢抬起手，捉住了薛蒙揪着自己的那只手，只一用力——

"咔嚓——"

分筋错骨的脆响。

"嗯！"

"蒙儿！"

姜曦犹如弃置残渣，冷冷将薛蒙甩到一边，仔细抚平了自己衣冠褶皱，而后才开口。

——不是对着薛蒙，是对着薛正雍。

"薛正雍，你可真是教出了个好儿子。"

薛蒙一只手被捏到脱臼，却仍怒嗥着要冲上来，但这回孤月夜的人可不会让他如愿，纷纷拔剑阻拦。

姜曦终于没了耐心，眉宇间簇一团火，厌烦道："散派。"

"散派！"

"死生之巅必须散派！"

黑压压的人群逼过来，没什么比恐惧一样事物能让人更团结，不同的嘴里都在重复着同样的意思——

　　死生之巅今日必须解散，此等魔窟，不能留。

死生之巅烽火终燃起

丹心殿内的气氛绷到极致，一点即燃。死生之巅的弟子与上修界诸派弟子对峙而立，互不相让。

弓弦已满，再拉下去，要么弦断，要么箭出。

这时候，人群中忽有一人站出来，却是踏雪宫的宫主——明月楼。

明月楼嗓音温和悦耳，打破了这危险的死寂："烦请诸位稍等，令文是死的，人是活的。诸位将心比心，想想看，如今并无实证可以证明死生之巅炼制棋子，硬作散派也确实有些过火。我看要不这样，暂且收缴死生之巅的禁术残卷，谨慎审夺再做决断吧。"

玄镜大师摇了摇头："明宫主与薛掌门私教笃深，未免失之偏颇。死生之巅已经触犯了修真界的禁忌，哪里还需要再谨慎审夺？"

"方丈此言差矣，这条规则许多门派都触犯过。"明月楼和声细语，态度却很坚定，她温声道，"若要盘算，我还没有忘记贵派的怀罪大师。"

"你！"玄镜脸色一暗，随即一拂衣袖，重新收拾好面上庄严，双手合十道，"救人之术，岂可与珍珑棋局相提并论。"

"那救人之术算不算三大禁术？"

说话的人是薛正雍。这时候，离他近的几个人已经觉察了薛正雍的不对劲，这个平日里威风凛凛的男人气息略急，嘴唇的颜色更是青白。

玄镜道："自然是算的。"

薛正雍闭着眼睛，喘了口气，然后才重新盯伺着玄镜方丈，声音沙哑道："既然如此，大师怎可因为复生之术能救人，就将之排除于规矩外呢？"

玄镜踟蹰半晌，不知如何辩解，生硬道："这不是一码事。"

死生之巅的弟子则怒而上前，责问道："怎么不是一码事？上修界修炼禁术的也大有人在，只是没有成功罢了，如果因为这个规矩要严惩我派，是不是也该一并将你们都关了？"

贪狼长老阴森森道："无悲寺有怀罪，孤月夜有华碧楠，为什么只拿死生之巅说事？姜掌门要让死生之巅关门，不如先以身作则，就此宣布孤月夜解散。"

不承想被这样反将一军，众门派都有些心虚，方才叫嚣厉害的那些人此刻也都纷纷安静下来，不想把祸水往自家门前引。

薛正雍轻咳数声，睫毛下垂，悄无声息地掩去了掌心咳出的血迹，抬眸强笑道："既然各派也都做过相同的事情，并且所谓死生之巅偷炼棋子，企图颠覆上下修界的无稽之谈也无法坐实，那么恕薛某无礼——请各位即刻离开。"

"这……"

杀气腾腾地来，本一心以为能遣散这个异类门派，却没想到闹到这样一个不尴不尬的局面，众人的脸色一时都有些难看。

姜曦本就没有逼迫死生之巅散派的意思。但之前到底是骑虎难下，不得不为。此时见众人默默，他就闭了闭眼，干脆道："先走吧。"

听到这句话，薛正雍心里的一块石头总算是落了地，他微不可察地轻缓了口气，一直绷紧的背脊放松下来。但肋间忽地一疼，他眼眸扫落，见深蓝色的衣袍腰侧已有斑驳血迹渗了出来。

昨天受的伤当真是太重了。一会儿一定要找贪狼长老好好看看……

他正在思忖，外头忽有天音阁弟子持剑闯入殿中。他们个个面目冰冷，来势汹汹，一进门就朗声道：

"薛正雍，你可真有脸面。死生之巅不曾私炼珍珑棋子这种话，你如何说得出口！"

众人没有想到天音阁会来人，都吃了一惊，纷纷回头。但见他们身后跟来了数十名唯唯诺诺的布衣百姓，其中还有几张面孔分外眼熟，瞧上去似乎是蜀中某几个小村落的村长。

"怎么回事……"

天音阁一师兄森然道："你不是要证据吗？带来的这些够不够？"

更有门徒对众人说："死生之巅污脏之地，掌门狼子野心，这些年一直在蜀中广撒渔网，逼迫寻常百姓献祭童男童女来修炼珍珑棋局——这些都是人证，还有什么可辩的？！"

薛正雍蓦地站了起来，眼中焰电凶煞，喉中却血腥上涌："胡言乱语！"

"是不是胡言乱语，你我说了都不算，你自己问问他们。"

那数十个村民犹如受了惊吓的鸭，摇摇摆摆地簇拥在一起，瑟缩着，低眉顺目，谁也不敢先开口。

薛蒙眼尖，一下子认出里头的一张熟面孔，愕然道："刘村长？"

那刘姓村长猛地打了个哆嗦，余光颤巍巍地扫了他一眼，便如滑不溜手的鱼，游弋开去。

"你来做什么？"薛蒙一时还没能反应过来，他几乎是有些天真可爱的，尽管这种天真此刻显得那么可怜。

"我……"刘村长咽了口唾沫，枯瘦的手指捏着袍角，他一直盯着地面，双脚打摆。

天音阁的人语气强势，提点道："说实话，你若说假话，天音阁一贯秉公，决不姑息。"

刘村长打了个寒战，猛地跪下去，以头抢地："我……我、我说！死生之巅这些年打着除魔卫道的幌子，说是分文不取，其实，其实一直在要挟我们把村里的男娃女娃送给他们……"

薛正雍勃然大怒，拍案而起："放屁！"

天音阁的声音却比薛正雍更响："说下去。他们要童男童女做什么？"

"我、我也不知道。"村长额头沁着油腻腻的汗珠，吞咽了一口唾沫，肩膀瑟瑟，"说是带去山里头修炼啦，但是再也没有瞧见过。小虎子、小石头……那些娃娃都没有再回来。"

天音阁的人便扭头问死生之巅一众修士。

"你们之中，可有这位村长提到的孩子？"

"……"

自然是不会有的。

薛蒙浑身的血液都在翻沸激荡，小虎子、小石头……在他赶过去救那座风雨飘摇的小乡村时，就已经葬身妖魔腹中。

"撒谎！"胸中怒焰烧，喉中腥甜起，薛蒙气得几乎要吐血，"你恩将仇报，良心能安吗？！"

刘村长面色颓唐，眼泪不住地往下流。但不知天音阁究竟以什么胁迫了他，他仍坚持道："死生之巅不是好门派……他们，当面一套……背后一套……在蜀中，做了……做了无数伤天害理的事情……"

他涕泗横流，却已不敢再去看任何一个人，而是触地号啕道：

"死生之巅霸凌下修界啊！！"

一众哗然。

若说平日，这数十个人的言语，修士定不会全信。但在场的大多数人原本就是冲着让死生之巅散派来的，心中早已有了自己的判断，因此得到这样的佐证，立刻全盘接受，怒不可遏。

"我就说他们绝不会白干好事！"

"薛正雍，你还有什么要辩的？"

薛正雍也好，薛蒙也罢，死生之巅的那些弟子与长老，都愣住了。

在此之前，众多门派携手来犯，他们尚觉得愤怒，可以挥舞着双臂叫嚷委屈与冤枉。

但此刻，一眼望去，竟是蜀中的几位村长、数十名百姓……那些曾经奉上鸡蛋、白面，含着泪感恩仙君救命之恩，说结草衔环无以为报的人。

这数十匹中山之狼，亲手把刀子扎进了一片丹心里。

痛极了，冷极了。

如坠冰窟，遍体生寒。

那些证人一个个上前，第一个眼中还有愧疚，第二个腿脚还会发抖，第三个已经能够直视众人，第四个开始义正词严，第五个学会添油加醋……人如大雁，头雁于前领，一众相随之。

所谓众口铄金，三人成虎。他们说着说着，慷慨激昂，说着说着，竟自己信以为真。

薛蒙只觉得血凉，觉得齿冷。

他曾以为人有脊骨，摧之不折，却不料走狗为活，可以啖粪。

"是啊，就是那个什么棋子……"轮到贾村的媒婆，她也来做证，"他们逼迫我们把娃儿送给他们当除魔的报酬，死生之巅不取钱财，只收小娃娃，这是我们下修界都知道的规矩。"

姜曦皱眉问："知道了为什么还要找他们？"

媒婆便拿桃粉帕子抹泪："没办法，穷啊，又请不起上修界的道长大爷，便只能挑村子里的娃娃送过去……说是送到死生之巅修炼，但大家伙儿心里都有数，呜呜……这些苦命的孩子送了去，都是不能再活啦。"

说罢捶胸顿足，掩面号啕。

也有书生来证："确实如此，死生之巅收人不收钱，我们还要过日子，也是敢怒不敢言。所幸苍天有眼，多行不义必自毙，死生之巅终于露了狐狸尾巴。各位道爷，请一定要为下修界的黎民苍生做主啊！"

江东堂立时有人站出来："放心，上修界清正皓白，今日在场的都是有头有脸的名门正派，皆有百年历史，一定会秉公行事。"

那些前来做证的乡民便感激涕零，纷纷上前哭诉死生之巅的恶行。

他们知道，既然做了伪证，就再也没有回头路了。若是死生之巅今天不倒，他日定会与自己清算。

大殿内一时看不到活人，只能看到一只一只在斡旋盘桓的厉鬼，张开血盆大口，撕咬着破旧的大殿木柱，撕咬着朴素的屋瓦檐墙……撕咬着因经费不够，而一直未曾修葺的"丹心殿"门匾。

鲜血淋漓。

薛蒙在颤抖，他闭上眼睛，眼泪滚落，声音沙哑道："你们……怎么说得出口？"

是天音阁以荣华相许？

还是以性命相逼。

怎么说得出口，怎么做得出来……

那媒婆猩红色的嘴还在一开一合，零碎的字句蛇毒般漫入薛蒙耳中——"死生之巅偷炼棋子""草菅人命""掳掠童男童女"。

一字一句都扭曲成狰狞的梦魇。

"他们欺凌下修界。

"衣冠禽兽，道貌岸然！

"那个楚晚宁和墨燃最是嫌恶，为了炼制棋子，坑害了多少无辜百姓……"

骨殖俱恨，双掌颤抖。

理智崩溃。

"你——怎么说得出口？怎么做得出来！！"

愤怒如蚁穴，毁去了内心最后一道堤坝。薛蒙"咔嚓"一声将错位的手肘接回，紧接着抽刃暴起，龙城虎啸长吟。

那个正在编派"死生之巅弟子奸淫幼女"的媒婆一愣，而后"哇"的一声吐出血来，连话都没来得及说一句，就"扑通"一声倒在了地上。

死寂。

说来也奇怪，天音阁的人就站在那群村人身边，却并未出手阻挡——因为吃惊？或者根本没有反应过来？答案不得而知，也无人会去深思。

所有人的视线都聚集在薛蒙身上。

深渊坠入，凤雏难逃。

"啊！"突然有人发出尖叫，犹如末日丧钟终于敲响。

"薛蒙疯了！！"

殿内霎时更乱，不知是谁先动的手，压抑已久的怒焰喷薄迸裂。弓弦断裂，死生之巅诸人与上修界终于大打出手——

私仇、恐惧、排除异己。

这一战包含的私心太多了，场面顷刻失了控。

一片刀光剑影中，薛正雍忍着创口剧痛，低吼咆哮道："别打了，都住手！"

可死生之巅的人听他，上修界的却不停手。既然这样，争斗便还是停不下来，薛蒙的内心已经揉碎，稀里哗啦的不像样子，这种破碎蔓延到眼眶里便是湿红，他一边持着弯刀劈尽恶鬼，一边却不住地哽咽，不住地哭泣。

或许只有在这一刻，凤凰儿才真正明白了墨燃幼时的感受。

在醉玉楼里，一把柴刀屠尽全楼性命时，那种绝望、恶心、刺激，还有自我厌弃。什么都不再重要，怒火烧了他的心，唯血可熄。

忽地一柄剑抵住了他的进攻，那柄剑周身散发着莹莹蓝光，瞧上去极是眼熟——可薛蒙此刻想不起来，他只是对那个相貌丑陋的踏雪宫修士嘶吼道："滚开！！别拦我！"

"别打了，再打真的会闯祸的，你冷静点。"

入耳的是一个熟悉的声音。

是谁？

薛蒙想不起来，也不愿再想。

痛苦与仇恨摧折着他的内心，一个人的隐忍终有极限，过了那一道坎儿，神亦为鬼，圣人也化作修罗。

一念佛，一念魔。

他的眼瞳烧红了，此刻只有恨，无尽的恨，从天音阁起就烧起来的恨，终于铺天盖地爆裂而出，顷刻将他吞噬。

"滚！"

龙城与那柄蓝剑铿锵碰撞，但那貌陋面生的男子竟是丝毫不逊色，与他缠斗对抗，一双碧色眼瞳紧盯着薛蒙的脸。

"你若再不冷静，只会害得死生之巅更惨。"

"你算什么东西！轮得着你管？！"

刀越劈越狠，剑却从容不迫，招招对撞。

碧色的眼瞳望着黑色的，那样熟稔的一双眼。

是谁……

"子明，别打了。"

低缓的嗓音在耳畔响起，感情不多，却仍能听出一丝焦虑与怜悯。

薛蒙疯狂而纷乱的脑中似乎闪过一线清明，他猛烈凶煞的攻势稍停，胸膛却还在激烈地起伏着。

此刻已满面是血，发髻纷乱，他恶狠狠地盯着那个丑陋的陌生男子："你……"

话未说完，他就感到背后忽地一阵阴风起。

薛蒙蓦然回头，要抬龙城相架已经来不及，胳膊被划开一道狰狞血口，直见白骨！！

"蒙儿！！"

薛正雍见爱子受伤，便从长阶上急掠过来相救。

天音阁那十余名精锐都是木烟离的心腹死士，此时目光一对，便纷纷朝着薛蒙扑杀而去。

这些人单兵实力皆与死生之巅长老相仿，他们一齐朝已经负伤的薛蒙祭出杀招，几乎要了凤凰儿的性命。

"蒙儿……蒙儿！"

但是隔得太远，薛正雍根本过不来，倒是有更多的人朝他围将过去，将他团团困围。薛正雍护子心切，强袭之下，亦是身负创伤，鲜血染透。

薛蒙咬牙挥刀欲上，一击，退了两人，但自己胳膊却血流如注，整条臂膀都在发抖。

忽然一道红光闪过——

"当心！"

电光石火之间，却是方才与他缠斗的那个碧眼男子替他挡住了一击杀招。

天音阁弟子眯起眼睛："踏雪宫出叛徒了？要和死生之巅站在一起？"

那碧眼男子不答，佩剑凛然如霜，回头对脸色煞白而目光凶狠的薛蒙道："去伯父那边。快点。"

"我……"薛蒙捂着胳膊的刀口，事实上他根本捂不住，血肉之下的白骨都露在了空气里，整条臂膀都被热血染湿。

他嘴唇翕动，似乎想说什么，但又没说，目光往薛正雍处投去。

只这一眼，薛蒙脸上最后的血色褪尽。

他几乎是惨叫着，不顾危险跟跄着朝薛正雍奔去，嘶吼着："爹！！"

薛正雍眼神一凛，立时反应过来，他唰地抬手，以精钢护腕架住身后之人的攻势，紧接着一个反摞，将那人猛地摔击在地。薛蒙先是猛地松了口气，再不要命了似的挤到父亲身边。

他猛地攥住了薛正雍的臂膀，又悲又喜："太好了，爹，你没事……你没事……"

薛正雍却因方才那一击撕裂了旧伤，腰部有大股大股的鲜血涌出来，但他身上此时已沾满猩红，因此薛蒙也并未觉察，他抓着父亲的手，说道："爹，我要报仇，今日我就要这些人有命来，没命去，我——"

"喀喀……"

话音蓦地止歇。

薛蒙看到薛正雍蓦地跪在了地上，喉中呛出一大口瘀血。

"爹……"凤凰儿一下子惊呆了，他长这么大，还从来没有见过父亲受这样重的伤，刹那间脑中嗡嗡一片，"爹，你怎么了？你……"

薛正雍染着血的嘴唇一开一合，他反握住薛蒙的胳膊，声音沙哑道："停手。"

"什么……"

薛正雍紧盯着薛蒙的脸，余光却也扫遍了周围的风吹草动。

这一场激战，是他想要的吗？

到处都是呼喊，幕后黑手还未揪出，各大门派便已开始自相残杀……

薛正雍道："让死生之巅的人，都停手。"

"可是他们——"

"这样打下去又能怎样？"薛正雍面色灰败，"谁能得偿所愿？是散派来得惨痛还是门派灭亡来得更痛？"

薛蒙不吭声了，只是双目赤红，连手指尖都在发抖。

"去……"薛正雍轻轻推了他一下，薛蒙的眼泪一下子就落下来了，他几乎是从地上爬起，站在父亲身前，厉声喝吼道：

"停战！都别打了！"

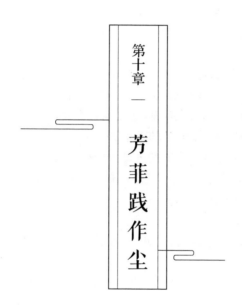

第十章 一 芳菲践作尘

死生之巅吾儿多珍重

这一声仿佛抽空了所有的力气与傲气，薛蒙蓦地闭上了眼，颊上湿热。

"别打了……"

但就如那燎原之火，烧起来容易，熄灭却很难。丹心殿内一番乱战，早已满是死去的人和受伤的人，这些人的鲜血成了热油，将仇恨与疯狂点燃到极致，一时间薛蒙的吼声也好，薛正雍的叹息也罢，都没有太多人听进去。

哪怕听进去了，那一双双杀红了的眼也并不会停。

这些天的不安太多了。接二连三的血案、天漏、珍珑棋局，孤月夜死了人，江东堂乱作一团，碧潭庄无主多日，无悲寺佛门染血，在场不少修士都在过去的一段日子里失去了自己的亲朋好友……

谁是主谋？谁在说谎？

没有答案，但是所有都指向死生之巅，于是蓄积的恨意与恐惧在此一并爆发。

覆水难收。

薛蒙经历过的大战少，此刻还并未觉察这究竟意味着什么，他胸膛起伏，站在原处看着那疯狂的厮杀。

可薛正雍已然明白，事情到了这一步，恐怕已经失控到令始作俑者都不曾料想——

他咬了咬牙，忍着伤口崩裂的痛楚，忍着眼前的昏花，一把抓住薛蒙的肩膀："你……赶紧走。"

"爹？！"

"赶紧给我出去！！到你娘那边去，快些！"

可话音未落，就有七八个人聚拢到他二人面前，个个杀红了眼："薛蒙，你杀我师兄，我要你偿命！"

"孽畜之子！"

薛蒙僵立原处——他杀了这个人的师兄？什么时候……他明明从来没有伤及过他人性命，从来没有……

他整个人神志都是乱的，混乱间他低头，看到自己手上的龙城滴滴答答淌着鲜血。他忽然毛骨悚然。

是了，他杀人了。

他刚刚在混战中疯了一般地大开杀戒，满手满脸都是血，满手满脸……满手满脸……

"啊！！"

薛蒙蓦地哀号起来，犹如濒死之兽，额角筋络凸起，目眦尽裂。

为什么会变成这样……从墨燃离开的那天起，一切就都变了，一桩桩、一件件都在脱离他的控制，他离过去的自己越来越远。

"我杀人了……爹……我杀人了……"

他惶惶然转身，对上的却是薛正雍苍白到可怕的脸。薛正雍一把抓住他的手，将他拽到身后，自己则持着铁扇劈斩撕杀，在重围中冲出一条血路来。

"走。"

摇摇欲坠的男人，给不再年少的儿子破出生机。

"蒙儿，快走。"

薛蒙僵立着没动，此时又有人扑杀而来，薛正雍已招架不住，竟抬手生生握住那人的刃柄，刹那间血流如注，直可见骨。薛正雍暗骂一声，另一只手自腰间颤抖地抽出匕首——

"走啊！！"

薛正雍怒喝着，忽地瞥见一人，他厉声道："含雪！带他出去！带他离开这里！"

梅含雪一直也在往这边打，此时终破重围，飘然而至，来到薛蒙身边。他先是看了一眼薛正雍，眼中竟有隐痛，而后才抓住薛蒙的胳膊，沉声道："跟我来。"

他说罢，带着已经僵麻失神的薛蒙，往丹心殿的后门厮杀出去。或许是踏雪宫的倒戈让众人一时没有回神，梅含雪一直带薛蒙杀到殿门口，才终于有人反应过来，怒吼着朝两人扑袭，口中喊道："杀了人就想跑？谁来偿命？！"

梅含雪单手拂动悬空的箜篌，铮铮数声，如金石破空，斥退前方敌人。正松口气，忽听得薛正雍喝道："当心后面！"

猛地回首，但见一人满面血污，狞笑着挥刀斩落，要阻挡已经来不及——这时，忽然一把铁扇凌空飞袭，淬满灵力，它在半空打了个飞旋，径直朝着那个男人刺去。

"伯父……"

"爹……"

那两个青年回头，薛正雍喘息不止，显然这一击已耗费了他极大的气力。那柄铁扇也在命中目标后铮然落地。

鲜血染满了扇面，无论是薛郎甚美，还是世人甚丑，那扇面上的字，都不再能看清。

薛正雍朝两人勉强做了个手势，轻声道："快……"

"走"字还未说出，薛蒙猝然收缩的眼瞳中就映照出了一柄淬满了灵力的重剑。一个江东堂的修士举着凶刃站在薛正雍背后，在薛蒙还未来得及出声之前，就朝着他的父亲——

一劈而落！

失声。

薛蒙张大眼睛，忽然听不到任何周围的响动。

就像沉寂在万里深的汪洋海底，没有风，没有热气，没有光。

黑的。

薛蒙浑身的血流都像是冻住又像是炸开，毛骨悚然，目眦尽裂，盯着眼前的那个人。

薛正雍因为前番看到儿子得救，脸上还带着一丝一缕的放松与欣慰，都定格在此刻。

竟生一丝安详错觉。

海很深，无休无止，无边无际。水很冷，砭人肌骨，一生难除。

很静，死寂。

没有声音……没有声音……

没有。

直到血水顺着裂去的天灵盖淌落，顺着眼睛，顺着脸颊。

两行，似红色的泪，滴落。

在这一瞬间，薛蒙似乎以为这是一场玩笑，或者这是一场梦，抑或者这一切都还可以回头，都来得及。

可不是这样的。

太迟了。人有关切，便有软肋。

战神亦会身死。

"爹！！"

一声嘶吼，山峦入海。

所有的寂静自此碎了——浪卷起，千堆雪，但见石破天惊，洪流倒灌，沧海翻波，惊涛裂天！

薛蒙疯了一般向薛正雍奔去，他濒死野兽般的呼喝撕裂九霄，断去众人手中的动作，众人闻声纷纷悚然回头——

海浪分波，他从人潮中跌跌撞撞朝着薛正雍夺路奔来。

薛正雍一直站着，连脊柱都没有弯一下。他就那样盯着薛蒙，一双虎目睁着，一直睁着。那双眼睛让薛蒙觉得他还活着，还可以救回来，还……

相隔咫尺，薛正雍倒下。

"扑通"一声，几乎是直挺挺地栽倒。四下人散落，再无兵戈声。

薛蒙一下子站住了，再也没有往前。

他就那样站在原地，浑身都在发抖，从细小的战栗，变为剧烈的颤动，嘴唇、手指，没有一处能受自己控制。

他喃喃地，询问地，小心翼翼地。

他声音沙哑道："爹？"

满殿血腥。

再也无人回答。

龙城"当啷"一声落地，薛蒙慢慢后退，后退……可是他能退到哪里去？昨天？昨天再也回不来。

人生中的任何一步，无论阴错阳差，还是痛断肝肠，只要走错了，就再也无法回头。

丹心殿寂静一片。

他不退了，身形剧烈摇摆，而后跪坐于地，愣怔地看着眼前这一切，泪水不住地顺着脸庞滚落。他抬起手，试图擦拭，但是胡乱地抹着却怎么也抹不掉，泪珠成串淌下来。

最后他把脸埋入掌心，喉咙里发出细碎的呜咽，那呜咽犹如纸上墨，洇染开来——后来满纸荒唐，都是墨渍。

"爹……爹！！"

呜咽终成号啕。

挡在薛蒙前面的人，再也无法站起来，用宽厚的肩膀和爽朗的笑，替他挡去人生的风风雨雨。

天之骄子的少年时光，无忧岁月，便在此刻真正结束。

土崩瓦解。

乱了，一切都乱了。

那个下了狠手的江东堂修士愣怔原处，重剑掉在地上，他喃喃道："不、不……不是我……"

他不住摇头，看着薛蒙跪在原地状若疯狂，畏惧极了，抖得像筛糠。他想夺路而逃，可是所有人的目光都集中在他身上，他退无可退。

"不是……你听我说……我原本只想打落他手中的武器……"

他盯着薛蒙，紧张地咽着唾沫。

薛蒙此刻还沉浸于巨大的伤悲，但他知道一旦薛蒙抬起眼来，等着自己的只有一条路——死。

"快去请王夫人过来。"璇玑长老是所有人里最冷静的，他看着瑟缩在原地的薛蒙，薛蒙还没有站起，还在恸哭，他低声吩咐弟子，"要快，一会儿怕是再也没有人拦得住少主。"

那弟子眼见着掌门身死，脸上满是泪水："可是师尊，是掌门不让夫人过来的，夫人从来不插手大事，她……"

"都什么时候了，还讲这些有的没的。"璇玑道，"快去！"

那弟子便抹了抹眼泪，点头往后山奔去。

有掌门死了，一切才终于冷静下来。殿内有人因伤口疼痛而不住呻吟，有人脸色铁青，有人抿唇一语不发。还有人轻声说："怎么回事，薛正雍的能耐应当不止这么一点，怎么会躲不过去呢？"

他们并不知道薛正雍前一天才因在无常镇诛魔伏邪，被珍珑棋子刺中，要害处受了伤。他们只是叹息着：

"唉，掌门位坐久了吧，人都是会老的，英雄迟暮啊。"

那些窸窣的言语，薛蒙并没有听进去，他的眼睛因为泪水和仇恨渐渐被血色所覆盖，他哽咽着，啜泣着，恸哭着，最后，眸中一片红枫如海。

他抬起眼，盯着所有来犯，那双眼里此刻烧尽了纯澈与真挚，唯有血与恨、仇与怨。

一声怒嗥！龙城暴起！！

杀！

这一次，薛蒙是真的暴走失心了，四下尖叫，他变得那么可怕，没有理智，不怕死也不怕痛，谁能拦住他？谁都拦不住他。

无悲寺、孤月夜、江东堂、火凰阁……呸！他看不见！他只看见一张张厉鬼的脸，一个个扭曲的身影，他觉得自己在炼狱、在无间、在漫漫无涯的一片血腥之中。

恨！

为什么？

为什么二十年丹心可鉴，逃不过一朝算计，四五闲言？

为什么一辈子鞠躬尽瘁，终只是真诚错付，热血东流？

为什么斗米养恩，升米养仇？

为什么那么傻？

血流成河。

谁的话都听不见，谁的劝都成泡影。

薛蒙疯了，凤凰浴血，血烧做火，火里破空而出的是双目赤红的凶兽，满齿血腥，将每个试图阻挡他的人咽喉咬穿！

君可知，那年弱冠，盛夏蝉鸣。

薛正雍笑眯眯地摸了摸薛蒙的头，问："吾儿以后想做什么？"

"跟爹爹一样。"凤凰儿睁着一双清澈的眼，说道，"当个顶天立地的大英雄，做好汉，惩恶扬善，不愧于心。"

有人在凄声惨叫。

无所谓。

反正他已经不干净了，反正是他们自找的……是他们逼他的！！

人群聚散。他听不到……听不到……

直到那个人的声音响起。

"蒙儿。"

如掐七寸。

极力压抑着情绪的、颤抖的声音。

柔弱犹如盘香袅袅升起，指端一掐烟雾便散。

薛蒙恍神。

"拿下他！"

"别让他再发疯！"

四下有人扑来。

"蒙儿……"

薛蒙是被群狼围攻的虎豹，他浑身都是血，胳膊已经抖得不像话了，这一战之后，恐怕再也没有办法用这只手握刀。他眯着眼，有血水从眼瞳处淌过。他木僵地转过头。

丹心殿后门大开，茫茫天光洒进来。

王夫人出现在门口，一袭素白衣衫，她身体羸弱，性情温和，从不插手殿前事，一直都是如此。

直到此刻她才闻讯赶至，昔日云鬓佳人，已泪湿祆裙。

薛蒙沙哑的嗓音支离破碎："娘？"

死生之巅的弟子纷纷行礼跪落："夫人。"

长老们亦行礼："王夫人。"

她脸上没有半点血色，唯一的艳丽是耳坠上的珊瑚红珠。她没有吭声，先是看到丈夫的尸体，身体猛地一晃，而后又见薛蒙被人趁机压制跌跪在地上，脸色更白。

门人都忧心于她如此柔弱之躯，怕是下一刻便要承受不住昏厥过去。

可是王夫人只是微微颤抖着，嘴唇动了动，第一次，没有成功说出话来。

但第二次，她开口了。声音喑哑得厉害，却极力平稳着自己。

"放开他。"

三个字，是轻轻对着那些粗暴压制着薛蒙的人说的。

那些人许多都没有直接见过王夫人的面容，此刻瞧到，只觉得是个软弱不堪的女子，便极尽凶狠地对她说："你儿子杀了那么多人，怎么放？！"

"必须带去天音阁羁押审判！"

王夫人眼中含着泪，却依旧一字一顿地说："放开他。"

"……"

没有人放手，都在僵持着。

王夫人微微仰起头，似乎想把泪水忍住，但没有成功，苦咸的眼泪顺着她的脸颊潸然滑落。她闭上眼，纤细的身子在微微战栗，弱如风中飘絮。

有人说："死生之巅今日拒不闭派，且伤及上修界修士无数。墨燃和楚晚宁的事情更是存疑，所以不管怎么样，我们都要讨个公道——杀人偿命，天经地义。夫人，对不住了。"

王夫人没有吭声，也没有再去看丈夫的尸身一眼，她默默地在自觉散开的众人中穿行，一步一步地走上丹心殿高阶，立在尊主之位前。

站定。

下面嗡嗡的皆是人语："薛掌门的死纯属意外，但薛蒙却是故意屠杀。"

"没错，必须要带走他。"

声如潮汐，此起彼伏，此消彼长。

有风吹进殿，帘帷飘拂，罗幕清寒。

"薛蒙罪无——"

"砰"的一声响！

满殿皆惊。

拍桌子的竟然是这个蒲草般软弱的女人。王夫人双目已睁，一张芙蓉般的俏丽面庞涨得通红。

她不知应当怎么发火，可怒意却已烧了她的心。

她立于殿前，目光掠过所有人——

"蒙儿是我的孩子，燃儿是我的侄子，正雍是我的丈夫。"

她嗓门不大，但字句清晰且决绝。

"你们，挖去我侄儿的灵核，伤及我丈夫的性命。如今，还想当着我的面，带走我儿子不成？"

江东堂女子最多，却反而最不能理解王夫人的心情。

立时有女修冷然道："王氏，你讲点道理。"

"不错，若非你侄儿修炼禁术，我们何必要挖他灵核？若非你丈夫不听劝告，何至于酿成如此惨剧？若非你儿子杀人无数，我们又怎会带他走？王氏，你护短也要有个度。"

众门派此时已与死生之巅仇怨骤深，都不愿轻易放过他们。

"闭派关门！"

"把刚才动手的人都带走！必须严惩严审！这些杀人魔头，难道都要放过吗？"

"一个都不能放过，都抓起来！"

王夫人立在殿堂之上，面对这一片乱象，这个弱不禁风的女人闭了闭眼，缓缓开口："未亡人在此，若我活着，便不允许你们再动死生之巅分毫，再动我儿子分毫。"

下面的人听了只觉得她好笑，唯有姜曦微微变了脸色。梁柱边，江东堂一女修首先出声："你可真是大言不惭。"

王夫人慢慢走下殿堂台阶，她不理睬那个女修，只是对所有盯伺着她的人说："你们欺负孤儿寡母，又算什么本事？"

走下最后一级台阶，她在绣着杜若纹的暗红色地毯上站定，抬起一双秀美的眼，面容仍柔婉，目光却坚决。

她抬起手，动了动，摘下了腕子上的一只银镯。

那个嘲讽她的女修眯起眼睛："你这是做什么？"

王夫人抬手，不知为何掌心中忽然起了一道耀眼红光。她指间一合，那纤细手指竟生生将银镯捏成齑粉！！

许多人都骇得猛退一步，就连死生之巅的人都惊得说不出话来，薛蒙亦是满目愕然。人群中唯有姜曦——只有姜曦。

他盯着她，面色极其难看，却没有半点惊讶。

"死生之巅，死生不改。在场诸位，若要本门闭派，上前——"

王夫人将那银镯的残粉拂落，抬眸，说了一句让众人为之悚然色变的话。

"与我一战。"

死生之巅凤凰燎天日

随着银镯破裂，响起一声遥遥凤啼，火舌在王夫人身后笼成莹莹雀羽，刹那间红光迸起，烈焰冲天！那凶煞暴躁的灵流犹如熔岩奔涌，吞噬万物。

她站在火里，抬起素手纤纤，那只手中立即有大片流火聚集涌入，盘旋掌中，噼啪作响。

"怎么回事？！她不是灵力薄弱吗？"

"薛正雍娶的明明是个学不来法术的女人……她、她到底是怎么了？！"

薛蒙几乎是悚然地说："娘？！"

姜曦亦上前一步，厉声道："初晴！快停下！今日之事，你又何至于做到如此地步？"

已经许久没有人唤王夫人闺中小字了，她被烈火映红的眼瞳中闪过一丝说不清道不明的情绪，但很快便消失不见，她看着姜曦："姜掌门，我若不做到这一步，你们会退吗？"

"……"

"会放过死生之巅，放过薛蒙吗？"

姜曦咬牙道："你先停下，其他一切都可以再说。"

王夫人摇了摇头："我已被你们挖了一次心，我已躺在丹心殿前死去，没有第三次了。"

"初晴！"

"姜掌门，到此为止了。"

凤凰长啸，王夫人的衣摆猛地翻飞乱舞，眼瞳渐渐爬上血红颜色。有眼尖的人发现她腰际开始散发出橙红色的强光，透衣而出，不由得惊呼道："那是什么？！"

姜曦暗骂一声，回头朝所有人喝道："都下山去！"

"可是事情还没有了结，薛蒙还……"

"想死你就留着！"姜曦怒道，"这是孤月夜的凤凰天火！你们要不要命了？！"

一听"凤凰天火"四个字，几乎所有人都在刹那间面如土色——孤月夜高阶女弟子在腰际刺下凤凰文身，于危难时可引爆凤凰天火，这是众所周知的事情。可是知道归知道，却从来没有人亲眼见到过这种邪火。

因为要付出的代价太大了，少则毕生修为，多则性命堪忧。

一众修士急急慌慌如丧家之犬，拥出丹心殿，争先恐后地朝着山脚下御剑而去，方才还剑拔弩张的大殿内霎时不剩几个人。

姜曦还没走，束发的帛带在风中猎猎翻飞，他回眸望向王夫人："你的灵核根本承受不住。"

他几乎是有些不解的，眯着褐色的眼瞳。

似是愤怒，又似悲伤。

"你那种暴虐灵核，点凤凰天火？你护得了你儿子今天，但之后呢？"

"我若不爆天火，便连我儿今日安平都无法相护。"王夫人身上的火焰越积越烈，这种邪火一旦点燃，势必爆发，无法熄灭。

她走上玉阶，站在薛正雍生前笑嘻嘻站过无数次的地方，赤红的眼眸扫过殿内死生之巅的所有弟子与长老。

"诸位同门。"她敛衽行礼，"正雍生前与我，都已信燃儿临别时所说真相。今日众门相逼，天音阁行事诸多蹊跷。诸君看在眼里，是非黑白，想来心中已有计较。"

众门人愀然，一双双眼睛都望着这个昔日柔若黄草的女人。

星火在她的衣袍上溅落华光璀璨，斑驳碎影。

"死生之巅立派二十余年，未伤无辜，未行不义，哪怕遭毁谤诬陷，亦心中不愧。然而我一力单薄，不能申明真相，还归公道。今日别去，所托有三，望诸君念在昔日情谊，不吝相助。"

众弟子纷纷垂眸含泪道："悉听夫人吩咐。"

薛蒙则哽咽着喃喃道："娘……"

"凤凰天火爆裂后，至少三日不熄，旁人无法近前。第一件事，我希望诸君保全生息，暂离死生之巅，各自谋生。"

"这……"

贪狼摇头道："宁守门派亡，不做走狗散。"

王夫人闻言笑了笑，说："这不是走狗散。昔闻儒风门南宫长英仙长有一句话，所言甚是。"

她看过殿内的所有门徒与长老，就和以往任何一次出现在众人面前时一样，那赤红的目光此刻忽然便成了温柔流水，潋滟流光。

"南宫长英曾言，无论儒风门立派与否，只要世上仍有人守着'贪怨诳杀淫盗掠，是我儒风君子七不可为'，其门不亡。"王夫人顿了顿，说道，"我拾他牙慧，今日想说的，也是一样。"

"夫人……"

"诸君离去，待真相大白，一切皆有定论时，若仍有心，亦可归于此地。"

殿内一时无人多言，唯有年幼的弟子们悲伤饮泣，泪湿重衫。

王夫人道："第二件事，是请诸君莫要与燃儿、玉衡为难。我信他二人行事是有苦衷，也信燃儿所言并未虚假。"

以长老为首，众门徒纷纷低头，沉声道："死生之巅门人，绝不与墨公子、玉衡长老为敌。"

"那，第三件。"王夫人叹了口气，"我恐时空生死门如燃儿所说，不日后将会开启，届时……"

她顿了顿，似乎一时不明白自己的坚持究竟是对是错。

但她还是慢慢说了下去："届时还望诸君，多多相护修真界百姓。"

贪狼脾气暴烈，此刻不由得怒道："那些反咬一口的畜生，又有何可护的？！"

"夫人方才不在，根本不知道那些人的嘴脸有多恶心！"

"下修界那么多人，走狗有，恶人有，善意未必终会得到回报。"王夫人轻声说，"可是正雍当年立派，并非为了得到赞誉与感激，而是为了不愧对自己的一颗真心。"

她的眼瞳越来越红，腰际的凤凰文身也越来越明亮。

王夫人站在冲天炽烈的火光里："诸位，这红尘何其广大，'公平'二字实在太过虚渺。但即便如此，行我仗义，端我丹心，仍是我辈尺寸之身可行之小事。"

她合上眼，轻轻叹息。

"所以，如果死生之巅因为那数十个叛徒、因为蒙受了不公，变得一蹶不振，自此视众人性命于不顾，成为第二个儒风门……那才是正雍最痛惜的事情。

"我们改变不了恶，也没有一双看破人心的眼。但至少可以做到不让恶意和仇恨改变我们。"

王夫人最后微微笑道："愿诸君此生，一片丹心，永志不改。"

话音落，焰欺天。

凤凰天火的封印终于彻底解开了，王夫人看似羸瘦的体内源源不断地涌淌出强悍力量，霎时间一股热浪焰流如同山洪决堤，自丹心殿砰地奔出，浩浩荡荡汹涌向前——

青天殿，舞剑坪，孟婆堂，奈何桥……两座山峰，一池江流，霜天殿，红莲水榭……

刹那间，尽数被灵火所笼罩。

这些火焰能识主人意志，对于死生之巅一草一木，皆是裹挟而不烧，就像此刻还立在殿内的那些长老和弟子，虽陷于火海中，却并未被天火灼伤。

王夫人道："走吧。"

没有人动弹。

她便叹气，又催促众人："走吧，还傻站着做什么？快都走吧。"

反复多次，才陆陆续续有人低着头，慢慢离去。丹心殿渐渐空旷，到了最后，唯剩薛蒙与姜曦二人。

姜曦最后看了她一眼，转身欲离去，王夫人却唤住了他："等一下。"

"你还有身后事要交代？"

火光中，王夫人脸上的神色瞧起来并不那么真切，时明时暗，时冷时暖。她踌躇良久，似乎在受着某种心底的煎熬，最后她闭上眼，把心一横，轻声道："师弟，你近前来，我有句话，要与你说。"

此言一出，薛蒙和姜曦都愣怔。

薛蒙实在想不到王夫人究竟有什么话，竟需在这个时候单独告诉姜曦的。而姜曦显然也这么认为，他微微眯起眼，不曾动弹。

他与王夫人虽是同门师姐弟，但后来分道扬镳，已是多年没私下会面过。再加上薛正雍新丧，自己亦是声讨死生之巅的一员——要说提防，他不是没有。

姜曦道："有什么事，就在这里说吧。"

"……"

"你我之间，也没有什么不能讲给别人听的。"

王夫人见劝不动姜曦，便转头对薛蒙说："蒙儿，你先下山去。娘有几句话，只能说与姜掌门一个人知道。"

"娘……"

"快去吧，这件事与你无关。"

薛蒙脸上脏兮兮的全是血污，眼泪流下来，冲出一道又一道的印子，他狼狈地抹着面颊，哽咽道："我不想走……你们都在这里……我哪儿都不想走！我只想和你们在一起……"

"你若不想走，便去霜天殿等着。"王夫人叹息着，"待娘把事情与姜掌门说完了，就带着你爹过去。"

"……"

王夫人此刻的脸色已经非常差了，嘴角亦有血迹渗出，她颦眉轻咳，轻声道："蒙儿听话……"

薛蒙不住地摇头，以手抹泪，却也知道母亲此刻爆了凤凰天火，亦是命不久矣，自己不该违逆她的心意，糟践她最后的时间。

他最终还是离开了，偌大的丹心殿内，到头只剩了孤月夜这同门师姐弟两人。

薛蒙走后，支撑着王夫人的那最后一口气就此散去，她颓然跌坐于华座上，再也没有了方才强自镇定的模样。

她望着眼前的台几，愣了很久很久，泪水顺着羊脂软玉般的面颊簌簌淌落，而后便开始剧烈地咳嗽、呕血。

姜曦立在原处，他见王夫人咯血，似乎想上前，但最后仍是没有动弹。再过一会儿，他道："这里已经没有别人了，你想说什么。"

王夫人咳得厉害，一时答不出话来。

姜曦见状，眉心紧蹙，阴沉着脸道："你因当年修炼一事，灵核日趋暴虐，后来连继续修习术法都困难，何况引爆凤凰天火？这会要了你的命。"

王夫人缓过气来，睫毛濡湿，看着台几，眼神有些茫然："是，我知道。"

火海如潮，淹及了他们却烧不到他们。她与姜曦之间，宛如隔着一重猩红色的海。

"那你还有什么想说的？"

"……"

"你若无事，我便走了。"

姜曦等了片刻，见她仍垂目不言，终失耐心。

他转身欲走，却听到轻轻的一声。

"师弟。"

烈焰飞舞，如红尘滚滚。

"你是很瞧不上蒙儿吗？"

她没头没脑的这么一句，姜曦心中竟隐有不安："什么？"

"你在儒风门第一次见他，就与他吵了一架。若非我随后来了，只怕你就要与他动手。"王夫人轻轻叹了口气，"师弟，他性子确实不算太好，但请你看在他与你年轻时这般相似的分上……不要与他计较。"

姜曦一时没有反应过来，他侧过脸，问："你什么意思？"

王夫人没有立刻回答，这片岑寂如滚滚雷云覆压在二人上端，仿佛随时都会暴雨滂沱，天地变色。

在这沉默中，姜曦蓦地想起了自己青年时的一段往事，他心跳激烈，可脸上的神色却愈冷。他不吭声，指捏成拳，等着王夫人开口。

"薛蒙……"

王夫人轻声叹息，却如紫电裂天，惊雷破空——

"薛蒙，他其实与你很像。师弟，你明白吗？"

哪怕心里有那么些预知，但当真的听到这话时，姜曦脑内还是"嗡"的一声，思绪霎时一片空白。

谁与他像？

薛蒙？

那个每次见到他都暴躁无礼，令他鄙薄到骨子里的后生？

荒唐……

大殿内死寂，姜曦咀嚼着她的意思，那些尘封的真相犹如玄冰龟裂，层层破开。姜曦面上纹丝不动，但血却已凉透。

他几乎是有些栗然，又觉得极荒谬。

他蓦地回身，紧盯着王夫人的脸，以为自己听错了，可是他知道绝无可能。那句话虽轻，可是一字一顿，清晰如水，透过熊熊烈火向他奔袭而来。

在他眼前，成了骇浪惊涛。

"姜夜沉。"王夫人慢慢地抬起湿润的睫毛，一双黑瞳望着他，"薛蒙，他是你的孩子。"

死生之巅郎薄郎情深

几许沉默，姜曦近乎是嗤笑，但眼底却闪着悚然："王初晴，你疯了？你知道自己在说什么？"

他华袖之下的手已捏成拳，颅内似有山石崩裂，整个人都昏昏沉沉的，头晕目眩。

"他与我能有什么关系？"

姜曦态度虽硬，但王夫人的这句话已令他由惊到惧、由惧到疑、由疑到怒——他这么多年来一直当自己孑然独立，于尘世间再无亲眷——子嗣？这个时候告诉他薛蒙是他的儿子？简直……荒唐至极！

王夫人忍着喉间翻涌的血腥，喘了口气，似乎觉得耻辱，却仍坚持着说："当初的事情，师弟心里也清楚。蒙儿与你是什么关系，我决计不会骗你。"

"……"

姜曦静了一会儿，忽然开始笑了，他极少有这样纵情大笑的时候，笑着笑着眼底满是嘲讽与狂怒。

银牙咬碎，字句森寒。

"我儿子？师姐想要托孤，与我说一说情未必不可，何苦编这样可笑的故事！令郎性情模样，身形脾气，何曾与我有半分相似？"

大抵是因为心里强烈的不安，他极力不认，张牙舞爪。

"你与薛正雍丢下的摊子，竟要用这样下三烂的手段骗我来收拾？薛蒙薛子明怎么可能是我儿子！！"

心中却颤抖得厉害，意识深处似乎有一个声音在冰冷地对他说，是的，他是你的孩子，你想一想他的年岁，想一想当初王师姐是如何离开孤月夜的，你问问自己，青天在上，姜曦，你好好想想……

有何可想！

他几乎是困兽般地撕咬回去，把心底的那一丝理智撕成齑粉。

凭什么想？

独身二十余年，忽然告诉他自己有个儿子，那个儿子处处与他作对，生的是一副他极其讨厌的模样，还认他人做父那么久。

好荒唐。

他姜曦又不是什么善心大发的滥好人，绝不去做那没头没脑的傻子。他绝不会上当，绝不会听信这一通笑话，绝不会……

"雪凰。"

万籁收声。

仿佛所有的光芒都在此刻熄灭，姜曦如置漆黑长夜，四顾茫然。

他第一次这样茫然。

王夫人望着他，说："雪凰。"

"你什么意思。"他喑嗫，嘴唇渐渐苍白。

王夫人轻声地说："师弟，你不会不懂。"

"……"

他确实不可能不懂。

雪凰是他的神武，其他人虽然也能动用，却无法发挥出神武强大的力量，唯有他的宗亲，才可能令雪凰心悦诚服。

姜曦霎时一句话都说不出来。

甚至都不需要去尝试，王夫人能把话说到这个地步，还有什么回寰余地？他竟似被逼到绝路。

他哑然了。

"这件事……"

过了很久，姜曦才脸色煞白，声音沙哑着开口。在最初的疯狂后，他几乎是疲惫的："这件事，薛正雍他……也知道？"

王夫人道："他一直都知道。"

"……"

她说这句话的时候，目光是温柔又痛苦的。

——薛正雍见她的时候，她十七岁，正是芙蕖初开的好岁月。

那天，他骑着小毛驴，叼着根狗尾巴草路过扬都，正巧见到了来口岸采购布料的王初晴。孤月夜一群花枝招展的女弟子，他谁都没有瞧上，唯独看中了人群里的王姑娘。

薛正雍是个直来直去的人，就笑嘻嘻地去跟她打招呼。

其他女修嘲他轻薄，王初晴则性子温柔，有些不好意思，涨红着脸劝了他几句，便低头匆匆忙忙地离开了。

那姑娘温柔又好看，薛正雍对之一见钟情，便隔三岔五地去孤月夜寻她，一年、两年、三年；中秋、端午、上元，都来找她。寻到最后孤月夜都在传她与一个小混混有染，饶是王初晴脾气再好也受不住了，恼羞成怒地赶他走。

薛正雍那会儿也是个小无赖，不走。

王姑娘就说，你走吧，你这样我很为难。

薛正雍就说，你没有相好，我也没有，我就来看看你，要是你哪天嫁人了，我就马上消失。

王姑娘无语。

薛正雍就笑，说真的，保准消失得比闪电还快。

他顿了顿，又有些在意地问她："你……你不会已经有心上人了吧？"

王姑娘的脸霎时就红了，她低下头，娇花照水，轻声道："没有。"

却不是一句实话。

她自然是有心上人的，那人非但是她的心上人，还是孤月夜众多女修的梦中情郎——她很喜欢姜曦师弟。

但孤月夜的每一个弟子都知道，姜曦是个人渣。

他在同辈中，有着最英俊的相貌，最凌厉的身手，最动听的声音。

以及最油盐不进的心。

这个人性子孤僻，言辞刻薄，但能力强，手腕狠，长得又极其好看——这种俊杰很容易收割少女的芳心，但姜曦只把芳心当猪心，他从来不会去珍视任何人，孤月夜多少同门把真情献给他，他要么嫌人家叽歪，要么骂对方变态。

姜夜沉就这样活在自己的天地中，向来伤人而不自知。

和许多师姐妹一样，王初晴也一直暗自喜欢姜曦，但她知道自己长得不算绝色，年纪也比姜曦大，所以根本不敢大胆表白，毕竟姜曦从来没有接受过任何一个女人的好意。别人夸他，他听不见；别人捧他，他不领情；别人若是胆敢与他示爱，他就会把对方骂到连亲娘都不认识哭着跑开。总而言之，能与姜曦袒露心事的，都是豪杰。

王夫人不觉得自己是豪杰，所以她原以为这份情意最终会与她的岁月一同消磨到老，最后带入棺中封存。但是，有一天，掌门找到了他俩。

掌门说道："孤月夜是最擅修寿数养元神的门派，弟子大多能活百岁以上。且历代掌门都在苦修延年益寿之法，希望能找到长生不老的途径，不飞升也可逍遥人间。"

的确，为了长生不老术，孤月夜掌门做了这样或那样的尝试，其中自然也包括双修之法。

她与姜曦一个是至纯的水系，一个是至纯的火系，两人又都未经人事，最适合在一起修行。当时掌门找到他们，让他二人结伴修行。王初晴因爱慕姜曦已久，心中极是喜悦。但姜曦却没有什么高兴不高兴的，他这个人专心向道，极其厌恶情爱琐事，认为那既麻烦又无用。真不知道世上怎么会有这么多痴男怨女，简直匪夷所思。

"谈情说爱是病。有病早治。"

——这话出自孤月夜第一美男姜曦之口，不知伤透了多少女修的芳心。

在姜曦眼里，修行就是修行，不该带上任何感情。既然掌门请求了，那么他也不多啰唆，便与师姐按宗卷秘籍所述，闭关修行。

可是，少女眼中的爱意是藏不住的，一来二去，姜曦渐渐也明白了这位师姐对自己的心意。

这让他很烦躁，也很不安。

他与她修行，只因命令，毫无私心。更何况这秘术本身要求的就是不动杂念，结合时亦是为了灵流相融，决不可有情爱旖欲。

出于这个缘故，姜曦与师姐严肃地提了很多次，让她收心静思，不要想一些有的没的。

"你若心怀杂念，恐怕会走火入魔。"

可王姑娘哪里又能控制得住自己的感情呢？终于有一次，在修行结束之后，她因心绪不稳而灵流大乱，神识亦不清。姜曦花了极大力气才将她的灵核压制住，他为此大怒，问她为何屡不听劝，成日胡思。

"若再这样下去，别修了，会害死你的。"

她那时也是难过极了，不知哪里来的勇气，竟含着泪，豁出去问他："夜沉，你修行，只是为了掌门的命令吗？"

姜曦脸色极为难看，反问："不然还能为了什么？"

虽然早已知道姜曦冰如冷泉，心如铁石。但真的听到他说出这句话时，她仍是忍受不住，眼泪簌簌地就流了下来。她觉得丢人，抬手胡乱抹去了，可泪不绝，令她越发难堪，她匆忙起身，哽咽道："对不起。"

而后转身离去，再也没有回头。

那之后，姜曦好几日都没有再来寻她，路上瞧见她，也不再和她说话。

孤月夜的一些年纪小的貌美女修看出了端倪，都聚在背地里笑话她。

"修行就修行，她偏偏自作多情。要是修到走火入魔，平白还要连累夜沉师兄，真是害人不浅。"

"算了吧，什么修行呀。师兄与她修行，是为公。她与师兄修行，是为私。她怀着的是什么心思大家都清楚。"

"王师姐岁数比我们大，脸皮也比我们厚哟。"

这些话，传着传着，传到了照例又赶来寻王姑娘过中秋的薛正雍耳朵里。

薛少侠憨直但并不蠢笨，一来二去便明白了事情的来龙去脉。他立时怒气冲冲地收拾了那几个饶舌的小丫头片子，而后跑去寻到了王姑娘。可见到她了，又不知道该说什么，直愣愣地瞧着她："你……"

王初晴抬起眼眸，通红通红的，刚刚哭过。

薛正雍手忙脚乱地说："你别哭啦，你别听那些人的闲言碎语，你、你……我觉得你挺好的，我……我……"

王初晴立在柳树旁，将目光转向粼粼湖水："以前没跟你说实话，我有喜欢的人。"

"嗯。"

"那你怎么还不走？"

薛正雍就挠挠头："可那个人又不喜欢你……他不喜欢你，我……我总还能跟你说说话吧，他又管不到。"

"……"

见她沉默，薛正雍便有些犹豫了："他管得到吗？"

王姑娘低下头，轻声说："他不会管。"

姜曦于她而言算什么呢？从头到尾都只不过是师门命令，是她自己的一厢情愿。

派中人人都说姜曦是人渣，可是王初晴觉得，如果一个男人只因不愿接受别人的爱意就被判作渣滓，那未免也太刻薄了。

姜曦从来没有骗过任何人的感情，也从来没有给过任何人希望，是她们如飞蛾扑火，明知他冷酷无情，却一厢情愿地追着他去。

到了这一步，她其实也觉得很难堪，想放下了。

但是，阴错阳差，大抵是因为负责药膳的弟子糊里糊涂，之前某一天调配药剂时出了差错，又或许是别的什么原因——王姑娘发现自己竟已有了身孕。

她只觉得慌张又无助，不知道这件事情传出去之后师姐妹们又会怎样议论她、嘲笑她，也不知道姜曦会是怎样的态度。她左右无法，急得坐立不安，最后决定去找掌门。

可来到掌门屋外，还未敲门，她便听到里头传来了一个冷冷淡淡的声音，正是姜曦在说话。

"师姐凡心不定，灵核越来越暴虐，如今一点小法术施展起来都控制不住自己的灵流，再这样下去恐会伤及她身。恳请掌门收回成命，我不能再和她一同修炼。"

"唉，曦儿，不如你再与她一说，或许能……"

"不用再说。我已经跟她说了多次，但她并不适合这一道。"姜曦说，"初晴心思太容易动摇，没用的。"

掌门问："那你接下来打算怎么办？"

姜曦道："若无人可清净断念，便不修了。"

掌门叹了口气："我知道了，你去吧。清净断念是最难过的一关，也不知道孤月夜这数十年内，还能不能有一个像你一般心无旁骛之人。"

姜曦倒是没有立刻离开，他原处站了一会儿，问道："这很难吗？"

"难极了。"掌门看了他一眼，"你与王初晴在一起那么久，就没有过一丝一毫的动摇？"

姜曦几乎是有些不解地问："我为什么会……动摇？"

掌门盯着姜曦看了一会儿，从这个青年的眼中，他没有看到半丝虚伪，这令他倍感惊讶，他斟酌了片刻，问："姜曦，王初晴在你眼里，是什么？"

"大师姐。"

"没有其他？"

"没有其他。"

"……"

见掌门有些复杂的神色，姜曦皱了皱眉："难道该有其他吗？"

"不是。"半晌之后，华发已斑的老掌门叹了口气，"那么多年了，我派弟子一直过不了情关。你是第一个……但可惜，也不知谁能与你完成这一大事了。"

那一天，姜曦也好，掌门也罢，他们谁都不知道自己的这番对话已尽数落入了王姑娘的耳中。如果说，前番王姑娘还怀有一丝幻想、半点希望，那么这一番对白，却令她遍体生寒，颜面尽失。

太难堪了。真的不知道该怎么再在门派立足，不知该以何面目示人。在这之前她的脊梁都要被师姐妹们戳断，若是让人知道她还不慎和姜师弟有了孩子……

她只是想一想，都觉得不寒而栗。她再也不敢留在门派。星夜逃离了霖铃屿。

"你不是与薛正雍私奔而走的？"

王夫人道："不是。"

姜曦蓦地合了眼眸，竟不知该说什么才好。

他确实是个薄情人，一心只有自己的大道。他一生除了王夫人，没有接触过其他任何女色，而当年对这个大师姐，他也觉得自己毫无感情可言。可后来听说王夫人与薛正雍私奔离岛，他多少还是皱了皱眉头。

他觉得世上感情果然不如花草长久，世上女人果然都很不可靠，哪怕是这个对自己饱含深情的师姐，还不是说和别人走就和别人走了。

自此，他对情爱之事越发厌弃，甚至有些齿冷。

过了二十年，直到今天，他才终于从大师姐口中听到了这段往事的真相。

只是当时的"王姑娘"已成了如今的"王夫人"，他们人生中最好的年华，都已经过去了。

过了很久，姜曦才极为生硬地说："那你……你又何至于要离开孤月夜？"

"我不能再和你同存于一个屋檐下了，师弟。"二十年之后，王夫人终于能这样平静地望着他，"人都是有尊严的，我没有颜面再立足于师门。"

"……"

"我想要把蒙儿扼杀于腹中，却又不忍。"王夫人淡淡道，"所以我一个人，走过了很多地方。后来在白帝城生下了我和你的孩子。正雍找到我，陪在我身边的时候，蒙儿都已经一岁了。他一直都知道蒙儿的身份。"

她说着说着，又开始咯血。

当年走火入魔，修至灵核暴虐，这些年一直在压抑着，从来也不动用法术。如今，凤凰火起，烈焰冲天，她的性命也已至尽头。

王夫人慢慢地止住咳，呼吸已有些紊乱了，她说："师弟，所谓的正雍掳掠我回死生之巅成亲，是他对外放出的话。他从来都怕我难堪……也怕蒙儿难堪。"

她的目光逶巡了很久，落到了薛正雍的尸身上。

却只是须臾，就被刺痛。

她想到那年新婚，薛正雍笑嘻嘻地对她说："好啦，从今以后，往事都别再想了。以前在孤月夜，那个坏家伙尽让你丢脸。我可不会。

"你跟我在一起，这辈子我都要让你风风光光的。

"只要我在，就不会让你再受半点委屈。"

王夫人将脸转开去，她在细细地颤抖。

君子一诺，驷马难追。

薛正雍做到了，他在的时候，她从不必抛头露面，也从不会被人为难。她流的眼泪，受的屈辱，淌落的血，都是在他走后。

"这么多年，他不在意我身体羸弱，不能再有身孕。也不在意蒙儿并非他的亲生骨肉，将他视为己出。薛蒙……薛蒙长到这么大，没有受过什么苦……"

她合目，脸色白到透明。

"如今我们都已再不能护他了。"

姜曦麻木地立着。

"师弟，你将这二十年，算作我对你的报复也好……要怨要恨，要嫌恶……算在我一个人身上。"

王夫人的声音越来越轻。

"求你帮帮他……莫要让旁人，加害于他……"

到最后，她喃喃的声音轻若飘絮："夜沉……求求你……"

凤凰天火遮天蔽日，姜曦站在这一片火海之中，天地都是一样炽烈的猩红色。他看着高座上的那个女人。她闭着眼，垂着眸，就像是睡着了。他觉得她大概还有话要说，更何况她刚刚分明还答应过薛蒙，说母子俩要在霜天殿见——所以他耐心地等着。

他等她站起来，告诉自己这一切都是假的，是一个笑话、一场闹剧。

他沉着性子等了很久，等到脸色越来越阴鸷，心跳越来越沉闷，血越来越冷。

她却再也没有说话。

王夫人与薛正雍一同归寂了。

她曾是名门高阶女修，温柔贤淑，后来人们说她是被薛正雍掳掠去当了夫人的，也有人说她是与薛正雍私奔后成的亲，众说纷纭，谁都不知道真相。这些年，死生之巅的许多人都觉得王夫人可能并不十分喜欢自己的丈夫，只是因为胆小，所以不敢埋怨。

可是，不管别人怎么说、怎么想，在得知薛正雍命殒的那一刻，她就已有了去意。她不知道这究竟是殉情还是殉别的什么。这个女人的心思，或许到最后连她自己都不那么明白。她这一生，对丈夫究竟是感激还是爱意，对姜曦的情愫又是否早已磨灭，其实窥不破。

这世上的很多事情，都不会有个明确的答案。

到最后，她其实模模糊糊想到的，只是一句多年前她在窗边读到的诗——

"惟将终夜长开眼，报答生平未展眉。"

那时候她与薛正雍新婚，恍惚也会想起少女时在孤月夜度过的岁月。她望向窗外，蜀中的雾总是那么大，聚散离合，像是满地白云无人扫。

不知天上人间。

有人走来，她出神间，依稀尚以为是姜曦。但当一件寒衣披上肩头。梦便醒了。

因为她清楚，姜曦永远不会知她冷暖。

王夫人回过头，西窗烛正亮，巴山夜雨时。

年轻英俊的丈夫正笑嘻嘻地望着自己，挠了挠头："天凉啦，当心不要冻着。"

丹心殿内铺着厚厚的杜若纹地毯，是王夫人最喜爱的花卉纹饰。姜曦从这满堂杜若花中走出去，神情仍是漠然的，甚至比平日更加木上三分。

"吱呀"一声，他推开殿门。

他准备离开这里，却在开门的瞬间，看到了面色苍白、一动不动的薛蒙。

死生之巅宿命难逃脱

姜曦没有吭声。薛蒙也没有说话。

过了很久，姜曦才沉着脸，神情极不自在地生硬开口："你既然都听到了，就不用我再说。"

"……"

"你去安顿后事吧，按死生之巅的规矩。"姜曦把目光转开，他甚至不愿再多看薛蒙两眼，"你母亲托孤于我。我会在山下等你。"

薛蒙动了动，但也只是毫无意义地动了动而已。

他浑身的热血都像是被抽空了，只是手指关节的两三下活动，就耗尽了全部的力气。

薛蒙直突突地向幽深的丹心殿望去。地毯上的血迹在火焰的映衬下已不再那样清晰了，但薛正雍还伏在地上。他不笑的时候，容貌就显得有些苍老，皱纹都很鲜明，鬓角也已生了白发。

而姜曦却只有三十岁不到的模样，永远风华正茂。

薛蒙慢慢地往前走了几步，然后停下来。

"你走吧。"

姜曦回过头，看到的是薛蒙孤零零的背影。

薛蒙说："我不认你，你不是我父亲。"

言毕，他反手"砰"的一声合了殿门。过了一会儿，姜曦听到里面传来薛蒙暗哑悲恸、断断续续的痛哭声，撕心裂肺。

"……"

姜曦在寒凉的风里站了很久，直至手脚冰凉，然后慢慢步下山去。

山脚下，一众修士都畏凤凰天火，大多散了。唯踏雪宫尚留了几名弟子在，其中就有梅含雪。

见姜曦出来，因循礼数，这些踏雪宫小辈向他敛目行礼，低声道："姜掌门。"

姜曦觉得面上肌肉僵得厉害，他抿了抿嘴唇，褐瞳转动，落到了为首的梅含雪身上："还不走？"

梅含雪温雅且疏冷地说：“等一故友。”

姜曦明白他指的是谁，说道：“他一时半会儿下不来。”

梅含雪道：“一时半会儿也是等，三四天也是等。左右无事，就在此留着。”他顿了顿，继续说，“另外，姜掌门，宫主有句话，让我带给你。”

满心躁郁无从发泄，姜曦压抑着问：“什么？”

梅含雪行了一礼：“宫主决意不再盲从神祇后嗣天音阁，也不再与上修界众门协同一致。姜掌门为众仙门之首，从今往后拟票行事，不必再考虑我踏雪宫一门。”

姜曦静了一会儿，脸上看不出神情：“你们是打算就此独立于众仙门之外？”

“孤立无援固然可怕。”梅含雪目光依旧春波盈盈，带着微笑，但神情却有些冷，“不过，盲从于所谓的神明信仰，才是最不可取的。”

姜曦盯着他。

他没来由地觉得愤怒，觉得气闷，觉得齿冷。

昔日他见南宫柳坐在这个位置，只觉得南宫柳许多决定都做得荒唐可笑。可当他自己真的走到这一步，才发现许多事情竟是身不由己的。

处置墨燃，是他本意吗？

盲目听信天音阁，是他真心吗？

这一次讨伐死生之巅，他曾一力劝阻，但众门反驳，他为众仙之首，最后又能如何？从前他还可以率领孤月夜置身事外，有自己的态度。而当他步上尊位，当孤月夜成为天下第一大派，他却发现自己已无处可以回窜。

他终究要成为下一个南宫柳。

姜曦闭了闭眼睛，不发一言，拂袖而去。梅含雪知书达理，便在他身后又行一礼，淡淡道：“恭送姜掌门，江湖再会。”

他不回应，一身绣着金丝暗纹的青衣，头也不回地朝着远处走去。

昔日他于灵山即位，替代南宫柳昨日荣光，下面掌声鼎沸，欢腾热闹。那时候他以为自己定会与前任不同，以为自己能凭一己之力，换日月天地。那时候他有野心、有热血，亦有抱负。

可此刻他才明白。

原来那一日的掌声，并不是在迎接一位雄才伟略的仙首，而是在为一个自由自在的魂灵送葬。

从此，江湖邈远，天地浩大，容易相会姜尊主，再难寻觅是姜曦。

薛蒙将父母落葬之后，一直没有离开死生之巅。后来天火熄灭了，梅含雪奉命上山寻他，最后在霜天殿里找到了昏迷不醒的他，将他带回了昆仑踏雪宫。

与此同时，踏雪宫宫主昭告天下，从此诸门决议，不必再知会昆仑，昆仑从此也不愿再受修真界法例约束。就此，一刀两断。

再后来，姜曦召众人于灵山，商议近日大事。会上，姜曦提议重大要案应经三审而定，即"公堂审""众仙门同审""百姓审"，而不应听信一家之言。

他虽尚未点明"一家之言"是指哪一家，但众人已明白他是对天音阁的地位有所不满。因此姜曦此举遭到了强烈反对——

"天音阁是神明所创，木阁主审讯用的是秤神留下的神武。没有什么能比天神更公正了。"

"姜掌门如此任性妄为，恐遭天谴。"

更有一些笃信天音阁，将木烟离一言一行奉作教条圭臬的保守派情绪激动，也不知哪里来的勇气，竟在会上拍案而起。

"天音阁乃是修真界数千年来的光辉，多少蒙冤大罪由他们洗清。整个修真界正是因为有天音阁在，许多人在作奸犯科之前才会犹豫再三。姜掌门，你是要熄灭修真界的这一捧圣火吗？"

姜曦森然道："依诸位之见，天音阁竟是个洁白无垢不会犯错的地方？"

"天音阁立世千年，由神明所创，自然不会有错。"

"我们修仙，都为死后可尸解飞升。姜掌门若觉得天上的神仙也会有错，修真的信仰又在哪里？"

持保守意见的人太多了，他们群情激奋，争相为秤神留下来的天音阁辩护。到最后，姜曦面色铁青，却也无力与之抗衡。

终是不了了之。

可纸是包不住火的，真相终究要浮出水面。死生之巅流散之后，乱象非但没有减缓，反而愈演愈烈，三日后，蜀中开始大暴乱。

第一个按捺不住的是无常镇，一群布衣披麻戴孝，前往上修界天音阁前辱骂抗议。

"死生之巅什么时候收受过童男童女？"

"天音阁哪里找来的畜生！竟指死生之巅为贼！你们良心能安吗？！"

"修仙修仙，闭着眼睛修仙！无常镇就在山脚下，你们兴师问罪时为什么不敢来山下与我们对簿公堂？你们找来的那帮没心没肺的叛徒、恩将仇报的走狗，无非就是为了给自己的暴行和丑恶找一个下手的理由！一群杀人犯！"

"请还薛掌门清白！！"

之前在沂州劫火中被救出来的上修界旧民，更是泪湿眼眶，满目愤怒，嘶吼道："栽赃陷害，居心叵测，你们根本不是人，是孽畜！是鬼！！"

有修士看不下去，持剑怒道："说够了吗？天音阁乃神明所立，满口污言秽语，就不怕死后会下地狱？"

诸人沉默几许，忽有说书先生拿着纸扇子，点着那天音阁门匾冷笑一声："下地狱？……那各位仙君且听好了——"他清了清喉咙，抑扬顿挫道，"天音阁，不如猪圈！"

诸人哈哈大笑，拊掌称快。

有公子叹道："先生，这可是你说书十余年，在下听过最精彩的一段。"

"不错！天音阁不如猪圈！！"

此起彼伏的喊声响了起来，那修士气得面色如猪肝，打也不是，骂也骂不过，原地僵立半晌，脸色铁青地拂袖离去。

由于这些人都是毫无灵力的百姓，天音阁根本不把他们放在眼里，由着他们吵嚷。但没想到从五湖四海赶来的人越来越多，到了第二天，阁中弟子终于忍不住禀奏木烟离——

"阁主，广场上已全是来替死生之巅鸣冤的百姓。您看，是不是该出去说些什么？"

木烟离神色寡淡："没必要和他们解释，这种人喊两声就会觉得自讨没趣，会离开的。"

"可是现在已经有……"那弟子嗫嚅，"有上千余人堵在门口了……"

木烟离微怔："上千人？"

她从红酸枝烟榻上娉婷起身，踩着厚厚的兽皮地毯，来到窗前。

眼珠往下，自镂花轩窗向外看去，天音阁正门广场俱是一片白茫茫。那些布衣百姓披麻戴孝，咸集于此。有的在破口大骂，有的则端坐于地，一副打算在此生根发芽的固执模样。

一痕褶皱在木烟离眉心凝起。

那亲传弟子在旁边小心翼翼道："两天了，一个人都没少，反而越来越多。蜀中大大小小城镇、乡村的百姓都开始往天音阁赶来。再这样下去，我们找人做伪证的事情或许真的就兜不住，要暴露了。"

木烟离："……"

"阁主，怎么办？"

木烟离抿了抿唇，尚未回答，就听到背后一个温润如玉的嗓音："兜不住就不要兜了。"

珠帘璁珑，师昧信步走进了暖阁，那弟子见了他，忙低头行礼："圣手前辈。"

木烟离则皱眉道："你怎么来了？不在踏仙君那边守着？"

"灵核碎片已经全部融进他心脏里了，但他一时半会儿还不会醒。"师昧走到窗边，淡淡往下看了一眼，"瞧上去是有挺多人的，他们可真闲。"

木烟离面色微忧："都什么时候了，你还说风凉话。如今都是靠天音阁声望支撑着才没有局面失控，但我也不知还能撑多久。那些修士里是有很多傻子，但也有不傻的。底下这群百姓再接着闹下去，恐怕踏仙君还没醒，情况就会发生巨变。"

师昧却笑了笑："木姐姐不用担心。再怎么巨变，天音阁也是稳当的。"

"怎么说？"

"修仙，最终是想飞升成仙。总不至于在地上就得罪了天神后嗣。"师昧道，"其实死生之巅有罪没罪，那些修士心里难道不清楚吗？是不是伪证，难道不明白吗？"

"……"

"当时他们选择了相信，是因为畏惧死生之巅有阴谋，畏惧墨燃的珍珑棋局。是他们自己想铲除这个门派，所以才会愿意相信那么数十个人的证词。"师昧的手指抚上窗棂，淡淡地说，"他们心里门儿清。"

旁边那名亲传弟子道："可、可就由这些百姓在这里嚷着，也不是办法，总需要个交代吧。"

"所以我刚刚说了。兜不住，就不要兜了。"

木烟离问："你什么意思？"

"干脆点，赶走他们。"

木烟离道："天音阁从不禁人直言，也不会无故赶人离去，你这样做恐怕会引来非议。"

师昧淡淡地道："我刚刚不都已经说明白了？天音阁是对是错，其实他们都已经很清楚。但他们一时半会儿并不会揭竿而起。而等他们转过磨来的时候——我们的踏仙君就已经醒了。你知道这意味着什么吧？"

木烟离似乎想说些什么，但又觉得有些矛盾，最后还是闭了闭眼，回头对弟子道："去驱散他们。"

那名最忠心的弟子离去了，暖阁内就只剩下木烟离和师明净二人。

他俩站在窗边，望着下面的情形。

有天音阁的弟子鱼贯而出，白金色的衣冠在阳光下熠熠生辉。那些白麻加身的百姓看到他们走出来，以为是终于要有了说法，纷纷起身。朝那群弟子围了过去。

由于距离相隔甚远，师昧和木烟离并不能够听见他们说了些什么，但是那种愤怒却肉眼可见。

忽然，不知缘何而起，一个百姓冲上去拽住天音阁弟子，抬手就是一记响亮耳光——

场面暴乱！

木烟离倏地睁大了眼睛，下面人潮涌动，你推我挤，那十余名天音阁弟子被围在其中被好一通拳脚相加。

这还了得？饶是木烟离再镇定，见自己门徒被公然辱骂殴打，亦是无法袖手。她正欲推开窗户，令那些弟子可用法术自保，可手却被捉住了。

师昧道："让他们打。"

木烟离道："天音阁有规矩，若无命令，修士不可回击百姓。我再不出声，拳脚无情，他们恐怕会有性命之忧。"

师昧平静地说："那就死一个。"

愤怒会让人失去理智，尤其一群人聚在一起殴打少数人的时候，下手其实并不会那么有轻重。

很快地，木烟离就看到人群凝顿了。

他们慢慢散开一个小圈，圈内倒着一个新入门的天音阁弟子，木烟离甚至都不记得这个人的名字。那个弟子趴在地上，逐渐有一摊血在他身下洇开。

师昧松开木烟离的手，说道："好了，现在有理由把这些蝼蚁都踩死了。动手吧。"

暴力镇压难的是找一个借口。

只要找到借口，暴力与镇压都是轻而易举就能做到的事情。

天音阁门户洞开，很快有大批弟子出来，个个披坚执锐，朝那群毫无灵力的百姓冲去——

人群霎时乱作一团。

他们先是驱赶，再是挥剑刺杀。尖叫声、怒骂声、斥责声交织成一片。人们躲闪，喝吼，拥蹙，唯不见人掉头就逃。

"若尔等再纠缠不清，休怪天音阁冷酷无情！"

"天音阁何时有过情义了？"人群中忽响起一个颤巍巍的声音，竟是玉凉村的村长，"老头子今日就是要讨还一个公道，哪怕死在这里也没什么后悔的。"

村里的菱儿丫头更是伤心愤怒，与村里的七大姑八大姨站一块儿，亦是不退："你们要杀要剐就来吧，姑奶奶今天倒要看你们有没有能耐杀死所有蜀中百姓，堵住悠悠众口！"

为首的天音阁精锐咬牙切齿道："一群蛮狠刁民，排着队找死。"眼见着群起而攻，法咒光闪。

忽然"嗖"的一声，羽箭刺入地面，爆开一地金光！紧接着明黄结界腾空飞起，轰然阻断两方。

天音阁精锐怒喝道："什么人？！"

一道白光凌空闪耀，眨眼间角弓穿云，狼啸破空！在这惊人的强悍灵力中，一个英气勃发、面目秀美的修士纵身跃下，持弓冷冷立在蜀中百姓之前，周身风烟萦绕。而她身后，一头足有两个成年男子高的妖狼临风而立，它雪毛金爪、目光赤红，正龇着牙，狠狠吐出一口气来。

师昧于楼上眯起了眼："叶忘昔……"

叶忘昔抬手，利落收了弓，另一手召来长剑，单枪匹马立在风里，目光坚韧而狠硬。

"又是你！"有天音阁的人认出她来，对她怒目而视，"你这个儒风门的余孽。"

叶忘昔没有吭声，一双长腿往前迈了一步。

"上回瞧你坚持着要给墨燃送水喝，就知道你不对劲！"那个天音阁精锐说道，"你果然和墨燃是一伙儿的！都是祸首魔头！"

长剑出鞘，如水横流。

叶忘昔眯起眼睛道："祸首魔头是谁，你们自己心里清楚。不过，有一句话，诸位说得不错。"

她顿了顿，复开口：

"叶某，确实是站在墨宗师一边的人。"

为首的那个天音阁精锐冷笑道："叶忘昔，你一介女流，也要与我们单打独斗吗？"

叶忘昔显然已因死生之巅一事而极为愤慨，眸子里闪着火焰般的光，她猛地把剑往面前一掷，悍劲的灵流竟将那柄并不是神武的长刃径直刺入石板，地上裂开一道骇然长缝！

她咬牙道："我忍你们很久了。别整天把'女流'两个字挂在嘴上！"

"……"

众修士从前见叶忘昔，她基本都是一副隐忍退让、息事宁人的态度。

这是他们第一次见她暴怒。

"都给我听好了。"叶忘昔劲厉的身子每一寸都绷得极紧，犹如猎豹，她毫不退让地盯着那些男人，"昔日，死生之巅不曾对我儒风门落井下石，更护沂州百姓于火海之中——今日死生之巅虽已不在，但叶某于此，也不会让你们再伤蜀中遗民分毫！"

天音阁从未有人与叶忘昔正面交过手，因此并不知她实力，只觉得她不过就是个衬在她家少公子身边哭哭啼啼的女娃子。因此有人忍不住冷笑出声来："小丫头片子，你知道自己在说什么吗？……就凭你一个人，想护你身后的一群掉毛鹌鹑？你好大的口气。你哪儿来的能耐啊？"

"那你就给我睁大眼睛，看看我有没有这个能耐！"

掷鞘于旁，剑锋如霜。

叶忘昔不再与他们废话，一个响指，长腿一跃，身轻如燕跨上妖狼。紧接着她抬手拔起插在地上的剑，朝那一群或是鄙薄或是轻蔑的天音阁修士扑杀而去。

暖阁内，师昧不动声色地望着下头这热闹乱象，水色嘴唇一开一合，冷笑道："哼，原以为再也瞧不见前世的女战神了呢。想不到最后，她还是被逼到了这条路上。"

"战神？"

师昧没有回答，只是略有怜悯，又略带讽刺地望着叶忘昔："姐姐你看。人这一生，兜兜转转或许会走很多歧路。可是到最后，结局都是一样的。她前世是怎样的人，这一世也注定逃不掉。"

鲜血喷涌，焰电相撞，刹那间杀声震天，她竟一人出没在无数刀光剑影中，背后结界挡住所有不通法术的百姓。

这个女人黑衣劲装，腰细腿长——持剑的时候，她是叶忘昔。

可瑠白金与她配合得全无罅隙，容夫人所绣的箭囊在她腰际飘摆晃荡。

擎弓的那一刻，她又是南宫驷了。

这一生，她比前世经历得更多，她有过无助，有过迷茫，甚至有过短暂的云开雾散、儿女情长。

南宫驷赠予她玉佩的那一个傍晚，奈何桥上云霞正好，她以为从此可以放松绷紧的侠骨，终于可以做回那个肆意哭笑的温柔姑娘。

但是南宫驷死了。

他的死毫无预兆，甚至临走之前他还对当时留下杀敌的叶忘昔说："知你怕黑，很快便回来。"

可他再没有回来。

所以，叶忘昔，终究还是与前世一样，失去了她的软肋，也失去了她的盔甲。她慢慢地把那些仅剩的柔情蜜意消化掉，慢慢地接受了茕茕孑立、形影相吊的自己。她在心里，默默为自己办了两场葬礼——

徐长老死了，带走了小叶子。她亲手掩埋了她与义父的桃李春风一杯酒。

南宫驷死了，带走了叶姑娘。她亲手熄灭了她与阿驷的江湖夜雨十年灯。

战神封掉了女孩与女人的墓。

她转身，单枪匹马来到天音阁前，与众修士甲兵相向。

师昧望着下头激战的情形，对木烟离说："调出天音阁所有高阶弟子下去迎战。这个女人不能留。"

木烟离微微吃惊："所有高阶弟子？她、她只不过是一个姑娘……"

师昧侧眸微笑："偏生这姑娘上一世让踏仙君吃尽了苦头。你若是小看她，以后可就要领教她的骨头有多硬了。"

阀门洞开，高阶天音弟子倾巢而出，叶忘昔一面维系着结界不灭，一面与众人激战。

她仍戴着儒风门的青鹤发带，闪避进退间，发带猎猎拂动。木烟离下了死令，所以那些天音弟子对她步步杀招，一人之力原本难敌群攻，但叶忘昔仍咬牙不退，加上瑙白金骁勇，一时间竟没有处于下风。

"再加人。"师昧犹如在池边观鱼，瞧着下头情形，淡淡地说，"总之今日她送上门来，就不能让她活着回——"

"阿楠，你看那边！"

忽地木烟离打断了师昧的话，顺着她的目光望去，师昧见到天际处远远漫起一层蓝银烟云。

竟是死生之巅的诸位长老率弟子抵达！

那些因为王夫人相护而存留下来的战力，依旧身着死生之巅的战甲，踩着银光熠熠的佩剑，自云幕深处覆压而至，雄伟展开，为首的是贪狼与璇玑二人，他们襟飘带舞，衣袍翻飞。

身后千余弟子，俱是怒目圆睁，甲光映天！

璇玑长老朗声道："天音阁所谓神明后嗣，就是这样以多欺少的吗？"

贪狼则性子阴沉暴烈，一双褐目紧盯下方，他可不来那么多文绉绉的，五个字言简意赅，其愤怒清晰可见："去死吧你们！"

面对这暴风骤雨般奔踏而来的滚滚雄兵，师昧面色微郁，唇角的弧度也不知是笑还是嘲。

"真是孽缘。每一次的大战，都要先与死生之巅的人决一胜负。"他一面这样说着，一面看向滚滚人潮。

人群中没有楚晚宁的身影……劫了天音法场之后，楚晚宁和墨燃去了哪里？那个墨燃被挖心那么多次，决计是活不成了，那么楚晚宁呢？

是守在墨燃的新冢旁，还是干脆和上一世一样，与墨燃一同死去了？

无论是哪一种可能都令他烦躁，师昧心里有隐隐约约的不安。他转身，向里屋走去。

木烟离关心道："你去哪里？"

"去看看踏仙君那边的状况。"师昧顿了顿，"想想办法，让他早点醒来。等他醒了，时空生死门便可再一次开启——谁都拦不住我们了。"

纤长的手指抚过天音阁符文，密室轰隆洞开。师昧步下长长的台阶，沿着纹刻着精致上古咒符的走道，经过三道门卡结界，来到石室最深处。

那里结着满地寒冰，薄雾弥漫，青灰色的拱顶上镶嵌着一块玉石，正流淌着圣洁的光芒。这块玉石下方有一方泛着冷气的水晶棺椁，师昧在那棺椁前停落，低头，看着里面和衣躺着的那个男人。

"踏仙君墨微雨……"他沉声道，目光落在男人胸口光阵上，"睡了好久，你也该起来了吧？"

他的话显然并没有什么成效，踏仙君依旧双目紧闭，唇无血色。

"灵流这么乱。"师昧将手覆在踏仙君的额前，细细感知之后，若有所思地盯着那张英俊立挺的脸，"你是做噩梦了吗？"

昏沉中的人自然是不会回答他的。

师昧捋了捋他额前碎发，神情很温柔，犹如看着一柄即将铸成的不世神兵，他缓声道："虽然夺来的是你自己的灵核，但是灵核这种东西，和心脏息息相关，融为一体的时候多少会让你觉得不适。"

他的嗓音带着蛊惑，施加了催眠意志的法咒。

"踏仙君，无论梦到什么都不要信，都是假的……来，醒过来吧。醒过来，你就什么都可以得到。"

身子低俯下去，几乎贴在他耳畔，柔腻至极，诱惑至极。

"师明净也好，楚晚宁也好，甚至你阿娘，都会回来的。"

"快醒来吧。"他对梦里的帝君喃喃着，"我等你。"

死生之巅宗师与帝君

是梦。

踏仙君睁开眼睛，发现自己站在一片广袤无垠的原野上，云是猩红色的，压得很低，伸手可及。四周生长着茂盛的芦苇，飘絮浮沉，苇丛中回荡着喁喁人声，有人在笑，有人在哭，那些声音都很轻，像是纱帐拂过指端，水一般的触感。

他往前走，惊起芦花深处深蓝色的流萤，然后他看到一条壮阔而宁静的河流，比从前看到过的任何一条大江大河都来得恢宏，流速却极其缓慢。

那河面上远远漂着几叶扁舟，摆渡人的歌声邈远飘来："我身入雷渊，四肢糜尽成泥膏。我颅落旷宇，目沤发枯碾作尘。食我心肠，赤蚁煌煌。啄我腹脏，兀鹜茫茫……唯魂来归……唯魂来归……"

唯魂来归，昨日如流水。

他好像来过这里，什么时候？

踏仙君左右张看着，眼前的一切都是那么熟悉，但仔细想下去，脑内又是空空荡荡的。

"喂，你。"

忽然有人在他身后说话。

他蓦地回头，却除了流萤什么都没有见到。

那个声音很朦胧，很虚幻："你往前走，我就在前面。"

尽管被人指点着做事很讨厌，但他还是没有忍住好奇，沉着脸往萤火虫飞舞的芦花深处走去。

很快地，他看到一个破败的磨坊，杂草丛生的小院里歪七扭八丢着一地断木碎瓦，而在庭院的中心，那方漆黑的石磨上坐着一个男人，背对着自己，望着天穹。

"你是谁？"

男人听到他的声音，并没有立刻回头，而是叹了口气："我或许是个要走的人了。"

"走？去哪里？"不等男人回答，他又略显躁郁地问，"这里又是哪里？"

"魂之彼岸。"男人说道，"你看到那条河了吗？坐上竹筏，一路随波，就会去往鬼界。"

"……"

"投胎要等七八年，进门会有个守卫丈量你的一生功过。罪过深的，会直接押解至十八层地狱。"说起这些死后事，男人的语气依旧和缓温柔，似乎在重温着某些旧事。

"第一层叫南柯乡，里头有个卖画的穷书生，不过他现在应当不穷了，我后来给他烧了好多纸钱。还有卖云吞的老头子，再往里面走，会遇到一座宫殿，那是鬼界的四王爷建的，对了，还有一座顺风楼……"

"乱七八糟的。"踏仙君不耐烦地打断他，"你到底想说什么？"

男人沉默了一会儿，忽然问："踏仙君，你怕死吗？"

踏仙君冷笑："有何可惧。"

"我从前也是这么认为的。"男人说，"所以，我选择过服毒自尽。我曾以为我在人间别无所求，不惧死亡。"

顿了顿，男人低下头。

"但是我如今并不想走。他还在世上，我放不下他。"

说完这句话，这个男人轻轻从石磨上跃落，自黑暗阴影处，绕到了清朗的月色之下。魂河彼岸的风吹起，一时飘絮迷蒙，流萤聚散。

踏仙君神情微变："是你？"

墨燃朝他走来，心脏处空荡荡的，是一个漏风的黑窟窿，他的眉眼舒朗，鼻梁高挺，周正的脸庞显得那样英气勃发。他和踏仙君在蛟山第一次看到的时候相差无几，只是此刻的他显得坦然多了，再也没有当时的茫然与畏惧。

"你怎么……"

"如你所见，我并非活人。"

"……"

"但不知道为什么，我好像和其他人也并不太一样，头七已过，却没有黑白无常索我进鬼界。我一直在这里游荡。"

踏仙君微微眯起眼睛。

"你不必紧张。我的灵核在你身体里，自然是活不了了。"墨燃将目光投向浩荡魂河，轻声道，"但我也不想走……我想回去。"

听他这么说，踏仙君先是一愣，随即抬手抚上自己的胸膛，几许沉默后，忽然盘扭出略显狰狞的笑容："你的灵核在本座这里了？也就是说……华碧楠成功了？他做到了，本座很快就可以自由来去，就可以——"

他话未说完，就被墨燃打断。

墨燃转过头，淡淡望着他："你知道华碧楠是谁吗？"

"……"

他朝着踏仙君走去，走得近了，抬起虚无散着白光的手指，轻轻点在了踏仙君的眉宇之间。

"其实跟你说了，也是毫无用处。你这里被他动过手脚了，很多不利他操纵你的东西，他都会革除。但是，你既然还存留着一缕识魂，好歹也该记得一些吧……不要这样茫然无知地令人摆布。"

也不知道是为什么，在墨燃触及他的那一瞬间，踏仙君忽然觉得颅内剧痛难当，似乎有零散碎片极速掠过眼前。

"你做什么？！"

墨燃不答，只是捧起他的脸庞，很是安静，又有些悲伤地望着他："要是你能知道一切的真相，那就好了。"

"你……"

"这样就算是走，我也能走得放心一些。"

踏仙君咬牙道："什么真相？什么乱七八糟的！你给本座放手！"他一面说着，一面怒不可遏地想要挣脱墨燃的困囿，可是他的力气像是都挥在了棉絮上，法咒和腿脚都穿过了眼前那人半透明的躯体。

墨燃合上眼眸，轻轻叹息着："你知道吗？我是真的很想让你看到我复生以来的经历，很想让你得到我所有的记忆。

"或许是因为执念太深，我的灵魂才没有被索去，我才可以在这里见到你。"

他说着，倾身向前，额头贴住了踏仙君的前额。

"回头吧。"他轻声喃喃，"放过你自己。"

听到这句与前世楚晚宁临死前太多相似的话，踏仙君浑身一震，可他的暴怒尚未来得及发泄，眼前就闪过一片血污纵横。

他又看到了鬼界天裂。

在那场改变了他人生的大灾劫中，所有人都自顾不暇，哭喊震天。

踏仙君飘飘荡荡犹如纸鸢，游荡于半空中，脚下是哭喊着的人群，是腥臭的鲜血与断肢。他张望着，师昧呢？师昧在哪里……

他找不到，他寻不见，他心如火焚，他狂怒不堪——忽然，他止住了。

硝烟中，有一个熟悉的身影在动。踏仙君飞掠过去，他惊诧地看到那是少年时代的自己。不省人事、奄奄一息。

这是怎么了？

犹如回答他一般，踏仙君看到画面一变，有人背起了他残破的身躯，在尸山血海之中艰难地爬行着。

是谁？

那双血肉模糊的手……是谁的。

那个自己都已经爬不动了，却还是不肯放手死死拽着他的人，是谁？

踏仙君低飞掠地，他在那两个人身边盘绕着，他盯着那个浑身浴血、面目难辨的人——最后，他看清了，却如遭雷击。

"楚晚宁……"

怎么可能……怎么可能！

耳边似有人在怒嗥，声音虽然邈远，但那人的怒意却像刺刀直没肺腑。他吼喝着："长阶血未尽，那是他带你回家的路！

"观照结界是双生的，你受了多大的伤，他也一样。

"你怎么可以说他不救你……你怎么可以说他不救你……"

遍体生寒。

踏仙君猛地睁开眼，双目赤红，他逼视着眼前的墨微雨，咬牙道："你在给本座看些什么？如此……荒谬不堪！"

他有滔天的怒火，可他对上的那双眼却让他蓦地一怔。

墨燃凝视着他，那双漆黑沉静的眸子竟是湿润的："我已尽力把我的记忆都交给你了。"

"谁要看你与他的事情！谁要知道你复生以来的事情！你苟且偷生，你辜负师昧……你与本座根本不一样！"他几乎是暴怒的，"谁要你自作主张？滚开！"

那无数人为之悚然的怒焰，在墨燃眼里却激不起一丝波澜。

墨燃望着他，那眼神甚至是怜悯的，他立在踏仙君跟前，从袍角处，忽然燃起一簇金色的火焰，他虚无的身躯在这火焰中一点一点地消融，化作点点流萤。

"其实不用你说，我也该走了。"

"我用自己的灵魂之力，把所有的记忆都给了你。此道逆天而为，我也不知道最后我会怎么样。"说到这里，墨燃顿了顿，笑了，"或许会被六道轮回所不容，也或许会直接被判入无间地狱。"

"……"

"想过最好的可能。"墨燃道，"或许我的魂魄可以跟着灵核，一起融到你的身体里。"

他之前说些什么踏仙君并不在意，但听到此处，蓦地长眉拧起："你想都别想！"

墨燃似笑非笑地看着他："你是在怕吗？"

"本座有何可怕？"踏仙君受到了极大的冒犯，眯起眼睛，"但这具躯体是本座的，你休想鸠占鹊巢！"

墨燃叹了口气："你只是不想接受事实。"

"……"

"你不想接受一些我已经承认，而你却视而不见的真相。"

"你闭嘴！"

墨燃平静地看着他，虚影越消越快，顷刻蔓延到了腰腹、胸膛……在消失前，他抬起手，试图去触摸踏仙君的鬓发。但踏仙君宛如被什么剧毒之物黏惹上，嫌恶地往后退了一步。

见他这样，墨燃也只是笑了笑，他身体中的点点金光却如飞蛾趋火，忽然往踏仙君胸膛涌去——踏仙君但觉体内有一股熟悉的力量在复苏，那力量是如此炽烈而火热，像是岩石下的熔流。

这力量令他倍感亲切，却又极度厌恶。

"你休想与本座融魂……"

"谁都不想走，我也要尽力最后一试。"

踏仙君趋于狂怒："给本座滚出去！"

可墨燃只是凝视着他："对不起。到最后还是要与你争夺这具躯体。"

"……"

"要是你的本性能恢复就好了。"

"做墨微雨吧。"金色的火焰很快就燃烧到了他的指端，而后，吞没了那年轻而英俊的脸庞，"别做踏仙君。"

话音落了。

灰飞烟灭……

与此同时，天音阁的密室刹那被刺目金光所照亮，明如白昼，刺得师昧一时睁不开眼。他猛地抬起袍袖遮住脸庞，过了很长一段时间，这强烈的光芒才慢慢暗了下去。

师昧之前从未遇到这样的情况，蓦地挥落衣袖，苍白着脸朝冰棺内望去——

蓦地对上一双黑到发紫的眼。

踏仙君自棺椁中缓缓坐起，他脸庞冰白，嘴唇也尚未恢复血色。他像是由冷玉雕成、由幽泉凝成，就连黑色绣金丝的衣袍都洇着丝丝寒雾，光辉洒在他身上也像是冻住了。

踏仙君抬起手，细长苍白的指尖搭在了棺材的边沿，接着他转动眼珠，视线落在了师昧身上。

"……"

饶是知道自己是他的主人，但在这样森寒目光的注视下，师昧仍是不由自主地往后退了半步。

"你……"喉结攒动，师昧强自镇定，"总算醒了。"

踏仙君不答话，他面目极其阴鸷，甚至比之前更为桀骜莫测。

他喘息着，背后被冷汗浸透，眼前竟仍晃动着墨宗师最后的笑容——他闭上眼睛，试图感知自己体内究竟有没有多出那不必要的两魂七魄，可这显然不是靠感觉就能得到答案的。

师昧立在旁边，见他神情有异，忙伸出手覆住他额头，口中默念法咒，抚平踏仙君内心的躁动不安。

"怎么样？"镇灵咒念了一轮，师昧紧盯着他的脸，问道。

踏仙君并没有立刻回答，良久后，他抬起手，动了动五指，那修剪匀称的指甲盖犹如凝冰，不透半点血色。

他从棺材里站起来。

"我好像做了一场很长的梦……"踏仙君开口，嗓音嘶哑地说了这第一句话。

师昧的眼神很警惕："都是假的。"

帝君黑袍如云，金丝如水，他迈出棺椁，神情有些阴霾："我想也是。"

他盯着师昧，师昧也紧盯着他。半晌之后，师昧低声试探道："你还记得自己是谁吗？"

"……"

几许沉默。

那个冷酷英俊的男人似乎轻笑了一下，薄唇启合："怎么不记得。踏仙君，墨燃墨微雨。"

他微微凝顿，垂落睫帘，对绷到极致的师昧行了个懒洋洋的礼："愿为主人效力。"

师昧眼中似闪过一丝狂喜，但他仍不敢放松，从乾坤囊里摸出一颗晶石。那东西闪着青碧光辉，模样诡谲，正是用来测试修士灵力的最强晶石。

他喉结攒动，怀着某种殷切期待，走过去将晶石递到踏仙君手里。

"能点亮它吗？"

踏仙君眼波流转，冷冷淡淡地瞥了一眼这块石头，慢条斯理道："这有何难。"话音方落，已是双指捏紧，手上经络暴突。

只在瞬间，世上最强悍的灵流灌注其中，那晶石瞬息大放光华且不说，表面竟还出现了丝丝裂痕。

师昧屏住呼吸，紧盯着那块石头，目光半刻不曾挪移。

忽听得"啪"的一声脆响，这青碧顽石竟在踏仙君苍白修狭的手指间爆裂粉碎，继而被悍猛的灵力震得灰飞烟灭——

成灰！！

"这算什么？"踏仙君随意一搓指间粉末，冷笑一声，"不经把玩。"

师昧蓦地一松，往后走了几步，几乎是脱力般地坐到了一旁的石凳上。

这……便是人间最强的战力……此时此刻，终于重新归他所有了吗？

师昧按捺不住，颤抖从细微变得剧烈，石室内的幽光映照着他风华绝代的脸，是狂喜，还是释然？光线摇摆不定，照得并不那么清晰，甚至是诡谲的。

良久之后，才见得师昧将面庞埋入双手之中，声音低哑地喃喃："母亲，你瞧见了吗？我做到了。"

他忽然像是有些疯狂，倏地起身，朝着这空荡荡的四壁，朝着这除了他与踏仙君没有第三个人在的石室，近乎声嘶力竭地喊道："你瞧见了吗？就快了！你们都瞧见了吗？"

没有人应和他，他在这空寂的密室内纵声大笑了起来，笑着笑着眼泪就潸然淌落——那是一滴金色的泪。

和曾经的蝶骨美人席宋秋桐，一模一样。

死生之巅访旧半为鬼

修真界的梦魇在这几日越发张狂。珍珑棋局犹如瘟疫般在尘世间蔓延，幕后之人像是疯子，根本不挑剔宿主的身份，无论是耄耋老人还是黄口小儿，尽数收于帐中。

这样广撒网地布子，没有人能猜得透他究竟想要做什么。

有人哀哀地向天音阁求助，但天音阁阁主忽然称病不出，哪怕有人逃难饿死于阁前，亦是大门不开。渐渐地，这些人终于极不甘心地明白过来——或许从一开始，他们就错了。

但一切都为时已晚。墨宗师死了，楚晚宁下落不明，死生之巅垮了，各大门派自顾不暇，越来越多失去神识的珍珑棋子在人间游走，杀人纵火，战势犹如枯草烧灼，已经以极惊人的速度弥漫了整个修真界。

江都、扬都、蜀中、雷州……雕梁画栋，楼船夜雪，都在炽热枯焦的火焰中发出沉闷悲叹，墙垣坍圮，多少人间风月，都在这劫火纷飞中庄严地失去。

天音阁的观星台上，师昧望着远山近水一片混沌，他独自站了一会儿，身后传来微弱的脚步声。

女人的丝履踩着细细积雪，一双手覆上，木烟离替他披起寒衣。

"踏仙君呢？"

"他今早出发了。"

"你已经派他去做那件事了？"木烟离微微错愕，"怎么这么快？"

"没什么好等的，该做的准备都做了，如今万事俱备，只欠东风。就看他的了。"

师昧说完这句话，又过了好一会儿，重新开口，那素来冷静的嗓音里有一丝颤抖。

"姐姐。"他对木烟离低喃，"那么多年了，两世了，我终于做到……"

木烟离侧过脸，见他桃花眼眸里闪着湿润水汽，似极激动，又似极委屈。

师昧闭了闭眼睛，克制不住地微微发抖："走吧。"

他低沉道："时空生死门就快开了。我们把所有做好的棋子都带上，都送到那边去。"

"所有的棋子？"

"所有的。"

"可是那么多人……"木烟离的脸色有些苍白，但她瞧见了师昧既是痛苦又是激动的神情，便仍是坚定地说，"好。我知道了。"

她转身离去，即将步下观星台边缘的时候，师昧忽然叫住了她。

"等等！"

她回头，看到昏黄的天幕之下，师昧侧着身子，大风猎猎吹拂着他的斗篷，他望着木烟离，似乎想要说什么，但眼眶红红的，始终没有说出口。

木烟离就这样与他对视了一会儿，而后她道："你放心，就算残忍，我也不会背叛你。"

师昧蓦地闭上了眼睛，人在紧要关头似乎总是这样敏感而脆弱。

他声音微微发抖："这一世的我都叛离了我自己……"

"他不是背叛了你。"木烟离道，"他是背叛了整个蝶骨族，背叛了我们所有人。他的手上是不染修士的血了——但他从此把我们判入了地狱。"

"……"

"我明白你的无奈。"木烟离对师明净说，"阿楠，无论这世上的人怎么说你。在蝶骨美人一族里，你都是当之无愧的英雄。"

她离去了。

师昧望着她的背影渐渐行远，而后转身，骨节分明的手搭在了雕栏玉砌上，冰冷冷的触感，一直蔓延到心里。

"英雄？"师昧仰头，瞧着空中郁沉沉的阴云，半晌叹息，"英雄是做不成了，没有哪个英雄背负了这么多人命债的。"

他的眼眸里似有一瞬怅然，随即又凝成了寒冰。

"我华碧楠费尽心机两世，与天争与地斗，我不信天道不可改——如今时空生死门、珍珑棋局，这些禁术皆已在我掌中，我倒想看看，这世上还有谁能拦住我。"

指节捏成玉色。

"英雄就算了。我只想讨个出路。"

三个字，散入风中。

"为我们。"

苍茫昆仑雪域上，疾掠着一个黑色的人影。

疾风劲雪像刀子般刮着他的面颊，但他眯着黑到发紫的眼瞳，似乎并不能感受到这种砭骨的寒意。

他像峭壁上的兀鹰在翱翔盘旋。他跃上碧瓦飞甍，脚步轻盈，身手迅敏。昆仑踏雪宫那么多巡逻的高手，谁都没有注意到他的到来。他走过的雪面，甚至都没有一丝一毫的痕迹。

很快他就掠到了踏雪宫的高顶，从这里可以眺望风雪中的天池，朦胧岑静，水雾弥漫。

黑色闪电般的身影停了下来。

男人立在昆仑之巅，直挺挺地站得像一柄刺刀，黑眼睛望着天池湖面。风起了，很急，吹落了他的斗篷，露出一张苍白没有血色的俊脸。

是踏仙君。

经历过师昧第二次淬炼的他，拥有了墨宗师的灵核，恢复了一如从前强大的力量。并且不再忤逆"主人"的命令。

他终于成了令师明净满意的杀伐凶刃，以及灵力源泉。

但是，自天音阁醒来之后，踏仙君的脑海里总会浮现一些零落散乱的碎片，他时常会听到一个模糊的声音，看到一些模糊的景象。

他看到楚晚宁在孟婆堂里细细包着抄手，听到自己对楚晚宁说："师尊，我们从头来过，好不好？你理理我……好不好……"

他看到海崖一轮月，唯照两人心，楚晚宁一直低着头，那素来凌厉的凤眸眼尾竟似湿红。他听到楚晚宁对自己说："我不好的。我没有被人如此对待过……"

他瞧见红莲水榭楚晚宁抬起睫帘，朝着自己看过来——

忽然心悸。

踏仙君猛地睁眼。

这些都是什么？

他看到楚晚宁那样温柔地注视着自己，是曾经折磨、囚禁、凌辱、软磨、硬泡都换不回来的那种眼神。

踏仙君觉得自己头很疼，抬起手，白昼光晕照着他护腕上的森寒尖刺，他揉了揉自己的额角，低声咒骂道："什么乱七八糟的？"

他站在屋顶上发了一会儿呆。昆仑的雪很大，不一会儿就满肩冰霜。他隐约觉得有些吃惊，因为内心深处，竟觉得这样也很好，像一场好梦，而自己竟会因为梦里楚晚宁温柔的眼神而感到安宁。

"本座真是疯了。"

他眨了眨眼，把这些荒谬的念头甩到脑后，继续往前去。

主人的命令是让他去昆仑灵力最盛处，彻底打开通往前世的时空生死门。所以他照理该往北走。可他看到了天池，还是不由自主地绕了一圈。

那是他永远失去楚晚宁的地方。

踏仙君克制地在原处站了一会儿，最后还是忍不住鬼迷心窍地往那边走，可就在掠过踏雪宫宫阄游廊时，忽然听到一个熟悉的声音。

"爹爹……阿娘……"

那声音很是耳熟，他蓦地停落脚步，匿身暗处，露一双黑漆漆的眼，往下俯瞰。

而后他看清了，忍不住嗤笑："我道是谁，原来是你。"

那一方院落之中，只有薛蒙一个人。薛蒙抱着一壶酒，伏在桌上，已是酩酊大醉。

"这一回你爹娘可不是本座杀的了。"踏仙君饶有兴致地欣赏了一会儿薛蒙的醉态，摸了摸自己的下巴，"但你难过，本座就很高兴。本座还没忘了之前是被谁在胸口开了个窟窿。

"怎么样，心疼的滋味是不是很好？"

那院里寂静，并无旁人。

踏仙君又盯着下头看了一会儿，忽然起意，黑影拂动，他已来到薛蒙面前。

醉成泥的凤凰儿并没有觉察到他的到来，依旧伸手摩挲着酒壶，想把里头的琼浆玉露往口中再灌。

但是忽然有一只冰凉的手伸出来，捏住了红泥壶身，止住他的动作。

"你……谁……"

"你猜啊。"

薛蒙勉强睁开一只哭到肿胀的眼，困顿地沿着那只手，往上瞧去。对上踏仙君那张英俊却写满了讥嘲的脸庞。

踏仙君从没有见过这样颓丧的薛蒙，尽管他深信前世薛蒙也在人后偷偷崩溃了很多次，但这是他第一次亲眼瞧见，他舔了舔嘴唇，觉得很兴奋也很刺激。

他俯身，像盯伺着猎物，盯着薛蒙："有趣，原来楚晚宁最引以为傲的徒弟，也会以酒买醉，喝成一摊烂泥。"

他说着，斜坐在石桌桌沿，而后伸手挑起了薛蒙的下巴。

"好久没有见到你年轻时的模样了。"踏仙君有些感慨，"在那个红尘里待得太久，本座都快忘了你少年时有着怎样一张专横跋扈的脸。"

指尖一点点地摩挲上去。

掠过面颊、鼻梁、眉宇，而后在额头不轻不重地杵了杵。

"薛蒙，你知道吗？有一件事，本座其实挺后悔的。"他望着薛蒙怔忡的眼眸，渐渐露出一丝令人不寒而栗的笑容，"上一世，本座一瞬善念，放你活命，你却反过来想要杀了本座。有时候本座想……是不是最开始就该把你杀掉。"

"人啊，活着的未免舒坦，死了的未必痛苦。"踏仙君的嗓音低缓而阴郁，

"薛蒙，你想去陪你爹娘吗？"

他一面说着，一面俯下身去。

冰冷的鼻息贴着薛蒙的脸颊拂过，两根寒凉的手指更是触上了薛蒙颈侧的动脉——这过程中他一直紧盯着薛蒙的眼。

他看着那双蒙眬泪眼里自己的倒影，犹如降临人世的鬼。

"其实这个红尘的人，到最后都会死。"踏仙君白齿森然，"你我好歹兄弟半生。既然在这里碰到了你，不如本座先送你一程，助你解脱。"

指端发力，正欲下杀手。

"哥……"

忽然，一声呢喃，似春芽破土，石破天惊。

踏仙君一愣。

薛蒙望着他，酒醉之中似乎终于辨清了眼前人的模样，他泪湿重衫，哽咽着、踉跄着爬起，一把拽住踏仙君冰冷的胳膊，犹如拽住瀚海中的浮木。

"哥……"

他唤他。

他哪里辨得清墨燃两世细微的区别，只道眼前之人是墨燃，是他的兄长、他的家人，是他最无忧无虑的年华终于归来。

踏仙君这次听清了，且确定自己没听错。所以他有些惊愕，脸上竟不知该挂怎样的神情。

颅内又是纷乱一片。

模糊间，踏仙君眼前闪过虚影，他看到自己和薛蒙坐在红莲水榭里，烹茶煮酒，月下碰杯。

——这又是那个墨宗师干过的事情？

"哥。"薛蒙醉眼蒙眬，他埋在踏仙君怀里，初时还隐忍着啜泣，可到最后，期期艾艾，哽哽咽咽，终成怆然号啕，"别走……你们别丢下我……"

过了一会儿，又似想起了别的什么，他忽然整个人都发起抖来，嘴唇都是青白的。"不要杀我爹，不要逼他们……那些人是我杀的，别伤我爹娘，冲我来吧……"泪珠大颗大颗滚落，洇湿了踏仙君的胸膛，"不要……不要挖我哥的心……"

在这颠来倒去的哽咽中，踏仙君原本要杀戮的手终于慢慢放了下来，他僵立片刻，想要推开薛蒙。可是薛蒙将他抱得那样紧，手足血浓。

渐渐地，最靠近心脏的地方，终被泪水浸透。

踏仙君最后逃也一般地掠上屋瓦房梁，低伏着身躯潜在廊上，看着那个蜷在雪地里抱膝痛哭的薛蒙。

他记忆中的薛蒙一直是凶煞的、傲慢的、咄咄逼人尖锐刻薄的。而此刻留在漫天风雪里的，却是一个再也找不到哥哥的孩子。

他看着薛蒙在原处哭了很久很久，后来薛蒙起身，也不知是酒醒了还是哭累了，就那么茫茫然在院落中立了一会儿，最后抱着酒坛，往院落的梅花深处走去。那青年走得漫无目的，神情恍惚，慢慢地远去——远去——

踏仙君看着雪地上，两行歪七扭八却不再回头的足迹，一直向风雪深处蔓延，直至瞧不见薛蒙的背影。

朔风中，忽然传来凛凛歌声，那是薛正雍生前曾经吟唱过的一曲蜀中短歌，如今从薛蒙的喉中飘出，在昆仑踏雪宫盘旋回响。

"我拜故人半为鬼，唯今醉里可相欢。"一声起，音尚年少，调已沧桑，"总角藏酿桂枝下，对饮面朽鬓已斑。"

大雪染透了青年的乌发。

那沙哑的嗓音夹杂着风雪之声，万籁萧瑟。

"天光梦碎众行远……"越来越远，趋近渺茫，抑或不是薛蒙走远，而是少年终于泣不成声，字句哽咽，"弃我老身浊泪含。"

弃我老身。

他才二十二岁，却只有在醉里梦里，才能再见故人欢笑，复团圆。他才风华之年，却唯有饮一坛杜康，才可见高堂慈爱，旧友两三。

薛蒙仰了仰头，似乎是想忍住眼角的泪水，但他不知道自己有没有忍住，风雪已眯了他的眼。

他合眸，近乎是长啸地，响遏行云，似在与天叩问，与地鸣志。

"愿增余寿与周公，放君抱酒，去又还！"

云气聚合，他砸落手中酒坛。

双手张开，薛蒙直挺挺地倒在雪地里，他不想再往前走了，前方是哪里？到处都是冰天雪地，再也没有熟悉的身影，再也没有家。

哪怕方才梦到的墨燃，都是假的，都是一场镜花水月，转瞬即逝。

薛蒙在雪地里躺着，过了一会儿，抬起手，遮住了自己的眼。

血色淡薄的嘴唇微微启合，热泪潸然滑落。

"你们为什么都走了，就留我一个人？"

薛蒙蓦地凝噎，失了声调。

"为什么啊……为什么要留我一个人……"

其实两世了，到最后，都只有他自己。

踏仙君听着那被呼啸劲风吞噬的余音，看着薛蒙远去的地方，一动不动地立在屋脊上，大风吹拂着他的斗篷猎猎飘拂。他抬手，触上胸膛，竟不知那是怎样的滋味。

我拜故人半为鬼。

对于薛蒙而言是这样，对于踏仙君，又何尝不是如此？

前世的巫山殿，空空荡荡，最后只剩了他孤家寡人，谁都不再有。他不知道自己屋子里的香炉曾经摆放在哪里，也穿不上少年时半旧的衣服，有时候他脱口而出求学时的一句笑话，周围都是一张张恭敬又紧绷着的脸。

没有人知道他在说些什么，谁都不懂他。

懂他的人或在泉下，或在天涯。

踏仙君慢慢来到天池边，不是好天气，远处雾凇沆砀，池上雪子湍急。他不动声色地立在那里，像一尊没心没肺、不知冷暖的木雕泥塑。

任由霜雪将他覆盖。

"楚晚宁……"他轻轻叹息，"若是当年……"

若是当年，怎么样？

他没有再说下去，睫羽交叠，闭目合实。

从来就没有什么若是当年，他是踏仙君，是修真界无人可及的尊上。他不知什么是后悔，什么是回头。

发生的就都发生了。

他不言悔，亦不言败。

哪怕血肉模糊，亲离众叛，这也是他自己选的路，再是荆棘密布，他都会硬着头皮走下去。

但是，在这浩渺天际、雪域长空之间，在这谁都不会瞧见，谁也不会知晓的地方。踏仙君负手立了良久，最终，还是做了一件令人意想不到的事情——他跪了下来。

在楚晚宁当年战死的地方，长拜磕头。

一拜。

二拜。

直至三拜。

踏仙君抬起脸，兜帽之下，睫毛凝霜，神情庄严，谁都不知他在想些什么。然后他起身，仿佛了却一桩多年心愿，一语不发拂过斗篷黑袍，朝着昆仑山灵气最丰沛的地方掠去。

帝君既出，天下无人可挡。师明净没有选错，他有着人间至强的剽悍灵力，也有着令人望尘莫及的雄浑修为。

时空生死门，将开。

死生之巅寒梅并蒂生

薛蒙在地上躺着，他一醉起来就糊里糊涂，根本不知道自己方才已与这天地间最大的魔头见了一面。他依旧仰面倒在雪地里，昆仑之巅的皓雪纷纷扬扬飘落，如同春日柳絮、秋日苇花，将他覆盖。

不知过了多久，有人撑着一把鲜红色的纸伞，自大雪里走近。薛蒙眯着眼，而后他瞧见一张清冷冷的脸庞。

"梅……"

薛蒙咕哝一声，"含雪"两个字不曾说出口，他太疲惫了。

"嗯，是我。"梅含雪话不多，将他从地上扶起来。

薛蒙趴在梅含雪肩头，却不走，反而问："有酒没有？"

梅含雪道："没有。"

薛蒙浑当没有听见："好好好，那你陪我喝一杯？"

"不喝。"

薛蒙沉静了一会儿，扑哧笑了："你看你这狗东西，之前我不喝，你拽着灌我酒，这回我喝了，你又跟我说没有酒。玩我呢你？"

"我忌酒。"

薛蒙又嘟囔几句，听上去好像是在骂人。然后他一把推开梅含雪，一脚深一脚浅地往苍茫大雪中走去。梅含雪撑着伞，望着他甚至有些佝偻的背影，没有追上去，只是问："你去哪里？"

他也不知自己应当去哪里，只恨酒还不够多，未能将自己醉死。

梅含雪道："回来，前头无路了。"

薛蒙蓦地站住了脚步，他呆呆地立在那里，过了一会儿，忽然大哭起来："我就是想喝点酒！你都不让我喝！不喝就不喝，你还骗我说你忌酒！你是不是人啊？！"

"我没骗你。"

薛蒙根本听不进去，号啕道："是不是人啊你们？"

"……"

"老子心里不痛快，你看不出来吗？！"

梅含雪道："看出来了。"

薛蒙一愣，随即更委屈了，连鼻尖都是通红的："好……好好好，看出来了也不陪我喝。你是不是怕我白喝你的不给你钱？我跟你说，其实我没那么穷……"

他说着竟真的咕咕哝哝地去掏兜，掏出一堆七零八碎的铜板来回点了几遍，点着点着就更难过了："啊，怎么就这么点儿？"

梅含雪抚了抚额角，显然头有些疼："薛蒙，你醉了。你应当先去歇息。"

薛蒙还未答，身后却传来了嗒嗒的脚步声。

另一个温雅的嗓音响了起来："大哥，你与一个喝醉的人论什么道理？"

话音落，一只戴着绡纱护套的手伸出来，拎着羊皮袋子，腕上银铃璁珑。梅含雪斜睨眸子，回过头——

他身后，站着一个与他生得一模一样，只是脸上笑意浓深，眉眼极是温柔的男子。

"其实遇到醉鬼呢，只有两个办法。"男子笑吟吟的，"灌晕他，或者打昏他。"

梅含雪："……"

那个男子说着，冲梅含雪眨了眨眼："知道大哥忌酒。你回去吧，我陪他喝。"

淡青色薄烟袅袅升起，曼舞柔间，深情款款，却又迷离扑朔。

踏雪宫的大师兄寝屋弥漫着浓烈昂贵的龙涎香味，这里到处都铺满了洁白的绒毛地毯，一脚踩上去直没脚踝，轻纱幔帐更是混淆了日夜晨昏，风吹罗帷起，风落苏幕遮。

梅含雪赤着脚，支着脑袋，就躺在白绒地毯上，莹白如玉的脚趾随意搓了搓，一双碧玉眼眸望着盘腿坐在自己面前大口喝酒的薛蒙。

酒过三巡，梅含雪笑着问："嗳，子明，你不惊讶？"

"惊讶什么？"

"我们有两个人。"

薛蒙："哦。"

梅含雪摇了摇头："我倒忘了你酒量极差，醉了之后，脑袋大约与常人也不同，没什么惊讶不惊讶的。"

薛蒙："哼。"

"不知道你有没有觉察，那天在死生之巅，替你挡剑的就是我大哥。"

"想不起来了。"

梅含雪道："你见过他的武器，朔风。一把银玄铁铸造的剑。"

薛蒙皱着眉用力想了想："但那天大殿上，替我挡架的人很丑。武器也不是银的，是……是……"

"是蓝的。"梅含雪善解人意地点了点头，"因为那天他生气了，他很着急，所以他注了灵流。平时他都不怎么注灵的，我哥他其实不太喜欢下狠手。"

"……"

"那把剑其实我俩会换着用，我是木水灵核，他是水火灵核。有机会你会瞧见绿、红、蓝三种灵流，但是……"

他没有说下去，因为薛蒙看上去对此没有太大兴趣，薛蒙听了一半就开始喝自己的酒，神情淡淡的。

梅含雪眯起眼睛。

他忽然觉得薛蒙这副样子，并不似平日里飞扬跋扈，反倒透着一丝冷意。这种冷意让薛蒙变得不像自己，而像另一个人。

但像谁呢？

梅含雪一时半会儿想不到，他也懒得想。他做事一直就和这瑞脑金兽吐出的细细流烟一样，懒洋洋的，飘到哪里算哪里，浑若无骨。

薛蒙又喝尽一羊皮袋子，而后问梅含雪："这酒还有吗？"

"有，但你已经喝得太多了，不能再要了。"

薛蒙道："我千杯不醉。"

梅含雪便笑："你有病吗？"但还是把酒递给了他，给之前又温声道，"这是最后一壶了，若再给你，叫我哥知道了，非活剐了我。"

薛蒙就慢慢地喝酒，神情很冷。

他不像薛蒙。

喝着喝着，薛蒙忽然低喃："你有哥哥。"

"啊。"梅含雪笑道，"不然呢，说了半天了，而且方才你也瞧见了。"

薛蒙的眼神有些飘忽，睫毛长长的，像是蝴蝶栖落，他又喃喃着说："我也有哥哥。"

"嗯，我知道。"

薛蒙靠在梁柱上，盘腿坐久了，有些麻，他把一条腿伸直了，盯着梅含雪看了一会儿。

忽然，他脸上那种冰冷的神情消失了，转而眉目间披戴上灿然光华，但这种光华笼罩之下，薛蒙依旧不像薛蒙。

他笑吟吟地问："哎，你哥待你怎么样？"

梅含雪有些讶异于他的转变，难道这人喝醉是这种表现？但他依旧道："挺好的。"

"哈哈哈，你可真是惜字如金，挺好的是怎么个好法？他是会替你熔铸武器，还是会在你生病的时候给你煮一碗面吃？"

梅含雪微笑道："都不会，但他会替我挡女人。"

薛蒙："……"

"我不太爱看旧情人哭闹。"梅含雪说，"应付不掉的那些，都是他替我挡。他做事比我干脆多了，没什么感情，也不拖泥带水。但他就是没什么情趣，所以一大把年纪了，连个姑娘的手都没牵过。"

薛蒙皱了皱鼻子："你哥叫什么？"

"梅寒雪。"

"跟你一样？"

"字不一样。"他笑了笑，"他是寒冷的寒，实至名归。"

薛蒙叨叨道："你们为啥要整这一出幺蛾子……"

梅含雪道："方便行事，有的事情，两个人做没什么奇怪的，但若是旁人都以为是出自一人之手，就会觉得很是高深莫测。宫主有意让我们这么做，所以从小就这样带我和哥哥。"

他说着，揭开熏炉炉盖，拿起银勺拨弄里头余烬，又填进些宁神驱寒的香料，嗓音很柔和。

"我和他一直随身带着人皮面具。他换上的时候，我就以真容示人，我换上的时候，他就以真身行事，一晃就是二十多年。"

"你们不累啊？"

"不累啊，挺好玩的。"梅含雪笑了笑，"不过我哥大概觉得累吧，他总说我在外面欠的风流债太多，搞得他连出门都要绕着那些女修走。"

薛蒙没有体会过被女修环绕的滋味，事实上他觉得自己和梅寒雪那位兄台情况也差不多，一把年纪连女人的手都没摸过。

但这种事情，也没什么好炫耀的。他于是干巴巴地喝酒，沉默着，不吭声。

梅含雪当他醉醺醺的，脑子也不太正常，却不想这个时候，薛蒙忽然问了他一句："为什么救我？"

语调又变了，这一次竟变得很温柔。

这种温柔出现在薛蒙脸上实在是太"违和"了，比之前的灿然、更早之前的冷漠更为刺目。

梅含雪终于有些受不了了，他坐起来，抬起系着银铃的手，扳住薛蒙的下巴左右转着看，边看边道："奇怪，是本人没错，怎么回事？"

薛蒙也不挣扎，由着他扳着自己，一双黑漆漆的眼睛安静地望着梅含雪，过了一会儿，又问："为什么帮着死生之巅？我跟你很熟吗？"

"不算太熟。"梅含雪道，"小时候与你玩过，但跟你玩的人，一天是我，一天是我哥。其实我自己也就只跟你处了十来天。"

"那为什么愿意收留我？"

梅含雪叹了口气，伸出一根纤长手指，杵了杵薛蒙眉心："你阿娘和爹爹，救过我母亲的命……她是碎叶城的人，碎叶你知道的，厉鬼很多。她生下我们兄弟之后，就把我们送到昆仑踏雪宫来了，后来城内闹邪祟，死伤惨重，她好不容易逃出来，却断了一条腿。"

新填入的香料有一种雪松的清冽芬芳。

梅含雪笑了笑："一路颠沛流离，没有银两，来到昆仑山脚下的时候，快咽气了。"

他眉目依旧很柔和，额间红色的水滴额坠着熠熠生辉。

"那时候，薛伯父和王伯母第一次来昆仑踏雪宫拜访。他们见到了我奄奄一息的母亲，没有问她身世，没有收她钱财，拿最好的药医治她，在得知她是来寻子之后，还背着她上了昆仑山。"

薛蒙一时无言，愣愣地听着。

过了好一会儿，他才问："那，你娘后来呢？"

"病得太重了。"梅含雪摇头道，"回天乏术，还是走了……不过托伯父伯母的福，我们见到了她最后一面。"

外头一点风吹进来，屋内烟雾散，檐角风铃响。

泠泠如水声。

"这些年，伯父伯母一直说不必言恩，只是举手之劳。到了后头，他们甚至自己都已经淡忘了这件事，可我和大哥都还记得。"梅含雪抬起碧色眼眸，安宁地看了他一眼。

时间过去太久了，他说起这件事情的时候，伤痛是瞧不见的，只有温和。

"那天，是薛伯父背着我阿娘，而王伯母在旁边撑着伞，他们怕我娘再受风寒。伯父伯母进了殿，说的第一件事，不是死生之巅的公事，也不是想要与踏雪宫结盟或是交好。他们问，这里有没有一对碎叶城来的双胞胎。"

淡金色的睫毛垂落，遮住碧水清潭。

"说实话，那是我这辈子见过的，最出色的掌门与掌门夫人。"

薛蒙哽咽了："我爹娘……"

梅含雪"嗯"了一声，道："你爹娘。"

薛蒙把脸埋进掌心里，肩膀微微颤抖着，他又在哭了，这一生的眼泪似乎都要在这分崩离析的几个月里流尽。

他哭了。他终于又变回了薛蒙的模样。

而这个时候，梅含雪才恍然想起——

方才，他冷淡地说"我千杯不醉"，那是楚晚宁。

他感慨地说"你也有哥哥"，那是墨微雨。

他柔和地说"为什么救我"，那是师明净。

薛蒙在努力而笨拙地回忆着他们的模样，回忆着他们的点点滴滴，一颦一笑，或坐或立，或怒或恼。

昔日他习惯了身边有楚晚宁的冷倨、墨微雨的灼热、师明净的温柔。昔日他有师尊，有堂哥，还有挚友。他觉得这是理所应当的，所以并未珍惜。

可是忽然一夜雨打萍，山河破碎风飘絮。

雨停了，只有他一个人还在原处。

他们都消失了。

薛蒙一个人，提着一壶浊酒，饮下。一个人成了三人。

他哭着，笑着，冷淡着，炙热着，温柔着，他喜欢他们，恭敬地表达着喜欢，桀骜地表达着喜欢，别扭地表达着喜欢。

他想他或许是没有表达好，他对师尊的喜爱，总是显得很愚钝。对堂哥的喜爱，总是显得很尖锐。对师昧的喜爱，总是显得很淡然。

酒喝完了，薛蒙慢慢地把自己蜷起来，他把自己缩得那么小，眼眶通红通红的。

他说："是我不好……我做得不对……"

你们回来吧。

我再也不傲慢，再也不张狂，再也不犹豫，再也不漠视。

薛蒙呜咽着，额头贴着膝盖，整个人都在细细地发抖，他哭着，他说："回来吧……不要留我一个人。"

如果故人能归来，如果一切能从头。他不要什么天之骄子的声名，不要什么死生之巅少主的威严。

他只想直白而热烈地告诉他们——

我是真的、真的很爱你们，不能没有你们，一生都与你们有关。

愿用灵核，愿以千金。

愿倾其所有。换故人济济一堂，一晌贪欢。

梅含雪见他哀恸，低叹了口气，抬手拂上他的耳鬓，正想说些什么，忽听得宫外一声轰隆闷响，似雷霆碾过重云，大地震颤。

这种震颤持续了好一会儿，仿佛雪原深处有某个巨兽正在苏醒，随时要吐息喷薄，一吞日月。

梅含雪心道不妙，安顿好薛蒙，正欲出门，就见得兄长握着佩剑，撩开纱帐，大步走了进来。

当大哥的面色沉凝，极其阴郁："马上到大殿去。"

梅含雪愕然道："怎么了？刚刚那是什么动静？"

他这个素来清冷的兄长抿了抿唇，说道："东北方向出现了一个巨大的神秘法阵，恐怕墨宗师先前说得没错，时空生死门要开了。"

（未完待续）

图书在版编目（CIP）数据

海棠微雨共归途 . 5 / 肉包不吃肉著 . — 广州 : 广东旅游出版社 , 2024.5（2025.4 重印）
ISBN 978-7-5570-3225-8

Ⅰ . ①海… Ⅱ . ①肉… Ⅲ . ①长篇小说—中国—当代 Ⅳ . ① I247.5

中国国家版本馆 CIP 数据核字 (2024) 第 041427 号

海棠微雨共归途 . 5

HAITANG WEIYU GONG GUITU. 5

出 版 人 : 刘志松
责任编辑 : 梅哲坤
责任技编 : 冼志良
责任校对 : 李瑞苑

广东旅游出版社出版发行
地址 : 广州市荔湾区沙面北街 71 号首、二层
邮编 : 510130
电话 : 020-87347732（总编室） 020-87348887（销售热线）
投稿邮箱 : 2026542779@qq.com
印刷 : 北京盛通印刷股份有限公司
（地址 : 北京市北京经济技术开发区经海三路 18 号）
开本 : 700 毫米 ×980 毫米 1/16
字数 : 468 千
印张 : 25.25
版次 : 2024 年 5 月第 1 版
印次 : 2025 年 4 月第 5 次印刷
定价 : 55.00 元